U0774706

Leonardo Da Vinci

达·芬奇手记

[意]列昂纳多·达·芬奇◯著

戴光年◯译

吉林出版集团股份有限公司

图书在版编目（CIP）数据

达·芬奇手记：珍藏版 / (意) 达·芬奇著；戴光年译. —长春：吉林出版集团有限责任公司，2015.11（2022.8重印）

书名原文：Codex Hammer

ISBN 978-7-5534-9225-4

Ⅰ.①达… Ⅱ.①达… ②戴… Ⅲ.①散文集—意大利—中世纪 Ⅳ.①I546.63

中国版本图书馆CIP数据核字（2015）第262490号

达·芬奇手记：珍藏版

著　　者　［意］列昂纳多·达·芬奇
译　　者　戴光年
策划编辑　李异鸣　杨　肖
责任编辑　白聪响
封面设计　蜗牛的窝
开　　本　787mm × 1092mm　1/16
字　　数　400千
印　　张　31.75
版　　次　2015年12月第1版
印　　次　2022年8月第2次印刷

出　　版　吉林出版集团股份有限公司
电　　话　总编办：010-63109269
　　　　　发行部：010-81282844
印　　刷　天津文林印务有限公司

ISBN 978-7-5534-9225-4　　定价：78.00元
版权所有　侵权必究

/ 作者简介

列昂纳多·达·芬奇（Leonardo da Vinci，意大利语），1452 年 4 月 15 日出生于佛罗伦萨附近的芬奇镇，是文艺复兴时期意大利著名的画家。除此之外，他还是一位雕刻家、工程师、地质学家……在他头上的光环不胜枚举。

他的天赋极高，在许多领域多有建树，这使得他成为了文艺复兴时期的杰出代表，与米开朗琪罗和拉斐尔并成为“文艺复兴艺术三杰”。但与他们不同的是，达·芬奇涉及了更多领域，是博学者的典型。

达·芬奇是个私生子，五岁前与母亲一起居住，之后与父亲和继母居住在一起。他的家庭比较富有，幼时在良好的知识环境下健康成长，并且他是一个有着“不可遏制的好奇心”的人，他对数学有浓厚的兴趣，提出的问题常常超过老师掌握的范围。并且他还具有“极其活跃的创造性想象力”，自己创作词曲演奏。1466年达·芬奇全家迁居佛罗伦萨，达·芬奇也进入了委罗基奥的画坊，开始系统的学习绘画和雕刻。

他的左右手均能书写，本书中的手记就是他用左手写的反书，必须借助镜子才能正确阅读。而使他著称的，则是他在绘画上的成就——他因画作的写实性和影响力而极富盛名。

/ 序言

文艺复兴是发生在 14 世纪至 17 世纪的文化运动，席卷了整个欧洲。在这个群星璀璨的年代，达·芬奇凭借其过人的天资和后天的努力，使自己达到了一个许多人都无法企及的高度。

一个人一生在某个领域具有杰出成就或突出贡献是很难得的，并且一些人穷尽一生也只能达到一个高度，但达·芬奇的个人研究是如此的广博浩瀚，使得他在许多领域都有独特的建树，如数学、天文学、物理学、地理学、水力学、雕刻等。当然，他最得意的还是绘画。

说起他的绘画，很多人都会想到著名的“蒙娜丽莎”，除此之外还有“最后的晚餐”、“岩间圣母”等作品，俱是蜚声中外。他的画作体现了他精湛的绘画造诣，世人对他的赞美也不绝于耳。

达·芬奇与拉斐尔和米开朗琪罗是文艺复兴的“美术三杰”，他又是三杰之首。因为除了美术上有独特的造诣外，他在其他方面也有不小的成就，比如本手记中记载的关于月球发光与月球上的水的讨论、河流的形成、雨水的降落、蒸汽的形成等。达·芬奇的眼界已超越当时的许多人。

绘画虽然是达·芬奇所具备的技能中最杰出的一项，但是他却将它当做一门工具，帮助自己记录了山川河流的变化，记下了一个又一个实验的图形。他设计了佛罗伦萨运河水系，奠定了现代城市的雏形；他认为月球上的光是因为月球上的海洋反射太阳光线的缘故；他思考海贝为何会出现在高山之上。尽管在现代，他的一些观点被科学否定，并重新确立，但在当时，这些思想让人震撼。

达·芬奇一生留下了许多手记，从这些手记中不仅可以窥见达·芬奇这个天才的思想回路，还可以回溯文艺复兴的思想潮流。他的手记以万计，后世也在寻找这些珍贵的手记，对其加以保存。

达·芬奇的手记大部分是用左手颠倒写的意大利文反书，之所以写反书，是因为可以避免字迹变得模糊。但是，达·芬奇的大部分手记写的比较杂乱，因此难以辨认，必须镜像过后才能正确阅读。他的作品散落在欧洲各个国家，虽然后世努力保存，但仍未避免被拿破仑毁掉了一部分。

本书中的内容来自达·芬奇著名的一份手记，这份手记在 1994 年由微软公司的创始人比尔·盖茨以 3080 万美元竞拍所得，使得其成为世界上最昂贵的书。此后，盖茨每年将原稿在世界著名博物馆进行展览，因为他认为："它属于全世界。"

/目录

CONTENTS

卷一

卷二

卷三

卷四

卷五

卷六

卷七

卷八

卷一

di leonardo da vinci

手记 1

有关月球

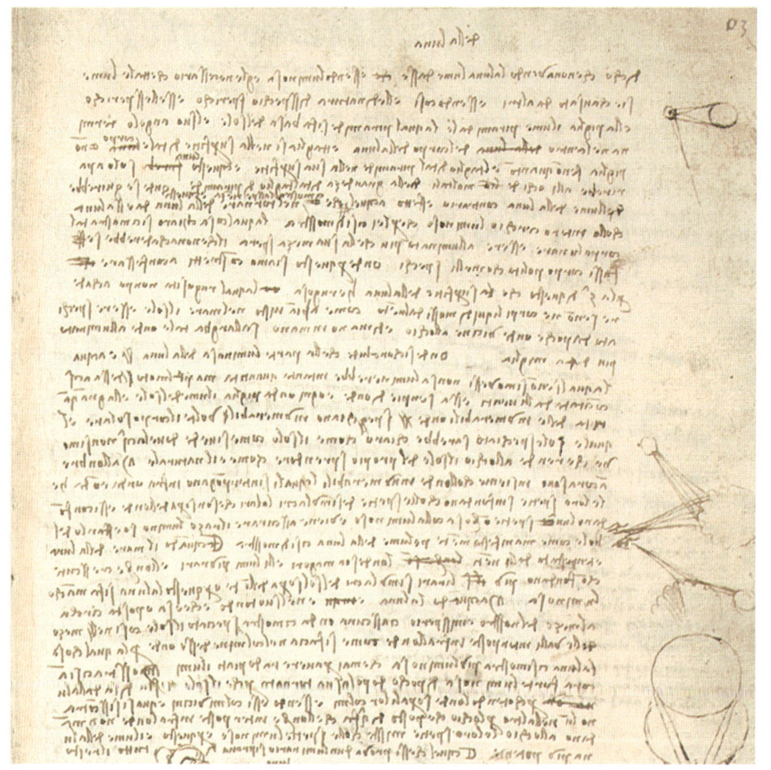

在我看来，月亮本身并不能发光，却能发亮，必定是借助其他星球散发的光芒来照亮的。假使如此，月亮便具备球面镜的性质；况且若是月亮呈现球形，那它发出的光就该是锥形。假如圆锥将太阳作为基础，圆锥的顶角位于月球中心，圆锥又被月球表面截断，仅显露出圆锥在月球表面的那一部分。

用肉眼去看，会觉得月球仿佛仅是坦露在圆锥外部的那部分大小。再者沿着月光去看，经验告诉我们，眼睛所看到的效果正好相反。这是因为当月球转动的时候，通过转动的方式以证明整个月球在散发光芒。我们将从中得知，月球有超过近一半的球面被光照亮。

然而如果月球像是一面反光的镜子，就不会出现这种情况。所以，基于这个原因，我们必须得承认，月球的表面是凹凸不平的。而这种情况仅存在于风吹动的液体表面，好比我们在海中所看到的情况一样，假使用肉眼看波浪反射出的阳光，且一点一点往远方流动，当越过 40 英里[①] 以后，这些散发光芒的光波会逐渐变大，汇聚成一片光波。

由此，我们从中获知，月球发光的地方是水，若是这些水没有运动，那发光的亮度就不会达到同等的程度。然而一旦当风把水面吹得波浪滔天的时候，在这些水的冲刷下，水面就会呈现出浪涛滚滚的局面。每一条浪涛均会被阳光照耀，无边无尽、不计其数的浪涛把阳光光线尽数反射出来。这种反射出的阳光光线会同太阳一样闪耀，经过观察可以发现，当水波不兴的时候，观察者所看到水面反射到眼睛中的光线，是同阳光光线一样熠熠发光。

然而阴影也与浪涛一样难以计数，均分散在浪涛之间。阴影的影子和太阳投射下来的影子混合在一起。且每条阴影均会混杂一个发光的影子，如此，发光光线就被阴影遮掩住了，变得越来越弱，好比我们经过月光所看到的状况一样。当大风把月球的海面吹得波浪滚滚，形成惊涛骇浪，浪涛越高，光线变化频率越小，逐渐扩大的阴影部分将和太阳投射在浪涛上的部分影像混杂一起。所以，月亮的光线会变得暗淡无光。

然而当月球正常运转到大概在我们半球的正中位置，月球水面出现的浪涛不仅会在浪涛间的暗槽反射阳光，也还会在浪涛的波动中反射阳光。所以此时的月光将比任何时候都还要明亮，这归咎于光线的发光部分使它翻了一倍。同时，由于太阳远离月球，将阳光照在月球浪涛之上，所以当月球运转时，短时间内会显得非常明亮。当每一条浪涛距离相近，且看起来似乎接连不断

①1英里=1.609344千米

碰撞时，如果观察者只从一个角度观察，就难以发现浪涛之间存在的暗槽部分，也无法看到暗槽部分所混合的发光投影。由此，月亮的光线将显得特别强烈。而且经过证明，发光的物体是可以遮掩其他部分的真实状态。

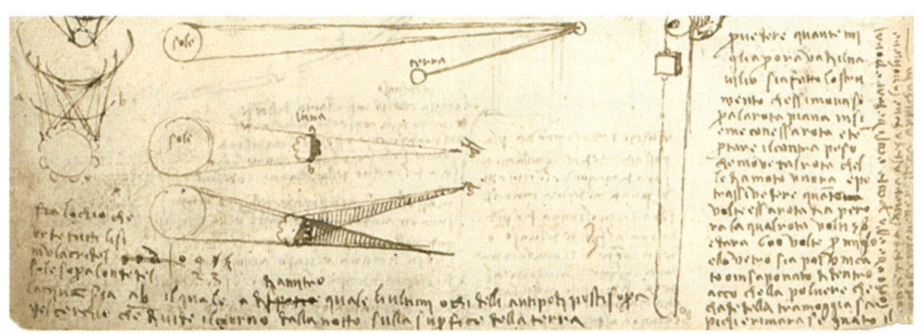

（从右到左）

依据尘土落下时不会改变位置的原理，可以通过这种方式，观察并对尘土落下的精确高度作出确切识别。

用这样的装置，可以计算出船每小时能航行多少英里：装置在水平轮上与这个轮子同时运转，把推动轮子运转的平衡器调整好，就能使轮子运转一个小时。如此，便能发现在这一小时内轮子运转了多少圈。轮子运转 1 圈有可能是 5 布拉乔奥[1]，而 1 英里运转了 600 圈。然而，还必须在玻璃内部抹点油或肥皂，才能避免漏斗上落下的尘土附在轮子上，尘土落下的位置也将被作为一个标记。

如图所示，假设所观测到的太阳在水浪上的所有影像为 ab，那么太阳的直径则是通过我们所看到的地球上区分昼夜的环形各个极点的坐标来确定。

①布拉乔奥：braccio，古意大利的长度单位，相当于66或68厘米，据《21世纪大英汉词典》。

译者简要说明

该手记主要总结了达·芬奇对月光光线成因的论证，他认为月球表面散发光亮主要是月球表面的大海的原因，因为月球上的大海反射了太阳的光线，从而使得月球熠熠生辉。而大海中水的运动是造成月亮光线变化的主要原因。

延伸阅读

月　球

月球，是地球唯一的天然卫星。其直径是地球的四分之一，质量是地球的 1/81，与地球的距离，大约是地球直径的 30 倍。

它的自转与公转同步，因此始终以同一面朝向地球，表面有火山熔岩，夹杂着古老地壳的高地，还有突出的陨石坑。月球的引力影响地球海洋的潮汐，并且影响每一天的时长。它也是目前唯一一颗人类曾经登陆过的地外星球。

由于月球自古以来在天空中非常显眼，并具有规律的月相变化，所以从古至今对人类文化，如语言、历法、艺术和神话等有着重大的影响。

手记 2

月球本身不能发光

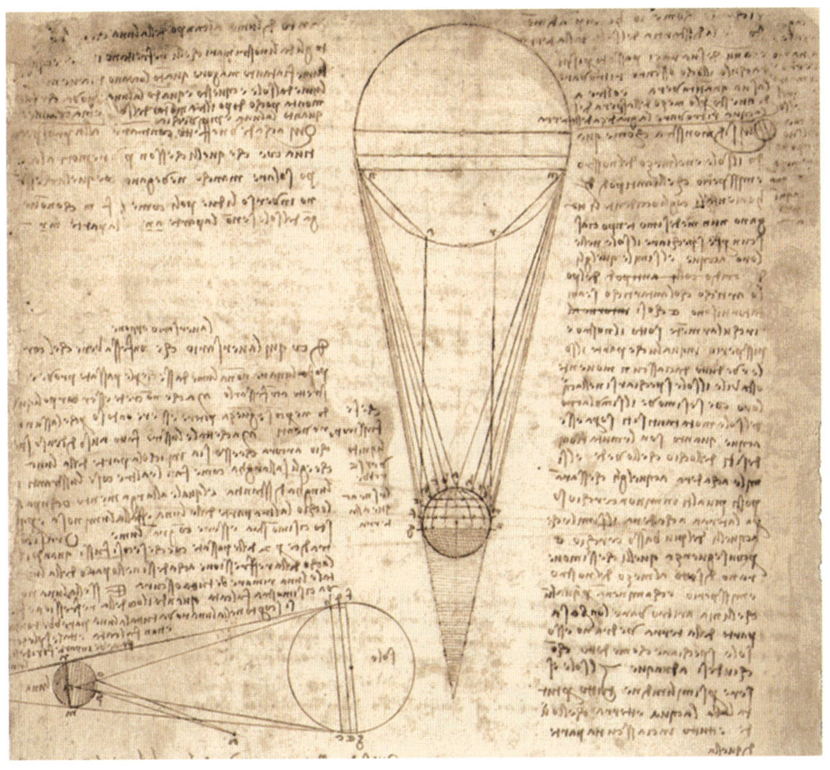

（右上角竖排文字）

我一直沿用同等的方法来计算月亮和太阳的大小，即在月圆的深夜，通过月光的光线来对其作出推算。

请牢记我模拟太阳与地球之间距离的方法。待光线穿过小孔，照进暗室后，再依照光线对太阳的大小作出推算；另外，按照水域大小的计算方法，对地球的大小作出推算。

在此，我进行一个演示。当太阳位于我们半球的正中位置，东西两极的水域中将会反射出阳光，此时南北两极情况相同。假如东西南北四极均有人居住，且在我们居住的大地下面，环形的任何方位也都有人居住，那么这些方位的人无论是站立还是走动，都有可能看见太阳，也有可能看到太阳在水中的倒影。换句话说，如果我们以不同的角度看水中的太阳，太阳在水中的倒影就会随着角度的不同而发生相应的变化。这好比一个人站在地球上空的小小圆环上，去观察下方圆环中的人一样。所以，一旦有人移动到我们半球的下方，并走向地球的任何黑暗方向，就都可以看到太阳在水中的倒影。综上所述，可以推测出太阳能照耀到的水和土地上，阳光与水以及大地上的各个角落是融合在一起的。

再看面向我们的月亮照射过来的光芒，与太阳从地球海面反射到月球上的光芒一样丰富多彩。大海吸收了多少阳光，月亮就相应地释放出多少月光，即月亮为新月时，会随着落日缓缓坠下；而当月相慢慢变为残月，月光也会逐渐黯淡无光。

这里所发生的现象与透镜原理截然不同，离太阳越远的人所能看到的阳光就会越弱。如图所示，假设 fm 两人朝两极走去，那么他们所看到的太阳就不会比站在 an 或 mr 上的人多。

反方观点

我方一致准备认同“月球本身不会发光”的说法，通过每一步的论证后，我们才迫不得已地接受。但是我们并不认同“月球上有液体”的说法，假设月球存在液态水，那么这些液体就会流泻到地球。由此推出，月球也不存在波浪，因为没有风源。

然而我们坚持认为，那些仿佛从厚厚的镜子反射出的光芒，虽只局限在月球某个很小的部分，但就远方角度来看，一旦光线迅速扩散开来，会感觉整个月球是由明亮的物体构成。这种扩散又会牵扯到月球其他部分，如果用肉眼去看，月球就好比一个发光的整体。由此可说月球本身看起来似乎具有很强的亮光。但这点却和盛行的两种说法截然不同，即假设月球真可以发光，一旦月球阴暗方位出现光线反射现象，整个月球就有可能显示黑色。如果我们看到的月相呈月牙形状，反射的地方又是在月球，那么它所呈现的状态并不是镰钩形而是圆球形，并且这些光亮还会在月亮四周的不同方位呈现出来。

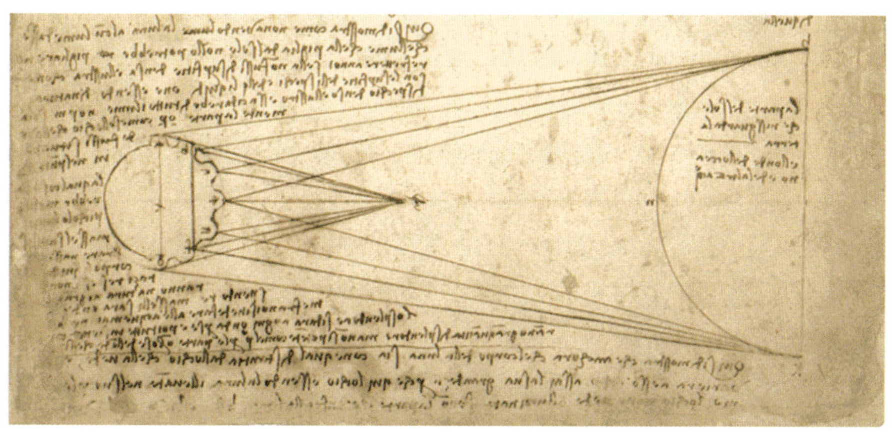

图示揭示出本身不能发光的月球为何不会把接收到的光线吸收的原因。假若月球表面不存在像镜子或液体的同等密度和光洁程度，就不会将接收到的光线反射到地球。所以，假若月球表面存在像镜子同等的密度和光洁程度，就会从图示 nopm 四点之间发出光线，而不仅限于从 op 部分，好比在 a 点所看到的那样。此种现象有可能发生，但发出的光线会很弱。另外，假若月球上的光芒取自液体物质，其反射出的光芒就不会很自然，更不会很强烈。但是在惊涛骇浪的海面上看到的情况除外。即光线照在每一道独立海浪上，于整个水体来说，好比一个整体反射出大片光芒，却不如第一点散发的光线强烈，因为离海浪越近，就越能看到海浪阴暗的一面。

于大地上的观察者来说，不论身在何方，眼睛与月球间的距离都是可以看作不变的，图示也说明了月球球体在观察者眼中发生的大幅度变化。例如，满月位于东面，那眼睛能看到的光亮部分就会在直线 bf 之间，而这一部分会被水遮盖。

（右侧图形中的文字）

面向地球的太阳方位。以及海浪和其他水源的波浪。

译者简要说明

这篇图示在这一册手记中非常出名，因为其中的图案绘制了太阳、地球和月亮之间的关系，展现了中世纪时期宇宙科学的相关知识。在这一篇手记里，达·芬奇讲解了月球怎样发光，以及为何月球的光亮低于太阳。并且从正反两方辩论月球是否反射了太阳的全部光亮。

延伸阅读

达·芬奇手稿中的坦克车

手记 3

月球及其元素的讨论

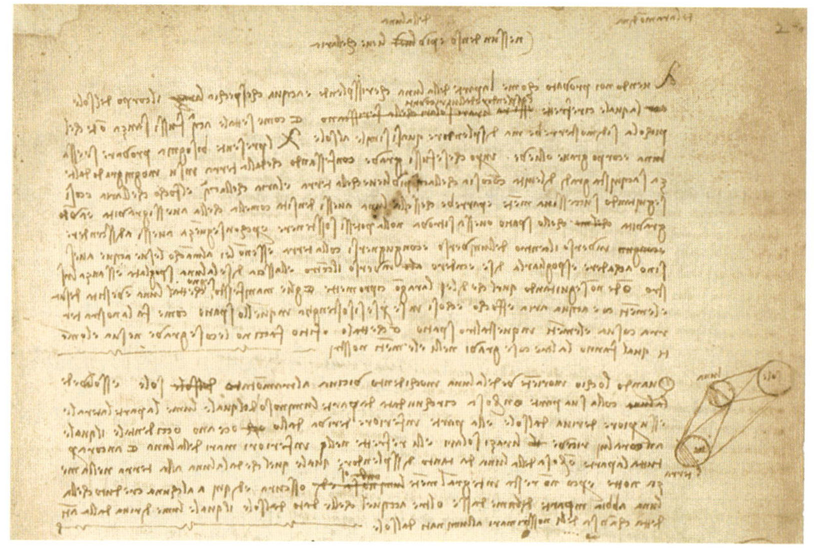

拉蒙缇娜

有关月球

没有任何固态要比气态轻

经过证明，月球发光的部分是水，但就太阳来说，这部分的水像是反光镜把接收到的阳光反射回来。假设这部分的水没有形成浪涛，那它将会显得很小，只能把太阳照耀在水面的光芒以等量程度反射，所以，我们不仅要证明月球是一种质量很重的物体，还要证明它是很轻的物体。

如此，假设月球是一种质量很重的物体，根据水比土地轻、空气比水轻、火比空气轻等以此类推的原理，可以发现在地球向上运动的过程里，每上升一个高度，光线的亮度就会越强烈。依这样看，假设月球有密度且是真有，那月球本身可能存有重量，一旦月球有了重量，它所在的空间就有可能无法支撑月球，导致月球重心偏离，从宇宙中心滑落到地球上；抑或假设月球无法掉落，无论如何月球上的水都有可能掉落，月球将失去水的存在，水将往宇宙中心掉落，以至于剥夺了月球上的水，使月球黯淡无光。但是，这些事情并未发生，有可能会和大家曾经预想的一样，很显然，月球被自身的元素包裹住了。换句话说，月球本身可能存在水、火或空气。如此，月球才可以同地球一样，在自己所处的空间悬浮；况且月球上的重物，在月球自身的元素里起到同等作用，好比地球上的重物作用一样。

当太阳下山慢慢落下的时候，站在东方，抬头观察西方的月亮，会发现月亮暗淡的部分已被明亮的部分包裹住了。发亮的部分，上方及侧面源自于太阳照射的光芒，而下方则源自于西方海面的反射，即西方海面将太阳光线接收，并将接收到的阳光反射到月球下方的海洋；况且，反射的光线照射在月球呈现阴暗的区域，好比月亮在午夜时照射在地球的状况一样，所以，月球并没有呈现漆黑一片。就这点来说，在相信月球除了能接收到阳光光线外，自身的某些区域也可以发光，这是由上文所提及到的原因造成的——地球上的海面反射出的阳光光线。

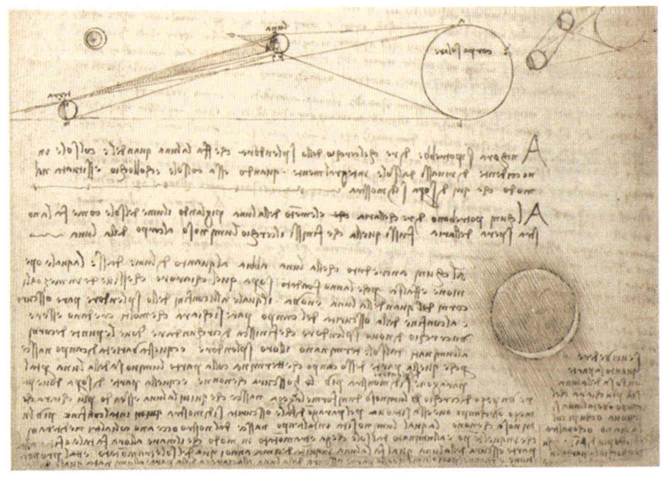

此外，我们还可以这样认为，当月亮和太阳一并出现在西边的时候，月亮的方位相对于太阳和视线角度的方位来说，由于月亮在上空方向，月亮所呈现出的光圈将完全取自太阳的作用。

或许有人这样认为，月球元素之一中存在空气，好比在地球上一样，空气将太阳光线吸收，是否基于这个原因，月球上才能有完好无缺的光圈？

有人看到，新月两个尖角间的区域有微弱光线出现，看起来若隐若现，同明亮的部分相比，显得较为暗黑，或许跟漆黑的地方相比，会显得明亮一些。以至于他们就相信了月球自身是能发出环形一样的微弱光芒。他们甚至还认为，太阳所照射的光芒在新月两个尖角处已经散尽，来自月亮的环形光却能自成圆满。我觉得以上的观点都是错误的。

背景的区别来自于月亮四周明亮的部分，与明亮部分相比，月球会显得比自身更加黑暗。在这部分的上方，将呈现出宽度匀称的光圈，同四周的黑暗相比，光圈的明度将比自身显得更加明亮。由于海洋在这时仍能反射光线，出现这种状况的月光，均来自地球海面或者其他内陆海面的反射作用。太阳下山的那刻，以同等的方式，海面将会变成月球黑暗区域的温床，好比满月的时候，在太阳下山后，我们所看到的月亮一样。月球黑暗区域的微弱光芒，和明亮区域的亮度，呈现出同等的比例，由于……

假设想要知道月球阴暗区域和其背景相比的程度，用手或其他物体远远地遮住视线，就可以看到月球发光的部分……

译者简要说明

在达·芬奇所在的年代，普遍被接受的是“地心说”，即所有星体都围绕着地球转动。这篇手记里，达·芬奇对月球及其上的一些元素进行了猜测和讨论，并且他认为月球上的大气与地球上的相同。而他关注的重点是月球是否有足够的重量保持住其上的大海，使大海中的水不会掉落在地球上。

并且在这一篇里，他再次提到了之前提到的论点——月球除了会接收太阳的光线，还会接收自地球反射的太阳的光线。达·芬奇说，从地球反射的光线，照射到月球的阴暗部分，会使这部分发光，但比其他部分微弱。

对于月球阴暗部分和背景的对比，达·芬奇说，可以通过遮挡我们视线中的明亮部分来仔细观察。除此之外，达·芬奇还建立过观测台来观测月亮。

延伸阅读

地 心 说

地球是宇宙的中心，而其他的星球都环绕着它运行。这一学说被称为地心说。

古人缺乏观测宇宙的工具和相关观测数据，并且人类认为自己为世界的主宰，所以认为地球是宇宙的中心。

在古希腊，托勒密（Claudius Ptolemy）完善了地心说，并且为了解释从地球上看到的行星逆行的现象，而提出了本轮理论，认为这些行星除了会绕着地球运行之外，还会沿着一些其他的小轨道运行。而这些理论被天主教接纳，并逐渐成为当时世界的“正统理论”。

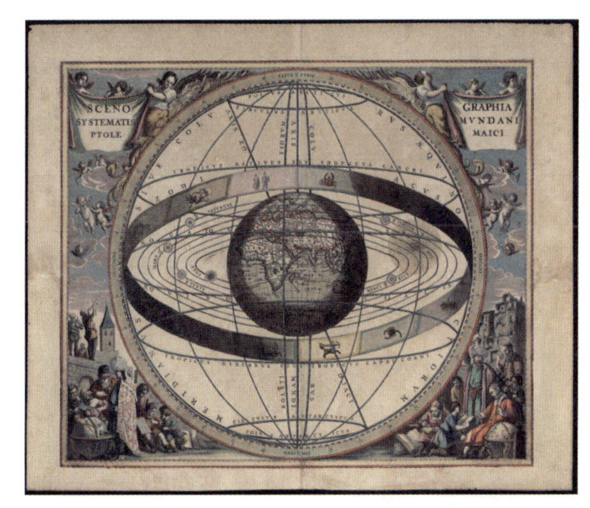

托勒密的宇宙体系图

但在文艺复兴时代，科学技术取得了很大的进步，日心说开始出现，并伴随着相关的证据。在现代，基本上已无人支持地心说。

手记 4

月球上的水

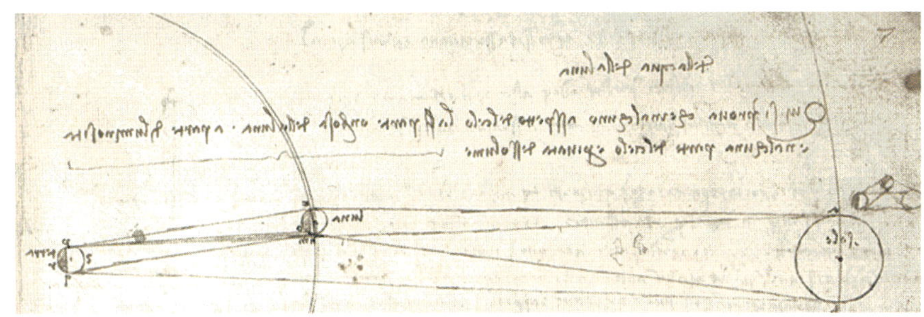

月球上的水

有人曾证明，基于某种天气条件下，月球阴暗区域会存在一些亮光，但是在另一种天气条件下却无法看到这些亮光。

如图所示，假设太阳在ab两点间，月球在en两点间，而地球在pq两点间，我觉得在地球海面上能看到太阳的 pSq 区域，也能看到被太阳照亮的月球阴暗的区域 eo。当地球面向月球上的海洋时，月球位于东方，太阳位于西方，地球上的海面将把光线反射到月球上的海洋，而月球上的海洋同样也会将光线反射到地球上的海面。

如此，同太阳一并出现在西方的新月，将会呈现出两种不同的光线，即来自太阳和地球海面反射出的光线。这是由于阳光照在海面上时，会把海面照亮，并且海面又会将光线投向月球。月球从太阳那里接收到的光线将比从地球海面反射过来的光线要强烈很多，假如不依靠太阳的入射光线，那如同被太阳光圈包围的月球好似有一部分自身的光亮，同太阳照亮的区域相比，反而显得不是特别强烈。好比地球海面一样，反射的阳光光线要比太阳自身散发的光线较弱了点。在白昼时，当太阳与月亮都出现在天空后，我们可以把它们做个实际对比。

然而当月亮移动到南面天际边界的位置，再往东面移动，仅有月亮上处于黑暗的一面才能接收到地球海面反射的太阳光线。即黑暗一面面向大海，另一面面向星空，同星星并列且散发出光芒。

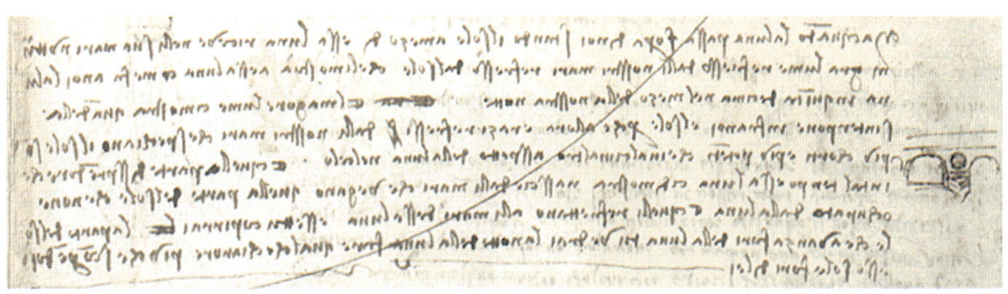

如果月亮从我们头顶移过，太阳位于南面时，月亮上黑暗一面将大量接收地球海面反射来的太阳光线，好似在地球上的午夜，满月把地球照亮一样。由于海面反射的光线比月亮其他部分的光线短且强烈，所以当月亮居于地球和太阳之间时，月球会发出更强烈的光线。那时，月亮散发出的部分亮光，是在没有被月亮挡住的太阳光线照到地面的大海情况下，再通过地面的海面把光线反射并传递到月亮之海。假设把没被月球挡住的太阳光线遮住，就有可能看到夜晚时的月亮，会比所看到月亮之外的太阳部分显得更为明亮。

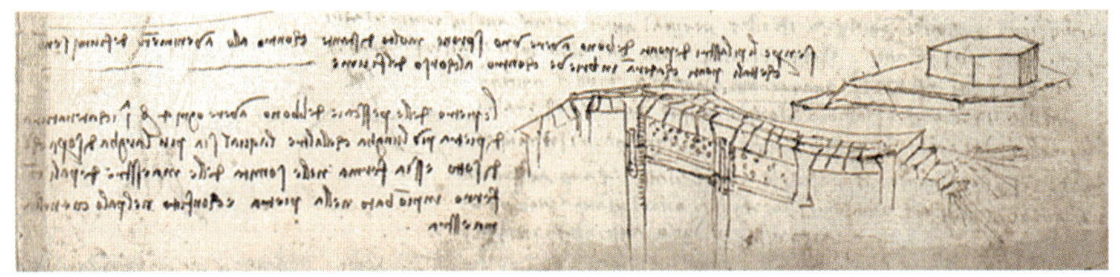

桥墩通常会有长且陡的坡面延展出来，用作抵御水流不断的冲刷。如果不这样，整座桥就有可能随着河水流动的方向崩塌。

堤坝的石块每 4 布拉乔奥应有一条石链比其他部分要长，且石链上宽下窄，把其中一条铁链在每个主木墩的上方牢固，石块灌入铅，插在桥墩，这样就成了主桥墩。

译者简要说明

这一篇中达·芬奇在证明月球的阴暗面需要在一定条件下才能显现，因为这阴暗的一面也会有一些光亮。而为了看到阴暗的一面，除了要考虑太阳的光线，还要考虑地球反射的光线。在达·芬奇的其他手记中也提出过，月球附近的星体也会影响月球的明暗亮度。

关于影响月球明暗的因素，达·芬奇作过许多猜测和设想，比如月球最亮的时候是因为此时接收到的来自地球反射的光线最强烈。但这里达·芬奇主要是想推算出月球运行的周期与其明暗亮度变化的关系。

延伸阅读

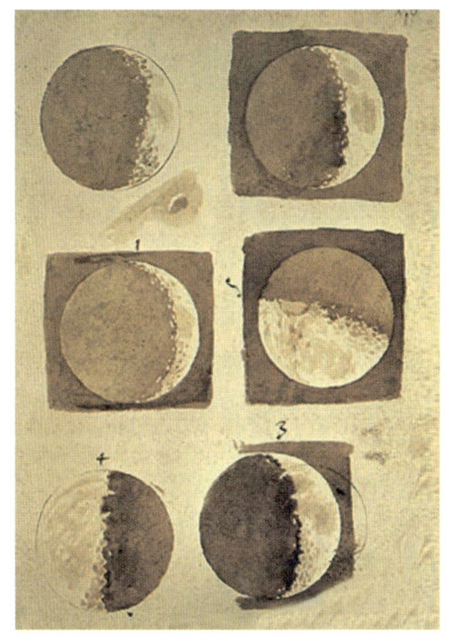

伽利略绘制的多角度面向太阳的月球

中世纪的天文学家们认为月球是个完美光滑的球形，并且其本身就能够发光。但是伽利略通过其发明的第一台天文望远镜观测到，月球表面非常粗糙且不均匀，并且上面还有高山和峡谷，而且，月球的光线只是反射太阳的光。在 1610 年，他发表了以墨水绘制的草图，这张草图上绘制了月球从不同角度面对太阳时的情景，进一步打击了地心说。

手记 5

反方认为“月球上不存在水”的矛盾点

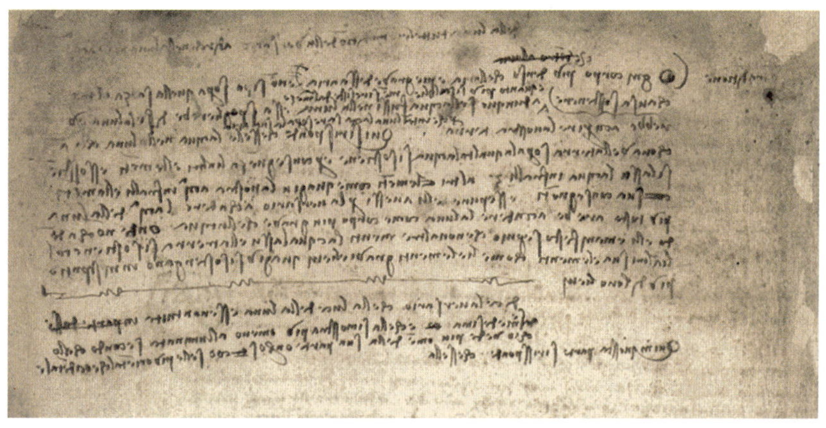

有关月球：反方观点中“月球上不存在水”的矛盾之处

矛盾点：“所有密度和质量超过空气的物质，假如没有其他的介质，就不能维持独立形态”；而密度和质量越大，那其所受到的介质阻力就会越小。所以，如果月球上有水，水就会将月球淹没甚至覆盖我们所在的地球，这是由于在这种月球上，水会在其空气之上。同时，这也就回答了“如果月球上有水，那么月球上就会有土壤”的问题。水把自身附在土壤上，再是其他的元素。月球上的水与其他三个元素息息相关，好比地球上的水一样同其他元素共存。

但是，反方却一致认同“月球上不存在水”的观点是正确的，他们认为假如月球上有水的话，水就会从月球上流落下来。而且月球本身的质量就比水大，要落下来的会是月球，而不是水。但是月球并没有落下来，反而说明了一个道理：同地球上的状况是一样的，月球上的水会和土壤自身的其他元素共存，轻重元素均会在比自身轻的元素的空间里生存。

反方认为月球本身发光，就算不是整体，在其他某些地方都有可能发光。如果用肉眼去看月球的阴暗区域，就会发现月球其实在发光。正如，西面不亮而东面亮。

在此问题的基础上，还有人这样认为……

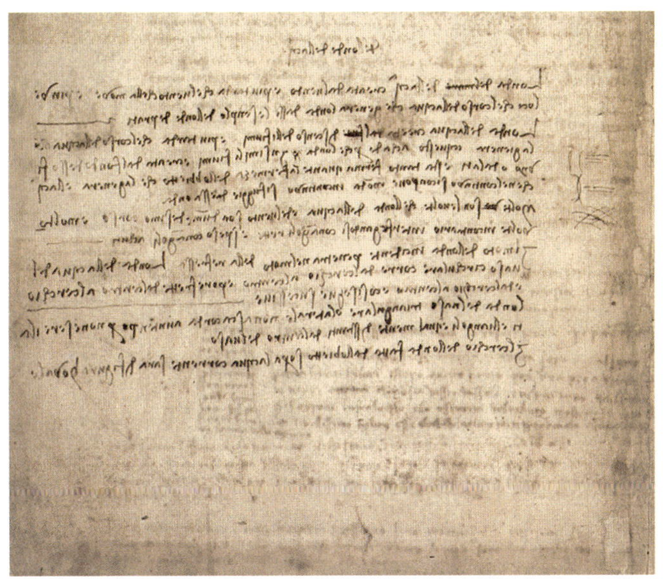

有关波浪

因风而成的波浪与被风推动的波浪相比，速度要慢，但比所在水流的速度快。可以观察因风而动的草地波浪起伏的情况。

河水向低处流动产生的浪花比水流的速度要慢。这是因为这些浪花是在河床和河岸的作用下产生的，并且浪花运动地十分平缓。河水在奔流时会不断地生成浪花，这些浪花在形成后会渐渐地远离最初生成它的流水。

许多时候水中的浪花与风的方向是一致的，但也有例外。方向相反时，浪花和风相互交叉形成直角或锐角，并且锐角居多。

圆形容器中的波浪运动到外部，由内向外冲击，然后再返回冲击向内，如此往复。这些冲击与被冲击的运动也相互交叉。

而在三角形的容器中，由于容器边角到容器中心的距离不等，所以容器中的水波也不会按照一定的规则运动。

物体掉落在水中形成的圆形水波最终会变为椭圆。

译者简要说明

这篇手记包含两个部分，上半部分讲述反方关于月球上没有水的观点，并列出了这些观点的矛盾之处，下半部分则是关于波浪的一些说明。

根据当时关于星球的论文和观点，各个星球自身也存在自己的引力中心，使得各自身上的物质围绕这个星球存在。达·芬奇根据这些论点进行假设，进而得出“月球表面存在水”的结论。在“反方”的观点里，月球上的水会因为地球的重力而降落在地球上，达·芬奇认为，若果真如此，那么月球也会因为重力落向地球，但真实情况并不如此。根据这一点，达·芬奇推断月球也有自己的引力。

延伸阅读

日心说

日心说，也称为地动说，是与地心说相对应的天体运动学说。在日心说中，太阳才是宇宙的中心，而地球不是。

公元前 300 多年，阿里斯塔克斯就已经提出了日心说这一看法，而完整的日心说的宇宙模型是波兰天文学家哥白尼于 1543 年在发表的《天体运行论》中提出的。但直到 1609 年伽利略制作了天文望远镜，并借此发现了支持日心说的天文现象之后，日心说才广泛被关注。可是由于此时的宇宙体系数据与观测不吻合，日心说仍未被广泛接受，直到开普勒以椭圆轨道替换了之前的圆形轨道，修正了日心说，这一天体运动学说才取得胜利。

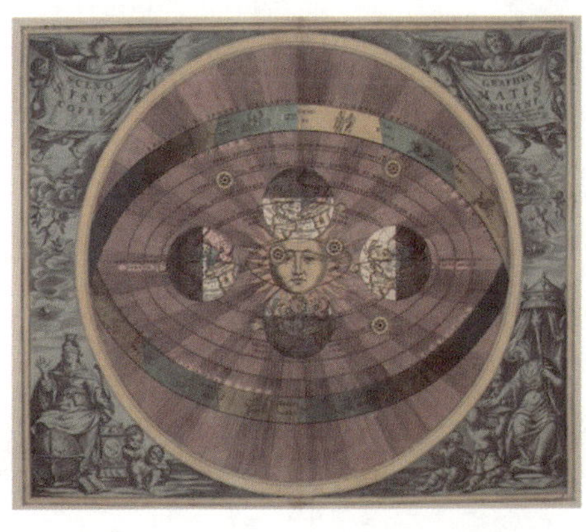

日心说的太阳系图

达·芬奇《自画像》局部

《阿莫谷》

《受胎告知》

/卷二

di leonardo da vinci

手记 6

有关地球自身的特征

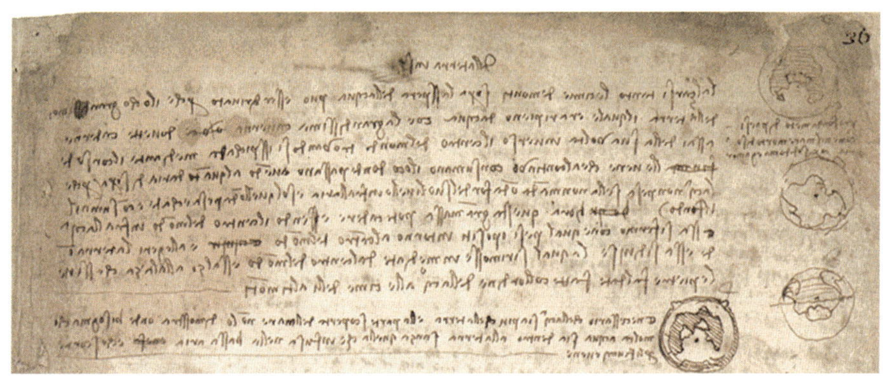

地球的本质特征

山岳高而耸立在水面之上，或许是由于地球宽广的区域覆满了水的原因。换句话说，由于地球中的偌大溶洞有一大部分的区域向着宇宙中心深陷，地下水流淌过这些区域时不停冲击，以至于这些区域将地下水穿透并显露出来。在某种情况下，溶洞顶部的部分水源会直接显露在空气里，“因为假如水浪低于水面，就不会产生重力，且只有淌过水面的水浪才具有重力坠落，使得下部遭到磨损”。宇宙的中心位于水源的下部，那偌大区域的水源有可能会往下坠落：水源停止流动时，宇宙中心四周会形成相对的力，导致下陷的区域所牵连的地球变轻。那样地球的中心也会因之变动，逐渐形成高而耸立的山岳，好比我们在岩层里所看到的一样，会有一道道流水涌过岩层时留下的痕迹。

很肯定的是水的面积大于土地的面积，而不被海水掩盖的土地则不会显示出这一点。所以，排除暗藏在大气底端的水以及江河与暗流中涌动的水，地球内部肯定有大量的水源存在。

好比叙利亚境内的死海一样的土地沉陷，即在索多玛和蛾摩拉。

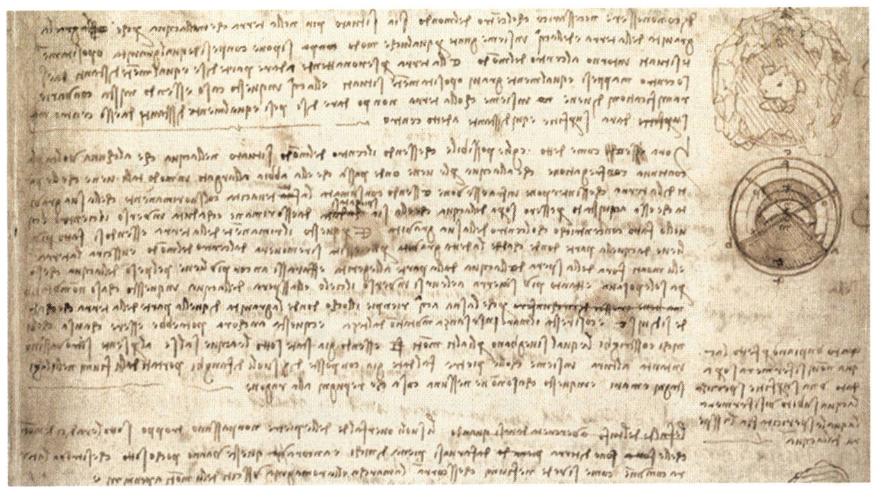

我觉得，宇宙中心在水中的可能性，要比在土地之中的可能性小很多。之所以这样说，是因为土地和水的重力无论以何种方式呈现，都是连接在一起的，而在宇宙中心四周对应的位置上重力也是同等。有些地面的区域距离这一中心有可能不同等，但两端的地球引力却是相等的。在这种状况下，流经各种暗流支脉夹杂在土地中的水，并不会得到距离这一中心同等距离的地球引力，但是水面会和它的距离相等。

如此，综上所述，宇宙中心有可能是在水中。某些状况下，在水流不断冲刷的过程里，水会淌过所流过的间隙，导致间隙的泥土松动，从而使水流的通道逐步扩大。水流经过的一些未松动的泥土的柔韧性将有可能消失，使得高出水面的土地得到重力，未松动的泥土也将脱落，掉在中心，以至于土地和水的重力中心均向同一点靠近。

在这个过程中，未松动的泥土会因为上述部分的脱落逐渐变轻，必定与宇宙中心的距离拉远。由于这部分的泥土掉落，土地与山脉之间涌出水层，基于顶部无法承担水的重量，使得这部分土地重量逐渐变轻，所以面向天空的区域会不断的升高。

基于此种状况，水层不会改变自身位置，仅是以分开状态呈现——水的重量弥补了与土层脱离且脱落的部分泥土的重量。海面继续维持原样，也没有让高度发生变化。或许是由于在高山能看到牡蛎和海贝，它们原先是在海底生存，可现在却在高山生长，还有不断岩化的石头——原先为河水带入湖泊、沼泽以及大海的泥土不断沉淀形成。这个过程，是不能反驳的。

如果……

如果表面极为平滑，水源不能在其中停留；假如表面以球形呈现，水源将会停留在那里，也就可以认为这个球形便是水层。

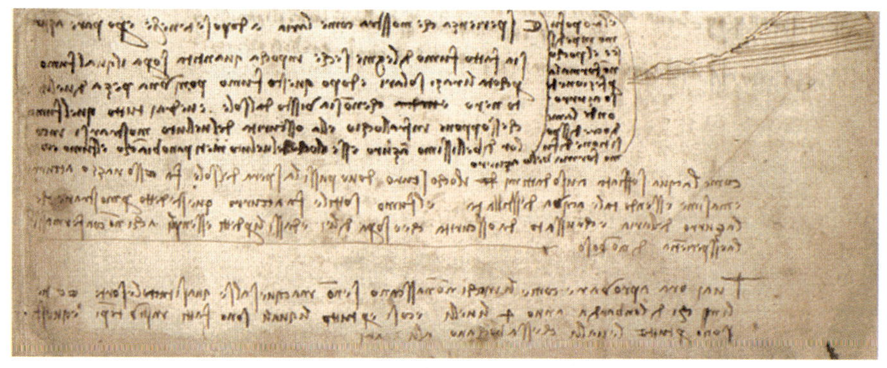

因为这些石头是由可以用作制陶的泥土组成，里面混合着贝类物质，所以岩层并不会往山下延长很远的距离。它们仅是往下延长一小段距离，因为有人在下部看到极为普通的土壤。好比穿过马尔凯和罗马涅河流时看到的一样，均源自亚平宁山脉，并且……

实验呈现的天空底色是黑色，但我们看到的却是蓝色。

过剩的烟雾如同一张屏幕。较少的烟雾是不能将蓝色的效果很好地呈现出来。所以，假如烟雾的浓度适中，那蓝色的效果就会非常美丽。

将少量的木材燃烧使其生起烟雾，让阳光光线照射到烟雾的同时，并在阳光无法照到的后面挂上一张黑色的天鹅绒布。这样就可以看到，在视线和绒布黑色间的区域，烟雾会显示出一种极为好看的蓝色。假如用白布取代黑色的绒布，那么所看到的烟雾就会显示出灰色。

在有一丝阳光穿过的暗室洒点水，所看到的水会呈现蓝色，若是使用蒸馏水，效果会更加明显。浓度偏低的烟雾呈现出蓝色，刚好说明空气中的蓝色是由其上面的黑色造成。于没有看过蒙博索山呈现的现象的人来说，以上例子正是最好的说明。

我必须得承认，除了海水外，这些贝类是别无产处的，连同所有的贝类几乎是一个性质。伦巴第的贝类分布在四层不同的区域，每层的贝类生存在不同的时代。这些状况是可以在流入海水的峡谷中看到的。

译者简要说明

顾名思义，本篇主要在讨论地球本身的一些性质，主要包括宇宙的中心在土地还是在水中，并且描绘了地下溶洞的形状。达·芬奇从地球各个部分的引力相同和土层中的各种石头、海贝，推测这些成为化石的物质从何而来，将要到哪里去。

这一篇手记以水层和山峰开始，以贝类的资料为结束。达·芬奇以惊人的行动力，在伦巴第不同的海拔高度发现了这些生活在不同时代的生物化石，根据这些生物做出了以上的推理，即大海填补了地下的空洞。达·芬奇还在一旁绘制了心中的地球横截面图示，该图示显示了地球是如何由一圈圈土层和一圈圈水层相互叠加的。

在此有一个前提，当时普遍接受的宇宙四元素是火、水、土和空气。而在达·芬奇的认知里，中心是土，然后是空气、水，最外层是火。

在最后，他又题外延伸讨论了天空的颜色，并以燃烧烟雾的实验来解释天空的背景为黑色，看起来呈蓝色。

延伸阅读

四元素说

“元素”一词最早出现在柏拉图的《Timaeus》中，在其中讨论了有机和无机物，算是最早的化学著作。柏拉图假设一些细微的物质具有特别的结构，如正四面体（火）、及正六面体（土）、正八面体（风）、正二十面体（水），并且模糊地提及了正十二面体，即以太。

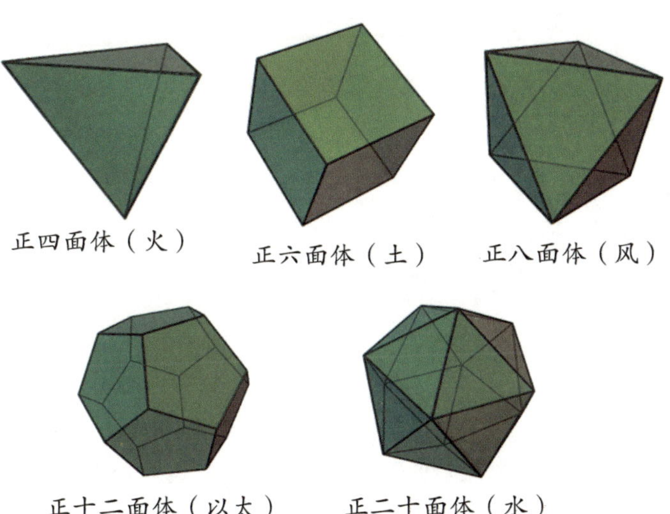

现在广为人知的四元素说则是亚里士多德提出的，他认为这四种元素具有两两对立的性质，并且这种性质能被人感知。

手记 7

地球的血脉——水流

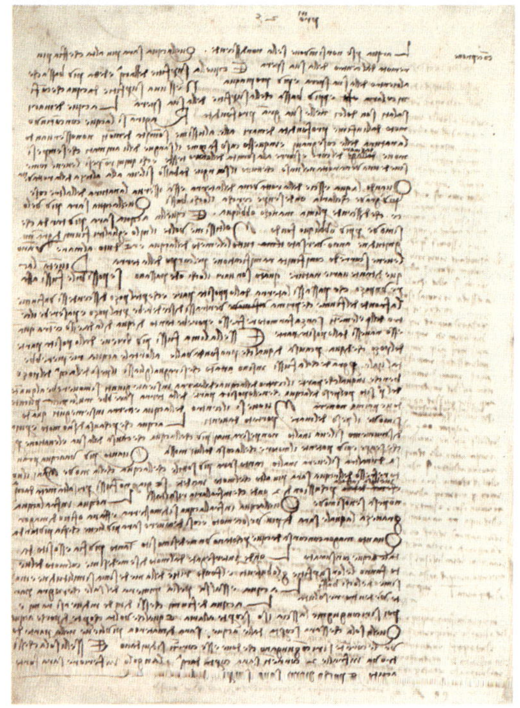

二十五项议题

假如水流没有遇到低矮的区域，就不会自行流下去。从水层流动出的水流得越远，它的位置就会越高；反之，越靠近水层中心的水，它的位置就越低。任何能和空气接触的水，它的水平面均不可能比整个水层的水平面低，仅能高于、等于后者。淡水通常存在于海水最深的地方。水并没有遵循重物的运动法则，仍然源源不断地从大海深处往山脉的最高峰流动。这种运动有点类似动物的血液循环，即把大海比作心脏，流向比作脑袋的山峰。一旦血管碎裂，好比流鼻血一样，下方所有的血液会一并冲上来，到达碎裂的程度。

当水流从大地碎裂的血管中汹涌流出，会立刻遵循重物的运动法则，总是往低矮的区域流动。往下流动的坡度越大，水流的速度就会越快；反之，往下流动的坡度越小，水流的速度就会越慢。尼罗河和其他河流总是源源不断地付出全部流水，水流也最终会返回到大海。

大地内部的暗流不计其数，水流在这些交杂的支脉间不断流动。水流经过的区域状态也会有所不同，其显现出的特性呈五花八门，并且根据地表的状态而迥然有别。可以的话，在地表打造一口井，穿过地表到达地球的背面，水流将穿过这口井往下涌动，先流进的水流会先穿过这口井，但并不会发生任何反射运动，反而会穿过整个元素中心，所流入的水量将同地球背面一样多。

由于一些峡谷深度较深，以至于这些地下水源的水道，一端会比另一端短很多，无论峡谷的面积有多大，泉水均能将它充满，且持续到两端渗出的水的重量相同。然而在一些地方，水中心会和地球中心连接一起，因为水本身有一定的重量，所以在一定程度上中心的位置有可能会出现偏离状况，也有可能会在地球的对面上升，直至超过原本所处的位置。

由于海风不停地吹动，一旦大海的重量发生变化，水中心将和地球中心的连接点随之发生改变。根据发动机总是比自身所带动的物体更强有力的原理，水本身运动将水抬高或凭借器具把水抬高的重量，将永远不会高于导致水抬高的水的重量。

一道水流被另一道水流抬升得越高，这道水流就会比推动它的水流薄很多。水流的反射运动绝不会高于入射运动，水流在不断冲击中除外，因为它会在冲击中跃出水面。假设水流停止流动，围绕在其他水源的水将不会对四周的水源产生重力。假设水流的运动速度越快，围绕在其他水源的水将会跃出来，突显其具有的重力。反之，水流运动的速度越慢，重量就会变得越来越轻。

在同一区域，汇聚的水被冲击得越久，水流对它的冲蚀将会越来越厉害。在风的拂动下，水流自行流动，彼此相交，组成圆形的水纹，下方也会随之受到牵连，在浅水区的状况会更为明显。水之所以变咸是因为矿盐的原因，矿盐在一定的范围内融化进水里。河流在上游散成许多分流，一并在下游汇聚后再在后方构成无尽的沙洲，它们有的被暴露出来，有的被小水流掩盖住了。

暴露出来的沙洲，通常含有很多较轻的物质，水流还有可能会在此汇聚，且不会在分开的区域相交。假设水流淌过两道水流交汇间的沙洲，下游形成的锐角角度就会显得很小，附近的泥沙也会将沙洲大多数的砾石掩盖。

译者简要说明

在这篇手记里，达·芬奇主要讲述了自己对于水流的一些认知，他将这些认知归为“概念”。他提出地球内部水流的运动就像人体的血脉一样。他提出水流会从高处流往低处，并不会逆向，但是却又提出，大海深处的水流会向高山运动，违背了水往低处流的定律。所以，他认为地球的水脉就像人体的血脉一样，以大海深处为“心脏”，流向四方。

达·芬奇讲述水流的运动，包括水流的坡度越大，速度越快；水流的运动导致重量的变化；水流汇聚对所经处的冲蚀等。并基于此上建立起了地脉水的联系。

延伸阅读

地球上的水循环

水是地球上最常见的物质之一，是所有生命生存的重要资源，也是生物体最重要的组成部分，包括人类。

地球上的水通过吸收热量转变存在的模式，再运动到地球的其他地方称为水循环。比如，地面上江河湖海的水分被太阳蒸发，形成水蒸气上升到大气高处凝结成云，而云朵四处飘荡，直至承受不住凝结的水的力量，化为雨降落下来。

地球中的水大多存在于河流、海洋、湖泊、地底以及大气层中，通过蒸发、降水、渗透、融雪、凝结、流动等方式，经由地球上的水系脉络游走。

手记 8

任何东西的生存均源于合理的生活

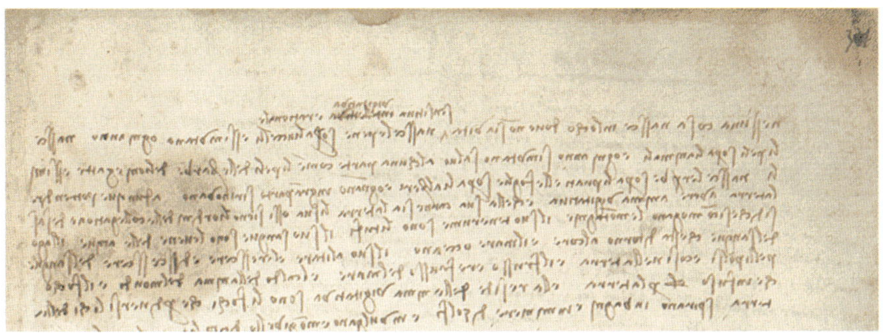

假如没有意识、植物以及合理的生活，任何东西都将不能生存。小鸟长满毛羽，每年都会在一定季节换羽。排除狮子、小猫等动物的胡须，动物生长毛发后每年都会换毛。田间的繁茂，树木枝叶浓密，每年它们都遵循一定规则枯了又绿，绿了再枯。我会认为，地球上存在生长精灵：地球的躯体好比是泥土，群山连绵的岩层好比骨骼，石灰化石是软骨，大地上纵横交错的水流是血液，海水则是心脏四周湖泊中的血液。通过脉络中血液的运动来完成心脏的呼吸，于地球来说，好比通过大海的潮汐来完成呼吸。世界的生命之火在地球遍布。生长精灵在火中完成重生，大地上不同的区域将渗出喷泉和硫矿物质，在佛卡奴斯、西西里岛的蒙吉拜罗以及很多的地方。

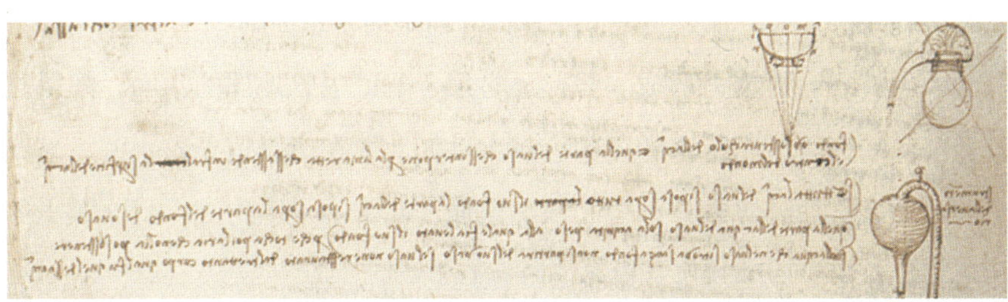

作为容器一部分的底端，将用以支撑水源，在容器里面直线连接，表示容器中的水面以及世界中心。

假设水源的重量均在容器底端之上，那容器的底端也将会受到其上部水源的重力。

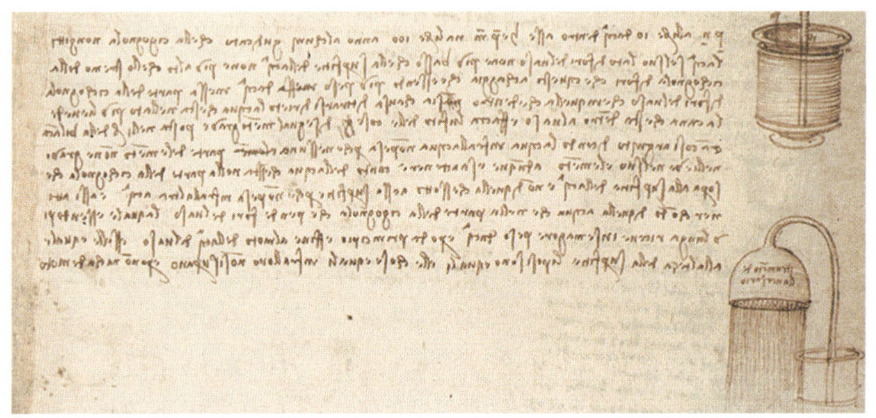

“如果把某一区域水源的底端抽掉，则仅有这区域的水在容器中获得重力。”因为这区域的水源在空气中暴露，且空气是不能支撑住水源的。假设其他区域的水流没有对其进行补充，容器中失去底端的那区域水源将不会离开容器。如图所示，pn 里装有 10 磅水，pm 中装有 100 磅水：有人很肯定地说，假设虹吸管在容器外部的水面比内部水面高，那么虹吸管是不能使水从容器流出，且虹吸管外部的最低点不能低于外部水面。必须维持这种：当虹吸管外部的水压大于内部水压，通过虹吸管作用后，容器狭窄管道中的水会慢慢提升起来，好比在磅秤两端放上重量不等的物质一样。反驳如下：根据任何元素在自身内部不会发生轻重对比的原理，水在水中是不会有重量的。由此可以考虑，虹吸管中的水并不是低于水面，而是高于水面的。一旦低于水面，在其他水中就不会有重力形成。我们还必须考虑虹吸管外部的水面，如果虹吸管越长，那么管道中传来的压力会越大，如此才在容器里导入水源，完成水流的运动。假如虹吸管外部位于水面区域，两端的水压均等，那么等量的物体将无法作出好坏的对比，也不会产生运动。

译者简要说明

这篇手记同样分为两部分，上半部分达·芬奇以植物、动物等地球上的生灵，揭示生活对于生存的重要意义。动植物根据季节性而做出的适应环境的改变，是生存下去的必要条件。而地球则以大海为心，水脉为血，泥土为骨，使得地球上的各个生命生生不息。

下半部分达·芬奇搭载起了一个简易的水循环系统。这些图示旁的文字内容在讨论高出容器的水对容器内与其相接触的其他水的压力关系。借由这个装置，达·芬奇证明了地球上任一位置高于大海的物体，高于任何海面。

延伸阅读

湖泊与河流

手记 9

地球上的海水不可能比高山更高

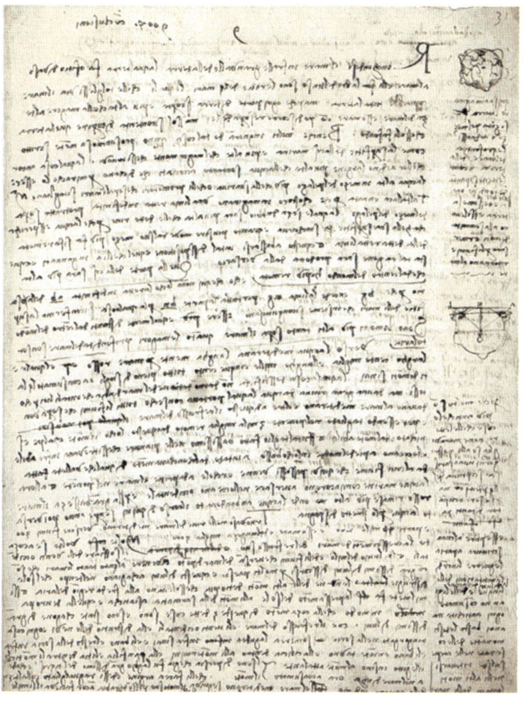

九百零五项结论

九

海洋被大地的峡谷包裹；地球好比一个巨碗，盛着整个偌大的海洋；碗的边沿好比海洋的沙滩，假如把沙滩除去，海水便会在地球中四处涌动。然而，由于大地中的海洋未能覆盖的区域都比海洋最高处还要高很多，以至于海水不会四处蔓延。海洋仅是将大地作为床和被子，把自身完全包裹起来。

但是，有很多人对此置若罔闻，纷纷发表自己的观点，认为海洋的海面高于任何一座能见到的最高的山脉。就算这些人能看到海岸比水面要高，但他们仍然对此视而不见，肆意认为海洋好比一面镜子，海洋的中部比海岸、海岬要高很多。这个错误的观点缘于他们想象出一条无尽的直线，延伸到海洋中部，在视觉范围上海洋中心会高于海滩，由于地球是圆球形，且地球表面呈弧形，与地球中心相距越远，以上直线的区别将会越大。实际情况来说，海洋变得越低，其视觉上的效果恰好与之相反，即反方一直认同的观点。

如图所示，“水源和宇宙中心的距离越远，其位置就越高。”由于 bg 两点距离超过地球半径 eg，且超出的部分为 bn，以至于反方认为 ab 是不能形成无限延伸的直线。借此，我们可以肯定海洋波浪起伏的海面与地球中心的距离是同等的：“在海面之上存在最高的山脉，与海洋在空气以下的深处同样遥远。”

红海有 100 英里宽、1500 英里长，其水源持久流进地中海，四处可见礁石险滩。西奈山的周遭被海水冲刷得一干二净，这里的海滩不会被印度洋的海浪冲击，然而临近的河流会将沙滩覆盖，地中海被无数条大河包围，一旦海洋退潮后，这些被覆盖的沙滩就会暴露出来。

紧接着距离这里有 3000 英里的卡尔佩山，在西部时被拦腰截断，从阿比拉山的区域分开。分界线是在阿比拉山与海洋间平原的最低处，山脉底部，是大大小小河流的必经之路，它们推涛作浪，肆意地掏空部分峡谷。海洋之门被赫拉克勒斯在西面打开，西方的海洋开始接受海水的流入。当海水的高度急剧下降，红海会变得比之前还高。所以，海水不再流向原来的那个方向，反而将经过西班牙海峡汹涌而出。

在长度达 3000 英里的地中海海岸线上，约有 300 条河流的水源注入海洋，40200 个港口在此整齐排列。有很多时候，因受到大海回潮的影响，海面起伏的浪涛会变得汹涌无比，连带西方吹来的风一起狂卷，尼罗河河水将开始泛滥，流进黑海的河流也让地中海洪波涌起。

这些大大小小的河流经过很多个国家，也引发过很多次洪水，更使得大海发生高涨现象。因为阳光的普照，俄塞俄比亚山脉顶部的积雪开始融化，连带洪水暴发，太阳也渐渐朝着寒冷区域移动。当太阳移动到达欧亚分界的萨尔玛提亚高山附近时，也依然会引起融雪形成洪水。以上三种缘由，即海洋的退潮、西方的狂风以及山脉上积雪的融化，一旦它们积聚在一起，便会形成相当大的洪流。

在西奈与黎巴嫩区域之间的叙利亚、撒玛利亚以及朱迪亚，洪水的汹涌把这里所有的一切都摧毁了；在黎巴嫩与托鲁斯山区域之间的叙利亚，在亚美尼亚山脉中的西里西亚以及庞菲里亚、塞利妮安的利西亚；甚至在埃及，直到阿特拉斯山脉……洪水能到达的所有区域，都将被摧毁。波斯湾——原本出海口面向印度洋且位于底格里斯河西部的湖泊，现今它四周的山脉早已被洪流冲蚀，已然与印度洋处在同一位置。除此之外，如果地中海持续经过阿拉伯海湾寻找出海口，就有可能会造成一样的结果，即它会变得同印度洋一样高。

（右边缘文字）

我们可以想象穿过地球中心时将它劈裂，就能看到海洋的深度以及地球的厚度；也能看到水脉从海底渗出，延伸并穿过地球，再由河流的冲刷中流下，回到海洋的过程。

由于物体比纸张更容易长期保存，这就可以联想现今为何没有关于以上海洋穿过多个国家的更多记录了。如果这些记录被保存过，在战争、火灾、语言习惯的变更以及洪水等变迁中，都足以把它们摧毁。但是，海洋中存在的物证于我们来说，已是很不错了，况且我们还在山脉中找到了更多的证据，即山脉与大海的距离是多么遥远。

译者简要说明

根据上一篇手记中的简易实验装置，达·芬奇从侧面证明高于海面的物体肯定高于其他任何海面。在本篇手记里，达·芬奇继续对这一问题进行了更深入细致的探讨。同样，这些探讨离不开对水循环问题的讨论。

而这一篇的手记实则上是对阿雷佐“大海高于最高山”这一观点的辩论。达·芬奇的观点里，地球是一个巨碗，而大海被装在其中，失去巨碗的承载，海水就将四处漫延。但是海水并没有淹没高山。并通过列举一些实际的例子，来反驳阿雷佐的观点。比如红海和印度洋，阿比拉山和大海之间的平原上的河流，以及叙利亚、撒玛利亚和朱迪亚的洪水。

延伸阅读

地球上的海洋

地球71%的面积为海洋，一般而言，占地球很大面积的咸水水域称为“洋”，在大陆边缘的水域则被称为“海”。

海水之所以是咸的，是因为其中含有盐分，并且，各个不同地区的海水所含盐分的量不同。这些溶解在水中的盐，大部分来自地壳中的岩石，这些岩石在日积月累的自然侵蚀下分崩离析，释放出盐，然后被河水带入海洋。而海洋中的水受日照蒸发，盐却慢慢堆积留了下来，逐渐积累到现在的浓度。

海洋中蕴藉着无数的生灵，有些已被人类探知，而有些还在海洋深处，静候着被发现。地球上的气候变化万千，海洋也不会一直破平如镜。温和的海洋有时会变得暴虐无比，将背负的船只掀翻，淹没附近的海岸，吞噬陆地上的生灵。造成海洋波动的原因很多，除了风暴，还有地震和火山的喷发。

海洋是地球上决定气候的最主要因素之一，也是地球表面最大的储热体，传送着地球上的热能。

手记 10

陆地和水域所占的面积哪个大

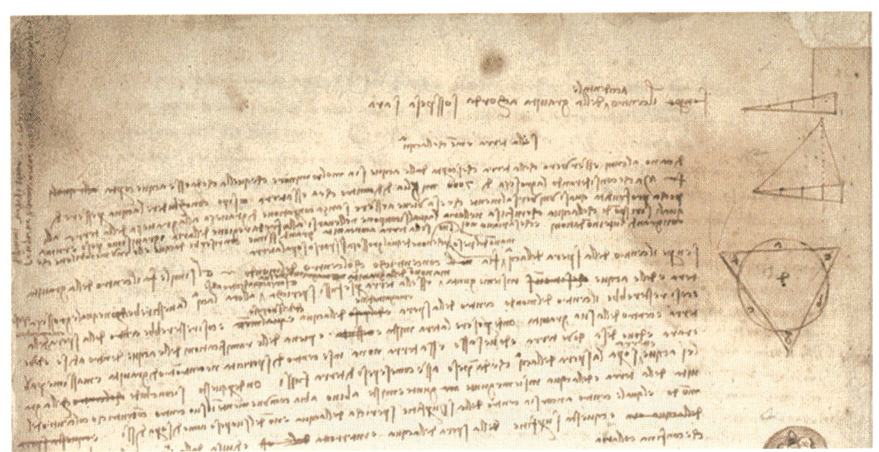

陆地和水域所占的面积哪个大

正如我们所看到的一样，水流进了大大小小的河流。将里海作为例子，它广袤无垠。

将物体悬挂在一根绳上，物体的随机重力中心为……

有人很肯定地说，水所覆盖的地面要比未覆盖的地面大很多。就地球直径长度为 7000 英里而言，可以这么认为：水无处不在，然而很浅，且水和土地的重量是不能相比的。这些观点的结果是——水接触空气后，将同空气结合，并沿着大气层的寒冷底端一直上升，重量也随之逐渐加重，从而形成倾盆大雨或引发水灾。我们是否清楚知道大地数不尽的溶洞中蕴藏着大量的水源？它们不断把水源输入河流，好比我们看到的状况一样，与无边无尽的里海相似。

由于水层在地表分布的厚度不同等，使得水层的中心（不是其重力中心），总是和宇宙中心在同心圆上存在。我们可以把这个中心看作是地球重力中心同水层中心的凝聚点，然而水的重力中心和长度中心并不是它。如果地球自身是一个球体，且内部不存在水源，那在地球的表面，水将有可能会依照一定的厚度和重量均匀地分布。如此，水的长度中心和重量中心以及球形中心有可能同宇宙中心维持一致。所以，地球自身的复杂多变，使得内部覆满了纵横交错的水脉，有的区域呈舒散或紧密状态，有的在土壤或岩石中，可见地球自身并没有球形中心和重力中心。尤其是在水层的上方，地表还有水流和土壤，这就加重了地球的重量，好似它们就是地球的重量一样。

由此，有人认为，地球重力与水层中心凝聚一点，相互交叉，且和宇宙中心是同一点。结合来看，这个中心也属于球面水层的中心，并非水的重力中心。而水层的表面早已被显露在空气中的土地分割和肢解了。

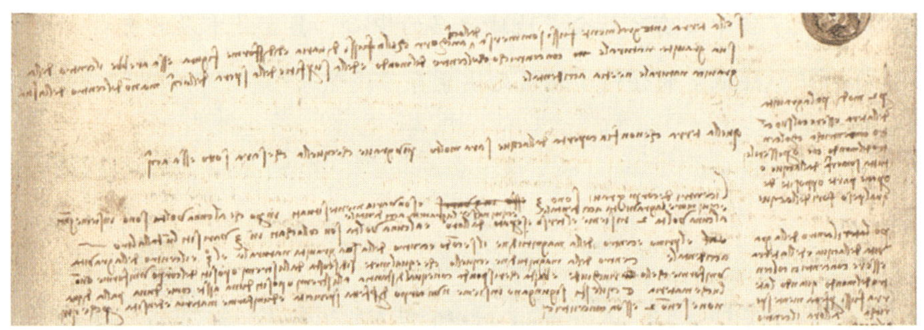

假如水把地面全部淹没，就算形态不同，也是没有规则可言。地球的自然重力中心或许会和宇宙中心处于同一点，甚至会和水层表面中心相处同一点。然而却和水的自然重力中心不处于同一点，也不和水的任意重力中心相处同一点。

大地没被水掩盖的区域比被水掩盖的区域多很多。

通过细致观察可以发现，重物存有三个中心，其位置均大相径庭。当这三个中心点集中在一起时，其任意的重力中心将会消失；同时，当其中两个中心点集中一起，另一个却与它们偏离时，其任意的重力中心将会上升；或许有时这三个中心点均分散在三个不同的位置，一个与另一个之间存有一定的距离，那第一个会是长度中心，其次便是自然重力中心，最后才是任意重力中心。

长度中心与物体两端的距离同等，把物体从中部位置划分，无论物体是否均匀，一旦这点是在物体两端的中心就可以了，好比任何球体的物质一样。假设物体是一个球状体，密度和质量均分布均匀，由于这里仅有两个中心且形成同心圆，那这几个点将会处于同一点上。

（右侧文字，从上到下）

有两种方式可以让地球的重力中心和宇宙中心处在同一点上，一种是大地被水全部覆盖，另一种是大地上任意相对的两侧的大陆区域等重。

如果地球是一个正球体，那水和土地的重力中心将有可能和宇宙中心处在同一点。宇宙中心有可能会是地球土层的中心，甚至是水层的中心。如果是这样的话，陆地上的任何生物就无法生存了。然而……

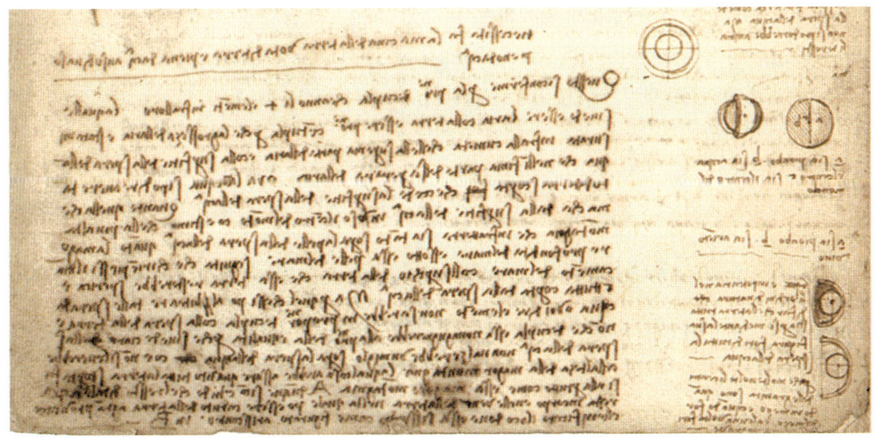

假如把地球比作机器且没有土壤，里面充满了水，好比装满水的容器一样。

如果将四种元素中的水和土元素混合在一起，可想而知，那地球将会是现在的 10 倍大。如果仅考虑彗星区域间空气层最高部分的空气厚度，以及水层表面区域间空气层最低部分的空气，那地球将会是现在的 100 倍大。

有人这样说，水并没有将地球全部覆盖，超出水层之外的地面，其高度同水面以下面向宇宙中心的水源深度同等。也就是说，地球海拔最高的山峰高度与海面以下最深海的深度相同。如果有人把地面多余的泥土送至海洋或者缺土的区域，那地球将有可能呈现球状型，且完全地被水源掩盖。

就目前所了解的来看，这个水层或许并不仅是 10 倍大，甚至超于 10 倍，在数量上也许无法成为等比关系。我们可以发现，水层并不会再升高 1 英里以上，即水流并不能自主上升到最高山脉的海拔高度。尽管这样，假如把没有被水覆盖的土地用水铺满，那么水面就有可能会上升到最高山脉的高度。所以，由此可知，大地内部及暗流中的水，如果从最初的区域铺展到整个地球表面，一旦离开最初的位置，那么土地的重量将会随之减轻，好比面向的 b 所示的一样。

（右侧文字，从上到下）

如图所示，假设点 o 为铅，点 b 为水，点 c 为宇宙中心。

假设点 a 为铅，点 b 为水银。

根据自然潜在的顺序，每一块土地都有可能依照自身的形态，在整个水层表面显露出来。

在多数状况下，每种重力中心在其中间位置，有时在其他位置，有时又在重物的外部位置。

译者简要说明

这一篇达·芬奇一来就提出一个问题：陆地和水域哪个占的地方大？并给出了两者相同的假设。问题最终转向地球重力和水层中心，“地球的自然重力中心或许会和宇宙中心处于同一点，甚至会和水层表面中心相处同一点。然而却和水的自然重力中心不处于同一点，也不和水的任意重力中心相处同一点。”

并且达·芬奇假设了地球上四种元素的存在和混合情况，比如，若水与土混合，地球将增大 10 倍，而地球表层空气的不同，也会使得地球的大小变化。

根据讨论，达·芬奇认为，地球上最高山峰的高度与海面下最深的地方的深度相同。水无处不在，但其在地面上只有很浅的一层，其重量和土地的重量无法相比。而且，我们无法测出地球中各个水脉蕴含的水流的总量。

延伸阅读

陆 地

陆地是指地表未被液态水淹没的部分。陆地与海洋和其他水体不同，现已知的人类历史的大多数活动都发生在陆地上。

陆地散落在地球上，各个不同的陆地孕育着不同种类的生物，在不同陆地上生活着不同族群的人类，各个族群的人类生活习性也不同。早期人类的聚集区集中在可以提供狩猎、耕种和其他生活的区域。

陆地上的动植物与水生的动植物有很大差距，特别是腮的有无。

在一些岩石地区，这里陆地和水体的分界很明确。而在沼泽或湿地等陆地与水体分界不明的地区，则常生活着两栖动物。

《柏诺瓦的圣母》

《圣母的康乃馨》

《哺乳圣母》

/卷三

di leonardo da vinci

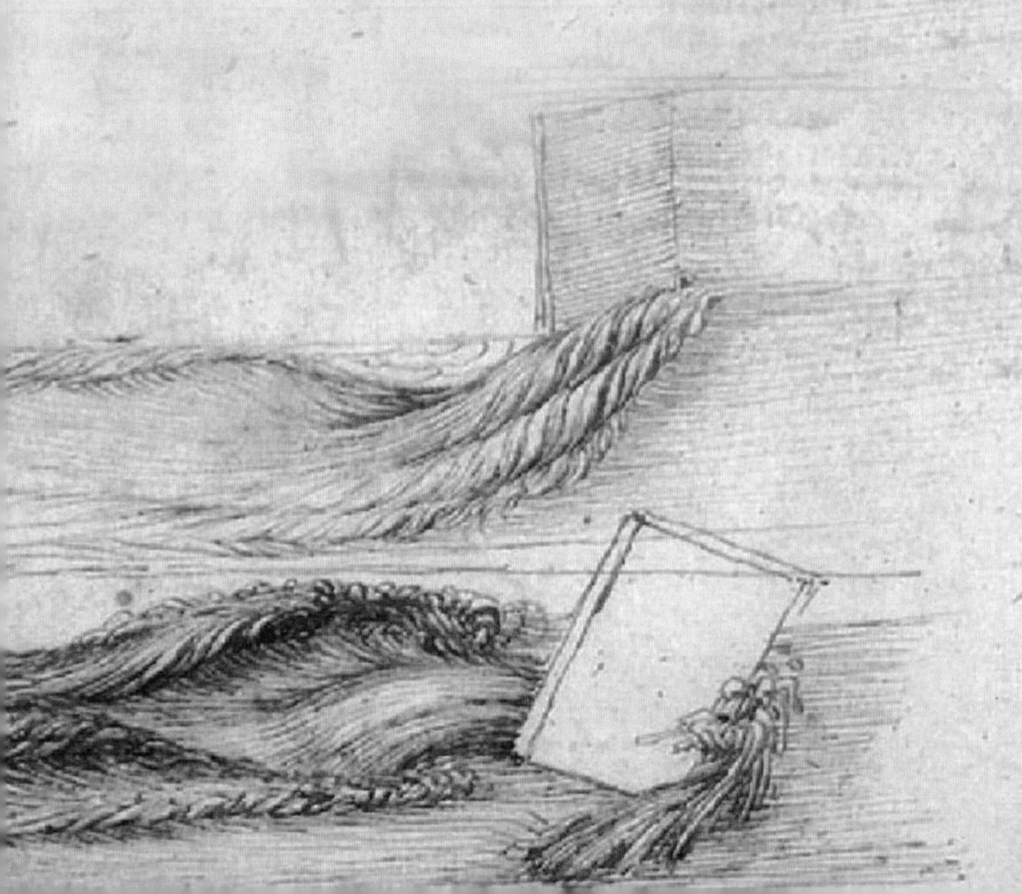

手记 11

有关潮汐、涡流和水流

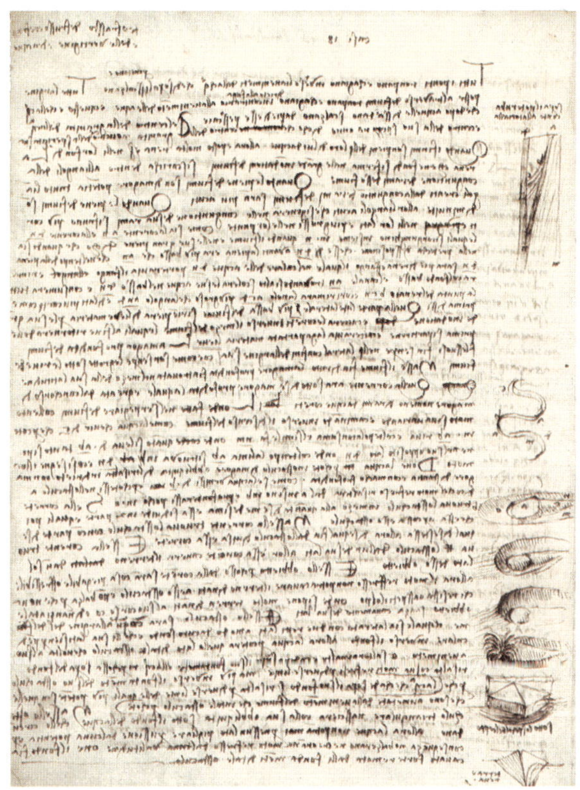

（左上角文字）

泰奥弗拉斯托斯：《关于潮汐、涡流和水流》

（右侧文字）

在有托塞拉河流过的鲁巴康特桥上

案例十八

水流在上方进行冲击且从下方开始吞噬，通常桥梁倒塌时会倒向水流涌动的一方。与河流呈对角线设置的围堰，会沿着水流冲击的方向倒塌且和冲过来的水流远离，这是由于围堰被水流掩盖，且被破坏了自身基础。水的重力中心会不会是地球的重力中心？在我看来，水的重力中心并不是地球的重力中心。

当河流泛滥的时候，附带的泥沙会沉积在河床。当洪流泛滥的时候，通常沉淀在河床的泥沙会出现在河流分支汇聚的区域。一旦河流交叉形成的角度越小，其泛滥时水流的冲击力就会越大。而当河流慢慢消退，河流交叉形成的角度两边会逐渐短小，上方会变得越来越宽。如图所示，水流 an 和 dn，在河流最大的时候，这两条水流会在 n 点汇聚。

在我看来，这种情况下，河流比之前变得最大时，水流 dn 会比 an 流得慢，且在水量最大时 dn 会覆满泥沙。但当水流 dn 消退的时候，水流会将泥沙慢慢沉淀在较低的河床，水道 an 的河床偏高，会把水冲进 dn 区域，并将 bnc 三点的沙堆冲走，如此情况下，角 acd 变得会比 and 大，而两边水道也会变得越来越短。

河流偏矮的区域，一旦发生大水，这里就会充满质量较轻的漂浮物，并把水流冲向河流的中部方向，而这些水又会回到原处，把原先沉淀的漂浮物冲走。通常河流较深的区域同河岸横向的一面保持一致，在河床的下方，会看到很多凹凸不齐的坑洼。假如河流呈直线流动，那么较深的区域将会在整个河宽的中间位置出现。

一般情况下水流冲击较深的区域会出现在多道水流汇聚的下部，由这些水流汇聚而成。弯曲的河流流速很慢，当水流汹涌流动时，形成的波浪会不停地变化。如图所示，假如水流从 c 点在河岸 ab 形成冲击，在时间的推移下，河床将会受到损坏，且在河岸上的 nm 也一样。实际上，ab 处有多少泥沙脱离，就会有相应的泥沙流动到 dm 区域，再随着时间的推移，ab 会从原本的方向转移到 dn。如此，便形成了河岸的移动。

假如水流对斜度较大的物体进行冲击，水流与冲击点返回的距离较远，且冲击的深度也较浅，水流将会从 b 点开始流动，即将对物体 a 进行冲击。我觉得 a 点所作出的反射运动会以相同的线路原路返回到 b 点，只在 o 点形成较小的冲击。假如水流在中途碰到障碍物，那么水流在不断冲击障碍物的同时，会均匀地分成两道水流。

然而假如水流发现障碍物不在水流的中心区域，那么水流将会被分成两道不均匀的两部分。一旦障碍物在水流的一侧，那么障碍物四周的泥土将在水流的冲击下流走。假如水流冲击的物体柔韧性较大，那反射冲击就不可能把物体前方的泥土冲掉，这是由于没有物体提供阻力和冲击力，也更不会反射回来。所以，大多数的泥沙都在障碍物的前方沉淀下来，且障碍物的两侧并不会发生冲击侵蚀的现象。

假如障碍物和河岸的距离很近，呈多边形且有两条直边形成锐角，并垂直于河底，这样的话，水流将只冲向击打水流的一面，再跃起回落到物体的下方。冲击下方的水流，会沿着不同的线路反弹回来，一般都是冲向障碍物的底部。所以，“回落到物体底部的水流，沿着不同的线路反弹，冲击障碍物的迎面水流增强的部分即为水力最强的部分。”然而如果是呈三角形的障碍物，其弧线会在水流下方围绕障碍物，且不会在任何一方形成冲击，更不会以任何形式跃起或形成其他反射运动，即在距离障碍物的一定区域才会出现冲击坑。

译者简要说明

这篇手记主要讲述如何通过河流的运动、变化，以及水中障碍物的位置，来慢慢改变水流的流向，从而改变河道和水系分布。

达·芬奇对水流的观察十分丰富，通过各种形态的水流，以及水流冲击物体前、冲击物体时、冲击物体后的运动状态，以及在水流冲击状态下河床和物体的变化，来研究潮汐、涡流等水流状态对周围环境的影响。并且通过这些影响，设想出改变水流，兴修栈道来改善水力，利用水力来造福社会，同时减少河流对河道与河床的破坏。

延伸阅读

潮　汐

潮汐是海洋表面受到太阳和月球的引力作用而出现的涨落现象。而细分下来的影响因素又涉及太阳的引力、地轴的倾斜、月球轨道的倾斜，以及地球与月球轨道的椭圆形状。

潮间带是指在涨潮时淹没在海水中，在退潮时裸露出来的地带，这是在潮汐作用下形成的一种很重要的海洋生态。并且，潮汐还会使港口海湾等地方的积水深度发生变化，这对航海非常重要。

而特别明显的是在浅海和港湾处发生的海水变化，这里海平面的变化不仅受到日月引力的影响，还受到气象的影响，比如风和气压等。

手记 12

潮汐的来源

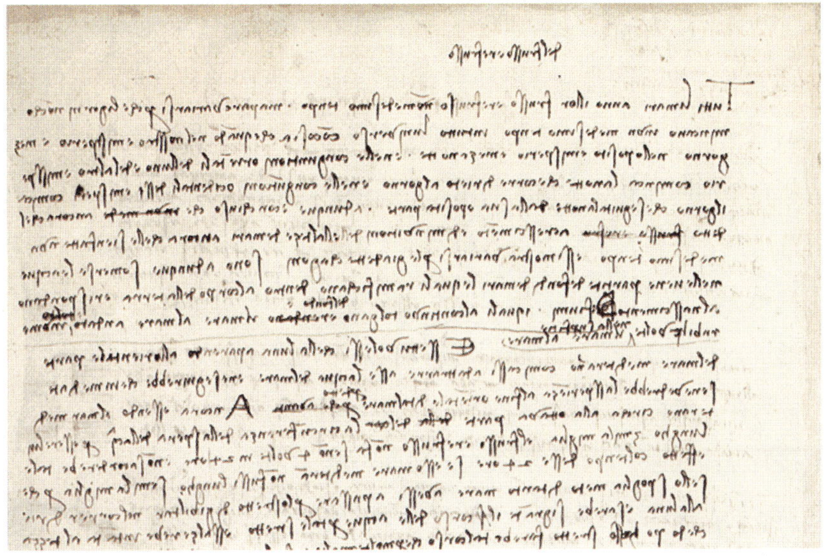

潮汐和水流

通常海洋潮汐出现的时段是一样的，基于全球各地白昼出现的时间不同，以至于潮汐出现的时间也不同。如此说来，如果我们所在的半球正值正午，另一半球就将会是正值午夜。在两个半球东面汇聚的区域，白昼一旦结束，夜晚便开始来临；而在两个半球西面汇聚的区域，一个半球将替代另一个半球的黑夜，白昼便开始了。这些状况都是在海洋浪潮高度的起伏中呈现，无比汹涌。即便潮起潮落在相同的时间间隔中发生，就以上原因对比，依然是迥然不同的。浪潮会退到岸边的罅隙，由海洋深处开始，持续往高处延伸，再往下纵横交错，一直延伸到大地深处，索源寻根。

河流源源不断地流进海洋，再从海洋底部不断渗出，最后大量的水慢慢从海面蒸发。即变成雨，降落到地面，再汇聚到河流。

在地中海的东面，月亮徐徐上升，那里的海水也被吸引住了。我们可以看到，海洋东面月球将产生这样的效应，即海水慢慢上升，起伏不定且汹涌澎湃，不断地冲击着海岸。

并且，地中海长为 3000 英里，约地球水域周长的 1/8，在 24 小时内会出现 4 次潮汐。除非地中海长为 6000 英里，否则这些结果并不符合 24 小时内应该出现的次数。这是因为如果大量的水跟着月球的移动穿过直布罗陀海峡，再涌向海峡，水量庞大无比，浪潮跃过海峡，一头钻进海洋，扬起了好几英里，并引发了巨大洪水和大风大浪，以至于不能顺利通过。实际上，浪潮是通过了直布罗陀海峡大小不一的峡口，在每个小时间，浪潮都会顺利地通过，然而一旦当风向与水流方向相同时，就会出现庞大的落潮。

海洋并未将从海峡出来的水位抬高，反而止住了水位的下降，延迟退潮，紧接着立即加速，好比弥补失去的时间一样，持续到落潮的结束。

即便河流在宽度和深度上有所不同，等量的水源必定会在同一时刻流经河流的任何区域。

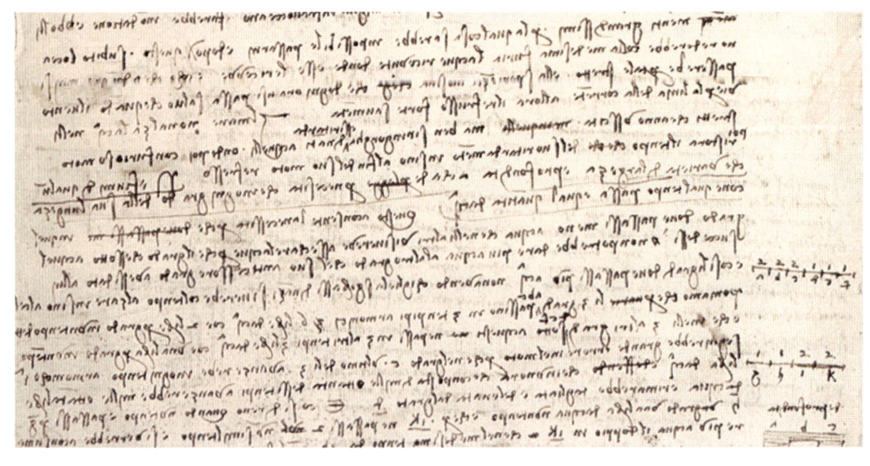

这是必定的，假如某一个区域通过的水源少于其他地方，就可能是水被

蒸发掉了。因为上游流入的水一定比下游的水要多很多；如此，假如下游没有等量的水对其进行填补，那么上游的水位在短时间中一定会上升。如图所示，如果在 abc 三个区域，6 磅的水分三次通过，如此，每次每个区域通过的水会是 2 磅；如果在 dcf 这三个区域，3 磅的水分三次通过，每次每个区域通过的水会是 1 磅。这就出现一个大的问题——在第一组的 c 点区域，每次都会有 1 磅的水多出，这就表示在一小时内，这种情况出现了 1080 次，即多出 1080 磅水，这就使 d 点区域形成滞涨，从而提高了水位。并且，一旦当通过 gh 区域的水每次为 1 磅，通过 ik 区域的水每次为 2 磅时，ik 区域所需的水将会是 gh 区域能同时提供的两倍。

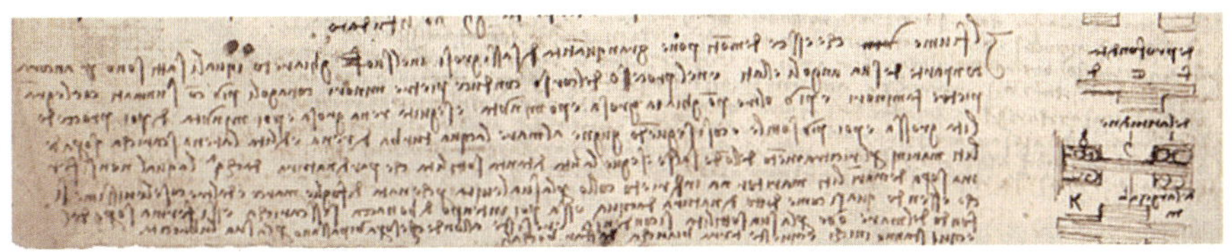

河水从山岭中流出，河床上留下大小不一的石块，有很多棱角依然分明。在石块顺水流动时，不断地冲击会使得石头边角出现磨损；同样，较大的石块会变得越来越小，且失去粗糙的棱角，变成光滑美丽的鹅卵石。接着是大小不一的砾石，变成了沙子，即从最初的棱角分明，变得越来越细，越来越小，最后随着碎石泥沙流进海洋。

砾石被海水冲上海岸，不停堆积，一直到沙子越来越细，变成了泥沙，如同水一样柔滑细腻。基于自身很轻的原因，这种泥沙不会在海岸停留，而是随着海浪返回，好比烂掉的水草和其他较轻的物质一样，随波逐流，变成同水性质一样的物质，在风平浪静时，逐渐沉淀，安家在海底。因为非常细腻，不断凝聚，变得越来越坚实；因为特别光滑，不断对通过其上的风浪形成阻力。遍地的泥沙中，四处可见扇贝，这种泥沙便是用作制陶的白泥。

译者简要说明

在这部手记中，达·芬奇记载得最多，并且叙述得最多的就是大海以及整个水流系统。而水流系统的形态又千变万化、千姿百态。

这一篇手记主要讲解了潮汐的来源，涉及潮汐的形成条件，也包括潮汐在不同时间的不同形态。比如，南北半球交接处，日夜替换时潮汐的起落。月球的升起也会引诱潮汐发生改变。而潮汐的改变不仅关乎日月星辰，也关乎水流系统在地球的运作，这些讨论最终指向了整个水流系统中各种生物的循环。

水流从一座高山经过长久的跋涉到达大海，然后与海水融为一体，在海中寻求其根源，最后又从海洋的最深处再次回到高山之上，循环往复。而河流和大海中的贝类也随着水流的运动在地球上循环。这些关于水流的运动，都被达·芬奇记载在了他流体力学的相关研究之中。

在这篇手记里，达·芬奇除了讲解水流、潮汐和大浪，还讲解了在水中的石头砂砾如何在河水中不断变化，越变越小，直至化为齑粉，成为泥沙，冲向大海。然后被潮汐和海浪带到沙滩，又随着潮起潮落回到大海，随水漂流，最后不断沉淀再次变得坚硬。

延伸阅读

涡　流

涡流是一个漩涡型的水漩，由运动方向相反的水流的流动相互作用形成。大多数涡流在形成之后不会持续很长时间。

在浴缸或水槽排水时，经常可看到小型的涡流。但这种涡流与自然形成的涡流性质不同，是向下的作用使其形成。

海洋涡流通常由潮汐引起，在许多瀑布的下流也会形成涡流，比如尼亚加拉瀑布。在海洋里有时会形成很强的涡流，比如窄浅的海峡内，船只都会避开这些涡流，以免被卷入水下。

手记 13

潮汐及水流间的影响

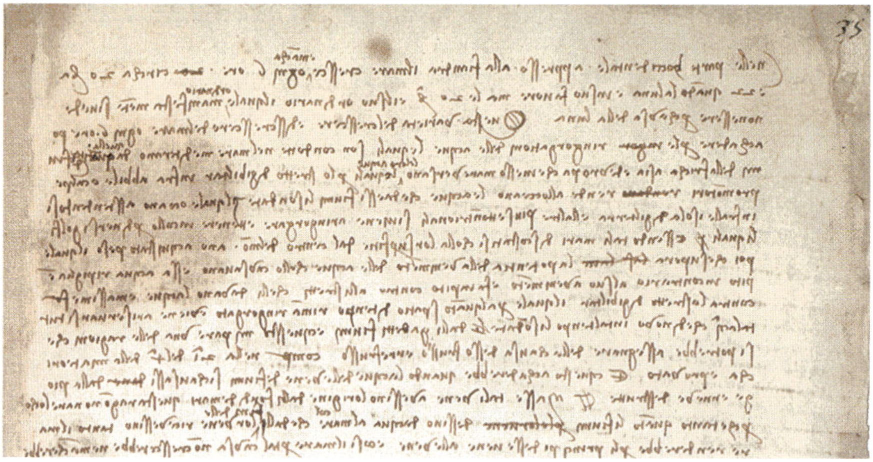

在佛兰德斯的西部，海洋每 6 小时潮汐落差约是 20 布拉乔奥。而处于月圆时，潮汐落差约是 22 布拉乔奥。通常状况下，潮汐落差是 20 布拉乔奥。这就可以看出，月球并不能引起潮汐。海洋每 6 小时的潮汐起伏变化，也许是由亚非欧三洲的河流涨水流进地中海以及海面上升导致。河流流经阿比拉和卡尔佩间的海岬，通过直布罗陀海峡流进海洋。这些河流将全部流进地中海。

这片海洋，往北伸展到英格兰岛以及北方其他更远的区域。涨潮时，在一些海湾入口会形成像钻孔一般的惊涛骇浪，并不断侵蚀整个陆地。海洋的表面与地球中心体的表面脱离，得到了重力支撑。如此，一旦这道水流与迎面而来的水流碰撞，并且前者的冲击力大于后者，那前者将会对后者展开第二次冲击；这时形成的冲击浪将和海峡的水流流动互相冲击，且往直布罗陀海峡扑了过去。只要这种状况没有发生变化，直布罗陀海峡就一直不会脱离打着旋儿的大水，以至于刚送进海洋的水又被退了回来。这或许便是潮涨潮落的原因之一，这点我曾在其他笔记中证明过。

一旦雨水或融雪形成暗流并汇聚成河流形态，就有可能引发潮汐的涨落。假如这些暗流的源头是在海洋的深处，那么这种状况就不会发生。之所以会如此，是因为源头所在的区域，河流流进海洋的水同海洋流出来的水有可能一样多——暗流两面的水量同等。如此一来，海水就会出现既不增加又不减少的情况。

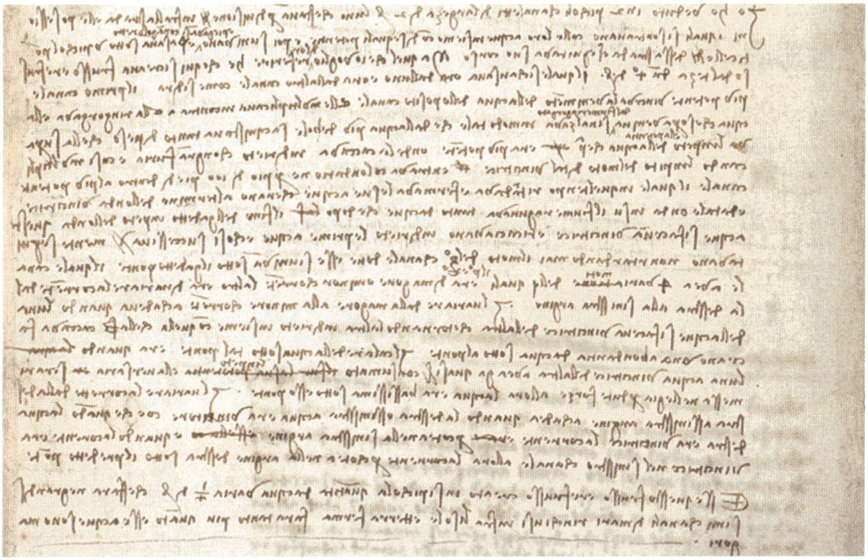

我以前看过两条有 2 布拉乔奥宽的水沟，把道路和房子分开。这两条水流用不一样的冲击力度互相撞击，再次汇合，而汇合之后则以直角流出，从道路下的小桥穿过，不停地继续往前流去。我有留意到在水流中，也能形成涨落的情况，有时这里高出 1/4 布拉乔奥，有时那里高出 1/4 布拉乔奥。关于这种情况，说明如下。

第一条水沟的冲击力度很大，将对面冲过来的水流压倒了，且从相反的方向使得冲来的水流增多，以至于水面会呈升高趋势。再者水流从升高的水面流过，会在那些流速慢的水流中得到更大的冲击力，而这道冲击力会比原来强劲的水流冲击力度更大，用力将水流推回。最后，较为强劲的一方在运动过程中冲击力不断地上升，以至于澎湃的水流冲向较为强劲的水沟时长度达 100 来英尺，而这个时候的水流会逐渐缓慢下来，在波浪边上水面渐渐升高。

基于这边水浪的不断升高，水流经过冲击后，会将这些水一并吞噬，再得以胜出，将上一道水流从中赶出去。水流保持这种形式继续向前流动，几近同桥底流入的第三道水流冲击且没有产生任何影响。这道水流被四种不同的运动所影响着，前两种运动是水流时而大时而小，而后两种运动是当水流从右侧到左侧变动的时候依次发生。

当一道水流胜于另一道水流时，水流将会发生从大到小的变化。这是因为当第二道水流被之前的水流击退后，会在桥底激起大量的水。一旦胜出的水流同另一道水流不再带有冲击力时，桥底的水面会逐渐降低，然后变得越来越低。

当左侧或右侧的水流胜出，水流将会在左侧和右侧之间的区域来回变动。换句话说，当右侧的水流胜出后，水流将会冲击桥底左侧的水岸；反之，当左侧的水流胜出后，水流将会冲击桥底右侧的水岸。

如此看来，假设这么小的水流也能产生出 1/4 布拉乔奥的涨落变化，那么在海洋抑或在岛屿和陆地之间的水道区域上，会发生哪种现象呢？一旦水道的水流越大，那么按照比例来看，浪潮的涨落幅度也会随之变大。

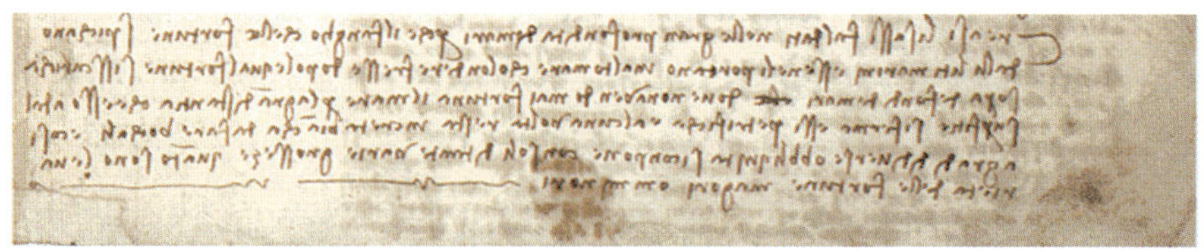

海浪被激起后又返回大海，将风暴从海岸卷走的泥土带入海洋，使得海洋深处形成层层叠起的岩石。一场暴风雨过后，泥土慢慢沉积在海洋底部，由于海底与海面距离很远，风暴无法穿过海面，而泥土则在海底一动不动，

逐渐凝聚成石头，有时还会变成制陶材料用的高岭土。由于每层的厚度不均，慢慢沉淀的过程中，将会出现不同的坡度，好比风暴的强烈变化一样，时而强时而弱。

译者简要说明

这篇手记中，达·芬奇认为潮汐不是月球引起的，他认为“海洋每 6 小时的潮汐起伏变化，也许是由亚非欧三洲的河流涨水流进地中海以及海面上升导致”。

在接下来的文字中，达·芬奇描述了河流流入大海中使大海重力获得增加，与迎面而来的水流相互击打，从而形成潮起潮落。并且他还仔细观察 2 布拉乔奥的小水沟，通过观察这条水沟中水流的相互冲击，发现也会形成涨水和落水，并且水量保持着一定的平衡——一边的水在冲击下升高，另一边必将降低。

达·芬奇还通过水流的大小、强弱、方位，以及冲击形态等分析水流在冲击后形态位置的变化。最后，达·芬奇以泥土被风暴剥离卷入大海，在大海中层层沉淀形成不同的地层结束了本篇手记。

这篇手记不仅将达·芬奇的“水流影响潮汐”层层剖析，还从侧面反映出了达·芬奇严谨的推理方法。

延伸阅读

大水在城市上空

手记 14

风与水的漩涡

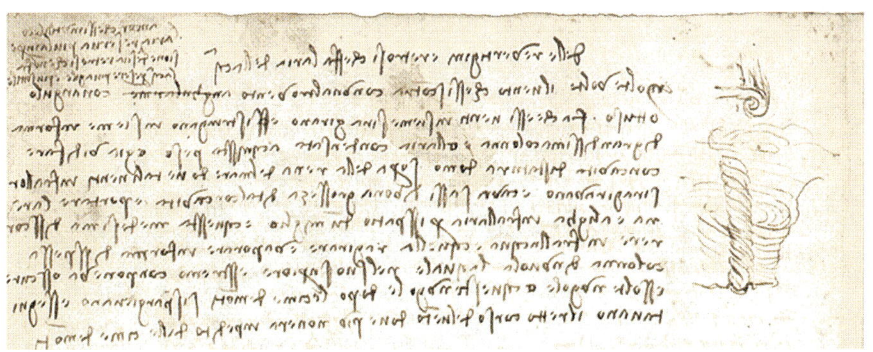

由于空气运动的速度比水流快，且相对较为稀薄，即便当空气变更方位时，空气所产生的漩涡依然要比水流产生的漩涡更为明显。

时常会有这种状况，当一道风同另一道风以钝角形式相撞，那么这两道风将会互相缠绕，且越旋转越高，从而慢慢形成一个柱状的龙卷风，这种风越旋越紧且密度跟随着不断变大，空气重量也逐渐变得越来越大。有一次我曾看到这样的风，暴风凶猛盘旋，在海岸上旋转出约一人高的深坑，同时也将相当大小的石头卷了出来，暴风带着沙子和海藻从高空飞过，飞行1英里后，才将沙子和海藻丢弃在水中。暴风带着这些东西不停地旋转，把它们转变成密度很大的柱状物，柱状物的顶端则形成厚重的云层。这些云将会掠过群山山峰，不受山脉阻拦，直至随风散去。

同宇宙中心距离越近的物体，位置就会越低，反之，同宇宙中心距离越远，位置就会越高。

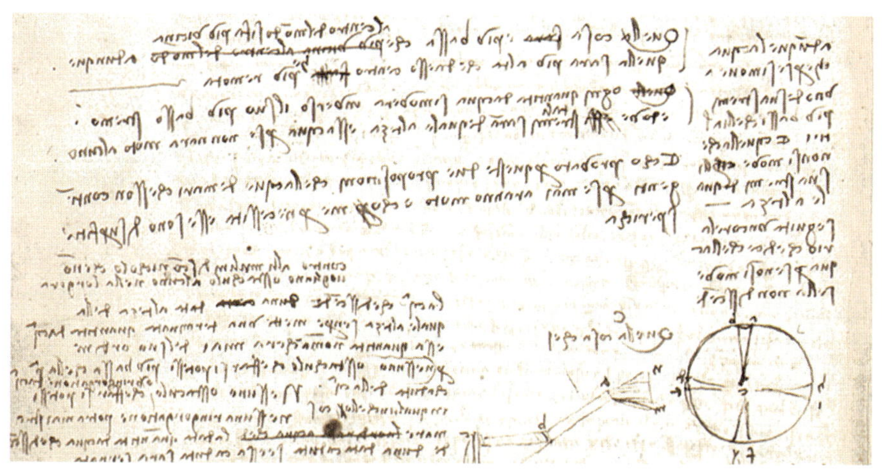

所有流量的水源都会朝着较低的区域流去。假如水源的各个区域的高度相同，那么水源本身就不会发生任何流动现象。

这两个议题我在这里证明过，紧密相连的海水水体是不可能有任何自行流动现象。但是海水为什么必然会形成球形表面呢？

（由上到下，再到右侧边缘）

流进圣・尼科尔磨坊的水流，水道中不能有任何阻碍物的存在。

水流从一定高度流下来，在一定时间内，流量总是呈稳定趋势，即便在首次落下的任何区域设置任何阻碍物，水量也不会受到影响。而没有任何阻碍物的话，水坝可以在水流落下的任何区域减少水量。若水流没有被阻碍物拦住，没有任何水坝能使落下的水流变小。

水流通过空气或者管道落到地面，在水流运动的每一个高度都维持着同等的流速。

所以，自行流动的水必定有一端比其他区域要低得多；而没有流动的水，则是因为各个区域都在同一高度。

就此可以得出推论，假如水不是在降低的过程中，就不会自行流动。

如图所示，水 ab 两点同宇宙中心 c 点的距离相等，不会在所处的区域流动。与上同理，水 de、fg 和 hi 也不会在所处的区域流动。

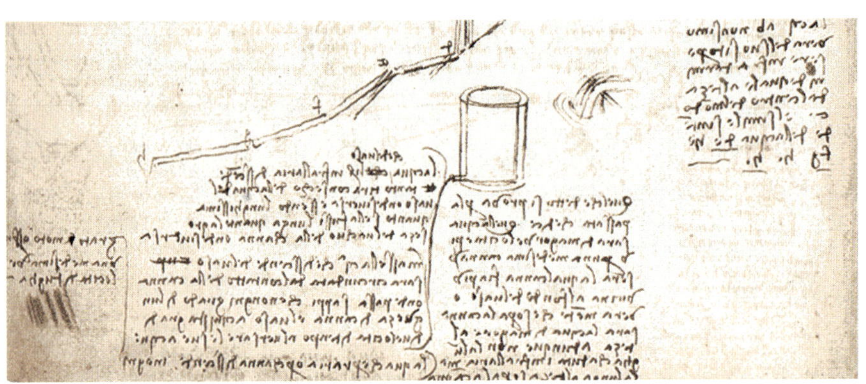

水从容器中自由地流进空气，不论水流的长度是很长还是同出口的宽度一样短，从容器流出来的水量都会是相同的。

然而假如落下的水自管道流出，依照管道长度水深高度不同的情形来看，容器在排水的期间，随着时间的推移，流速也将有所不同。

以上所提到的内容可用以前的案例说明，即通过同一根管道，管子距离容器底部越近，水流的速度将会越快，且流出的水也会越多。也就是说，管口上方的水越深，管道中的水流速度越快，那水量就会越大。由此可说，并不是水穿过空气落下的长度问题，而是管道上方水深的高度问题。

译者简要说明

本篇手记涉及风和水两个方面，实际上关于水的内容要偏多一些。

达·芬奇首先讲解了龙卷风。两股风相遇时会产生龙卷风，这个龙卷风会旋转得越来越快，以摧枯拉朽之势席卷所经之地，破坏力巨大，有些地方甚至能被挖掘出巨大的坑洞，地底的石头也会被挖出来。被风卷起的物体会随风而行，在风力渐息再也无法带动的时候降落下来，落入江河湖海。

而关于水流，则着重讲解了水流的流向，一定是从高处流向低处。达·芬奇经过推论，得出水流“假如水不是在降低的过程中，就不会自行流动”的结论。

延伸阅读

风

风是大规模气体的流动现象，是大范围空气的运动所引起的。风的力度有大有小，从我们可以感受到的微风，到具有毁灭性力量的飓风，都是气体流动造成的。

风有大小和方向，在短时间内爆发的高速运动的风叫做阵风，而长时间的风根据强度的不同而被赋予了不同的名字，除了微风和飓风之外，还有风暴和台风等。并且风的发生范围一般很广，有的只持续几十分钟，而有的可持续几小时。

在人类文明历史中，关于风的神话也有不少，东方和西方的故事中都有掌管风的神祇的存在。风还影响过历史，如中国古代演义中的“万事俱备，只欠东风”。在夜以继日的风力的作用下，坚硬的岩石可化为齑粉。很多种子，如蒲公英，也靠风力传播。

而在现代，风还可以提供能源，比如风力发电。并且，在世界上一些区域的台风或沙尘暴都有自己的名字。

手记 15

有关水的无穷疑问

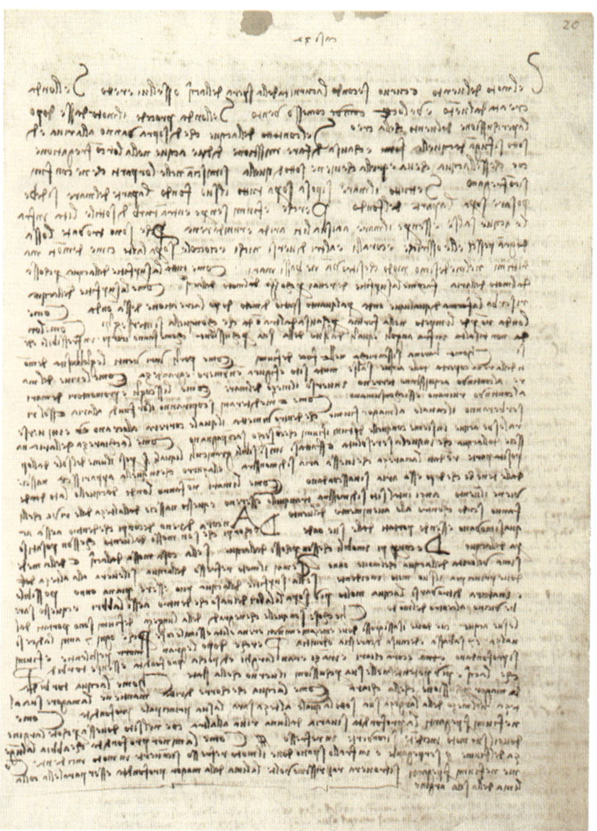

案例三十二

风和水的运动是否一样，都会呈现出弯曲或直线的状态？那么风形成的风浪又会不会同风自身的速度一样？在风的吹拂下，波浪渐渐形成，那么会不会在形成波浪后又受到自身运动的影响?

被冲击到海岸上的水以及在海岸下面流走的水，会不会通过这两道水的相互摩擦而逐渐混为一体？也就是说，上方和下方流动的水会不会在摩擦的区域相互混合？假如所有的海水都在海底的上面，那么将有部分的海水必然存在于海底的部分上面。

河流流进咸水，为什么总是会因为细沙的存在而使得水流变得汹涌？但是在海岸上，沙子却又显得无比干燥和粗糙？为什么在海洋附近的山脉上看到的鱼骨、珊瑚、牡蛎以及其他各类的海贝和海螺，会同深海里的一样呢？为什么风又会影响到整个水面，且同流水冲击海滩表面的作用一样?

当水浪形成后，它的冲击仅仅存在于运动所牵涉到的水面。假如两条形态相似的水浪交叉流动，水浪也绝对不会失去原本的冲击力。由于水浪不是刚性密度的物体，以至于从冲击点开始，水浪就不会以同等的角度反射出来。

泥沙在河口沉淀，盐水也将堆积的砾石覆盖起来，在风的作用下，砾石不断变更位置，新的砾石不断加入，从大到小，形状千奇百怪。海岸面朝海洋，不停地从海洋中获取泥沙。海石和海岬逐渐被破坏，被消磨碾碎后，慢慢变成细沙，再投入到海岸的怀中。

地中海空荡荡地把底部暴露出来，仅剩下一条庞大的河道有水流流动。水流流进海洋，将全部支流注入的水都一起流入了海洋。水分布在大气中，且慢慢变成一种肉眼不可见的细微颗粒，经过太阳的照射，从而反射出可见光，由此，我们才可以看到大气的光亮。大气之所以呈现出蓝色，那是因为在大气层的背后还暗藏着黑色罢了。

当海风吹拂的时候，为什么海浪不会偏向风吹动的一方，而是侧重于偏向风的另一方？之所以会有这种现象，是因为海岸的高度，它就像是一堵厚厚的墙壁，将风的路径断绝。在这里，得以提到海中漂浮的物体，浪涛夹杂着这些物体，四处浮动。物体在水面不断漂浮，海风肆意吹动，海水则不间断地冲击这些不能运动的物体。

物体在水的推动下，会不会同推动它运动的水具有同等的速度？水的反射运动力，会不会已经达到入射运动开始时的效果？水的表面又会不会真的光滑如镜？对于水而言，更为自然的现象，是投射在容器中水的边缘的上方区域，而不是下降到容器中水的边缘的下方区域，这个边缘与宇宙中心的说法有些相似。有没有什么物体可以被河流从源头一直送至河尾？也就是说，大的石头出现在哪个地方？中小的石头出现在哪个地方？砂砾泥土等又出现在哪个地方？

阿迪杰河为什么会每七年涨一次，每七年又落一次？这是因为气候干旱还是因为雨水量过大的缘故？洪水过后，河流为什么会变得很深很清澈？而在洪水之前，河道较宽，且河水既浅又湍急呢？为什么湍急的河流比清澈的河流更能形成庞大的冲击力呢？为什么直流的河水中部水面高且水较深呢？

为什么曲折的河流一边高一边低，且不断地变化？这是由于当水冲击堤岸的某个点时，入射运动会立即变化成反射运动。为什么在不断流动的河流中，河水浅的区域出现在反射运动变化为入射运动的区域？在绕来绕去的河流中，为什么河水较深区域的水流直线，会很难同河岸线平行？

译者简要说明

本篇手记大半都是达·芬奇对水流的各种疑问，并夹杂着风力对水和海岸线上各种山石的影响。

达·芬奇先从风的曲直开始提问，问风是否像水流一样有直有曲。然后问到被风吹动的海洋和河流，是否会因不同曲直、不同大小的风而产生不同的变化。不仅如此，风力还会不断调整河口砂石的位置，石块慢慢被岁月消磨，改变位置和形态。并且他还猜测，在许多年后，地中海的底部将被暴露出来，只有一条巨大的河流还在其上奔腾，将水流送入大海。

由此达·芬奇又生出了无数的问题，风推动物体时速度怎样？大小不一的石块怎样分布在河流的不同位置？阿迪杰河的涨落规律是什么？为何有这样的涨落现象？等等。

这些问题看似无关，实际上却是一个问题紧接着另一个问题出现的。达·芬奇提出的这些问题，在之后的手记中也有提及，他也在孜孜不倦地寻求这些问题的答案。

延伸阅读

地　球

地球上生活着包括人类在内的上百万种生物，是人类目前所知的、宇宙中唯一存在生命的天体。

45.5 亿年前地球诞生，在此后的 10 亿年内在这个星球上诞生了生命，这些生命组成的生物圈改变了大气层和地球上的环境，慢慢的使得需要氧气的生物诞生，形成臭氧层。而臭氧层则隔绝了来自宇宙的有害射线，保护了地球上的生物。并且，地球上的生物将在此后的很长一段时间内继续存在。

我们生活的星系叫太阳系，而地球是太阳系八大行星之一，根据由近及远的次序排列第三。而在这个星系内，地球一直围绕着太阳公转，并相应产生季节变化。地球的自传则产生了白天与黑夜。

地球有一颗天然的卫星——月球，诞生于 45.3 亿年前，它的出现影响了地球上的潮汐，减慢了地球的自转，并且使地轴的倾角固定。

手记 16

“水球”中心

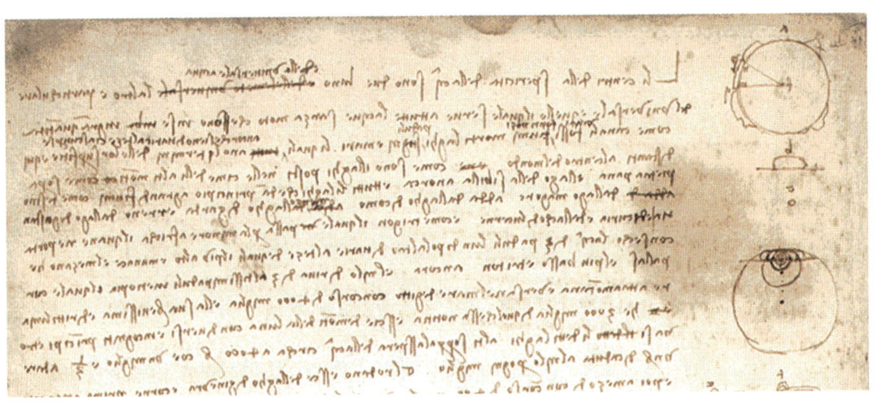

水存在两个球形中心，一个是普遍的，另一个则是特定的。普遍的水球中心是指自身数量庞大且没有运动的水的中心，比如沟渠、隧道、池塘、水井、喷泉、河流以及湖泊、沼泽、湿地和大海。对于这些区域而言，即便自身的深度各有不同，但它们表面的界点距离同宇宙中心的距离是一样的。如山脉顶上的湖泊，像皮耶特拉·帕纳山以及诺尔恰山的希贝尔湖；以及所有河流的源头湖泊，如提契诺河上游的马焦雷湖、阿达河上游的科莫湖、明乔河上的加尔达湖、莱茵河上的康士坦茨湖以及库尔湖和卢塞恩湖。特里岗河从非洲次大陆穿越而过，途经三个不同高度的沼泽，一个连接一个，姆园斯沼泽是最高的，帕拉斯沼泽居中，特里同沼泽是最低的。

况且，尼罗河水来自埃塞俄比亚境内的 3 个高山湖泊：尼罗河朝着北面前行，历经长达 4000 英里的路程，才流入到埃及海域，且通过测量，最短的直线距离仅是 3000 英里。尼罗河的源头山脉变化多样，奇异无比，从海拔约为 4000 布拉乔奥水层高的湖泊开始，即 4/3 英里的高度，如此尼罗河便可以以每1英里下降1布拉乔奥的速度流动。罗纳河源在日内瓦湖，先向西流动，再向南，流淌400英里，最后再流进地中海。

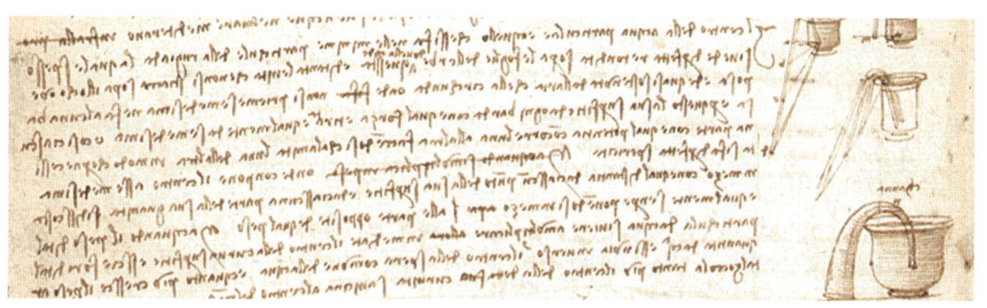

我们可以把从植物叶子上落下来水滴看作是一个“水球”，它的中心点处在“水球”极其微小的颗粒当中。这颗十全十美、晶莹无比的水球是多么的轻盈，在停息的区域无法得以伸展，像是包围在它身边的空气能将它撑起，其自身不会形成任何的压力，也不会形成任何的根基。正是基于这个因素，水滴表面的每个角度的受力都是相同的。这样，每一点相对于另一点，都具有同等的力，像磁铁一样互相吸引，以至于每一滴水势必会形成十全十美的球形。所以，水滴所形成的中心点恰在正中，也就是说中心到水底表面各点的距离相等，并且，以中心为中点相互对应的两端，其张力也总是相同。

但是随着水滴重量的增加，其弯曲表面的中心会立刻在水的中心位置显现出来，往普通水层的中心慢慢移动。水滴的重量越大，那么其弯曲表面的中心就会越接近地球中心。

（从左到右）

水管管道内径相等，将其伸到相同的容器底端，一段时间内，从同一个容器里抽出的水量相等，尽管水管的长度会差别很大。

假如用三根相同直径的水管构成虹吸管，把较短的那根放进容器的水中，另外两根长管子则放在容器的外面部分，而它们的顶端都比容器内水面高度低，两管只可以抽出管道中的水，之后水就不再运动了。之所以会有这种现象，是因为容器内以及管道中所有的水，都将分成两部分，仅将悬浮在外部的两管一半的空间占据掉，其余下的另一半空间则充满了空气。这些空气会在水的作用下通过容器的水管回到容器里，而后便停止了运动。

这里显示的是上面喇叭口的性质。

然而假如这个虹吸管的小口是放在容器的外部，管道内装满了水，且小口所在的位置低于容器内的水面，那么这个虹吸管中的水势必会通过窄口流出，这是因为……

假如把毛毡比较窄的部分放在容器的外部，且其位置低于容器内的水面，那么容器内的水便会以不同的速度从毛毡流出容器，流速也会因毛毡宽度比例的变化而变化。水的流速同毛毡的宽度呈反比，当毛毡的宽度越窄，那么水的流速将会越快，反之，假如毛毡的宽度越宽，那么水的流速就会越慢。

假如把喇叭形的虹吸管小口放进容器内，管道的宽度每处都不一样，那么水就不会继续从容器中流出。这是因为虹吸管的宽度增加，空气需要填补的空缺也因之逐渐变大。这样的话，水会从虹吸管的最高处返回到容器内，其后空气将填补空缺的部分。

毛毡的宽度自容器内到外部呈现梯形状态，水从毛毡中流下，毛毡宽度的不同，每个部分所显示的运动速度也将有所不同。换句话说，毛毡宽度的减小幅度与水的运动速度呈一定的比例。这是由于水从不断增加宽度的毛毡流出，同容器中毛毡狭窄处不断上升的水量是相等的。在毛毡宽度增加的情况下，水逐渐扩散开来，其速度势必会慢慢降低。

译者简要说明

达·芬奇认为水球中心分为普通的水球中心和特定的水球中心两种。普通的水球中心是江河湖海的运动中心，即“宇宙中心”。而在那时，人们普遍认为宇宙的中心是地球，地球的中心则是地心。并且，达·芬奇列举了地球上各个地方的江河湖海作为例子，阐释普通水球中心。

特定的水球中心则是特定的、单个微小水粒的中心。如从植物叶片上滴落的水珠，就是一个完美的水球，而这粒水珠的正中就是其中心。在水珠表面上的每一点到水珠中心的距离都相等。

达·芬奇还在下方画了样式不同的虹吸管，用于比较说明不同虹吸管在吸取容器中的水时所呈现的不同状态。同时还画了毛毡，说明不同的毛毡吸出水流的快慢与毛毡的宽度呈反比。

通过这一系列的实验，也表明达·芬奇是个乐于将构思想法付诸实践的人。他观察地细致入微，通过观察一粒水滴从形成到掉落的过程，探求水的张力。这样得出的结论使得他更为人们所信服。

延伸阅读

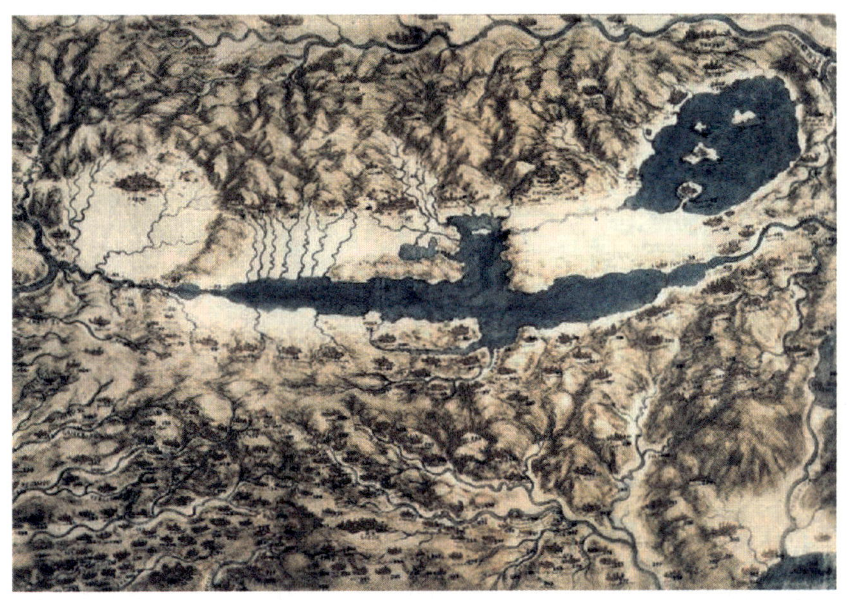

达·芬奇绘制的山脉和湖泊

手记 17

有关水的 15 种研究

章节

手记一：水中的水

手记二：大海

手记三：岩层

手记四：河流

手记五：河床

手记六：障碍物

手记七：砂砾的种类

手记八：水面

手记九：水中的物体

手记十：维护河流

手记十一：沟渠

手记十二：人工运河

手记十三：工具的使用

手记十四：漂流的水

手记十五：受到水冲蚀的物体

议题三十八

洪水消退后，在阻碍物较多的区域，河床会变得凹凸不平。之所以会有这样的现象，是因为河水的阻碍物会使得河底被泥沙填平，抑或被掏空。假如河水冲击阻碍物并不是简简单单地从阻碍物上流淌，那么河流会在阻碍物前方的区域将泥沙激起，逐渐在阻碍物的后面堆积起来。

况且假如水流冲击阻碍物，且从阻碍物上流过，那么阻碍物前后区域的泥沙都将会变更位置。假如水流冲过阻碍物或将其包围，那水流势必会将阻碍物周边的泥沙激起。然而坡度较小的一方则是例外，这是由于那一方并没有往下的水流冲击。挖掘最深的区域通常会出现在水流冲击较强的区域抑或水流较强的区域。

河流内静止不动的阻碍物是原有的岛屿、浅滩和深坑，这些阻碍物将会是后续河水最坚强的后盾。假如阻碍物面向水流方向的倾斜面较为宽敞，且两侧及背后较为垂直，那么一旦水流从上边流淌，阻碍物前方的泥沙就不会被水流冲走，但是阻碍物两边及背后的泥沙则会被冲掉。假如阻碍物前面垂直，其背后为斜面，那么当水流从阻碍物上流过时，阻碍物的前方会被冲击出大坑，而背后却不会受到冲蚀。

只要堤坝越靠近有瀑布或流水的地方，就越容易受到破坏，反之，越是远离瀑布或流水的地方，堤坝就会保存得越长久。洪流通过的河底，由于洪流湍急不被看到，在水流的源头，河流一般会有逆流现象的出现。完全和流水水面垂直存在的物体，越短反而越结实。以至于保护堤坝的物体越短，反而越能抵挡洪流的涌动。

怎样才能使河流中间的水流呈平稳状态？怎样才能使水流保持在较低的水位来保护河堤不受损坏？作为河岸的堤坝，哪个部分会向河内坍塌？作为河岸的堤坝，哪个部分又会向河外坍塌？哪里的河岸既不会向河内坍塌，也不会向河外坍塌，却只会在河流的中间位置坍塌？一旦水流不断冲击河岸，那么一段时间后河岸势必会受到损坏。假如水流流淌过堤坝，那么堤坝也会受到损坏。把阻碍物设置在水流较深的区域是不起任何作用的，这是因为水流很深，水流对底部的冲击非常的大。

河段距离主水流越远，沉淀的异物就会越多。不应当在水流迎面来的前方设置阻碍物。

在延伸越长的河段中，河岸使水流产生的弯曲越来越少。假如有一些流水从山顶上流下来，怎样才能将船舶按照逆流的运动方式送到山顶呢？在一些河流横穿的区域，怎样去建设航运的水道？如何使航运水道的水流变得平稳？如何使航运水道不会被湍急的河流影响或者不被泥沙堵塞呢？

当流水穿过航运水道，假如此时水道的水位等同流水的水位，应该怎样处理？假如流水流淌过航运水道，应该怎样处理？当流水穿过水道或较低水位的区域时，应该怎样处理？如何才可以在水道中建设排洪口？由于泥沙较厚，水在通过水道底部时会有所下渗，面对如此情况，应如何对水道做出处理？怎样才能将水道底部变得更加坚固？怎样才可以在航运水道建设能让水面升高的水闸？怎样才可以在多条河流上方架桥？怎样才能在河流中引水灌溉？怎样才能让流水水位每 1 英里递减 1 布拉乔奥？

将这一类的阻碍物科学地搁置，是特别有用的，因为科学地搁置能教会我们怎样疏通河道，以及避免流水冲击的地方遭受损坏。

译者简要说明

本篇手记从水对障碍物的冲蚀作用，联系到如何设置堤坝，才能使堤坝在遭受水流的冲击时，其受到的冲蚀程度、受到的毁坏程度降到最低。并且在右侧的空白部分还绘制了不同形状的障碍物，在分析何种障碍物的形状适合应用于堤坝的同时，降低水流对堤坝的损坏。

达·芬奇对水利系统的探讨从这篇手记中可见一斑，他不仅对整个地球的水系进行研究和设想，还具体到每一个波浪，每一个障碍物形状对河流的影响。他也认为，合理地设置障碍物或堤坝，可以达到疏导河流，甚至改变河道的目的。

他在解释自己观察到的水流中的障碍物的同时，也提出了从此延伸出来的很多问题，比如“作为河岸的堤坝，哪个部分会向河内坍塌？作为河岸的堤坝，哪个部分又会向河外坍塌？”或“当流水穿过水道或较低水位的区域时，应该怎样处理？如何才可以在水道中建设排洪口？”等。

他在水利方面的研究对人类的文明发展而言，其贡献不可估量。从细小的研究慢慢到具体地解决实际问题，这是一个漫长的过程，也需要前人的贡献。

延伸阅读

水　坝

水坝是建筑在溪流、河流或河口的屏障，用于水力发电、蓄水、灌溉、防洪等水利工程。而在河流的中上游建造水坝一般是为了蓄水。

水坝一般建在狭窄的山谷地区，借助两岸的山坡将河水围在一处，从而减少大坝的修建工程。而在修建水坝之前需要长久的对地形和土质进行勘测，还需要计算蓄水后的淹没区域，以将这些区域中居住的居民迁移到其他地方。

手记 18

有关水的内容

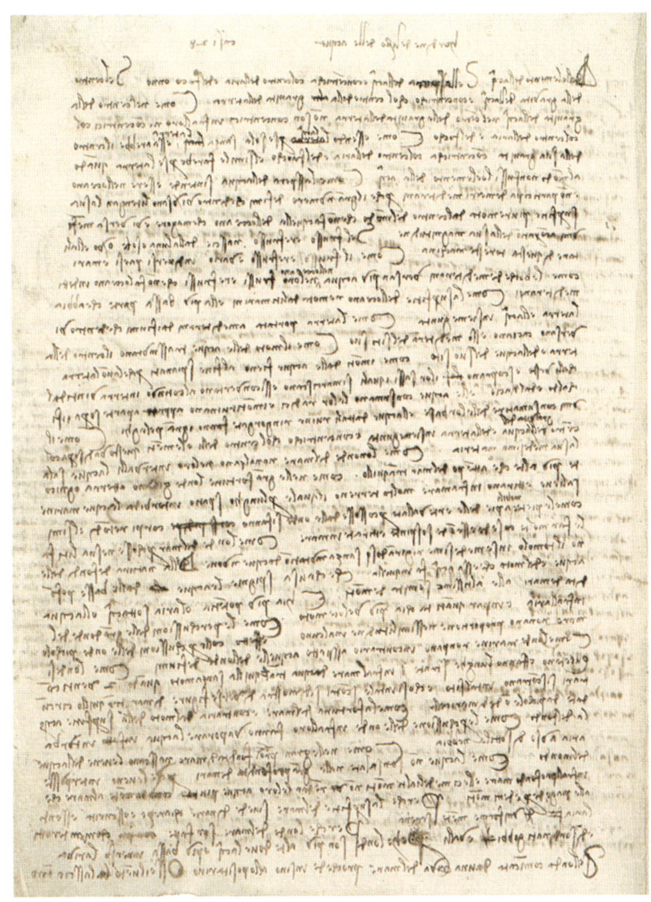

案例二十八　有关水的内容

我们在这里讨论水元素。水层会不会同空气与火一样，都在同心圆上呢？水的重力中心又是否会和大地的重力中心一样呢？为什么水的重力中心和大地的重力中心不是同一个？为什么水的重力中心同空气与火的重力中心也不是同一个？

如果不在大地的支持下，水是怎样同空气与火那样和它们的重力中心相呼应呢？大地的中心也是一样，当宇宙不存在水元素，那么大地的重力中心又将怎样存在？为什么会用大海来定义水的范围，却不用地中海去定义呢？这是由于四面八方的河水不断涌入地中海，使得地中海海面逐渐升高，于海洋水面而言，地中海海面同宇宙中心的距离较远，且海洋辽阔无比，涌入海洋的河水与之相比，将显得微乎其微。

潮汐之所以形成，归根结底是因为月亮的作用还是太阳的作用？或许潮汐自身就是被当作机器的地球的呼吸模式。在不同的海洋和国家，潮汐的时间是不同的。在地中海各个海区的海口，一旦潮起潮落，就会有大量的水涌入海洋，这比大洋涌入地中海各海区的多很多。离海岸较远的大洋表面很有可能是地球和水结合在一起最低的区域。泥沙在河流的携带下逐渐流进地中海，使得地中海各个海区都朝着外部慢慢消退。

大地和水中心是怎样被水的运动迫使，从而偏离原来的地方？到后来，流水是如何把大山荡平？流水倾泻千里，将拦截水流的泥土冲走，冲开巨石，以至于大山崩裂，被击打得支离破碎，而石头经过风吹雨打，逐渐演化为泥沙。流水从大山底部流过，使其盘剥侵蚀，大山逐渐向下滑坡，慢慢涌入河流，河流的流水则毫不留情地将山下的泥沙冲走，由于大山不断的滑坡，使得顺畅的河流被阻碍，从而在岁月的沉积下，慢慢形成了大湖。

水和土地的重力中心紧密相连，与其他元素的重力中心比较，究竟是与一个还是与其他元素相同呢？一种物质的上升，属于这种物质的类似物质也会跟随着上升。当海洋风平浪静时，海面的波浪为什么会比盐湖水的波浪低？盐湖水不断涌动，超过了海洋的海平面。那为什么在风暴里，海浪会将重量轻的物体冲上海岸，且将更多的泥土卷入海底，以至于海平面显得更加的惊涛骇浪？

在宽阔陡峭的山峡中，水流将散落下来的石头反复冲击，从而使得它变成圆滑的鹅卵石；大地上的物体无一不是如此，在岁月的打磨下，棱角都会慢慢消损，或是随波逐流，或是葬身大海。海面的波浪，不停地冲击着海岸，最后倔强扬起，朝后翻滚，勾勒出美丽的圆弧。

水流底端的水同运动中的水在性质上有什么不同？海水为什么会从幽暗的大海底部，被推送到高山之巅？是谁的能量更大？是水中的空气还是空气中的水？假如它们的数量都相同，那么谁的运动最快呢？海洋大浪和小浪的冲击力不同，其冲击的效果也有所不同。

为什么海浪冲击的方向会同河流冲击的方向相反？当呈反方向运动的风在海面相遇，为什么海面的风浪会突然平息，以至于海面形成一条很长的水带？浪涛交汇处风平浪静，四周的涟漪连连，变化多端，在中深海处世可以看到这些细浪。当海面的浪涛做了剧烈运动，海底的水流运动方向为什么会和它相反呢？

浪涛相互推挤和冲击，要怎样做才能将水蒸发到空气里，同薄雾一样呢？大地的地下暗流，为什么会从海洋的深处喷发而出？海洋深处的水又为什么不咸？这是由于暗流在海洋深处和山脉顶端的水脉连接一起，会将山脉上的水通过暗流的运输再涌入海洋，这比从山脚涌入海洋更加方便。大海的表面为什么会呈现出深浅不一的亮度和暗影，视野时而明时而暗，都有所不同？大海浪涛为什么会呈现出间断的浪峰和浪谷？拍向海岸的波浪为什么会高于水面呢？

此岸岸边所形成的浪涛是否能通畅地传递到对面的海岸？风与浪同行，又是否会到达大洋的彼岸？

译者简要说明

这篇手记没有配图，纯粹使用文字描写，并且疑问居多。达·芬奇透过一系列被水侵蚀过后的山势地貌，猜想水是如何对这些景色进行雕琢。在中间夹杂的两三段中，对一些问题的答案进行了阐述。但仍然还存在许多问题。

达·芬奇对水的观察到了无微不至的境界。他自问“潮汐之所以形成，归根结底是因为月亮的作用还是太阳的作用？”然后又自答“或许潮汐自身就是被当作机器的地球的呼吸模式。”类似这样的提问与回答，我们已在他的手记中屡见不鲜。

他对水的特性和作用等各方面做了细致的了解，在此基础上对不了解的做了大胆的假设，然后再去做实验来论证，使得人们很难反驳他的结论。

延伸阅读

拉斐尔 Raffaello Sanzio

拉斐尔·圣齐奥（1483 年 4 月 6 日 – 1520 年 4 月 6 日）是意大利的画家和建筑师。与列奥那多·达·芬奇和米开朗基罗合称“文艺复兴艺术三杰”，其画以“秀美”著称，画作中的人物清秀，场景祥和。

拉斐尔和他的画作一样，文雅平和。其为梵蒂冈教宗居室创作的大型壁画《雅典学院》是经典之作，即使是《圣乔治大战恶龙》的场面看起来也平静安详。同时，他也创作出了许多著名的肖像，如“教皇利奥十世像”。

拉斐尔于 1520 年高烧猝逝于罗马，终年 37 岁，葬于万神庙。

手记 19

水的压缩与喷发

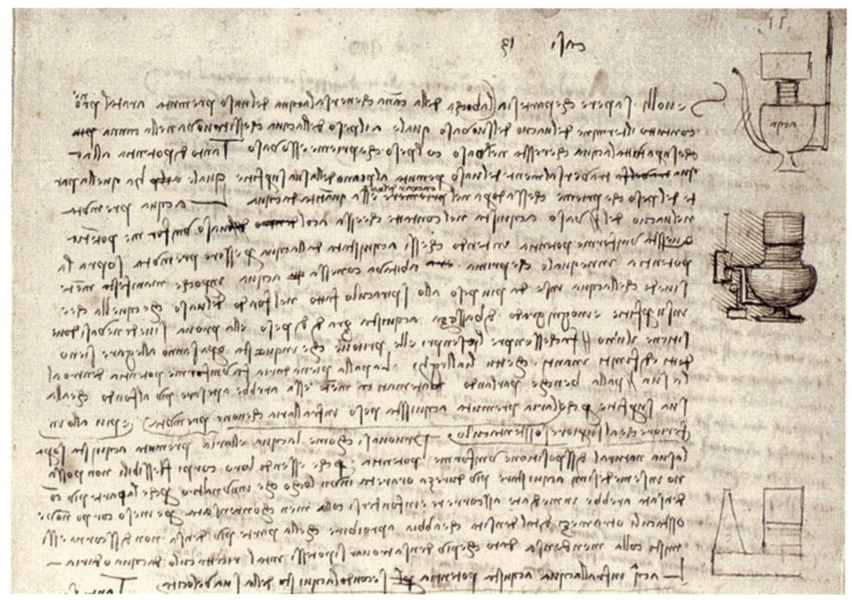

案例十三

人们总是想明白一个问题，即“将水从容器内导出的管道口，同容器内真空的那部分存在着一定的比例关系，换句话说，管道内水的重量便是从容器内导出的水的重量，同施压给容器的那道重力存在着一定的比例关系”这一状况的满足点，会是哪一个部分呢？如果水的表面受到重力的作用，那么水在横向上将会产生不可思议的力量，且水的重量会慢慢产生压力，这一部分的压力却又将部分数量的水从容器内逼出来。

容器内的水放置在真空环境下，由于它同容器相互触碰，以至于当我们按压容器时，将会有一部分的水获取同等的力量，于是这部分的水脱离了最初与自己相连的其他水。根据我的理解，之所以会生成“同等的力量”，是因为这部分的水在不均衡的力量作用下逐渐离开容器，在此情况下，我们很清楚地发现，这部分的水对容器底端管道口所形成的压力并不仅限于重力，因为它的存在，显然是超过了此时水面上产生的重力。况且在不同深度存在的水，其所获的力也各不相同，这点我们可以在酒桶实验下看到。

当你即将付诸于实践做实验来论证这一点时，希望你能确保将相关的示例和资料弄明白。假如球里充满了空气，那么从数学理论上来讲，球所受的力应该是底端受力大，这是因为“在不被压缩的空气里，压缩过的空气在一定程度上具有重力，且底端的支撑点要比上面的支撑点所承受的压力大”，实际上，填充进球内的空气同球面各部分所发出的力是一样的。

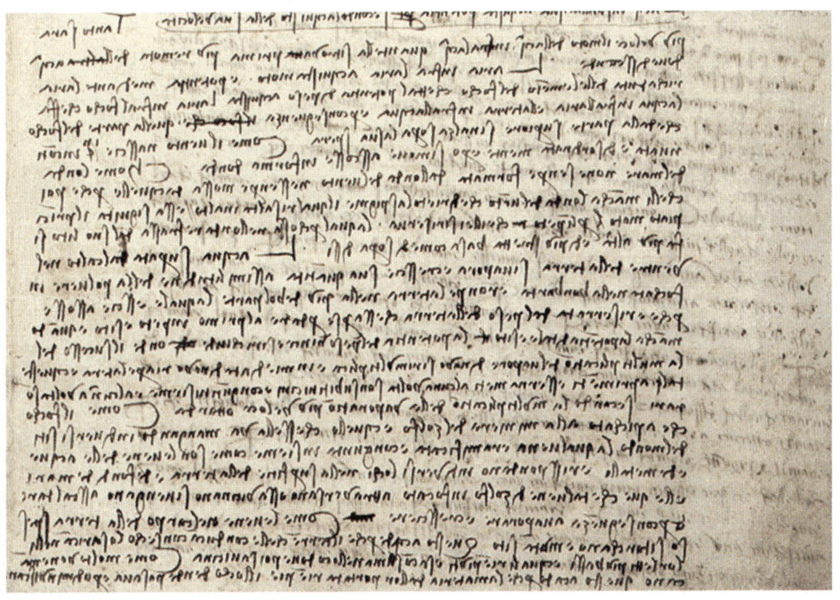

这个观点，我们可以通过水和压缩的空气来证明。水和压缩的空气与自然状态下的它们相比，均会受到均衡的力，这是因为它们颇具柔性，无法做到厚此薄彼，因为密度较大的部分会立即填补密度较小的部分，并相互结合。

实际上，这种物质的内部并不存在障碍或区分，也就是说，不能够阻止密度较大的部分和密度较小的部分相互结合，如此一来，想要得到密度较大的这种物质，就只能考虑密封容器之内的环境。“水流按照一定的速度流动，就会得到相应比例的冲击力度。”

假如水流从远方汹涌而来，再落入到其他的水体中，那么这一段的距离越远，水流所涌动的速度就越快。经火奔腾出的气，在火中得到重力之力，所以变得可以移动且有力量。综上所述，水在气中获得动力，而土壤则在水中获得动力，以至于最后处在火中上方的水向着所在的圈层越飞越高。

说不定风什么时候开始，它的运动也并不是有序的，如此一来，水跟随着风波不断地荡漾，时而起时而落，杂乱无章。况且海洋的浪涛也不全是因为风的运动形成，或全靠风来进行推动。如果风在浪后进行推动，那么它便会沿着海浪上升并立刻消失得不见踪影；海浪靠着余下的动力依照起初的动力方向呈现惯性运动，并不断同从海岸反弹回来的浪涛进行冲击，这就像我之前所说的观点一样，浪涛还变得越来越高，底端也会随之变得越来越窄。

由于热量的摄入，大地内部的水不断地蒸发，体积也随之增大，最终水会从大地的内部被逼出来。这种现象好比火枪内引燃的炸药一样，在大地较弱的区域将其撕裂开来。在地球重力限制的作用下，第一次冲击力的影响会造成突然喷发，再断断续续。一旦某个出口的冲击力呈减弱状态，待引力作用占据优势后，就会自动将出口封闭。然后，蒸汽压力不断蓄积，等到一定程度后，会再次造成地球突然爆裂。

有些时候这些井喷或者闭合会非常快速地从一个区域传向另一个区域，最后都结合在一起。依照蒸汽压力蓄积快慢来看，它们的间歇时间偶尔会比较长。世界各地有很多地方逐渐被燃烧的硫矿侵蚀，继而这种矿的矿脉将和水流的水脉以及金属矿脉结合在一起，从而在地球和海底的不同角落出现。当水流从这些矿脉上流过时，水中会留下很淡的硫磺味道，或者当水流与这些矿脉近距离被加热，因而蒸发扩散。

地球上的矿脉多数是曲折的，而且还会经常改变位置。之所以会发生这样的情况，是因为水流所携带的泥沙逐渐沉淀在底部较低的区域。这个区域一旦被填满，那么当流水再次淌过这个地方的时候就会造成冲蚀。由于流水所携带的物质慢慢将淌过的区域填满，反而使得很多条水脉受到了堵塞，更使得流水慢慢地减少了。

译者简要说明

本篇主要讲解水如何获得动力。水本身不会流动，河流中的水靠着自身受到的重力，往低处流去。并且达·芬奇还讨论了在同个容器中不同高度的容器部位所受的水的压力的不同。正是施加在容器中的，对水的压力，以及水自身的重力，使得水可以通过容器的导出管排出来。

达·芬奇的实验一环紧扣一环，他先讨论了水对容器的压力，特别是对容器底部的压力。并举了一个气球例子，说明空气对物体也存在压力，且从数学理论上来讲，下方受的压力更大一些。

并且水在奔流的过程中，到达目的地的距离越远，水的速度就会越快，力量也会随着速度的加快慢慢累积。

达·芬奇还由此联系到地球内部的水蒸气。他认为地球内部的蒸汽越来越多，给地球产生的压力到达一个临界值，就会从地球最薄弱的地方冲出来，释放这种压力。就像火枪一样。当压力释放完全后，被撕裂的地脉又会合上，被时间和各种自然现象修补，直至下一次地球内部压力的释放。

延伸阅读

米开朗基罗 Michelangelo

米开朗基罗（1475 年 3 月 6 日 - 1564 年 2 月 18 日）生于佛罗伦萨共和国卡普雷塞，是文艺复兴时期杰出的雕塑家、建筑师、画家和诗人，与达·芬奇和拉斐尔并称“文艺复兴艺术三杰”。

其作品以人物的“健美”著称，他的雕刻作品“大卫像”举世闻名。他最著名的绘画作品是梵蒂冈西斯廷礼拜堂的《创世纪》天顶画和壁画《最后的审判》。他设计建造了教皇尤利乌斯二世的陵墓，还设计和初步建造了罗马圣伯多禄大殿。

1564 年米开朗基罗在罗马去世，时年 88 岁。

手记 20

水与河道、空气和风

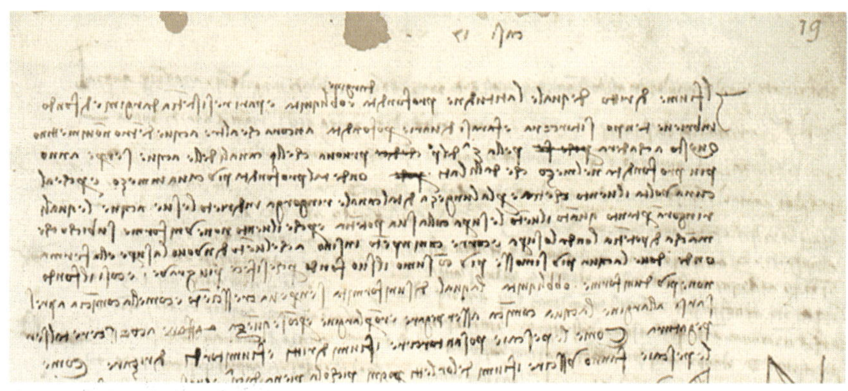

案例十七

一条长度、深度以及坡度都差不多的笔直河流，在两岸和河底的相同阻力下，即便没有其他流水的介入，一段时间后，这条笔直河流也会很快变成曲折的样子，且深度也会出现高矮不一的变化。

我曾在其他手记证明过，通常水流的中心要比两边的深，也就是说在水流深处的中间区域所造成的冲击坑会很深。假如有风沿着水流拂过，那么有时候这股风会将水吹起并形成波浪，水流在风的推力作用下，这道波浪就会不断地涌起来。假如风仅仅是偶尔地拂动，且水浪克服了风力，当水迅速地往前流动时，风便会失去推力作用。除非风速在此期间再次加大，使水浪停止下来。水流的流速越大，对河流底端的摩擦作用就越大，在相互触碰的过程中，水流因运动的存在而受力，以至于河流底端受力不均变得凹凸不平，河流的坡度也受到牵连变得不均匀。这种状况会逐渐加深，当水流开始冲击堤岸时，会慢慢形成漩涡损坏堤岸，反而致使漩涡不断加强。直流的河水在堤坝的作用下逐渐弯曲，在运动过程中也使得堤坝受到损坏。堤坝的损坏又致使水流从河床下端涌出，再一股股地冲进农田，迫使它们受到损害。

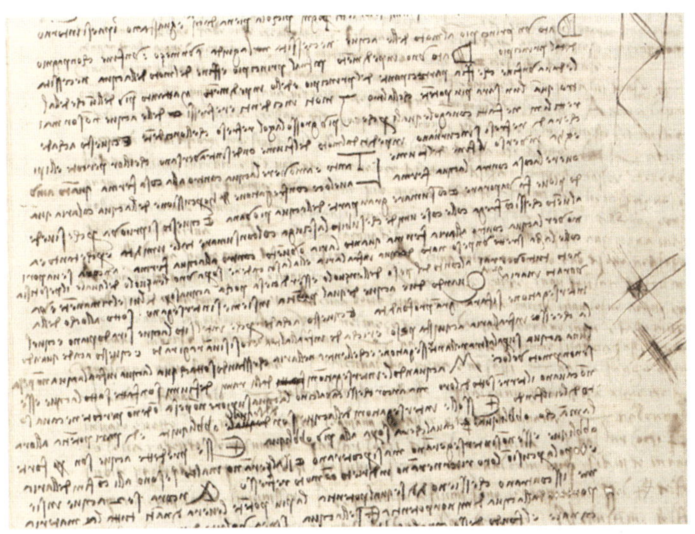

水在力的推动作用下，会不断往前冲击并达到末端，再从末端反射重回起点。假如在起点和末端之间的区域放置一个阻碍物，那么重回起点的那股力道势必会瞬间消失，且不断地冲击阻碍物。由于水流流动的方向造成的冲击力比反面的冲击力度大，所以在阻碍物的一方所受到的冲击力，势必会比另一方所承受的冲击力大。

水流的入射和反射力线无法变成直线，也不会出现等角。因为反射线在受到河流阻碍时会变弯曲，使得在水面上，入射线和反射线并不能重合，反而彼此互相冲击造成弯曲，慢慢朝着河流的一段延伸而去，所以反射角度会比入射角度大很多。物体冲击静止的水同水冲击静止物体的效果相同。

下雨时，在快速摩擦的空气或阻力的作用下，很大一部分雨水会被蒸发掉。这种现象可被观察到，当风吹过较为湿润的物体时，物体上的水滴会逐渐消失，这是因为风的运动已然耗掉了物体表面的水分。静止的空气在水的作用下，同静止的水在空气和风的作用下的效果相同。如果你屏住呼吸，将适量的水通过空气，再落到称好重量的布料上。紧接着对沾了水的布料进行称重，你会发现布料上所接收到的水其实只有一小部分，而其他的水则纷纷消散在了空气里。

在某一个点，有两股冲击力度相同的水互相交汇，在交汇的区域下端会出现一个较大的凹痕，之所以会出现这种状况，是因为在这个交汇点处，水流的冲击力正在成倍地增加，被激起水面的水受到重力影响，再去对其他的水进行冲击，致使两者相互扭转在一起。下端的水在上升的过程中，两道水逐渐交汇并相互作用。况且在水面的底端，水是互相融合的，除非突然出现快速的运动，否则在两道水之间是没有力的形成。

假如两条河的支流在河水的底端相碰，这并不会对河床造成破坏。因为一股水流会吞噬另一股水流，其上方的水流没有重力作用，也没有冲击力的产生，所以河水底端的河床不会遭受破坏。但假如这两道相交汇的水流坡度和冲击力不同，那么坡度大的水流便会在坡度小的水流上方慢慢流动。

假如这两道水流都没有坡度，也不会形成交汇，在其中一道水流与另一道水流进行冲击时，其水流的表面会朝上方激起，激起后会在反弹力的作用下连连后退。况且假如两道冲击力度不同的水流在交汇点聚集，那么冲击力大的水流势必会将沉淀在冲击力小的水流前方的阻碍物冲走。假如水流不停往前直流，流进了新的河道，那么新河道的河床便会低于旧河道的河床。

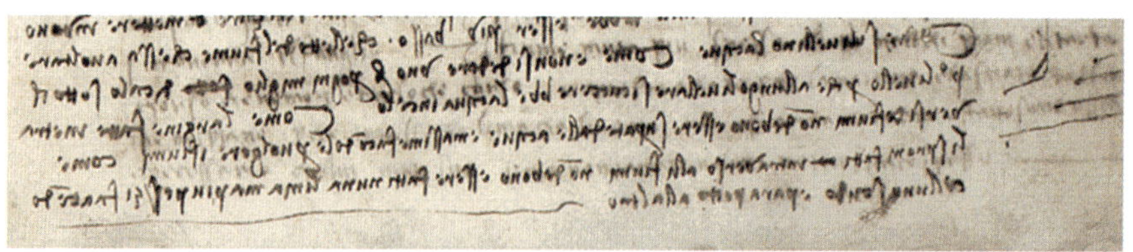

水面的水平差是怎样形成的呢？第一和第二水位的坡度不应该是每英里1布拉乔奥，因为假如水面的水平差过大，那么水流相交后就会翻腾起来。假如将水坝建筑在水流相交的区域，不管怎样都不应被水流淌过，以导流为目的而建设的水坝尤为特别。假如在水流相交的区域打桩，不管怎样都不应单排打桩，而是应该一个接连一个紧密置放，如此，它们才能相互支撑所承受的力道，逐渐形成一个整体。

译者简要说明

这篇手记讲了关于水的几个方面问题，包括风对水流的作用、河流与河道底部的摩擦、水受力时的情况、水的入射与反射、空气对水的作用，以及两股水交汇时的各种作用。

达·芬奇对水的研究到了让许多人难以望其项背的程度。这篇手记中，水与其他物体相互作用的描述各自为段，篇幅不长，但却巧妙地说明了一些常见现象的深层原因。在他的其他手记中，则有比较详细的描述。

延伸阅读

达·芬奇的素描

手记 21

漩涡和水浪的形成

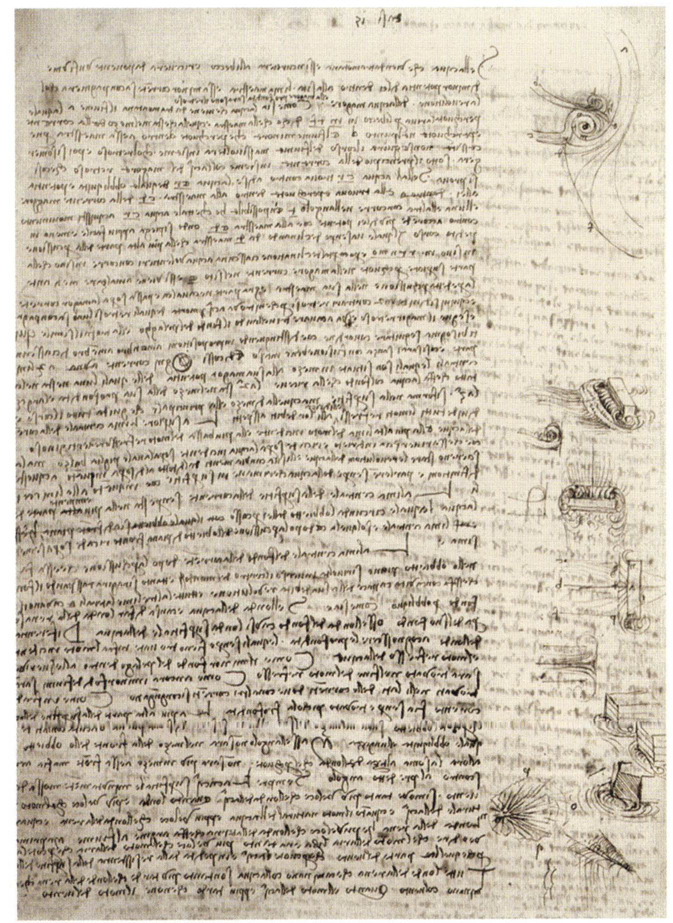

案例十五

如图所示，假如水流来自北侧的点 a，以圆弧的趋势涌向西南方，在遇到自西侧涌来且冲击力较小的河流点 cr 时，会主动涌进主流点 ed，其主流的旋转会带入冲击力小的河流，并在漩涡的下端形成很深的坑道，好比自北侧涌过来的水流 a 点往西南侧不断冲击河岸点 mdf 的情况一样。

在我看来，水流的中部是主水流存在的位置，其自点 d 开始冲击河岸。小河流不断冲击主水流，它并不紧随大河流水涌动，而是绕着漩涡旋转，再跟随主漩涡的水流，将自身埋没进主水流的起点。

如图所示，我们可以就此来证明这些观点。如果水流点 er 和点 cr 呈同等的冲击力和角度相互冲击，且如图中的点 ed 所示，那么它们将会聚集在一起形成一道水流涌向角 t。水流点 cr 受到主水流点 ed 的冲击后，并不可能在这种冲击下得到运动力。如此，水流点 cr 便会畅通无阻地在主水流冲击的较高处点 d 流下，且一直穿过点 rtnmo。事实上，全部的水都会倾向于以涡流的方式涌动，一直持续到漩涡的上方，在点 e 同主水流相碰，紧接着有水上升并从水流的主体部分跃出，从而跳过了主水流。在此，因为漩涡获得了比较平静的水，以至于它会自动分裂成两个不同的漩涡。这些大大小小的漩涡，小的追击着大的，从而对河床产生冲击，使得河床被挖空。其他的水流漩涡也是这样的情况，但议题要一个一个说。即每一个议题都需要独立来研究，这部分研究好了再研究其他部分，按照这个顺序，才不会晕头转向。

如此说来，每条水流力度最大的中部区域都有三条中心线。第一条当河床与水接触后开始；第二条在水深和宽度的中部区域；第三条在水流表面形成。综上所述，中部的中线是最关键的，因为它起着主导作用，使得所有的反射力分离开来，并把这些反射力统一到指定的方向。

处在水流中心线的较高区域，等同于做落体运动的物体初步下行时的轨迹线；而处在水流中心线的较低区域，将以反射涡流的方式呈现。换句话说，即较低区域的水流之所以能自主旋转并降落，是因为它仰仗了水流此前从高处做落体的运动。基于这些探究会牵扯到很多定义，所以我仅讨论表面的水流——中心线的问题。

水流表面的中心线通常处于水流最明显的区域，也就是在水流对障碍物进行冲击的周围。而在水流对平面物体进行冲击后的中心线会回落在水中的区域。处在底端水流的中心线，则会在冲击平面物体后，旋转过来面向地球中心的方向，在侵蚀河床的过程里，不断地翻转，在河床冲击出一个较大的坑道，可以将自身的旋转运动完全容纳。以至于其他所有的横向线都会倾斜并偏向于河床方向，产生冲击作用。

像在点 e，不论水浪会不会在河床上形成沙浪，又或者河床上的沙浪会不会在水流的表面形成水浪，基于水浪的高度，我们都可以发现浪与浪之间存在的差别。而通过观察这些高度上的差别，又可以发现在水流的反射运动和落体运动之间，都存在着一定的差别。

河岸被水漫过后，其河岸上最浅的区域总是会在反射运动的尾端出现。而河流最浅的区域，总是会在几道水流交汇处的两侧出现。一些浅滩总是存在于两道水流之间。因此假如物体的前端是平滑的，抑或两端的坡度相同，且长度也相同，那么冲击这个物体的水流，它的最高水面在物体前端的中心线上同样也会出现类似的浅滩。

不过假如水流在冲击物体前端的中心线区域时，没有形成一定的角度，那么它在冲击物体的过程中形成的最高水面，便不会再处于物体前端的中心线上，而应该在以上所述的角度的后方出现。表层的水流在风的吹动下起伏不定，通常情况下水流的速度比水浪的运动速度慢得多。基于一定的比例，水的自然运动速度比水浪的运动速度慢很多，且水浪的自然运动又比沙浪的自然运动快很多，而沙浪的自然运动速度又比形成河岸的泥流运动速度快。在这里，我要点明一点，因为冲击水的风受到了水面阻力的影响，以至于自由空气的运动将比冲击水面的气流运动速度快得多。

因为水的运动比风的运动慢很多，以至于随着水流运动的沙浪，其运动速度比风所吹动的风沙速度也慢很多。

译者简要说明

本篇手记的内容围绕从不同方向来的水流相互交汇展开，讲解了水流交汇后产生的不同漩涡，并从漩涡旋转的方向、大小、力量，以及持久度等方面，探讨水流的深度、流速，以及力度对漩涡形成的影响。

而且，达·芬奇认为，对每一种影响漩涡形成的因素，都要分开来讨论，如此才不会让研究和思维混淆。使得自己能清晰明辨地分析这些因素产生的影响。

除此之外，本篇中也讲述了水流中障碍物的形状和所在位置对水流的影响，水流在冲击不同的障碍物时也会形成不同的冲击效果。而对于同一个障碍物，水流从不同的角度冲击，也会产生不同的效果。

延伸阅读

河 床

河床指河谷底部被水流冲占的部分。在不同的河流汛期，河水所占的河床部分面积也不同，枯水期占据面积较小，洪水期占据面积最广。由河床及其衍生的地貌单元又称为河床地貌。

一般而言，河谷上游段河床的坡度较大，中下游河段或平原冲击出的河床的坡度较缓。而这种坡度的产生和形成，受到植被、气候、水文等多方面的影响。

手记 22

水的深度如何测量

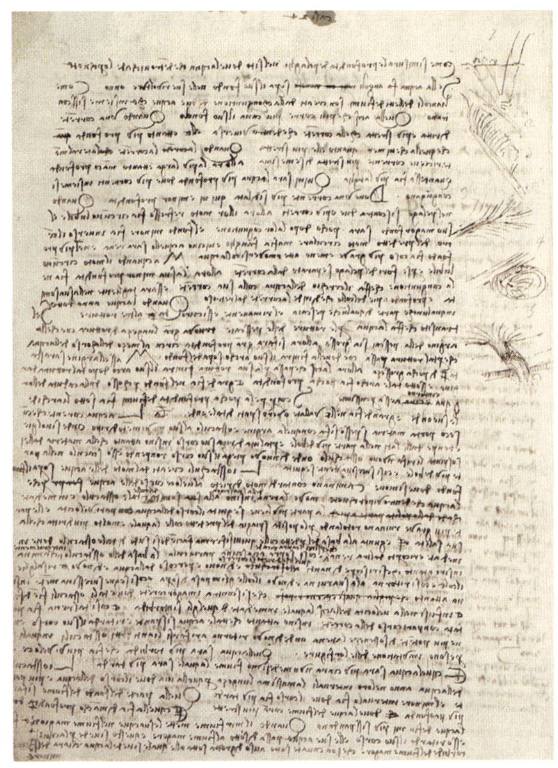

案例二十四

当落水与海底的撞击点互相撞击时，应该如何去测量水的深度？

水流会不会在冲击到底端然后反弹的过程中形成一定的角度？两道相撞的水流如何在河床上形成角度？流速越快的水流对河床造成的冲蚀作用就越

大。假如水流流进比较窄的直流水道，若水道较窄，按照一定比例，这条水道将比流过来的水道要深得多。假如水流所接收的另一道横向水流较窄，其本身较宽，形成的水道相对来说会比较浅。

水流最深处出现在几道水流交汇的区域。假如将其中一条河道拓宽，那么水的深度将会因之变浅。在海洋中，超过两条以上的水流在互相碰撞的时候，其反射运动将会呈现出圆形并变成漩涡，使得交汇点在很快时间内形成较深的冲击坑。而较浅的区域反而会出现在上述四周运动中心的地方，那里会出现大量的泥沙沉淀，砾石也会在紧邻的地方出现，最深的地方则存在比较重的物体，这些东西不会轻易被冲走。

但是在外海，假如圆周运动仅靠自身的作用与水流直行的方向脱离，那在水流圆周运动的交汇处流动的水会显得较浅。就水流在漩涡分开且形成的圆锥体来说，交汇处会出现在顶端且最湍急，在底端的水则逐渐变深。不管水在堤坝的任何区域流出，其他的堤坝都会变得相对安全，不会遭受破坏。如果堤坝壁很厚，且从裂口涌出的水射程较远，那么在这些裂口涌出的水流中部区域将会形成一个较深的坑。换句话说，在这个区域，水流完成了地面以上的射水弧度。

然而，若堤坝壁很薄，那么水流在裂口处涌出就不会形成有弧度的射水。以至于在水流冲击的底端，冲击处周围的水洼很深，而弧度下方的水洼却很浅。

通常情况下，河水深度在水波形成的弧度下方较浅，但在波峰之间却较深，即波浪之间的区域。含带着物体的水流，时常连带物体一起，在直行的河流中径直被冲入河岸或阻碍物上。这样的水流，将会在河岸较薄弱的区域完全并朝着两边的方向分开，一旦漂浮的物体形成了新的障碍，那么水流就会重新选择路径，涌进新的水道。如果阻碍物在最薄弱的区域破裂，那么水流将会形成新的方向，以此持续不断地一波连着另一波。

由于水的流动反而促使河床底部产生了阻碍物，以至于跟随流动的水将慢慢前进。而冲击阻碍物的水在沙洲的底端慢慢将泥沙搬移到顶端，其后较轻的区域会立即随水流以同等的速度流动，较重的区域会变得很松散，一直下滑到沙洲的对面，下滑的倾斜坡与沙洲上升的部分相比，要显得更加地陡峭。到达沙洲的脚下后，这些泥沙便会停止不动，一层覆盖着另一层，基于同样的因素，新的泥沙区域又会有新的阻碍物出现，如此，每个阻碍物的底端，将会一层一层逐渐彻底迁走，直至沙洲的背后完全被前方移来的泥沙覆盖。在水的冲击下，沙洲不断升高，阻碍物的底端又再次遭到破坏，使得沙洲重新从坑洼越过，并不断地往前推进，直至水流受到更强大的水流冲击，让这些阻碍物得以粉碎而被急流冲走，在这个时候，水流会突然变得异常湍急。泥沙和水流也会以相同的速度继续匆忙向前，直至水流在平缓的地带停止，水流的冲击力开始慢慢减速，不再有足够的力量去承载这些泥沙。沙洲会再次形成，也会重新持续不断地改头换面。水流越是湍急，就代表其流速越快。

在同一道河流里，水流越慢就显得越清澈。阻碍物之间的间距在顺水方向长度越长，那么其流经的水流就会越有力，反之，则水流越慢。水流集中从较窄的水道穿过，这部分的水道会变得较深。假如河水分散开来，那么这部分的水道就会变浅。假如大河水流接受到来自小河的河水，那么小河水流就会减速，并会流进到大河水流的底端。这个现象我们可以在大河湍急的水流中看到，即大河底端被掀起，如同洞穴，露出小河清澈的水流。

译者简要说明

本篇手记的前半部分还是在探讨交汇的水流。不同大小、不同力量、不同数量的水流在交汇时，周围形成的水浪波纹也不相同。并且在水流中，最深的地方一般都是交汇的地方。

在交汇点也会形成较深的冲击坑，很多质量比较重的物体沉淀在其中，并且不会轻易改变位置。

在这篇手记的中间部分，达・芬奇着重讲解了水流对堤坝的影响。水流从较薄的堤坝裂口处涌出时，不会形成弧度很大的喷涌，因为被挤压的时间短。若从较厚的堤坝的裂口处涌出，由于水流在经过这个长裂口时受到挤压，反而会喷涌而出，以一定的弧度喷射出来。

而在后面的几段里，达・芬奇又对水中的障碍物进行了描述，但在这一部分，达・芬奇重点放在了水流中的泥沙和杂物上。他分析了在水流夹裹着这些物体冲击障碍物后，这些物体行进方向的改变，以及最终的沉淀位置。并且在障碍物之间水流的速度也会发生改变。

延伸阅读

洪　灾

洪灾是因自然降水过量或排水不及时造成的建筑倒塌、财务损坏、人员伤亡现象，是由洪水引发的一种自然灾害。

洪水，指河流、湖泊、海洋所含的水体上涨，超过常规水位的水流现象。洪水常威胁沿河、湖滨、近海地区的安全，甚至淹没土地和田园，危害人们的生命财产安全，当发生这种情况时，被淹没地区所遭遇的就是洪灾。

洪灾带来的影响是一系列的，它还会污染人们的饮用水。因此在洪灾过后，还要治理被污染的水源，及时处理死伤的牲畜，以阻止疾病的传播。

而在尼罗河下游的三角洲平原地区，洪水则不是一种灾害。在这里，定期泛滥的尼罗河能为这个地区带来大量肥沃的泥沙，有益于人们的农业生产。

手记 23

有关水的 657 项观察

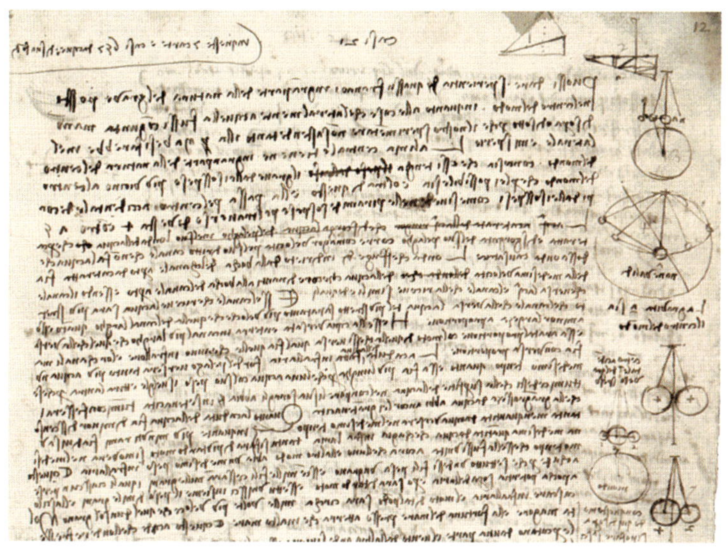

这七页中关于水的 657 项观察

案例二十一

我们可以凭借地面试验，在一定程度上证实宇宙中心的重力特征。因为实验面无法涵盖太大，以至于与重力实验相关的物体应该水平放置，不可高也不可低。在水平半球上操作，其效果会更好。宇宙中心的大部分自然物被中心线均分，在中心线上，悬挂的物体重量会尽可能往宇宙中心的方向靠近。不仅如此，中心线还会穿过悬挂物的临时中心，这些现象都可以通过横向悬挂的椎体观察。如图所示，图 4 和图 5 是并列关系。

通过泄洪闸涌进海洋的水流，顺着直线型的水道，流速将比源头涌出的水流快得多。当泄洪闸打开后，从泄洪闸水道口涌出的水流，其流速将和冲往泄洪闸的水流速度一样。流出水和接受水流的水道，它们的材质和尺寸都一样。如果流出的水道比流入的水道宽，那么根据这两个水道的宽度比例，就可以知道较宽的水道比较窄水道的流速慢很多。

如果流入的水道比流出的水道截面大，那么前后水流的流速与两条水道之间的区域尺寸比例相等，但流速相反。瀑布自湖泊流下，穿过空气，若瀑布较长，那么水在一定的时间内会下降到底，这是因为其中一部分水重量增加，将其他部分的水吸收利用。正如大家想的那样，水的表面存在自身的韧性，这种现象可以通过观察气泡看到。如此，你势必会认为，当水的数量越大，那么它的韧性就会越强。

水流下落的时候越慢，在一定时间内下落的水的数量就会越小。当一定数量的水，在穿过空气下降的途中所花的时间越长，那么在一定时间内，水流的速度就会越慢。当然，这是与同等重量的水在一样的条件下穿过空气且下降到底进行的对比。之所以会发生这种现象，是因为在整个流水中，如果将一股水流比作一条线，且只有一个米粒的重量，以此类推，那么 1000 条线就会有 1000 个米粒的重量。如果将这些水流单独称重，在空气中的重量几乎无法计算，其运动也会受到影响而变慢。不过假如把 1000 个米粒聚集成一个重量，并让它穿过空气下落，那么它的重力运动将会比一个米粒的运动速度快上 1000 倍。

（右侧从上到下）

这里无效

设重力点 A 为宇宙中心

垂挂物体偶然的中心

宇宙

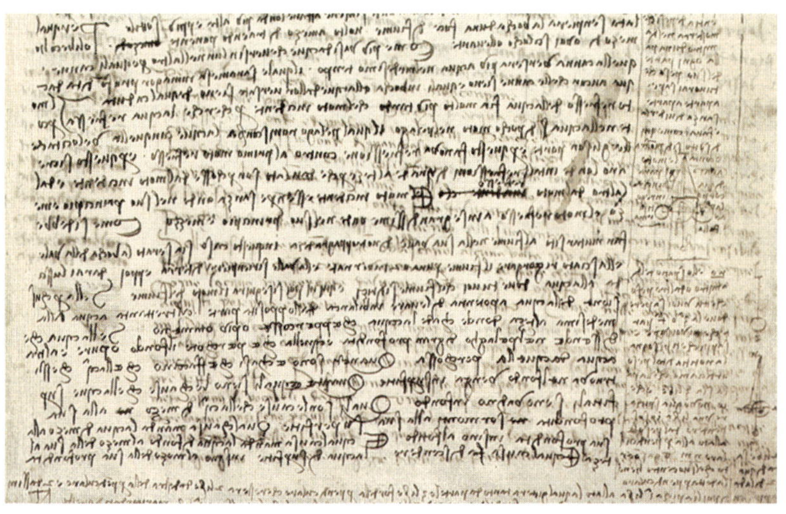

海洋的风暴在海边要比海面上猛烈得多，因为海浪弹回时冲向大海与引起海浪的风的方向相反，两种相对的力量使得海浪翻得越高，并且越薄。来自西方的风，将从河口流出的水吹得朝南流动；来自西南方向的风，使得水朝南流动；抑或，风从东南方而来，将水吹得朝东流动。

接着，将容器和水管连接在一起做实验，通过相同厚度的水管，将一个容器中的水抽到另一个容器中。在一定时间内，水管在水中插得越深，抽取的水就越多，在水管直径相同的情况下，水的降落高度也相同。

水的反弹力比冲击力要慢，因为水的反弹力在海水中几乎可以忽略不计，它反弹到海水中，不但不能将海水推走，而且会对之后反弹的水形成阻碍。水在冲击的开始和中途并不会形成浪花；但水反弹时则会在出发点或中途掀起很大的浪花。

河流的流速会因为峡谷的宽度而发生改变。若堵住峡谷出口，让河水在峡谷中蓄上一两个冬季，则在峡谷中会沉积下泥沙。在需要放水的地方挖一个出口，那么河水将会从新挖的出口处流出。

将一个量杯里的水倒入相同的另一个量杯，另一个量杯里的水位将和前一个量杯里的水位相同，或稍微有所出入。将水倒入池塘，倒入的水总会对池塘底部造成冲击，或是受到池塘底部的冲击。池塘表面的水沉入底部的情况也有多种，并且造成的冲击力也不同。在水位较深的池塘中，水层中部的水要如何才能上升到水面？中部的水要如何降低到底部？底部的水要如何上升到中部？水面的水又要如何沉入中部？

（右侧从上到下）

若要明确知道物体各部分圆周直径上的重力，可通过上述的方式进行科学的分割，避免切开物体；根据下面的图示进行操作，从而获知任何不规则物体上任何部分的重量，并且，百试百灵。

ro 间为任一物体的直径，或你想知道重量的第二、第三、第四个物体的直径。首先，需要知道物体的重量。若圆环为 3 磅，但我想减去 1 磅。我会将这个圆环悬挂在垂直线 nm 的一边，此时物体的中心点在垂直线上，我再在另一边挂一个 1 磅的物体，此时 1 磅的物体会将 3 磅的圆环推得偏离一点，以达到一种平衡，使垂直线左右两边重量相等。此时沿着垂直线切去 3 磅圆环偏离的一部分，那么剩下的圆环部分重量即为 1 磅。请牢记：垂直线左右两侧的重量相等，均为 2 磅。

译者简要说明

达·芬奇的手记中有诸多图文不符的地方，比如这篇手记正文在讲水，而图示在说明重力问题，以及悬挂两侧的小球在中心线上的分布问题。他还得出了从一点垂直悬挂的两个物体，若沿中心线对超过中心线的物体进行切割，如 A，那么被切下来的部分与另一个悬挂物体的重量之和，等于 A 物体未超过中心线那一部分的重量。

由此，还可以通过这种方法对不规则物体进行分割。

这些与这篇手记的主题——水的研究，并没有太大关系。达·芬奇的手记中这样的现象很多，就像是他在伏案写下自己的实验结果和观察所得时，突然灵光一闪，随手抽出一张已经写过的纸张，在上面空白的部分再次奋笔疾书。

这篇手记主要探讨水流的流速问题，影响水流速度的因素很多，比如重力的作用——在有高度差的地方水流反而流动得比较快。从不同高度的地方落下，水流的速度也不一样。达·芬奇通过观察也得出，沿海的风暴比海上的风暴要凶猛得多。

在最后，他还提出了几个问题，内容大同小异，主题都是水在水中的运动。

延伸阅读

水分子

现代科学的发达让我们知道水是由氢、氧两种元素组成的无机物，在常温常压下为无色无味的透明液体，其化学式为 H_2O。

水是生命的起源，无论东方还是西方，水都被视为一种基本的元素，存在于各种学说中，如中国古代的五行说和西方古代的四元素说。

而根据水质的不同，还可将水分为软水、硬水、淡水和咸水。淡水即为陆地上流淌的大多数水流；而咸水则常见于大海，主要指含盐较多的水；含有碱金属，硬度低于 8 度的水为软水；含碱土金属，硬度高于 8 度的水为硬水。

手记 24

在水下停留更长时间

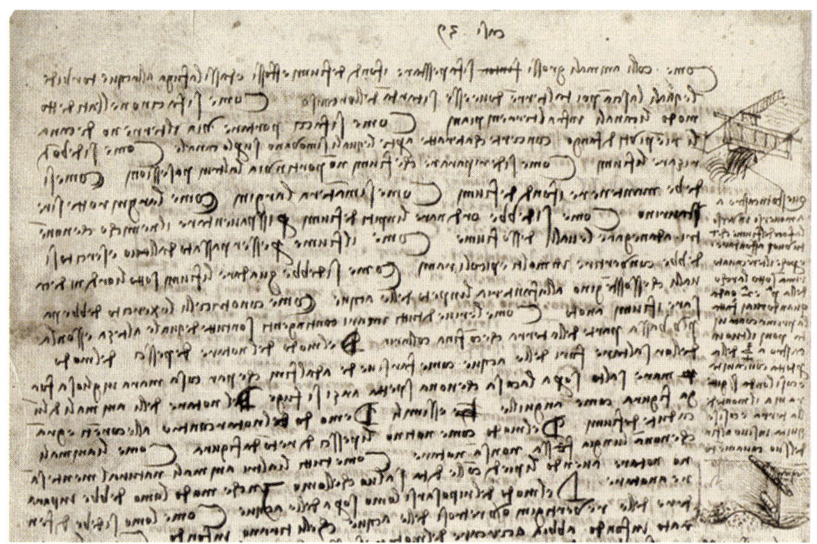

案例三十九

人型动物在河流或壕沟中踩踏后，水会变得浑浊，此时可将水和着泥沙一起排出，当水流减慢时，泥沙则会重新沉淀。这种方法有助于疏通平缓的河道。同样，在上游设置闸口，开闸放水对下游进行冲击，可将被泥沙淤堵的河道清理干净，疏通了河道，则不会发生洪涝灾害，避免人们背井离乡。并且，还应当经常维护河床，保护河岸。

毁坏的堤坝应经常维护。水流的冲击力也应当从水流的内部进行控制，从而使峡谷不被冲击力破坏。让兵士疏通河流，使河流流向更多的支流。让骑兵趟过河水，以保护兵团不被水流冲击。利用酒囊的漂浮作用，使军队渡过河流。

与海相接的沙滩一个一个连城了整体，这些沙滩的海拔高度也一样，是陆地上海拔最低的地方，从这里开始，海洋与空气相遇。鱼群以千姿百态的姿势在海洋中遨游。鱼跃出海，像身姿矫健的海豚一样，从波光粼粼的海面掠过，再滑入水里，消失无踪。身姿如梭的海鳗和身形修长的其他鱼类，在水中优雅地滑动。鱼群摇摆着逆流而上，在瀑布前奋勇着试图完成一次生命的飞跃。成群的鱼儿在海洋里绘制出了美轮美奂的圆形。

不会游泳的动物都没有脚趾。除了人类，其他有脚趾的动物天生会游泳。人类是怎么学会游泳的呢？哪种方式可使人类自由地在水中停歇？漩涡的力度可以将人卷入水底，我们该如何与漩涡抵抗？若被卷入到水底，我们应当游向反射流，利用反射流的冲力逃出生天。尽量以仰泳的方式，配合双臂奋力划动向前推进。

闸门应向河口打开，才能便于清除河口处沉淀的淤泥。因为，在第一个坑被水流冲击形成后，泥沙会沉淀在第一波水浪和第二波水浪的弧线下方。在坑的 3/4 处设置闸门，可使水流方便地将堆积如山的淤泥冲刷出河口，直至将这些泥沙完全清除。

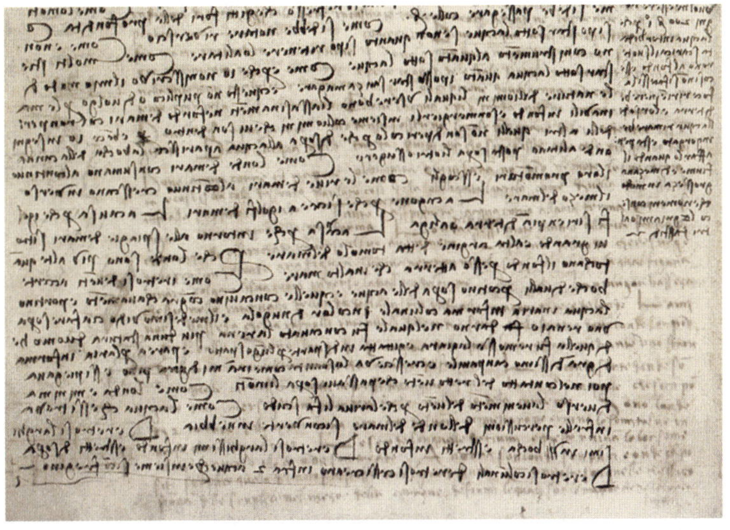

怎样才能在水下屏住呼吸停留很长的时间？许多人借助器械可在水下长时间停留。我可以在缺少食物的情况下在水下待更久，但我不会将我的方法公开出来。为什么不公开呢？因为人性具有邪恶的一面，为了防止我的方法被滥用，所以我不会公开。否则，会给海洋带来一场杀戮，使得一些人铤而走险。但我可以叙述其他人使用的方法，因为他们的方法危险系数比较低：将呼吸管的一端伸出水面，通过呼吸管进行呼吸。而且可以借助酒囊或软木塞使呼吸管漂浮在水面上。

大海夜以继日地冲刷着海岬和岩石，将他们打磨。碎石和砂砾在海边沉积，海滩逐渐延伸向海洋深处，于是形成了海湾，这也是为什么海湾中满是泥沙和海藻，以及海湾周围全是高大堤坝的原因。而这些堤坝则被称为海中的高地。

在接触到海岸前，海浪就会碰到海底，且与在深海相比，此时更加巨浪滔天、迅疾凶猛！狂风由峡谷的出口处冲向水面，激起千重浪，浪花在空中划出巨大的弧线，折射出彩虹的光芒。

我曾有幸在阿诺河的海岸边看到过这样的场景：海浪将沙地掏出一人高的深坑，坑中的石子盘旋着被击打而出，抛到很远的地方，在空中划出一个抛物线，就像一座塔一样；这座塔的顶端像松枝一样弯曲，与拂过山脉的狂风相汇。堤坝像城墙一样，阻隔着海浪与风相撞。大海波涛汹涌，层层叠叠的海浪互相冲击出片片水雾，分散在空气中。

漩涡的形状有几种，有的上宽下窄；有的上窄下宽；有的像石柱一样上下等宽；还有的漩涡则是由互相轻抚拧在一起的两股水流形成。

每个水闸之间的间距应为 200 布拉乔奥，使得有足够的宽度让湍急的水流带着泥沙从闸口流出，避免泥沙在闸口处沉淀。否则，河口会因堆满泥沙而堵塞。而且在河水的水位只有平时一半的时候施工建设水闸，还可防止水中漂浮的木头和其他杂物对施工造成阻碍。

译者简要说明

达·芬奇的手记十分有趣，这有趣之处在于，他在不断地提出一些设想，然后又不断地推翻重建。他也会通过实验来验证一些设想，在这些实验中，他竭尽全力用收集到的器具来还原他观察到的现象，以便更贴近结论。

本篇手记中，达·芬奇首先讨论了使淤泥重新混于水中，然后与水流一起排出以疏通河道的方法。然后由游泳的鱼儿联想到人类，没有蒲掌的人类如何游泳？怎样在水中休息？怎样才不会被水流卷走？以及是否能通过器械在水下停留更多时间。

但同时，达·芬奇也说“我可以在缺少食物的情况下在水下待更久，但我不会将我的方法公开出来。为什么不公开呢？因为人性具有邪恶的一面，为了防止我的方法被滥用，所以我不会公开。否则，会给海洋带来杀戮，使得一些人铤而走险。”

在手记的最后，达·芬奇还揭示了海湾形成的原因，并且描述了海浪在靠近海岸时的形态。

延伸阅读

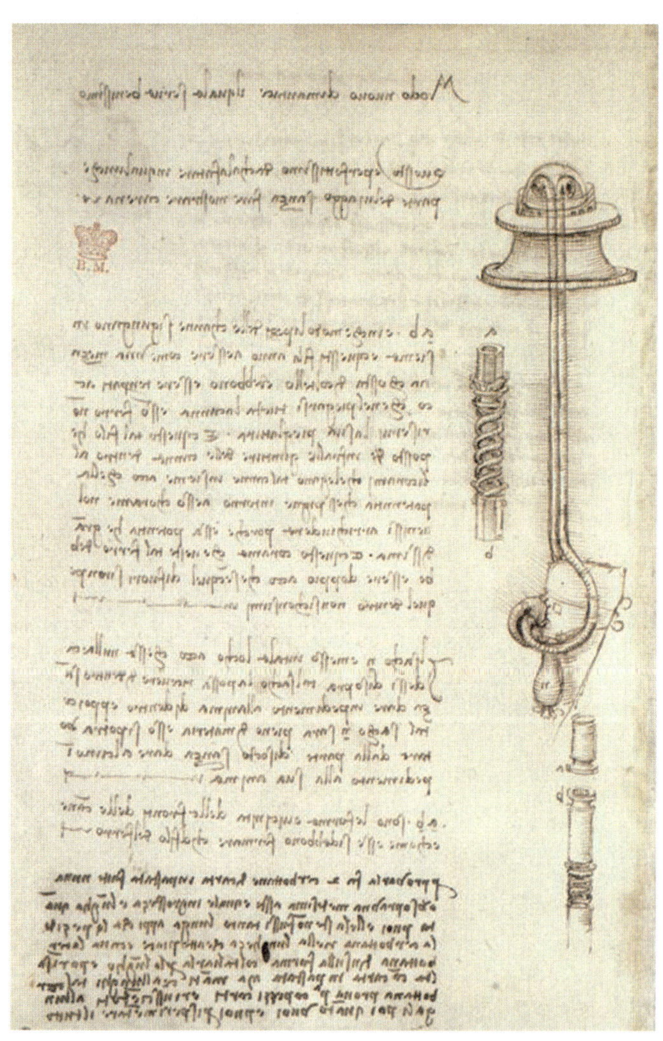

关于各种水下呼吸设备的研究

手记 25

黏结性决定水滴形状

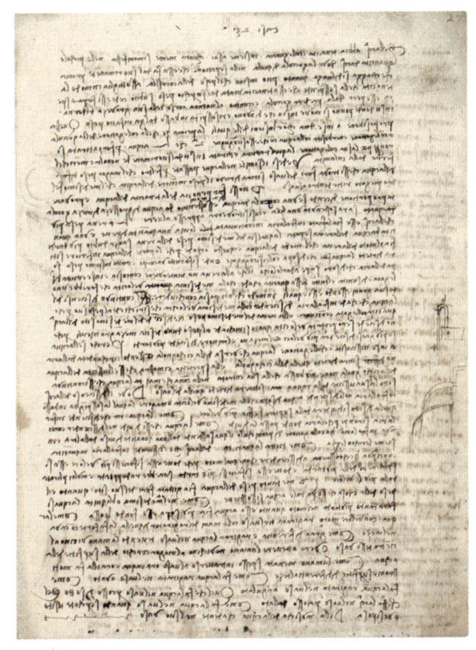

案例二十三

从少量的水中即可清楚地看到，水具有凝聚力和黏结性。从水滴形成到滴落的过程中，也可以观察到这种黏结性。水滴在与上端完全脱离前，会拉出一条很长的水线，直至这条水线不能承受水滴不断增加的重量而崩断，水滴才会下落。在这个过程中，水的黏结性会被克服，水线断裂之后，上端的部分会往上回弹，与重力的方向相反，并且再新的水滴形成将其再次往下拉之前，这部分水都会在回弹的位置停留。

从上述的论证中可得出两个结论：一，水是具有黏结性的，并且还具有纹理；二，受水滴向下的拉力影响，黏结性会被破坏，在水线的断裂处，上部的水因黏结性被吸回去，就像铁块吸附到磁铁上一样。使用毛毡来吸水也可观察到相同的现象，通过毛毡可将大部分水吸出容器，同时有少量的水会通过毛毡卷起的部分被吸回容器，并且，量多的水可将量少的水吸回去。

有人可能会让我拿出相关证据，并对水黏结性的比例进行说明，我在此做个拓展：如果有一滴水，其体积有两个米粒那么大，并且这一滴水受到另一滴体积只有一个米粒大小的水滴的拉力，而刚好达到平衡，不会断裂滴落，那么，要多少体积的水能拉住一磅的水，使其不落下？按照这种方式进行推断，可使我们逐渐靠近事实。等体积的沙子比水重，若相同重量的水和沙子均以一条连续不断的直线落下，水的速度肯定比沙子的速度快很多。这是因为已经在下落的水，由于其具有黏结性，会拉着上面的水成为一个整体，将空气排开，为后面连续的水开辟一条无阻的通道。

但沙子却做不到。由于沙子本身以单独的颗粒存在，无法黏结在一起，无论是一粒沙子还是整体的沙子，在下落时都是单独的。重量相等，降落速度也一致。所以可以得出一个结论：水在落下时因黏结性而融为一个整体，重量在增加，下落的速度也在增加。将等重的水和沙子从等高的地方降落，水的速度与中等大小沙子的速度相同，因为大沙粒的速度比水快，小沙粒的速度比水慢。

若水本身的黏结性使其具有汇聚的趋势，从虹吸管流出的水，由于出口处空气的隔断，并不会相互汇聚。但从经验来看，在虹吸管的出水口比入水口位置低的情况下，持续流向出水口的水并不会将高处的水一起牵引走。水在空中降落时，上面的水会下压下面的水，若上面的水的速度不能与下面的水保持一致或较快，或者下面的水的下降速度比上面的水快，那么，这两部分的水就会分离。

水在空中降落时为什么会相互分离呢？这是由于空气的作用。被空气分割开的水，靠水膜的黏结力，还可将分离的水一个一个连接起来。连接起来的水，通过空气降落，其速度仍然相等。若有一部分水下落的速度加快，就会从下落慢的部分脱离；若这部分水的速度变慢，则会与后面的水融合，增加重量。

水能承载的物体的重量，与物体排出的水的重量相等。在相同的坡度下，越靠近水底的水，其运动速度越慢。用手在装满水的容器中朝着一个方向划圈，会形成漩涡，漩涡的中心是漩涡在水中最深的位置。手在容器中的位置，如靠近容器的中心点或靠近水面，也会影响形成的漩涡的形状。

若在装满水的容器中用手来回快速划动，水的运动也会变得很奇特，水面高度也无规律。那么，若在椭圆型的容器中做漩涡运动，会出现什么样的情况？在多边形的容器中做漩涡运动，又会出现什么情况？容器底部的水是如何运动的？靠近容器壁的水又是如何运动的？水被倒入容器中发出环佩叮当的声响时，又是在容器的哪个点上“着陆”的？

译者简要说明

本篇通过观察水滴下落时，水滴与连接着它的水的作用，以及水滴下落的整个过程，来描述水的黏结性。

达·芬奇认为水内部之间具有黏结性，水滴在下落后，连接部位的水会弹回，就像被磁铁吸回去一样。他通过沙子与水的下落来举例说明，沙子是单个的、独立的，而水是具有凝聚力和黏结性的。

他还通过虹吸管的实验说明，排除其他影响因素，水的黏结性可以让水一起运动。而降落中的水之所以会分离，是因为在落下的过程中，空气会对水形成阻断，将水分割。

同样，在本篇的末尾达·芬奇又提出了一些其他问题，比如用手在水中做漩涡运动形成的水的形状与做来回运动形成的水的形状，会有什么不同。

延伸阅读

水蒸气

水蒸气是水（H_2O）的气体形式。当水达到沸点时，水就变成水蒸气。水蒸气是一种温室气体，在一定程度上会造成温室效应。

气态的水是大气中很重要的组成部分，大部分存在对流层中。降低的温度会使气态水发生冷凝现象，再次化为液态的水，或直接化为冰。这个过程一般在云、雨、雪、雾中发生和完成，因此气态水也是影响天气的重要因素。

气态的水一般来自海洋、湖泊、河流、植物的蒸腾，以及其他生物和地质活动的作用结果。地质活动包括火山中冒出的气体，火山在喷发时有超过 60% 的气体为水蒸气。

手记 26

河床的变化

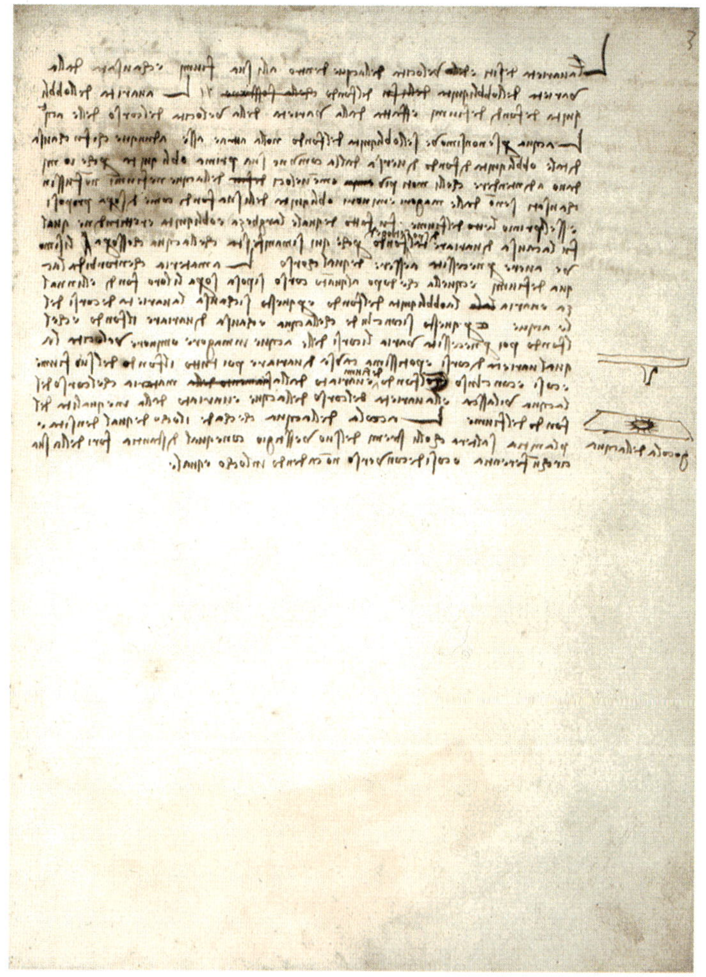

变化万千的河床坡度，使得河流中水的位置截然不同，水流速度也变化无常。而水流相差悬殊的速度，使得河床被冲刷出各种形态。

若河床没有坡度，水流则不会流动。那么，什么原因造成了河床坡度由最初的统一变得倾斜？我为什么一定要相信，是大小不一的河床坡度使得水流速度或慢或快呢？

假设最初的时候河床的宽度、坡度和曲直度都相同，那么，是什么造成了河床如今的变化？若假设成立，那么流水在河床中的流动速度就会十分均匀。河流中漂浮的杂质会减慢河流的速度，并且这些杂质会在之后沉积在河底，使得河床升高。正是这种沉淀，改变了河床的高度，使河流出现了缓急快慢。

由这一点可得出结论：河床与水流相互作用，水流使得河床的高低发生变化，河床的高低又改变了水流的流速，使其或快或慢；水流的变化对整个河道产生了巨大的改变，河底变得凹凸不平，高低参差。这就是我所说的结论。河床因流水中沉淀的杂质而出现变化，高低不一的河床使河流产生千变万化的流速。一滴水降落在密度均匀的水中，从水平面溅出的水滴若落在水平的地上，这些四散开的小水滴到中心点的距离相等；若溅落点不水平，则会出现相反的效果。

（右侧小字）

水滴降落

译者简要说明

本篇手记记录的文字较短，达·芬奇主要讨论了河床坡度变化对河水流速的影响，而悬殊的水流又会造成形态各异的河床。

在最后他得出一个结论，河床与水流相互作用，河床的不同可使水流的流速和大小不同，而水流的不同则可以冲刷出不同的河床。

延伸阅读

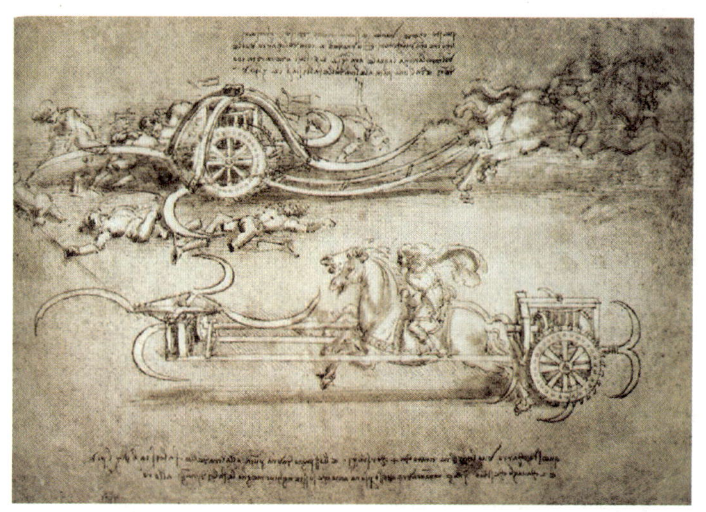

镰刀战车

这是达·芬奇关于战车的设计手稿，战马带动战车行驶，战车前后安装有不停旋转的刀片，可在战场上杀出一条血路。

手记27

水如何升到山顶

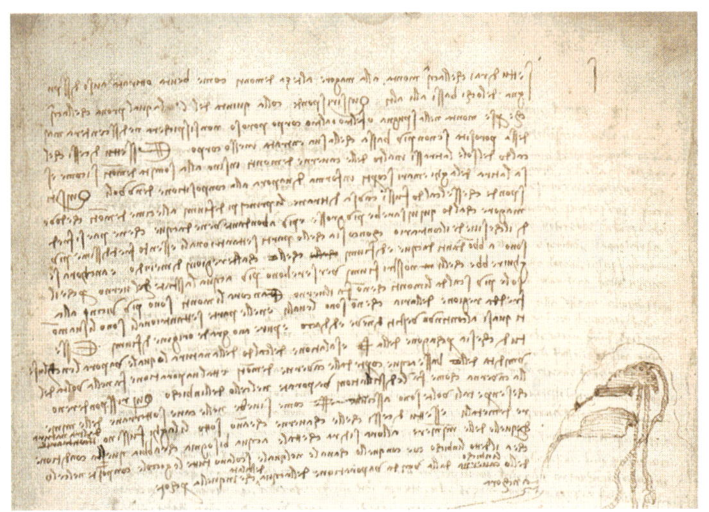

若有人认为水上升到山顶的过程就像海绵吸水一样，那么可以去看看手稿六的第五个案例。这个案例证明了水可进入蓬松多孔的物体，如海绵、毛毡等。但是，除非水离开时的出口比入口低，否则水自身无法从这些物体中脱离或落下。

若有人认为太阳的热量可将山洞中的水变成水蒸气，生成云朵，从而将水提升到山顶，就像宽广的湖泊和大海一样，那么有人会因此说：若河水因热量从其源头上升到山顶，那么气候炎热的国家与气候寒冷的国家相比，岂不是应该水量充沛，河流密布。但事实并非如此。寒冷的北方与温暖的南方相比，水量反而更加充沛，河流也更加密集。

那么又有人会说：夏季的太阳温暖了山脉，理论上，水流应该比冬季充沛；而且，山脉的海拔比峡谷高，更接近冷空气层。但是，在北方，常年在冰雪覆盖之下的山脉上，依然奔涌着无数的江河。

有人会认为是自然中的热量将封闭溶洞中的水蒸发到了溶洞顶部，就像在蒸馏瓶中一样，并在顶部凝结成水。可是，溶洞顶部就像矿道一样，一直很干燥。若还要说是因为湖泊上的山洞和矿山中的山洞性质不一样，那么，首先得注意一个问题，山洞中的水和蒸馏瓶中的水所处的环境相同。也就是说，山洞和蒸馏瓶都具有将水蒸发凝结在顶部的能力。并且……

（从左到右）

所以，我们可以得出结论：不是因为外部带入的空气，也不是热量蒸发了水，使水凝结在山顶；与有孔的容器 m 相比，可以证明或许能够因为热量而从孔洞吸入空气，但并不能证明因为存在裂缝，就使比空气重的水的水位上升。因此必须承认：水不是受太阳的热量蒸发到山顶的，因为夏天比冬天热；也不是空气使水升到山顶凝结的，因为空气无法进入山洞，就不可能在山洞内凝结成水。如果承认凝水不能形成，空气也不能进入，那么水流就应该截断。

水蒸气必须经过出口才能散发出去，若蒸馏时出口朝下，就必须将蒸馏的过程倒过来。这和“水蒸气因为热量蒸发到溶洞顶部，从而使水到达山顶”的观点相反。从而证明：水只能被引向出口，即河流支脉的源头。根据这种观点，就应该是从裂缝进入山洞的空气，在山洞上方对空气进行加热形成了高山喷泉，而不是因为山洞底部的热量使水上升形成。

若有人认为：从裂缝进入溶洞中的大量空气，到溶洞中空气稀薄的地方，从而自动变成了水。那么我会说，如果空气通过单一导管无法形成持续水流，因为空气必须一次性通过这个导管，才能将形成的水一次性导出导管。但是经验告诉我们，在实际上这是行不通的，因此可认定这种观点不成立。

海平面的变化受到地球本身热量或地心的影响。

火　　热碳

若将热碳置于容器顶部的 n 点处，在 rs 处的水面会升至 n 点。这并不是热量导致水位上升，而是因为热量消耗了空气，使得容器顶部出现真空状态，这时水位自然会上升来填补真空的部分。若有人坚持认为“不是由于加热使水位上升”的，可在 m 容器的 p 点位置钻一个孔，这时可观察到，无论如何加热，水位都保持在原位置。

译者简要说明

在这篇手记中，达·芬奇绘制了一个地下水脉的剖面图，从大海到高山，用以证明他关于地球水循环的观点。

达·芬奇从多个方面论述了水是如何从低处的海洋到达高处的高山。因为水无法自行从低处流动到高处，所以必须有一个使之运动的动力。而变成了蒸汽的水，则可以上升到高处，形成云。所以，到达高山上的水也是通过地热化而为水蒸气，然后从山体内部的溶洞中，上升到高处。

达·芬奇还通过容器的实验，说明通过加热可以使水上升。

延伸阅读

沸　点

沸点指物质沸腾时的温度，更严格的定义是液体成为气体的温度。

液体在未达到沸点时也可通过挥发变成气体。但是，挥发是一种液体表面的现象，只有液体表面的分子才会挥发。而沸腾则是整个液体发生的变化，在沸点下的液体，其所有分子都在蒸发。

标准大气压下水的沸点是100摄氏度（212华氏度）。而在一些特殊的地方，如珠穆朗玛峰上，由于大气压力与标准大气压不同，那里的水的沸点是69摄氏度，因此会出现水已翻滚，但食物却煮不熟的情况。

手记 28

水被热量蒸发到山上

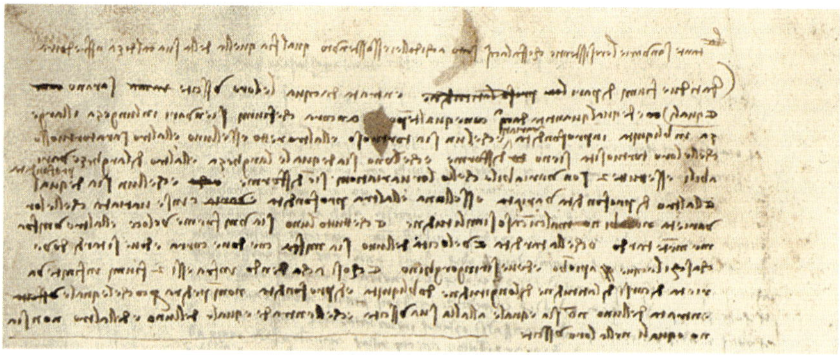

水中的水相互作用，冷热变化迥然不同，其间的摩擦也千变万化。

“若两条河流入口处水量一样，那其出口处水量也一样”，这句话的意思，是说如果在相同的时间内，在两条不同河道的入口处流入等量的水，在其出口处流出的水的量也相等，不管这两条河道在长度、宽度、坡度、深度上存在何种差别。这些差别包括：一条河流弯弯绕绕，另一条笔直向前；两条都弯弯绕绕，但弯曲弧度不同；一条河流宽度均匀，另一条的宽度诡谲多变；两条河流的宽度均变化无常，但变化幅度不同；一条河流深度起伏不大，另一条此起彼伏；两者的深度均变化多端，但变化规律不相似；两者具有均匀的流速，但快慢不同；一条河流中水的流速在不同位置时快慢不同，比如有的河段流淌平顺，有的河段流水所受的阻力比较大，有的倾泻而下，有的激流急转。

等量的水流入不同的河流，在这两条河出口处流出的水，水量也相等。

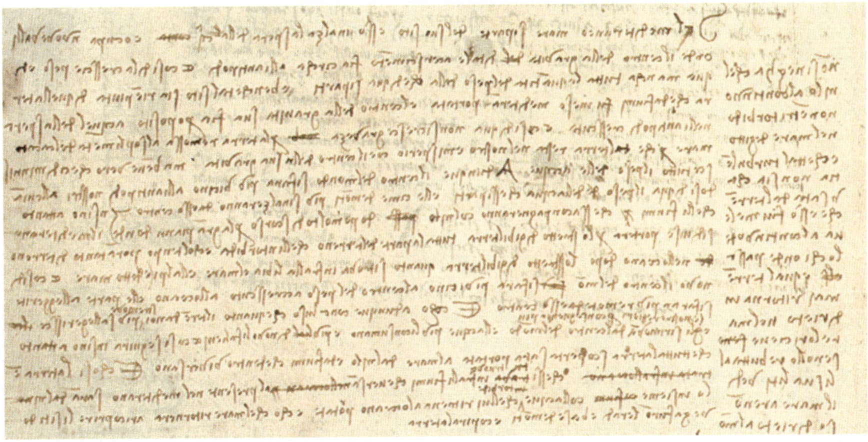

若将地中海的海水移到新的峡谷中，使水面升高，那么在这里的重力中心会在四极附近上升，从而增加地球对面的重力，这些水的整体数量也会减少。流入地中海的河流所携带的泥沙也许会将这里填满，但地球这一侧的重力中心与四极升起的水层中心仍然相对。从埃及海流入大海的泥沙也不会使这一侧的重心升高，因为这些泥沙仍然在这一侧的半球上。不过，话虽如此，水的整体重量的消失确实存在。因此，已经排除了地中海海水的重量，四极便离宇宙中心越来越近；并且，山脉也会显得更高，千百条河流汇聚到尼罗河，穿过广阔的平原缓慢流淌，然后携带着泥沙变得湍急，到地中海与大海的边界——直布罗陀海峡——将其穿越。在时间的积累下，地中海的海水将越来越多的泥沙带到直布罗陀海峡外的大海中，正如利比亚与大海、阿尔卑斯山脉与地中海一样。就这样，向海洋缓慢移动的重力中心与宇宙中心逐渐靠近，重量消减的那一侧离重力中心越来越远。

我们可以下一个结论，泥土从这里流失得越多，这里就越轻。其结果是，地球中心流失的水土越多，水就会侵蚀的更厉害，导致更多的水土流失，土地也越来越轻。直到裸露在地表的泥土被尼罗河或其他河流带入海中，这种情况都会一直存在。冲入地中海的泥沙被尼罗河的流水带到海岸，大海被逐渐抬高淹没海岸、群山根部，以及土地。最高山脉上的水，本不在那里，是太阳的热量将水蒸发到了山上，然后一小部分水又因为热能奔流向下。在拉维尔尼亚就可观察到这一现象。在那里，即使是夏天最热的时候，冰雪也不会消融，但在冬季的末尾，那里的涵洞中却仍然能散发出热量。在阿尔卑斯山北麓，阳光并不强烈，冰雪也不会消融，阳光带来的热量连极薄的山脉都很难穿透，何况那些大山之间的空地与水层的深处，连阳光都照射不到。

（右侧文字）

的确，尼罗河水之所以会咆哮着流入埃及海，是因为尼罗河在入海口会不停地冲走泥沙。这些泥沙被冲到海滩上停留下来，没有流入大海。阿特拉斯山以外是一片一望无际的沙海，此前这里是一片海洋。

有人说地球就像海绵一样，把海水吸入到了山顶。但实际上，尽管海绵可以自动将水吸到顶部，但没有外力的挤压，升到顶部的水也无法自行下落。从我们观察的情况来看，升上山顶的水并不需要任何外力的挤压，即可自行向下流淌。也许有人认为，水能上升的高度仅仅与其降落的高度一致，且大海的海平面高于陆地最高的山峰。但事实却恰恰相反。从空中俯瞰，海平面才是最低的地方，且水会往低的地方流动。河流汇入大海时，停止了运动。有人肯定会说，水在最低位置是静止不动的。也有人觉得，离海岸越远的海面位置越高，甚至能达到跟山峰一样的高度。我们知道，物体越高，其离地心也就越远，如果水元素是球状，那么根据球体表面任意一点到中心都是等距的这一定义，水是不可能越远离海岸位置就越高的。因此，大海的海岸与遥远的大海中心一样高，从海岸能看到的任何地方的高度，都比海平面高。高山顶部到地心的距离，肯定大于海平面到地心的距离。这，就是我们的结论。

如前面的讲述，有人会认为太阳的热量将山麓的水蒸发到了山顶，在这个过程中，越热水分蒸发的越多，而热量减少时，吸收的水分则越多。根据这个论断，与冬天相比，夏季时阳光热烈，高温可将地下水脉中的水蒸发到更高的山顶。但事实却相反，实际上我们观察到夏季的河水反而比较少。

译者简要说明

达·芬奇认为水受到地热上升到高山山脉上的过程类似海绵吸水的过程，且由于海面是低的地方，根据水往低处流的惯性，所以在高山上的水流在凝聚后又会向着最低处的大海流去。

在这一篇里，达·芬奇还讨论了重力中心不断改变的问题，他认为，地球的重力中心之所以不断改变，是因为地球的密度不均匀。比如，水的密度与土地的密度不相同，而河流中水的密度与大海里水的密度也不相同。并且，河流的改变，土地的流失等等，也会使地球的重力中心改变。

延伸阅读

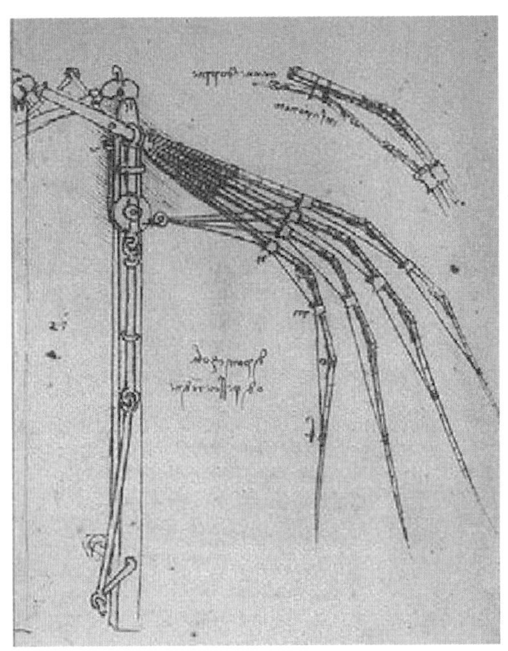

这是达·芬奇设计的翅膀模型，上面装有各种弹性不同的弹簧，并且他建议应该使用羽毛来制作这个模型。

《圣母子与圣安妮》

《抱银鼠的女子》

《吉内薇拉·班琪》

/ 卷四

di Leonardo de Vinci

手记 29

多样的波浪和水的压力

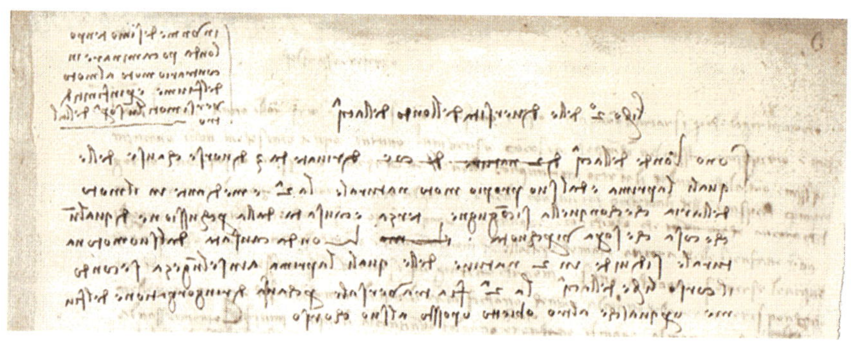

水浪的方向可能与水流的方向不一致，甚至相反，一浪接着一浪，连绵起伏，滔滔不绝。

多样的波浪

使水浪产生的原因有三种：一、水本身的运动；二、风力的作用；三、掉入河面的物体产生的冲力。而水本身的运动又包括两种：一、水流自然流动生成的直线水浪；二、堤坝或其他物体阻拦水流产生的横向水浪。

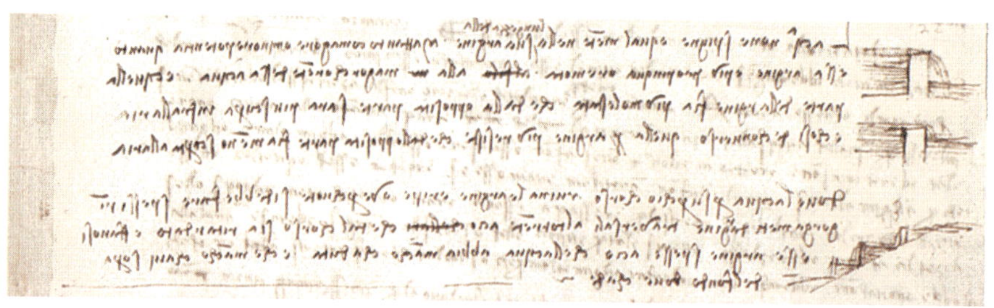

河岸上不同位置所受的水流冲击力也不同；与水流中心距离不同的河岸，其受到的水流冲击力也不同。对于水流来说，裸露的河岸长度越长，受到水流冲击的可能性就越大；河岸裸露的部分越短，对水造成的阻力就越大。

河岸支撑着水流，相对的，水流也对河岸产生了一些压力，那么，是什么样的压力呢？我们必须考虑河岸与水流深浅的相互作用。因为河岸直接接触到水和空气这两个对象。因此可以将水看做河岸的保护层。

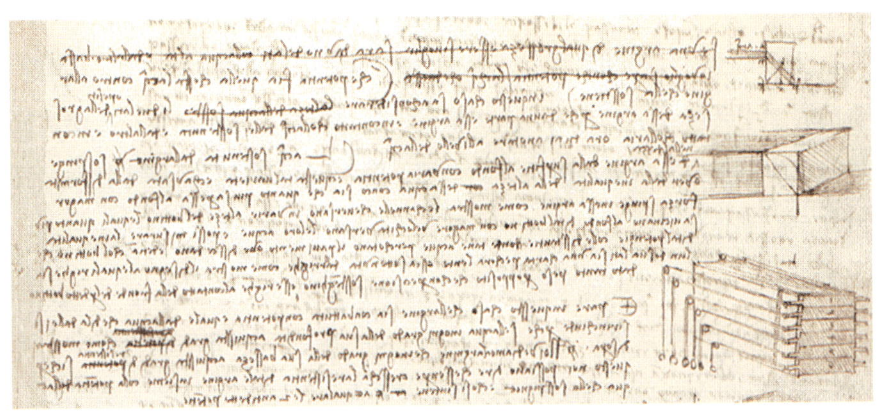

水在垂直方向上对河岸产生压力，河水深浅不同产生的压力也不同。并且，在同一深度的水流，其垂直方向的各个点上的压力也不同，并且按照一定的比例改变，越接近水底，其压力越大。把水箱的底部看做一个点，从水箱不同高度喷出的水流，其速度也不同，越接近水箱底部水流得越快，这也可以证明河岸压力的问题。可以通过测量从不同高度喷落到地上的水同水箱的距离，来计算水压；还可以制作一个一边是羊皮囊的水箱，并用木条在这一边加固，就像图示的那样。通过木条就能看出水箱另一边支撑水所需的压力。

显然，河岸会产生与河水压力相等的抵抗力。通过上面的实验，我们可以观察到，不同深度的水都会对河岸产生不同的压力，在每一个深度，河岸都会产生对应的抵抗力。所以，我们可以这样推测，水压增强时河岸的抵抗力也会增强，唯有压力与抵抗力保持平衡，河岸才不会被冲垮。

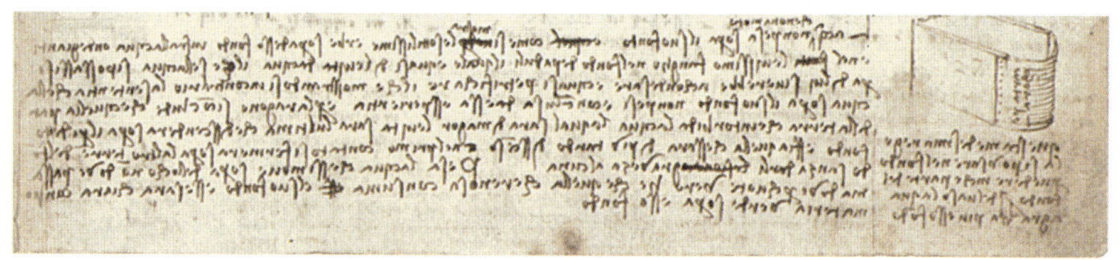

通过在水底晃动的细草和沼泽底部几乎与水一样轻的浮泥，我们可以得出一个结论，那就是静止不动的水对水底不会形成压力。若浮泥受到水的压力，则会被沉压在河底，进而被夯实在河床上。这也从反面证明了“水对其自身的底部不会产生压力”的观点。推理之后可以得出这样的结论：使水流变得湍急的泥沙会在水变轻时沉淀到水底。浮泥沉淀到最后会越来越慢，沉淀的浮泥也不会对河床上的浮泥产生压力。携带泥沙的水流会对河床产生损害，而清澈的水流则会让河底生出绿色的水藻。

水箱实验的原理使用于河床。通过观察水箱，其底部和侧面都长出了绿色的滋生物，但是，水箱侧壁所受的压力却更大。

译者简要说明

达·芬奇不仅想象力天马行空，行动力也惊人。他做了许多实验来研究不同的力对水流的影响，研究不同深度的水流的流动速度。

本篇手记主要记载了两个方面的内容，分别是来自水流的不同冲击和水的压力。在文章一开始达·芬奇就阐述了波浪的产生原因，并且通过观察水流对河岸不同位置的冲击力，分析应该在堤岸的哪一部分进行巩固加厚。

水的压力占了一大部分篇幅。达·芬奇将水流分为不同的层，然后观察分析身处不同层的水流的流动速度。他发现，越是底层的水的流动速度越快。并且河岸对水有支撑作用，因为水对河岸有压力，河岸必须有相应的对抗力，才能保持形状，不至于被破坏。

另一方面，达·芬奇认为静止不动的水对水底没有压力。他通过水中的水草以及沉淀的泥沙来说明这个问题。这与现在人类的认知有所出入，人类对于宇宙大自然的认知在最近两个世纪发生了质和量的飞跃。

延伸阅读

Tratado
de Estatica y Mechanica
En Italiano
Escrito en el Año 1493 como se vé
ala buelta del fol. 1.º
Contiene 191 folios y está escrito
al reves

马德里手稿

这两部手稿于 1966 年被发现于西班牙马德里国家图书馆，所以称为马德里手稿。第一部约绘于 1490 年代，主要论机构学；第二部约绘于 1503 到 1504 年，包括如何使阿诺河转向的地图，和斯福尔扎纪念碑的建造。

手记 30

波浪的形状

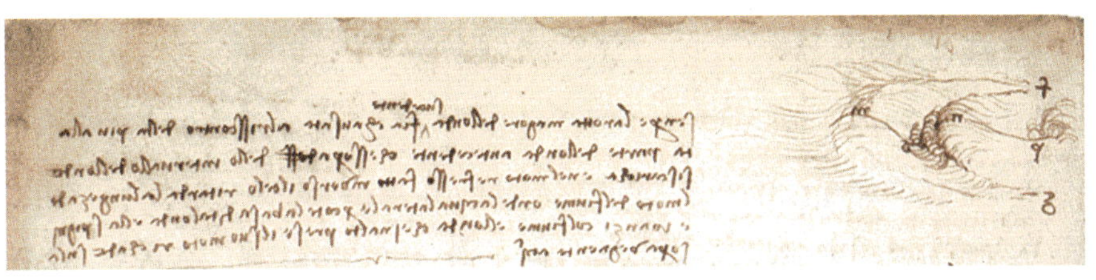

水浪翻滚着向前奔跑，后面的浪追上前面的浪，然后被阻挡回来，落在两个波浪之间，产生一个浪层的断裂。被阻挡回来的水浪在回弹向天空时，为后来的浪减少了向前冲的阻力，使后来的浪可轻易地追上前面的水浪，并推动前浪，使前浪在再一次扬起时与后浪融为一体。

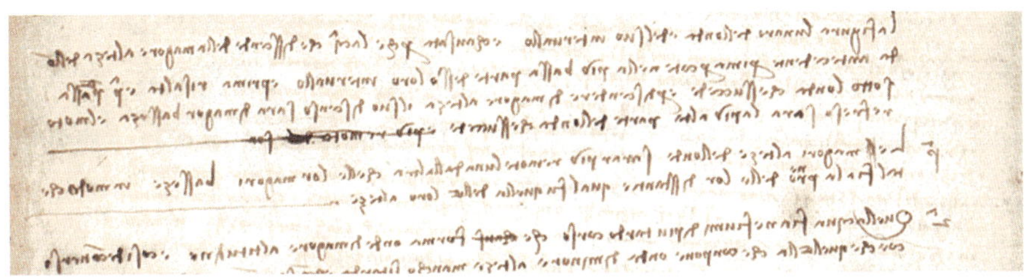

跌宕起伏的水浪呈现出月牙的形状，是因为水会首先从浪的高点落下，淹没在两个浪之间的低点，而且水浪被弹回得越早，就越容易且越早卷入后浪的下部。水浪高点的位置越高，其回落的位置就越低，水的反弹力会从后浪的最高点开始。

1、两个水浪最高点之间的距离，比这两个浪最低点之间的距离要大很多。所以，两个浪的距离与其深度成正比。

2、运动得越慢的河水产生的水浪越高。同理，运动得越快的河水产生的水浪越低，这是因为运动快的水流将许多力量转化成了速度。

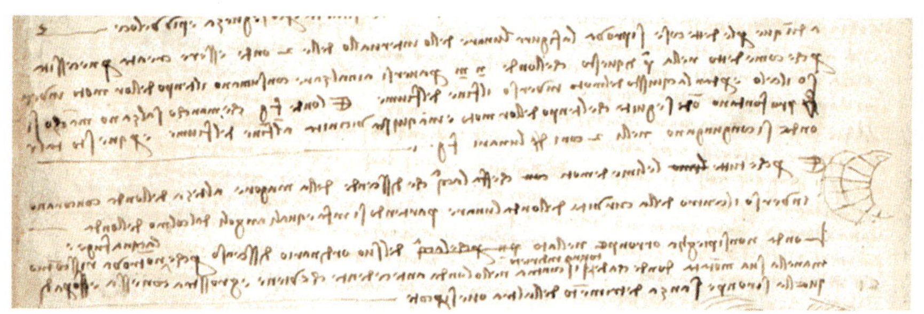

根据以上所述即可解释为什么两个水浪之间必然会形成月牙。就像第一个议题中讲述的那样，水浪在升起时，n 和 m 两点之间的浪使水浪上升变慢，并减小了河流向下游流动时的冲力；f 和 g 两点之间的波浪，深度浅，上升幅度小，且在接近河水下游时花了大把的运动时间，因此这两个浪之间会形成一个锥形。

来自浪尖的水，以相同角度从浪的高点降落，为什么均直直地朝着月牙的中心聚拢呢？

水持续不断地脱离水浪，但并不会遇到任何障碍物，因此不会在正常降落的一边断开，或产生弯曲。在水上升和降落的过程中，从高点降落的水会冲击后面的浪，降落的浪和后浪互相搏击，降落的水在不对后浪产生影响的情况下，被后浪打散。

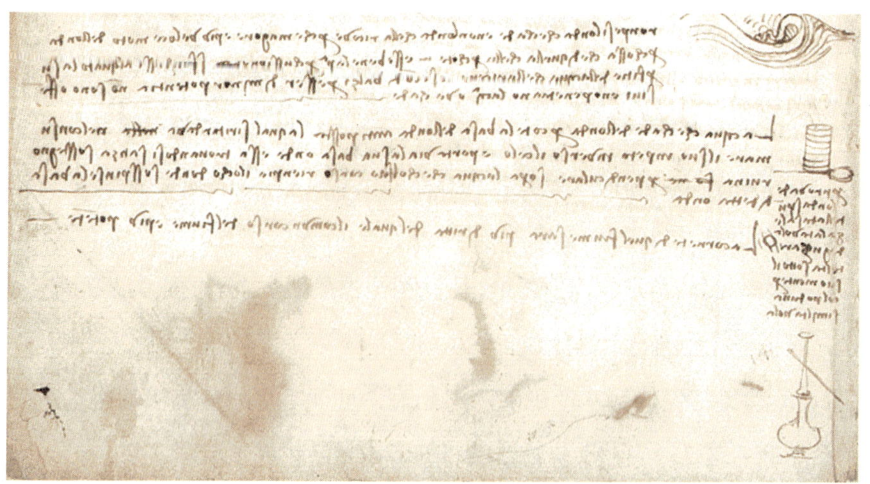

因为后浪的数量比落下的浪多，且运动速度较快，因此，降落的浪被打散，而后浪则没有任何影响。虽然第一次的冲击会使后浪的表面受到一定程度的影响，但第二次降落的浪，其冲击力小，不会再对水面造成破坏，也不会穿透后浪。

水浪中落下的水，在砸到后浪的底部后，会使后浪的冲击速度降低，并将后浪的底部排空。后浪失去了底部支撑，便会跌落在后续的浪花之上，填补上述水浪失去的基础位置。

河流的冲击力度越大，水流就会越直。

用赌场堆叠起来的筹码可以演示失去底部支撑的水的原理：从筹码底部快速抽走一个，上面的筹码会直线跌落填补空缺。

译者简要说明

达·芬奇对流体力学十分的情有独钟。在这一篇中他对波浪的形状，以及形成波浪形状的原因进行了细致入微的观察和分析。并且，达·芬奇在分析水浪的过程中还会辅以数学、几何等原理。

他分析水浪的运动规律，从水浪的形成，到水浪的形状，再到后浪与前浪间的相互作用，以及水浪的落下，都进行了分析，并且分析的很正确。在文章中他还对浪花的浪峰、浪尖、两浪之间的距离进行了描写和比较，这些足以证明他对水浪的运动研究得非常透彻。

延伸阅读

阿尔德伦手稿

阿伦德尔手稿（Codex Arundel）是列昂纳多·达·芬奇的一卷手稿，写于1480年至1518年间，是关于力学和几何学等的一系列论文及笔记。

手稿名称来自于1630年代在西班牙得到这份手稿的阿伦德尔侯爵，是大英图书馆阿伦德尔系列抄本的一部份。共283页，大部份规格为22厘米 ×16厘米。有少数几页没有任何内容。其中包含短论文、笔记和图画，内容从机械到鸟类飞行多种多样。

其内容与本手记一样，都是一些笔记、图画，它的重要度也被认为仅次于大西洋古抄本。

手记 31

水的相互作用

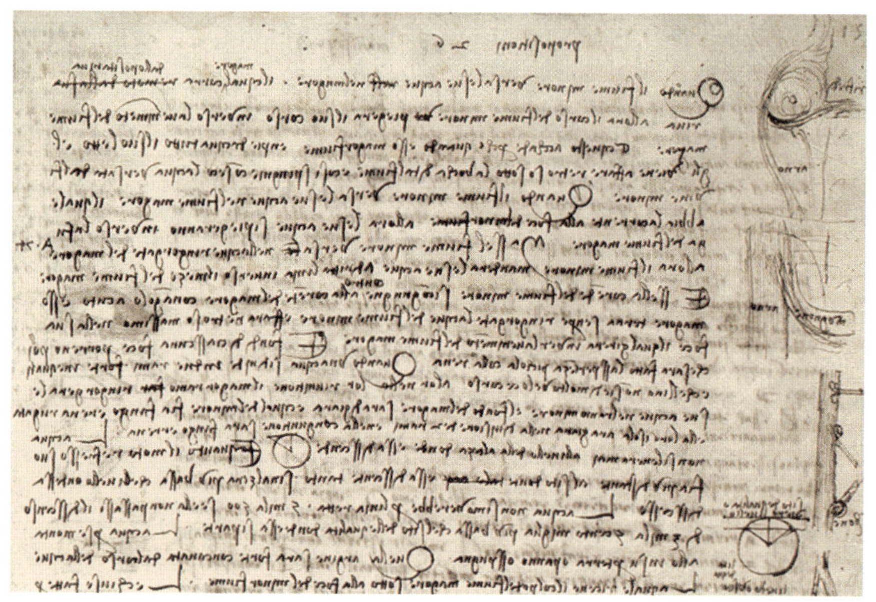

议题二十六

在小河汇入大河的交界处，大河会从小河流向对面的河岸冲击过来，但小河早在受到这个冲击前就已改变了流向。因为大河填满了河床，在与小河交汇的河口下方会形成一个漩涡，使小河的流向改变。所以，大河流经小河河口时，小河将汇入大河，并改变自身方向，与大河奔流的方向一致。但是，若小河流入的不是奔流的大河，而是大河中蓄水的大坝，小河则会像笔直的箭一样直插入蓄水河的中心。

若小河与大河的交汇处呈锐角，且小河流入大河的方向与大河的流向在一定方向上相互冲刷，那么大河的河水会对小河的河水造成冲击，在小河的河口处产生漩涡，其旋转方向会使小河河水向上游的大河中移动，从而出现反冲现象。在河口处还会出现泥沙翻涌的现象。当水流被分为大小两股时，其流速会减慢，当这两股水流再次汇聚时，大的水流会冲击小水流，并在其下方沉淀很多石块，而小水流下方则会沉淀很多泥巴和水纹状的泥沙。并且，在水流中间还会形成沙洲，在水分离为两股的地方会沉淀石头和砂砾，在流水再次交汇的地方则会沉淀泥沙。

水自身并不能回到最初开始降落的地方。水在降落的时候，降落的速度越快，朝上弹起时所能达到的高度就越低。比如从很高的海拔降落时，若没有经历过 3500 英里的斜坡，则在其进入直线后，无法继续奔流 5500 英里。泥沙、海绵和湿布可将水流向上吸附。泥沙和砾石组成的河岸在受到河水凶猛的冲击后，也会在河岸上形成较大的坑。

（右侧从上到下）

里佛莱迪河

阿诺河

姆涅尼河

水平点，以及水平线

翁布朗尼河

水平线，即平衡点

河流主干流经的地方都是山谷中最低的地方，而汇入大海的河口则是陆地上海拔最低的。海平面相互连接，任意一处海平面与地心的距离都相等。

当水化为空气的时候会产生风。我证明过这一点：用 1 盎司[①] 的水蒸气

①1盎司=28.3495克。

装满一个水袋，水首先会在水袋的内壁上布满。

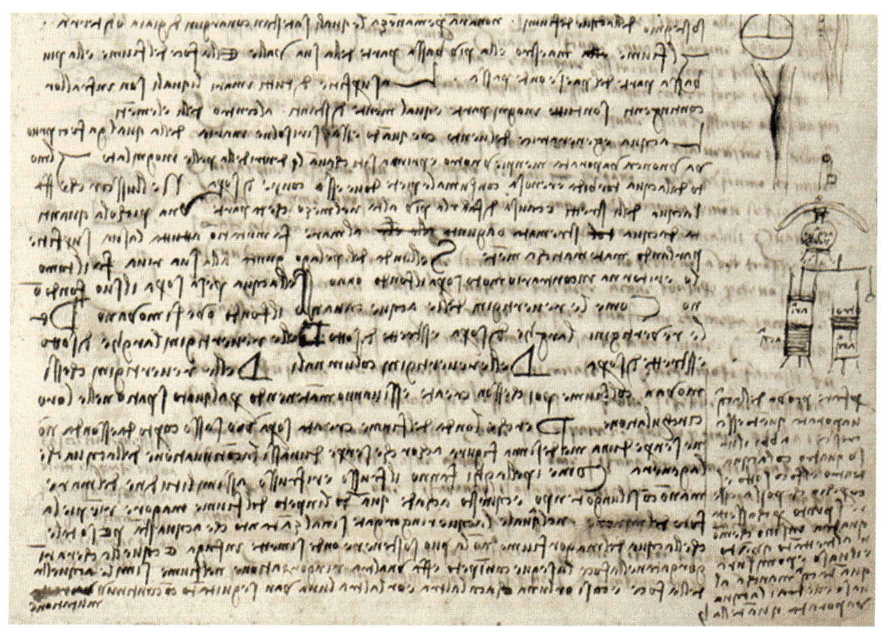

浑浊的河水快速地在河道内奔跑，带着巨大的冲击力冲蚀过河床内的石头，在河口处，河水的中间耸起，比两侧的河水要高。从数学的角度来看，流入或流出大海的水也会对大海的海面产生影响。湖中的波浪是否也会在达到岸边后，受阻力再返回湖底？湖底是否也会受到水的压力？当涡流流经湖底时，是怎样对湖底造成冲蚀的？

涡流的形态各异，有的上宽下窄，有的上窄下宽，一旦形成后，则会顺着水流方向运动，并且有时会在河水中的某个地方旋转着停留一会儿。尽管水流不断地冲击着石头，并形成水浪，但这些冲击石头形成的水浪，其形态却各异。在广阔的湖泊中形成的浪潮，其幅度可达到大海浪潮的幅度，但是并不能像大海中的浪潮一样运动很长的距离。这是因为，大河河水与小河河水交汇时，大河的河水会冲入小河口，在河口处的水面将升高，此处河水的重力也将加大。直到冲入小河河口的大河水不能承受这股重力，便会被压回大河的河道继续向前奔流，在这个河口形成的阻滞，不断受到后续水流向前推动的作用，便会在河中也形成类似于河口的情形，在河中的这个位置，水面也会升高。水浪前仆后继，他们之间互相产生作用，形状也时时刻刻在发生变化。

（右侧从上到下）

汽化水

水 空气 水袋 水

从下方加热添加了水的方形容器，可测试水蒸发时容积的变化。用方盒盖住容器顶部，这样，蒸发出来的水可进入到方盒中。停止蒸发后，再计算容器内剩余的水量，即可测算出蒸发了的水量。

译者简要说明

小水流与大水流之间相互碰撞时，会产生什么样的作用？交汇之后的两股水流会发生什么样的变化？这些都在本篇手记中有所回答。

达·芬奇从水的交汇角度、位置等方面分析了大小两股流水交汇时的情况，并且用泥沙在交汇处的变化来说明水流交汇的作用。而且，水的力量还能产生风，这一点他已用试验证明。

他还讨论了流入大海的水的运动，以及流入湖泊的水的运动。而在旁边的图示中，他绘制了几条河流，用以说明这几条河流的分布情况。在这里他没有明确说明对河流的改造，但在其他手记中，他规划了河流，提出了对河道的整改计划，现今也保存有较为完好的河流改道图纸和说明。

延伸阅读

达·芬奇素描

手记 32

水流的运动

议题十二

当河水从人坝的上方滚落下来，经过河床，在河床的最低点，也就是水流降落的最低点，必定会被冲蚀出一个深坑。根据这个理论，从堤坝上放滚落的流水，在堤坝脚则不会冲击出深坑，也不会在反弹过程中将泥沙冲刷掉，更不会成为一个障碍，而是顺着对面堤坝下的横向水流进行流动。

但是，若堤坝最低的部分以对角线穿过河流，经过深入地下的宽广的横面，然后流至阶梯状的台阶，并从台阶的最后一级垂直落下，再对河床底部进行冲击产生冲击坑，这时的水流经过这一系列的运动后，不再可能具有很强的冲击力。实际的例子可以在维杰瓦诺的斯福赛斯草原上看到，水就是从这样阶梯式的堤坝上落下的，且这里水流的降落幅度为 50 布拉乔奥。

水流在流经田地时，会有一部分留在田地的低洼部分，但是却不能穿过整个田地。因为，首先流经田地的那一部分水流会将遇到的低洼地方填满，之后的水流就可漫过这些低洼的部分继续向前，并散向四周，直到再次遇到低洼的地方，然后继续将其填满，使后面的水流漫过，这样循环往复，漫过一个又一个低洼的地方，不断转换着方向，向左向右或四散开来。但是水流却无法漫过整个田地。

河水在第一次经过峡谷时，流动的速度绝不会像已经布满流水时那样快。虽然流入河流的水，在穿过河口的等量时间内会流出等量的水，但河流在第一次流经峡谷时，首先要将它遇到的那些坑坑洼洼的地段都填满。这使得河流的水速变慢，不能提供水流奔腾所需要的平坦的要求，包括垂直方向和水平方向上的。比如，在 7000 布拉乔奥高度的水，其中间的部分除非比周围的水高处 3500 布拉乔奥，否则绝不会从原来的地方自动向下流。

在倾斜的滑道内，4000 磅的撞锤在沿滑道落下时，并不会产生相应重量的冲击力，同理，1000 磅的拉力也不可能生成超过 1000 磅的冲击力。因为驱动桩柱需要至少 4000 磅的力度，所以需要将撞锤添加到 12000 磅，再通过 4000 磅的拉力来提升，然后在下降的过程中即可产生 4000 磅的冲击力。

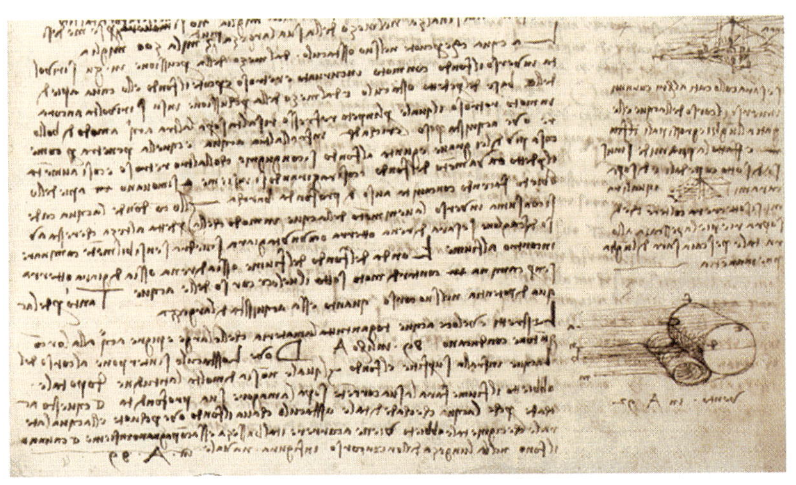

当水流前进的方向上存在着一个障碍物，那么水流则会不断冲击这个障碍物，从冲击的那一面朝下方做弧线运动，然后被反弹，同时，水流冲击着障碍物的底部，像是要将障碍物从它前进的路上移开。在冲击面，水流巨大的冲击造成的反弹，使水流看起来好像在沸腾。反弹的水流由于其自身的重力，又向下落入水中，靠着重力穿透水流，在快要到达水底时与后来反弹的水融合，对水底产生冲击力。此时，这一部分水流将产生一定的旋转，并将河底冲击出类似船底的冲击坑。

由于反弹的水流总是逆向水流流动的方向，在这部分水流降落的地方将会变得具有棱角，若这些地方存在砂石，则可以明显地看到这些砂石呈散射状逆向水流的方向。无论水流中是否含有泥沙或碎石，在较快流动的河水的底部，其水流的流动比较平缓。当流入水道较宽的河床时，水流的冲击力也会消减许多。

在狭窄的河道内快速流动的河水，在与宽阔的河道内运动缓慢的河水交汇时，会将交汇处的物体全部冲走。若在不宽敞的河道的河水中插入一个物体，水流经这个物体后，会在河水底部重新生成一个新的水流。这是因为沿着障碍物流下的水会冲击底部，将受到冲击的地方冲出一个坑，而横向的水流则会绕过障碍物快速地涌向这个坑。这两股水流的交汇产生的力量，会在改交汇处形成一道较长的船形水坑。

将带有枝条的树木一层一层地捆在一起，树干顺着水流方向，树枝朝向上游，从而形成一个短粗的锥形。树枝可以阻挡上游留下来的泥沙并聚集在此处，形成一个新的阻挡物。用这样的方法做成堤坝来对抗水流，十分经久耐用。

译者简要说明

本篇手记都在讲述水流的运动。

水流流经田地时，要先将低洼的地方填满；水流从堤坝上落下时，会在着陆的位置形成冲击坑；在水流初次进入一个峡谷时，要先灌满所有经过的坑洞，并且流速在一开始会变慢。在这里，达·芬奇再次强调了水必将由高处流往低处。

由于水流往下落下时，还会产生冲击力，达·芬奇在右侧还绘制了一个斜坡滑道来模拟水的冲击，探讨不同重量的物体在从这个斜坡滑道落下时，会产生多少冲击力度。

后面部分的文字中，达·芬奇研究了水在冲击物体时的运动状态，从冲击——反弹——再次落下，再重归于水流。

延伸阅读

压　强

压强是分布在特定作用面上的力量与该面积的比值，即物体表面垂直方向上每单位面积所受的压力的大小。

压强并不等于气压，气压主要指来自气体的力，而压强还要更加广泛，比如还包括液体压强。

手记 33

关于水的降落和反弹

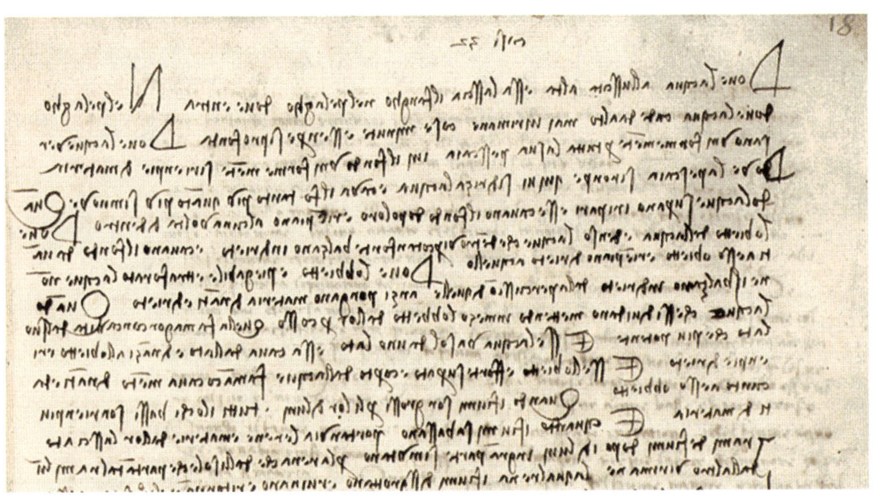

案例三十二

水从高处流入湖泊时，其中携带的泥沙将全部沉淀在湖底。在水流流入湖泊的地方看不到任何杂质，因为这些杂质都被带入了湖泊中，即使这样，湖泊仍然慢慢地变得越来越深。若水流均匀地沿着整个堤坝流入湖泊，则在这些地方的水底会均匀地填充上泥沙等杂物。在堤坝上水的出口处，水的流速越快，堤坝底部将被冲击得越深。

水流流经堤坝时，会挖掘起堤坝背面的底部，有时还可填平堤坝前面坑坑洼洼的地方。若水中杂质较多，使水的密度变大，那么当水流冲击到物体上时，被弹回的那一部分的冲击力也会很大。在这样的冲击力下，水流可将物体前方的泥沙冲刷到物体的后方。但是，若物体的质地柔韧且充满孔洞，那么，水流在冲击到物体后就不会出现反弹的现象。而且，水流还会在物体的前后沉淀一些杂质。

当冲击物体后水流会继续向前流，无论从物体的哪一边开始继续奔流，水流都会变得四分五裂，在物体硬度较大的一侧还会冲击出大的水坑。若水流冲击物体后，只从物体的一侧流过，则水流只会对流经的这一侧及其前部进行冲蚀，而使泥沙堆积在后方。若水流迅猛地冲击过物体，那么在物体两侧和前部形成的冲击坑则会比较小。在山洪肆虐的时候，流水暴涨，所有低洼的地方都会被河水填满。而洪水消退时，还会带走被冲击而来的漂浮物和泥沙等杂物。

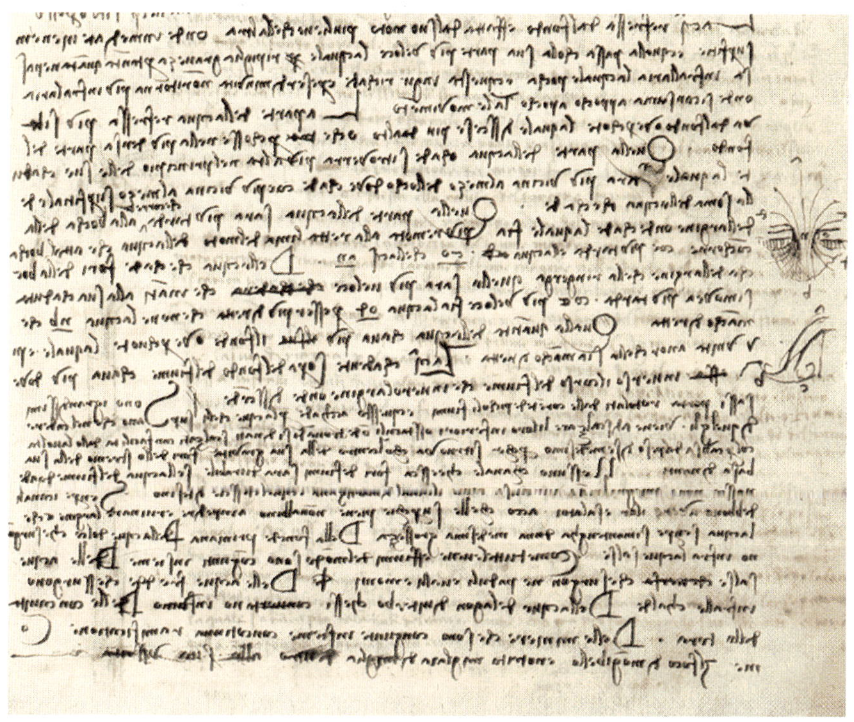

洪水会影响河流的支流，使其流经方向产生变化，在支流之间还会形成沙洲。支流之间互相交织，河床不断被流动的河水调整，逐渐回到接近原来的位置。

从河床的河水中反弹的水比其他运动着的水轻盈，但是当这些水反弹至水面，在其运动较快的那一部分穿出水面时，其重量立马恢复到自然状态下，与其不运动时的重量相同。河水跳出水面，在空中短暂地跃过，便重新归于河流，消散在庞大的流水中不再弹出，逐步消失其运动的痕迹。

从被冲击的河床上弹出的那一部分河水，若被弹得很高，在从最高点落下时，有一定的几率再次撞击到河床的底部坚硬的部分。降落的水，降落的位置越高，在降落到水中时则会越靠近弹出时的位置，即总水量表面的中心位置。

若在某一段的的河水，距离河水出口的直线距离较远，那么再次降落的河水，在沿着河岸流动时速度就会越慢，比如水流 co 就比 an 慢。从水坝上降落的水流，在降落的开始速度较慢，在降落速度会越来越快。意思即是，基本上呈直线运动的水流 od，其速度较快，而比较弯曲的水流 nb，速度则比较慢。

水流交汇处的河床，无论受到是否是直流的河水的冲击，都会被掏空。落在河床上的水流并不会对河岸产生太大的冲击，相反，在朝向河流的中心位置反而会形成比较大的冲击坑。经过长年累月的冲刷，巨石的位置可被小河水撼动，这是因为小河水从巨石上方往下冲，将巨石底部的支撑物慢慢冲走，导致巨石失去其重量的支撑，需要重新寻找一个重心，于是巨石开始慢慢随着底部向外沿移动。所以，在没有其他任何外力的作用下，巨石会因自身的重量而移动位置。

若不把作为水源的河流切断，那么运河将会一直存在，比如从提契诺河流出的马特萨那运河。运河应安装水闸，这样方便手动截流，在洪水过境时就不会损坏堤坝，在适当的时候开闸放水，可以使运河中的河水保持一个固定的量，比如普林尼泉。

海水中确实会喷出淡水，沼泽、峡谷和山脉中也确实会冒出咸水。地球上所有的河流以及地下的暗流都是连接在一起的。热水中会突然喷出冷水，而且，在威泰伯附近的拉高尼，水变成了蒸汽。地球内部遍布着错综复杂的水脉，淡咸水脉也纵横交错，山体内部的的各种矿脉也连绵不绝，矿层交织。这些水脉和矿藏相互影响，比如距离蒙吉贝罗火山几千英里之外有能量的波动，也能致使火山喷发。

译者简要说明

本篇手记中全部在讨论水流的降落和反弹作用。达・芬奇在前面倡导要从单个因素去分析它的影响，这对做实验非常有利。但在思考水流的问题时，水流问题并不能从单一某个方面来观察。

他研究水的落下和反弹，研究落下时的冲击和反弹时的冲击，以及这些冲击对周围的水流、河岸，以及河底造成的影响。

在最后，他又提及了海洋中的水，说“地球上所有的河流以及地下的暗流都是连接在一起的。”并对说地球内部充满了弯弯曲曲相互交织的水脉。从这一点可以看出，达・芬奇在讨论水的作用时，还兼顾着地球内部的作用。

延伸阅读

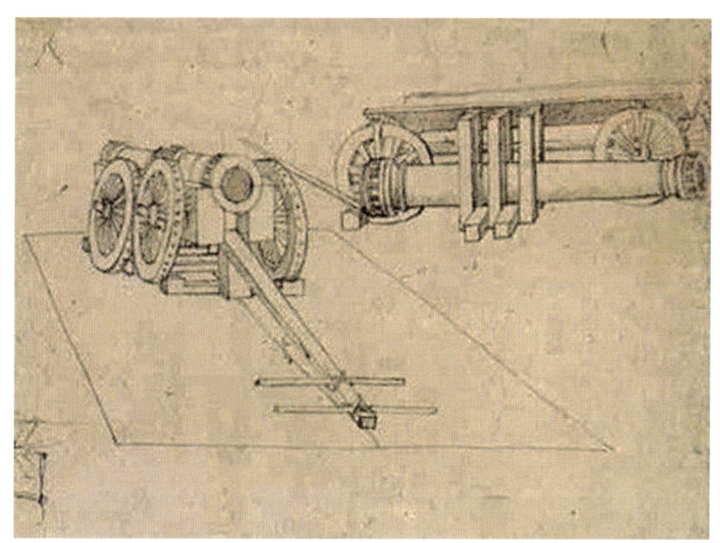

可拆卸大炮

达·芬奇设计的大炮解决了大炮因自身重量而难以转移的问题，除了可拆卸外，这个大炮还可以变形。

手记 34

水流的交汇处

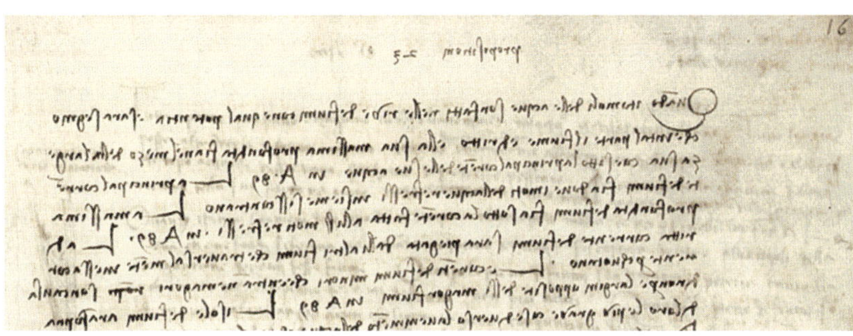

议题二十三

若水从两侧岸边撤离的力度一致，那么我们可以得出一个结论，这个河道是直的，且河流最深的地方一定在河道的中间，也就是河流主干道的下面。河流反射回来的水流相互碰撞的地方是河流的主水流，而河流最深的地方就在这个反射运动发生的水流下方。直线的水流受到河内其他水流的冲击而变得弯曲，就如冲入大河的小河会使大河对面的河岸受到损坏一样。河流中的沙洲，迎击水流的一侧比另一侧留下的沉淀物要多得多。

在交汇处合二为一的河流会掏空交汇处的河床的底部。若交汇的水流，在相遇后没有合二为一，而是相互往反方向运动，那么在交汇处则会形成一个很大的船形坑。交汇点的下方是河床最深的地方，且河流的交汇角度越小，其交汇处的坑在纵向上则会越浅而长；反之，若交汇处的角度越大，形成的坑就越短而深。但是，如果两条河流汇入的是平静的湖泊，没有相互的冲击作用，则不会在交汇处形成冲击坑。

洪水退去后首先现出的是沙洲，沙洲上的水会跟着水流被迅速排走。沙洲上的沙子被冲走，留下光洁的鹅卵石。倘若沙洲的周围是一个平静的湖泊，那么水流注入这个湖泊时所携带的沙子则会沉淀在湖泊内，慢慢将湖底填满。

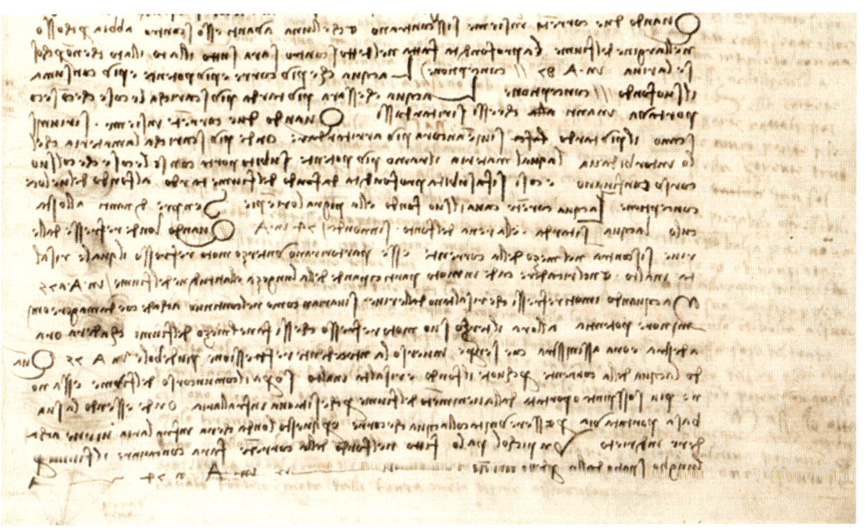

两股水流在交汇前，若有一股先冲击河岸，然后与另一股水流交汇，并在水底形成冲击坑，那么这个冲击坑的位置必定位于河岸被冲击的那一侧的下方。

这里有两个概念：一、流速越快的水流冲击力越大，对河底造成的冲击也越大；二、流速越缓慢的水流，其携带的杂物沉淀得越多。两股水流交汇时，流速慢的减速会更快，其中的漂浮物体沉积得会越多，而周围湍急的水流则会重新将这些漂浮物冲走。在这样的流速快慢不同的水流之间，就会突然形成冲击坑。

这里有另一个概念：流速快的水流对底部冲击，而流速慢的则会填补冲击坑。水流在遇到障碍物时会减速，而底部携带的沙子则会开始翻腾。冲击河岸后反弹回来的水流会在河流中部相遇，形成第三次反射，使水面升高。经历第三次反射再回落时，水在纵向和横向上的覆盖面都比较广。

河流的这种反射运动总是持续不断地在发生，若河流中的反射运动发生变化，即在反射运动中有一方的力度过大或过小，都会打乱这种平衡，使第三次反射的发生点偏左或偏右，总是落到力度变小的那一边。冲击水底后反弹出水面，这时反弹出的水将不再受到河水水流的冲击，也不再随着河水运动，因为它已经脱离了河水。在此之后，在河水底部的水流已经冲走，而弹出的水流将会落下。

在河水底部固定一个小基桩，可以在一定距离上对河床形成冲蚀效果。

译者简要说明

本篇手记没有绘制图示，因此需要通过读者的想象来理解达·芬奇所要表达的观点。读者可以看出达·芬奇的手记中有类似“二十三项”之类的文字，它们根据达·芬奇的思路而定，早期存在记录他思路的手记，但就现今发现的达·芬奇的手记而言，并不存在其中。

本篇手记主要讨论交汇的水流，水流在主水流的作用下与河岸发生作用，两股水流相遇后，在交汇的地方会形成不同的冲击坑，而不同力量和大小的水流相遇，所形成的冲击坑也不同。

水流的反弹作用也不仅会发生一次，若冲击力度达到一定水平，还可以发生第二次或第三次反弹。

延伸阅读

火焰的形状

达·芬奇对四元素中的火焰也有研究，他记录到“没有火焰的地方，动物不能生存和呼吸”。并且他还对火焰进行了细致的描写。

通过观察，达·芬奇发现火焰底部的温度是最低的，呈蓝色，并且火焰燃烧所需要的油脂都来自于底部，这里也是火焰开始的地方。

而越往上火焰就越明亮，整个火焰就像一颗跳动的心脏。而火焰燃烧会消耗周围的空气，产生真空，这时另外的空气就会填补过来。

手记 35

在水中设置障碍

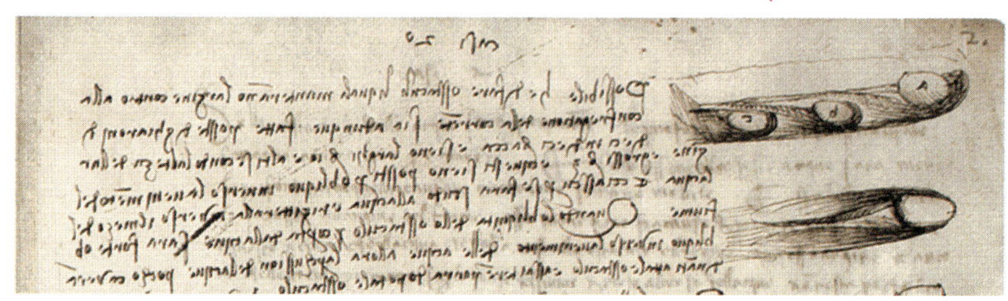

案例二十

在河岸上筑起一截一截的厚墙，可以减小水流冲蚀河岸产生的影响。每10 布拉乔奥可设置一个短墙，长 10 布拉乔奥，厚 3 布拉乔奥，并且同河岸高度一致。这些墙应修筑在斜坡上，面朝水流的方向。这些墙可以将冲击过来的水流弹回水流中心，起着保护的作用。大量的水流沿着斜坡奔流下来时，水流将淹没短墙，但水流在短墙的前方只能冲击出很浅的冲击坑，在短墙之后却会沉淀下很多泥沙。

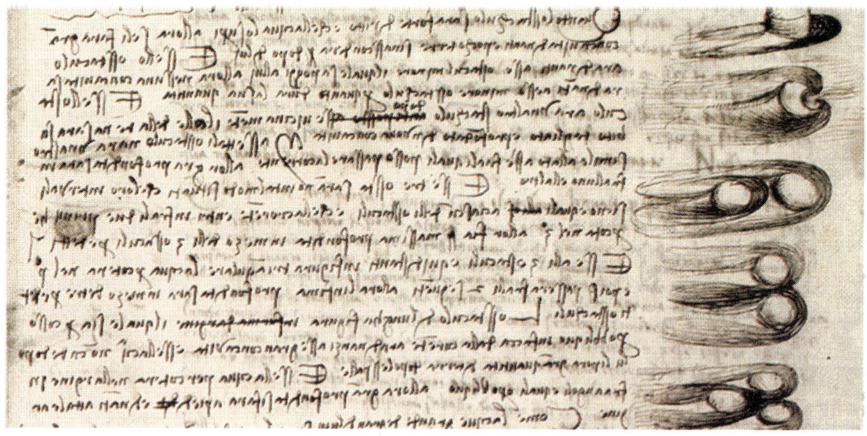

若障碍物横亘的方向与水流的方向完全垂直，那么水流在漫过障碍物时，会在障碍物的前方形成冲击坑，在其后方则会沉淀少量泥沙。若在障碍物前还有一个小的障碍物，小的障碍物前并不会形成冲击坑，因为小的障碍物使得斜面增加了。若在障碍物后紧挨着再设置一个障碍物，那么泥沙不但不会在障碍物后沉淀，并且还会形成新的冲击坑。若在障碍物旁设置一个一样的障碍物，水流则会从中间穿过，并在中间形成很深的冲击坑。

将三个障碍物按照大小长短等距排放，并让水流流经两个障碍物之间，然后冲击第三个障碍物，那么，在这三个障碍物的中间位置则会被冲击出一个最深的坑。若将三个障碍物摆放成等边三角形，那么水流先冲击其中的一个，然后再穿过另外的两个后，最深的冲击坑也将出现在三个障碍物的中间位置。

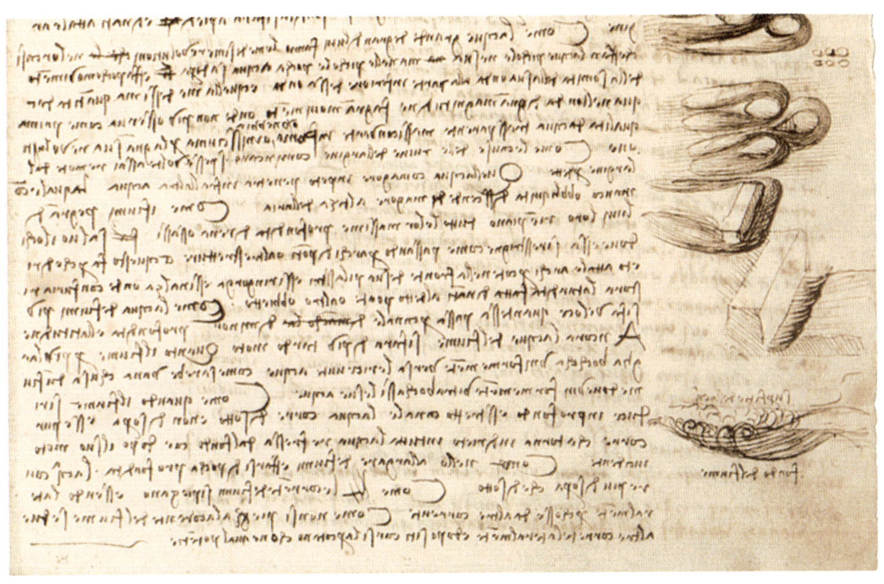

若障碍物细长的一面受到来自倾斜方向的水流的冲击，在这一面的前方会被冲蚀出一个很大的冲击坑。 若水流没有漫过障碍物，那么在障碍物两次则会沉淀很多泥沙。但是，若水流以相同的角度冲击河岸，则会在河岸的前方和下侧形成很深的冲击坑。

洪水在暴发时汹涌肆虐，河道内的水会掀起翻天覆地的变化。但是小河中的水，由于其水面的水浪运动到底部的幅度很小，所以变化不大。但大河中等量水浪的运动幅度却很大，将河水搅得浑浊一片，而且不同运动幅度的水浪形状也不同，有的在水面升腾起雾气，有的形成了一片烟瘴，还有的形成了翻滚的泡沫。

对河岸进行冲刷的河水，其来源一般距河岸很远。从坡度陡峭的高处倾泻而下的水流，可直接冲入水中，且冲击的力度极大。除了必经的桥洞或其他狭窄地段，泛滥的河水还会将携带的砂石填满河流中的坑洞。之所以排除桥洞和狭窄地段，是因为这些地段的前部受到水流冲击，生成了急速旋转的涡流，将水流升高，从而将流水中的杂质快速排出，避免了沉淀在这里堆积。

若水道浅而窄，水流经这样的水道时就会变得十分湍急。若水流经的河口比较宽阔，水流则会变慢，这一点从闸口处流出的水就可观察到，这里流出的水都比较平缓。在深而窄的河道内，河水的运动是向下，而不是流动在河水表面。而且，即使水流在水面流动，那也是因为快速射入河中的水被河床反弹了回来，并且其运动方向向后。越宽的河床中的河水越浅，这里的水反而是在水面流动的，而不是向下方流动。若其他水流从横向对河流进行冲击，则会使河流弯曲。若有两股水流以相对的方向横向冲击河流，且这两股水流势均力敌，那么反而会达到一个平衡，不会使河水弯曲。

（右侧下方）

水面

河床

译者简要说明

本篇主要讲解如何在河水中设置障碍以保护河岸免受水流摩擦的侵袭。

在本篇中达·芬奇不仅提出了需要设置障碍物以保护河岸的观点，还讲解了应该在哪里设置障碍物，怎么排列障碍物，以及如何设计障碍物的形状等。

不同的障碍物对河水的阻挡作用不同，达·芬奇还分析了水流冲击障碍物时的运动情况。比如“将三个障碍物按照大小长短等距排放，并让水流流经两个障碍物之间，然后冲击第三个障碍物，那么，在这三个障碍物的中间位置则会被冲击出一个最深的坑。”

同时，河道的深浅和宽窄，也会影响水流的快慢，从而影响水流对河床和河岸的冲击力。

延伸阅读

使用不同的方法安置障碍物，其对水的阻挡作用不同，水在冲击障碍物时形成的水浪也不同，障碍物受到冲击后的状况均不同。水在进入其他水中时，也会在其中运动，并产生不同的运动效果。

手记 36

利用连通器原理

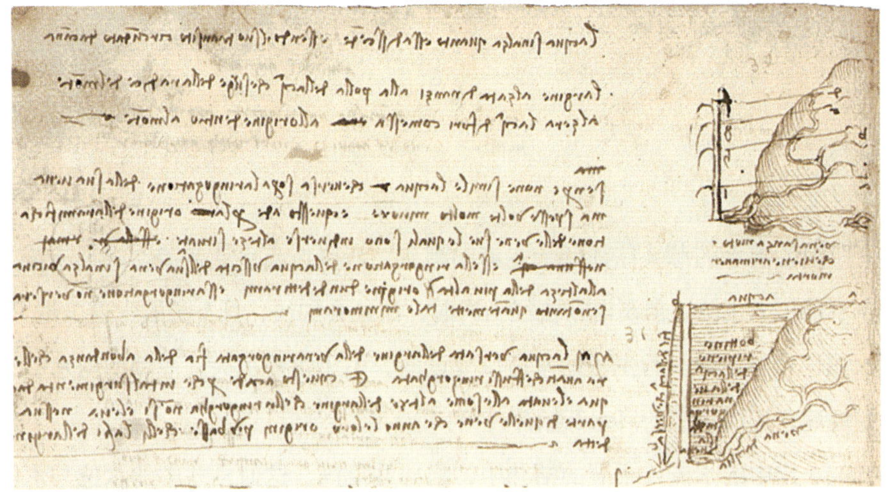

观察在连通器中的水流的流动，可以发现，一侧水面的上升程度与另一侧水流的下降程度相同。

若修筑水坝来存储山中流下的河水，那么，在这个水坝中的水位，可以上升到与山中水源相同的位置。

泉水流过修建在其前方的大坝时，流速一般不稳定。由于水面有一定的落差，若流过大坝的泉水水量大量减少，则在某些时刻这些水流的流速会变得均匀。若水库中的水位达到水源主脉分支的最高源头附近，那么，从堤坝上流经的水肯定不会比支脉中流经的水多。

漫过堤坝的河水永远不会像被拦截前那样波涛汹涌，因为河流不会从堤坝底部流入使水面升高到堤坝的高度。

（右侧从上到下）

河水不流动就会成为死水

水

溢流 建立大坝可以蓄水

水脉

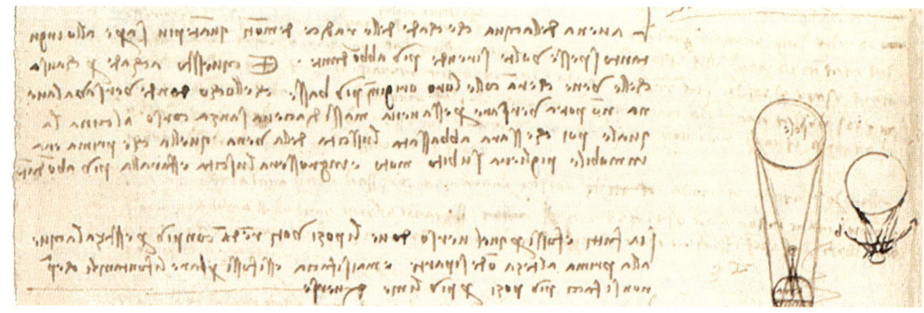

因为溪水的源头往往低于主流的源头，所以，溪水通常流动得很安静，也不能汇入主流。但溪流在流经山脚时，流速会加快，且下游的水道口越大，水流也会越湍急。若主流的水道口变低时，由于落差加大，平静的河水会开始加速，形成滔滔的河水开始冲击河口。

水沟中的水流入干涸的枯井中，将枯井灌满，这时枯井中的水位与水沟中的水位是一致的。在不同的高度和地点打过水眼之后，才能去挖掘水沟，否则，千万不能因为要寻找水源而去挖掘这类水沟。

太阳　　地球

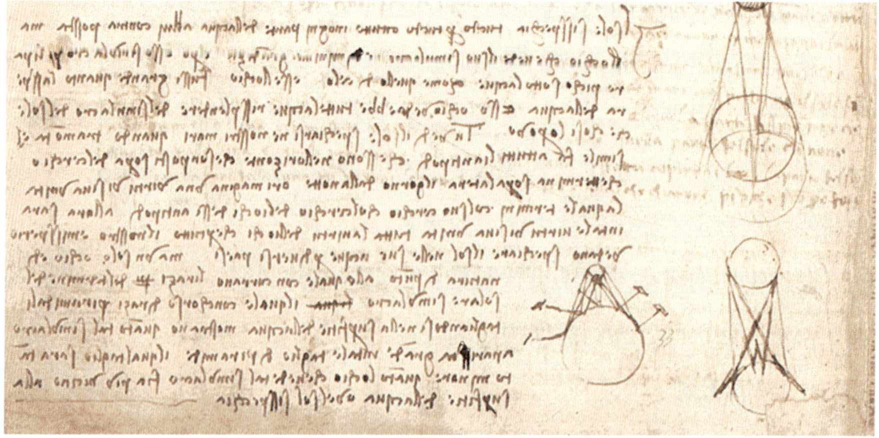

整个水面都会反射出阳光的倒影，无论从哪个角落观察，都可在水面上看到太阳的图像，而且，水中的太阳的图像比实际看到的太阳的图像要小得多。如果可以看到整个水层，我们还可以看到层层叠叠的散发着光晕的太阳。我可以证明这一点：

太阳落山时，可以在地平线四极上的每一个点上，看到投射在海面上的太阳的影响。也就是说，在白天与黑夜分界的那个环的每一点上，都可以看到。从视觉上，将地球上两极相反的地方，用连续的曲线保持不变串连载一起，聚合整个半球所看到的东西，然后在不同的国度观察太阳在水中的投影。而总可以从太阳投影的边界的某一点，观察到阳光聚合在一点。这些以三角状聚合在一起的光线，在水面被分割，从而形成一个斑驳着辉光的巨大太阳投影！越是靠近水面观察太阳的投影，就越是能排除水面分割的干扰，从而看到一个完整的太阳的投影。

译者简要说明

达·芬奇热衷研究水利，并且会思考将水利应用于实际。

本篇手记中，达·芬奇通过观察连通器中水的涨落，得出在连通器中，一边水的上升与另一边水的下降，在量上总相同。因此，他将这种原理设想在水坝的建设中。并提出水沟与干涸的水井间的水位关系。

而本篇后两段则讲述了水面反射太阳的原理，由光线的传入到观察点的不同，达·芬奇都做了解释。

延伸阅读

连 通 器

连通器是指上端开口不连通，底部互相连通的容器，比如U型管就是一种简单的典型的连通器。往连通器中注入水，当水注入停止后，连通器中的水面会相平，即水平面在同一高度。这是因为水面到连通器底部的深度都相同，并且压强也相同。

手记 37

传递冲击力

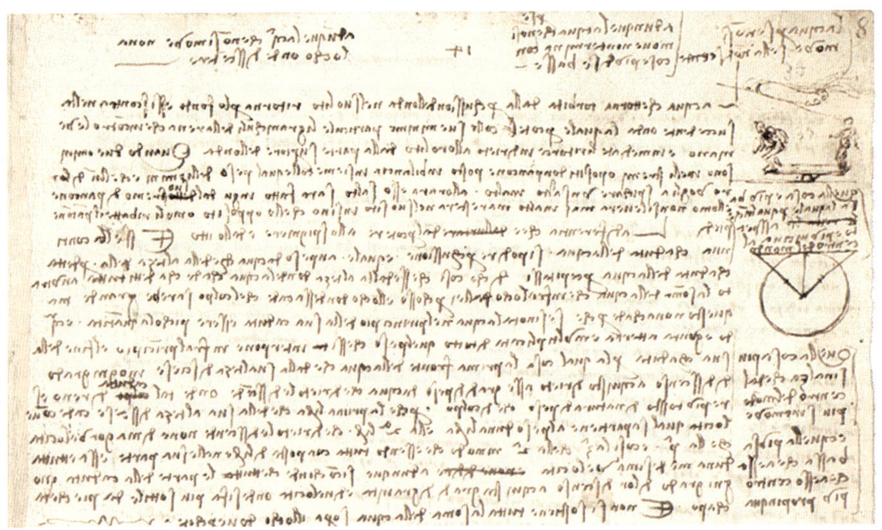

十四

没有更低的地方时，水将不再流动，成为一潭死水。

即，未到最低处时水会一直流动。

水只能在往低处流动的过程中，是自行运动的。

海浪拍打海岸，然后沿着海底返回，与后面的海浪撞击，激起水中的砂砾，使水变得浑浊，然后海浪再继续将这些砂砾拍回岸上。两个重量相等的人玩跷跷板，其中一端的人要跳起来必要先下蹲，但是在跷跷板上他却永远不可能完成跳跃，因为另一端的人在他跳起时，会将跷跷板往下压，而他脚下的跷跷板会被推高到他脚下。产生这种现象的原因在于，造成冲击的力是主动还是被动的。

若将持续水流的冲击力等同于水流从高处坠落下时的重力，那么我们可以认为，瀑布从起点到落点之间的水同时落下会产生极大的冲击力。但是，实际上并非如此，瀑布起点的水量是很小的，在到达底部时，其冲击力为整个水重量的叠加。所以，当一部分水从瀑布上落下时，每降落一定的高度，都会添加紧随其后的水的重量。

故我们可以这样认为，瀑布的生成是因重力而非冲击力。当第一波水落下时，每降落一个高度，紧随其后的水就能将自身的自重追加在第一波水上，也就是说，从瀑布的起点落下一磅水只具有这一磅水的重力速度；第二磅紧随其后的水，其速度不及第一磅水；第三磅水紧跟着第二磅水又落下……通过这样将落下的水划分为各个一磅，且整个瀑布以相同的速度落下，可以得到结论——瀑布中的所有部分降落在不同的高度，其速度和重力都是不一样的。所以，瀑布的下方比较窄，而且水坠落在其冲击位置后也并不会停留在那里。

从任何角度看，物体越低就离宇宙中心越近。

物体越高离宇宙的中心就越远；沉得越低离宇宙中心就越近。

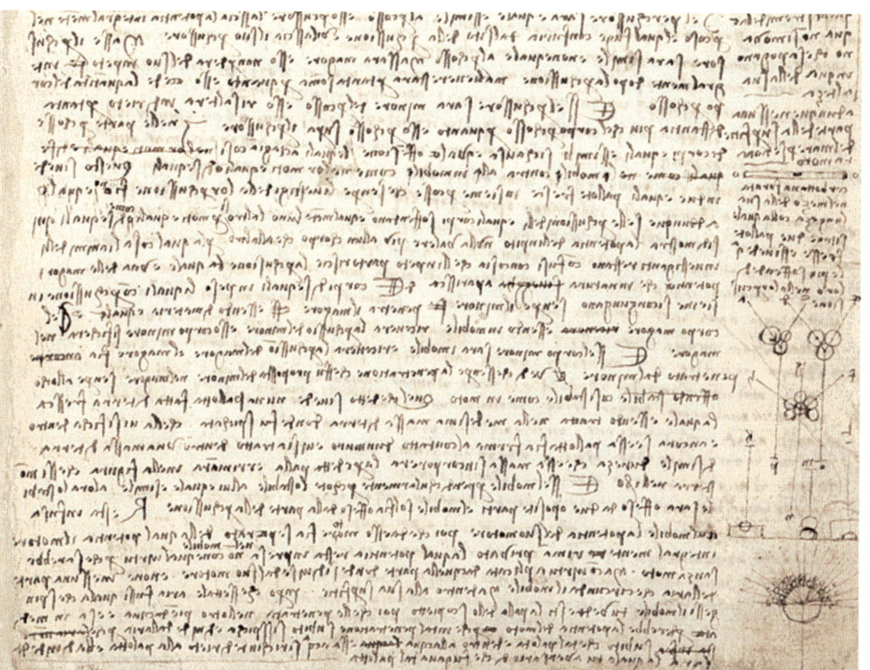

若两个物体互相碰撞，用一个去撞击另一个，若这两个物体相似，那么，冲击物可将全部的冲击力传递到被冲击物上，并将被冲击物推出去，然后自己停留在冲击点。但是，如果这两个物体不一致，如冲击物比较大，在冲击后不能将力道全部传递给被冲击物，那么，就会将超过被冲击物可以接受的力道留在自己身上；若被冲击物比较大，那么冲击物反而会被弹回，且这弹回的距离比被冲击物移动的距离要大得多。而性质重量形状等特性完全一致的两个物体在冲击时，不管两个物体的动静和速度如何，其产生的冲击效果都是一致的。我们可以制作两个材料柔软大小相同的球体来做实验，实验的结果会证明，这两个小球在碰撞时产生的效果是相同的。

比如，让两个一模一样的物体相互撞击，不考虑其速度是否一致，他们的撞击结果告诉我们，物体 A 受到的冲击力不可能大于 B 所受的冲击力，而这往往会使观察的人产生困惑。能够产生冲击的力量，是自然界中最伟大的力量之一。

倘若让两个材质相同但重量不同的物体进行撞击，其结果往往是轻的会撞击进重的物体内。若让轻的物体去撞击处于静止状态的重的物体，那么轻的物体会嵌入重的物体内；反之用重的物体去撞击处于静止状态的轻的物体，轻的物体也会嵌入重的物体内，或击穿重的物体。因此得到这个结论：不论运动状态如何，通常轻的物体都会击穿重的物体。上述说明可以通过捏泥球来进行验证。

将刚捏好的泥球用力扔进用于做球的泥堆中，泥球会混入泥堆；若将泥球黏在墙上，然后用相等黏度的泥去砸墙上的泥球，这把泥也会贴进墙里，其形状如图例所示。若让一个物体垂直撞击另一个与其重力和密度都相同的物体，那么，被撞击的物体会受到两个相反位置的力的作用，而撞击的物体之在冲击点部位受力。

当使物体运动的原动力与物体脱离时，物体仍具有原动力传递过来的力，而原动力则丧失了这种力。但是传递到运动物体的力分布得并不均衡，脱离原动力时，力仅仅是传递到了物体受力的一面，因为力本身不能运动。而且，力只能传递到物体的表面或内部，不能传递到围绕物体的空气里。如果认为是空气在推动物体运动，那么我们可通过观察出膛子弹的运动来驳斥这一点：当子弹射入水袋中时，子弹与空气隔绝，那么将不再受力；子弹射入水中时，水立即将其包围，将空气隔绝在外，失去动力的子弹就应该停下来。但事实并非如此，子弹并没有失去原有的动力，反而击穿了水袋。

而有人认为，空气是推动子弹运动的原因。

（右侧从上到下）

在低处的水是不会自行运动的。就如海面的水不会自行流动。

通过玩具枪中间的枪膛可同时射出两颗软泥子弹，但是这两颗子弹射击的过程中会相互碰撞，互为干扰。

译者简要说明

本篇通过瀑布的冲击力，说明水在下落的过程中力是会叠加的。并且举了跷跷板的例子来说明力的相互作用。而水在下落过程中的力之所以会增加，是因为后来的水的重量，加上重力的牵引。

在后半部分达·芬奇着力于通过两个物体进行撞击来说明力的传递。而根据物体的材质、大小等方面的不同，物体撞击后的运动状态也不同。比如撞击物在撞击后停止，而被撞击无开始运动，或者撞击物在撞击后随着被撞击物一同运动等。

而两个完全相同的物体相撞的结果使他得出“不论运动状态如何，通常轻的物体都会击穿重的物体”的结论。

在本篇最后达·芬奇还讨论了原动力对物体的作用，以及在原动力脱离物体后，物体的运动。并且说明了，在原动力会将力传递到物体受力的一面，而不会传递到物体周围的空气中。

延伸阅读

达·芬奇绘制的鸟瞰海岸图

手记 38

水压理论的实际应用

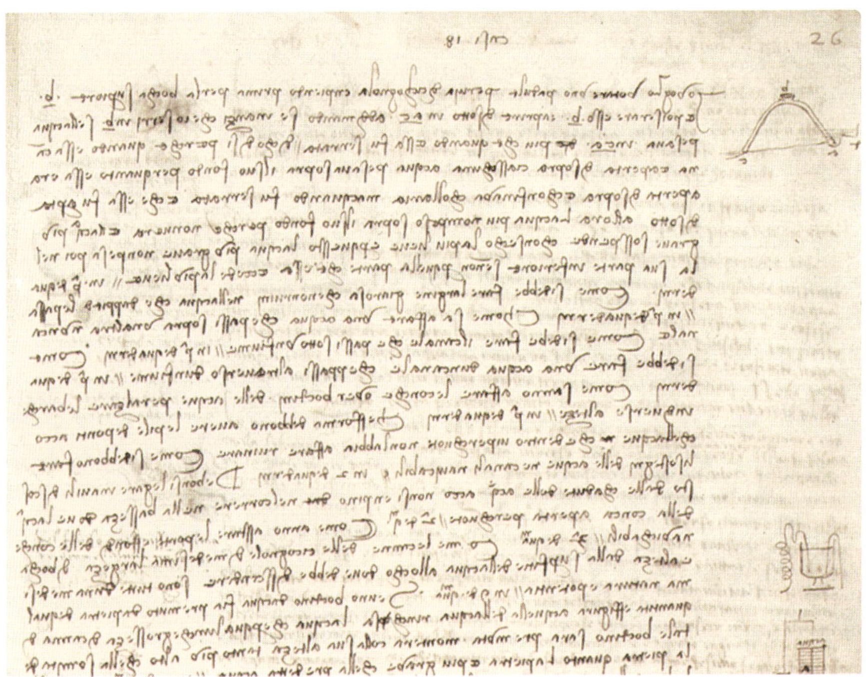

案例十八

我认为，可以通过虹吸原理将沼泽中的水排出。首先，在水管中灌入水，然后密封顶部的开口b，接着再打开下方密封的a和c口。那么，在封闭b口前，ac口处的水压是否比封闭后的高？答案是肯定的。因为，当b口未封闭时，水的重量都压在底部，而顶部只与空气接触，是没有压力的。但是，封闭顶部并将底部打开后，水管中的水对底部不再产生压力，受力大的水将压向受力小的一侧的水，将其水位抬升。除非受力小的水占据的面积比较大，否则，受力大的水在达到一个较低的位置时就会失去压力。

怎样用石头建造河岸，才不会使河岸被冲垮？怎样使通过涵洞的水从另一股水流上方通过？怎样在河流下方挖涵洞？怎样通过封闭的水道，或者河流的入海口，使船体升到不同的高度？桥墩应建成什么形状才可以免遭水流冲击？在运河中该如何建造闸门？

为了使停泊的船只不随着水流流动到闸口水流的低处，船舶的锚应抛在远离航行水道的出口位置。该如何处理航行水道两头的闸口及其底部呢？

虹吸管整个管身的直径应当均匀，左右两侧的高度也应当相同，且管内流经的水，其性质和力度也相同。

若用同样大小和形状的石头去压装有等量水的软体水箱，这些水无论通过何种管径的水管，上升的高度都会超过石头的顶部，因为石头比水重。通过均匀管径升高的水的重量，不可能大于压出水的物体的重量。

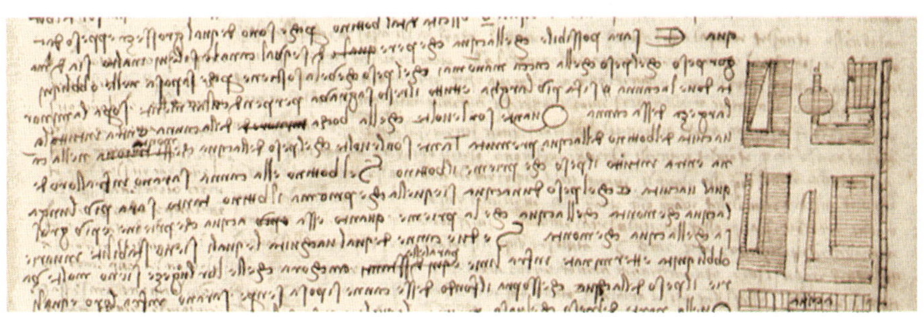

将水 a 压在软体水箱上，使该水箱中的水流出，此时流出的部分水——b，其重量与 a 相等，因为他们性质相同，体积和密度相等。若管径不均匀，那么通过水管升高的水 b 的重量就有可能大于水 a 的重量，但是，水 b 的重量永远不可能大于下部支撑的水的重量。在管径变宽的地方，水要填充宽敞的部分，在这里除了管径，所有的重力都垂直于水管的直径。所以，当我们将水袋压在水箱上方，其下端的水被向下压，进入到中空的部分，使中空部分的水也向下压，将水挤入水管中，使水管中的水位上升，水量增多，重量增加。此时，水管中水的重力等于水箱上总的压力。

若水管中水的重量等于压在水箱上水的重量，且水箱和水管中空部分的体积相同，那么，水管中水位的高度一定大于压在水箱上的水的长度，因为水箱上的水的直径大于水管中水的直径。若两根水管中空部分的位置不同，但体积相同，且水面平行，那么，即使水管长度不同，这两个水管底部受的压力也是相等的。

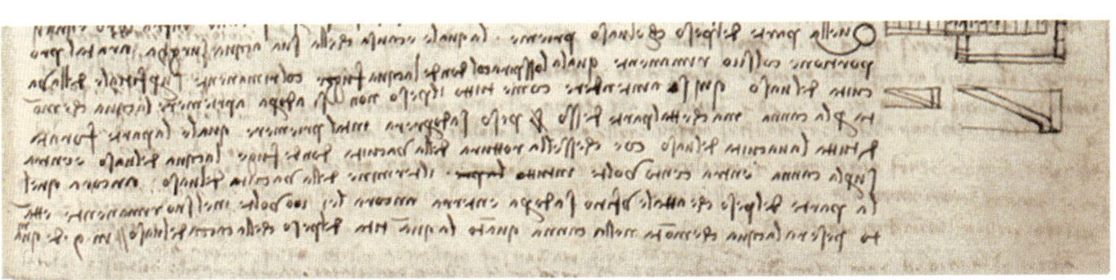

容器上方的压力使水管内的水位升高，继而溢出水管，而容器水平面上方的中空部分将抵消掉过剩的压力。这里需要理清一个问题，为什么不是全部的压力将水压入水管，使得水位上升？在承接压力的过程中，多余的力被水中的中空部分抵消了，也就是说，向下压容器中的水时，中空部分将被打破，下方的水也会跟着向下移动，从而被挤压到水管中。若将中空部分向下压 100 个刻度，那么，多余的压力也会将下方剩下的水向下压 100 个刻度。此时，从水管中排除的水的重量，等于水管中上升的水的重量。

译者简要说明

达·芬奇喜欢以案例来说明自己的论点，他会制作一些小型的，工作原理类似的容器来进行试验，藉以证明自己的论点。

本篇手记中，达·芬奇通过虹吸原理讲述如何排除沼泽里的水。在虹吸原理中，两侧的水位会因为压力的变化，从而上升或下降。他还由此想到了诸多实际问题，比如在海口如何使船上升到不同高度，如何在河流下方开挖涵洞等。

在文章的最后一段，容器上出现了刻度，可以更加精确地计量水的变化。

达·芬奇手记中的许多知识已经与现代科学不符，但不妨碍他成为理论先驱。

延伸阅读

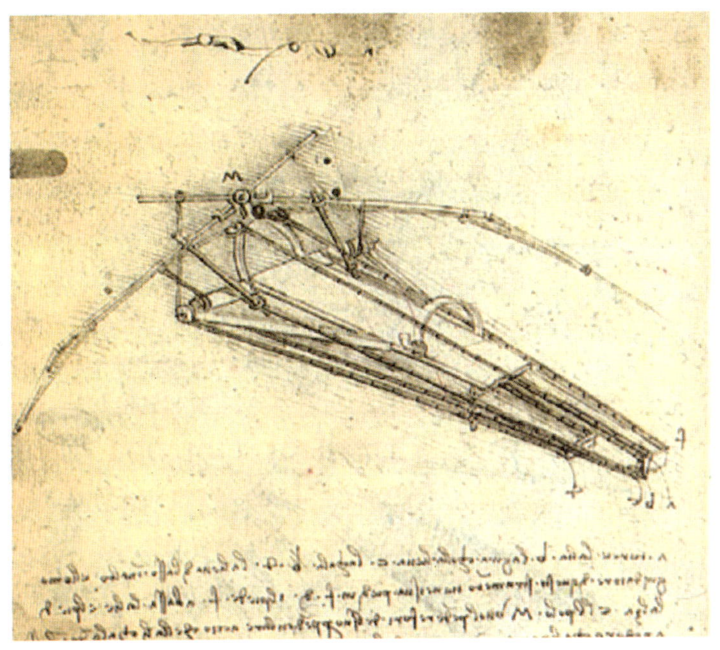

达·芬奇设计的飞行器，a 可转动一只翅膀，b 可通过杠杆转动翅膀，c 可降低翅膀，通过 d 可将翅膀升高，而操作这台飞行器的人，其双脚应防止在 f 和 d 点。枢纽为 M，在直角之外有其自身的中心。

这台飞行器充分模拟了鸟类飞行的原理，并且达·芬奇在手记中提到，在操作飞行器时应携带酒囊，若降落在水上可防止操作人员沉入水中。

《巴卡斯》

《施洗者圣约翰》

《音乐家肖像》

/ 卷五

手记 39

有关河流的源头

地球像生物一样，其内部遍布经脉，互相牵连，相互影响，并与各种生物一起形成了各种链落，如食物链等。这些河流都起源于海洋的深处，历经各种崎岖的脉络，到达山脉顶端，然后破裂成河流的源头，再奔流回

大海。

我们可以用非洲炎热地区的河流，来反驳河流来源于冬天的雨水和夏天的湖泊的说法：非洲大部分地区酷热难当，更不可能下雪，其高温可化解被风吹到其土地上的云。

还有一种说法：五六月份的太阳将赛西亚群山的雪原慢慢融化，积存在峡谷中形成湖泊，并通过泉水或地下溶洞汇入更多的水，从而形成了尼罗河的源头，使尼罗河水在七八月份暴涨。我也要反驳这一说法，因为赛西亚与黑海之间有 400 英里的距离，且其位于尼罗河源头的下游。

尼罗河从源头出发后，要经过 3000 英里的奔流，才能汇入埃及海域。

译者简要说明

与其他手记相比，这篇手记的内容实在是少得多。并且在其他章节的手记中已出现过相类似的文字。这说明达·芬奇的手记比较杂乱。

这篇手记里，达·芬奇将地球内部的水系循环比作动物身体中的脉络。他通过阅读大量书籍，可以广阔地了解当时人们描绘的世界，从而作出对世界的一些判断。在他的手记里面出现了大量的山脉与河流的名称，我们无从知道手记中提及的地方，他是否真的去过。

这篇手记虽然短，却揭示了达·芬奇的两个观点，一是地球脉络，二是河流源头的形成原因并不是他人认为的那样，但达·芬奇并没有给出自己分析的原因，便没有了下文。

延伸阅读

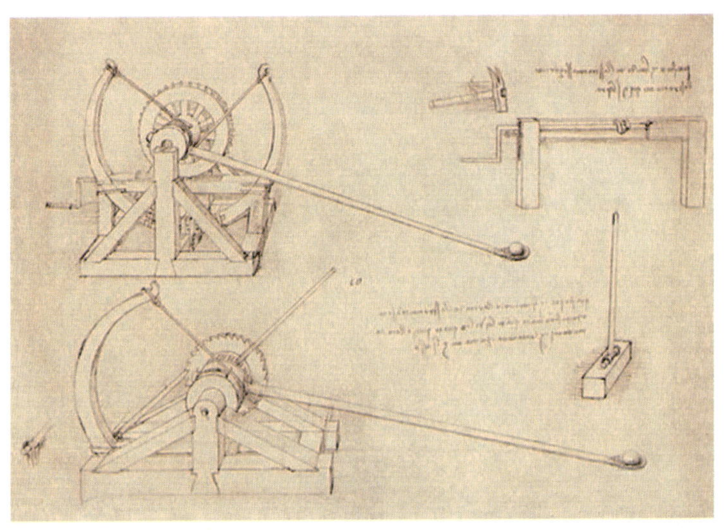

投石机

达·芬奇设计的改良投石机，使用了一对片状弹簧来作为弹射动力，可向敌人投掷石头或燃烧的炮弹。

手记 40

交汇河流的情况

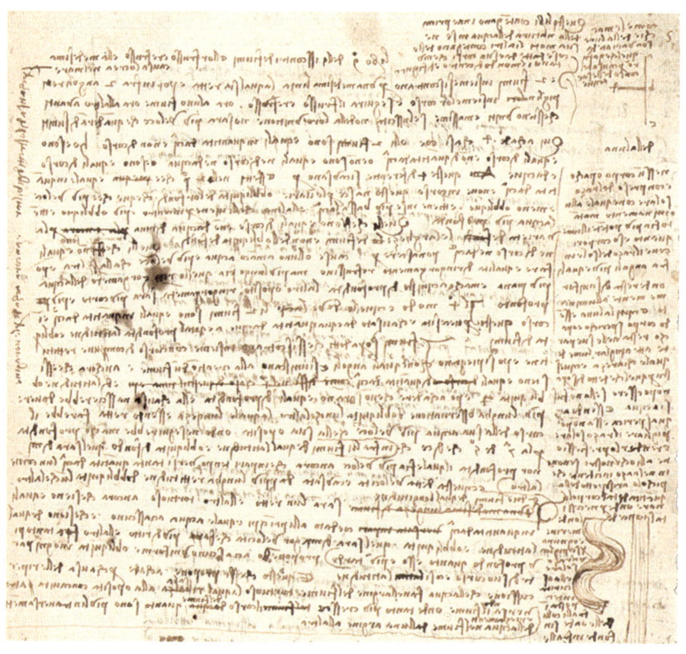

（上方文字）

本手记：有关河水的汇聚与起伏的水浪。海浪的成因也与河水中水浪的成因相同，而直布罗陀海峡和漩涡则都是潮汐形成的原因之一。

内容包括：水自身运动的性质和影响水流因素的探讨，包括水流流经中心时的作用，水流外形的变化，以及水流对周围环境的影响。

月球由于其自身所带水流的影响，而使其上的斑点位置变化莫测。

两条河流直直地迎头撞击，并以 90 度直角在一侧汇聚，那么，产生的起伏的水流会因河流撞击强度的不同而在两个地方交替出现，一是这条水流交汇点的上部，二是那条水流交汇点的上部。而且，两股水流的合成速度不会快于水流的分离速度。

这两条河流在流量和流速上有四种情况：一、流量相同，流速不同；二、流量不同，流速相同；三、流量和流速均不相同；四、流量和流速均相同。而出现这四种情况的原因也有四种：一、流量相同、流速不同，是因为河床底部的倾斜度不同，倾斜度大的其流速较快，落差较大；二、流量不同、流速相同，是因为河床宽度不同导致了河水铺开的宽度不同；三、流量和流速均不同的原因有点复杂，主要有两点：（1）流量小但流速快的河流，其河床会被冲蚀为连贯的凸起，类似于退潮时被冲刷出的形状；（2）不规则的河床上拱起的水流部分比较长，且浅，而另一条河流的河床拱起的水流部分短而深。四、流量和流速均相同，是因为形成这两条河的一些必要条件基本相同的缘故，如流量和深浅，河床的长宽和倾斜等。

上述迎头撞击汇聚的河流，即使流量、河流宽度和河床倾斜度相同，其深度有时也会不同，这是因为河床斜坡之后的延伸长度不同。若延伸的河床为直线，那么，河流的流速则会比迎头而来的河流的流速高，并且形成较浅的河床（见相关手记第七个议题：在一定时间内，两条河流的流量相同的情况下，若两条河流的宽度与河床的坡度均相同，则浅河床的河流流速较快）。这是因为，延伸直线越长的河流，其速度会比较快。

长度相同的河流，一条呈直线，一条弯弯曲曲，那么，在流量、宽度和坡度相同的情况下，直线河流的流速较快；而流速较慢的曲线河流，因为流经的每个坡度和宽度均相同，则会使河床变高。这是必然的，因为弯曲河流会对河岸产生很多冲击力，并且会受到河岸的反弹力，所以其速度也会减慢。

有关月球

任何可以反光的物体，其反射阳光的亮度也会不同。入射的阳光角度越接近，光线越强，反射的光线强度差别也就越大。

将月球看做不透明的球形，因为月球各部分的亮度一致，所以可推论其接收的光线也一致。如果月球上不存在水，是做不到亮度一致的。月球上的水也为球形，经过阳光照射，按照入射光线再反射到我们眼中，而且，入射光线对于整个月球来说，太渺小了。所以我说：月球上存在单独的海洋，并且在这些海洋的海浪上，各浪峰间的阴影区域也会发生折射，但与无波无浪情况下产生的亮度不同。在反射发生时，月球有可能发出类似太阳光的光亮，也可能形成平静湖面上的那种粼粼波光。无论那种光亮，都会与太阳光一样使人眼刺痛。

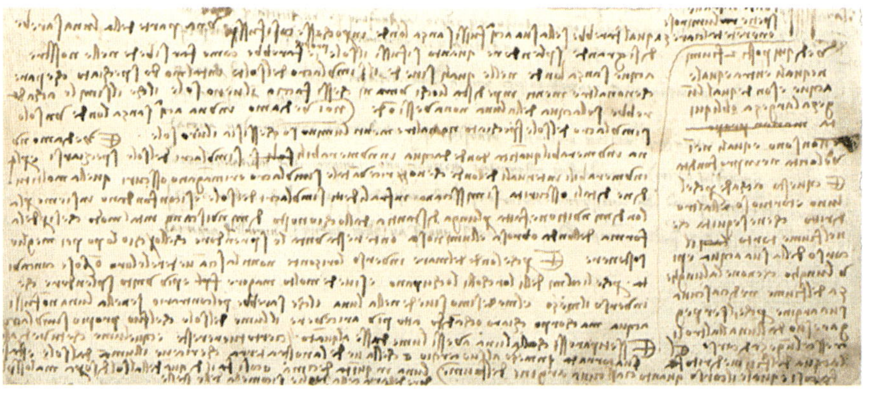

“在平静的水中可折射出单个太阳的图像，与真正的太阳相比，水中的太阳的光线同样强烈。”

若水面泛起了波浪，那么单个太阳将会变成无数个。波浪之间的波痕无法接收到太阳的影响，形成了阴影，从而产生交相混杂的水面。从很远的地方观察这个水面，会发现阴影变得很小，与光亮错落在一起，阴影与光亮的交界变得模糊，眼中最后只剩白茫茫的水面。而且后面的阴影被前面的波峰遮挡，我们也看不到波浪中的沟槽，因此，只能看到连成一片光亮的湖面。月球的情况与此相同。但是，没有水的月球则可能出现相反的情况，是一个光洁易于接受阳光的物体。

认为月球有一定的自发光的论点，是错误的。因为月球在面朝地球的一面，会接受到地球反射的太阳的光线，从而使我们在新月光圈的中部看到光线。对于月球来说，地球就是一轮圆月。在白天看不到月亮，是因为大气的亮度亮于月球，就像在朗月的情况下我们看不到星星一样。

（右侧）

上图所示的两条河，在流量、长度、宽度和坡度均相同的情况下，流速和深度不同。这是河流形状不同造成的。弯曲河流中流水的长度会比河流本身的长度长，也长于两边的河岸，这是因为弯曲河流中的河水会绕道对岸，然后再反射回来。如此循环往复使河流长度增加。而直线河流的水流长度则与河岸的长度相等。

译者简要说明

该篇手记非常重要，因为在其上记载了许多科学实验的方法。达·芬奇对水的研究非常透彻，这篇中也全是关于水的研究，并且在下方的文字中，还记述了关于月球上的水的猜想。

两条相撞的河流之所以在撞击后会形成不同的交汇状态，皆因两条河流在流量和流速上的不同，而河流的流速和流量的变化，与河床的形状也息息相关。河床的形状包括曲直、宽窄、深浅，以及是否平缓。

在周围的文字里，达·芬奇主要讨论了月球的光线，他认为月球表面覆盖着一层水，而正是这层水的变化，形成的波浪，使得月球的明暗发生了改变。并且他说，月球不会自身发光，而是反射的来自地球的反射光，而地球反射的光则来自太阳。

延伸阅读

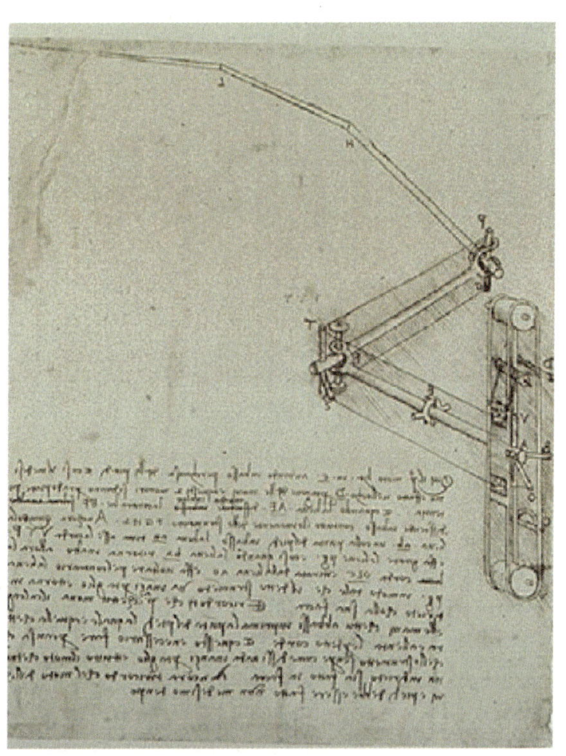

力量会被立刻消耗无法产生任何推动力，除非有物体能够承受这种反作用力。

振动翅膀时产生的推力可使鸟类在此后下降的过程中滑翔出很远，这类机翼也出于这个原理。

手记 41

河水冲刷河岸

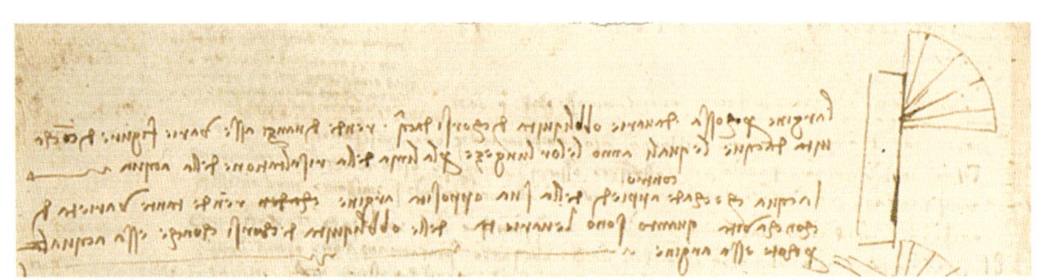

河水以不同的角度冲击着河岸，并在河岸上留下千姿百态的图案，且图案延展方向与水流退回方向相同。

河水冲击河岸可形成各种水洼，水洼的冲刷形状与水流的弯曲度一样，交叉错落。

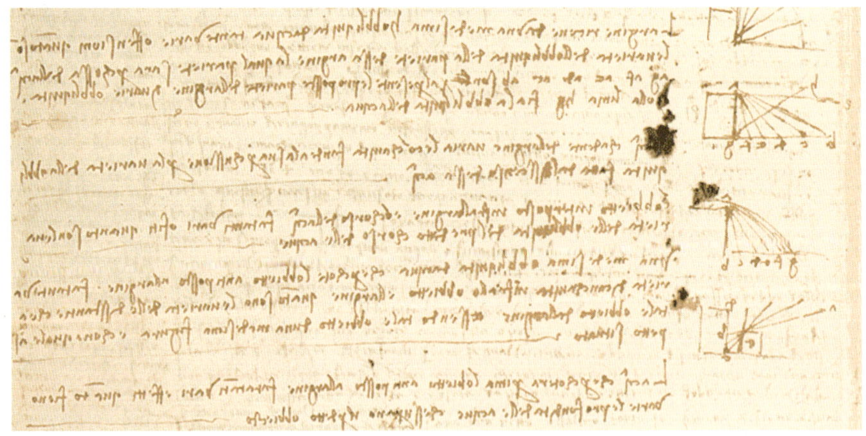

所以，被来自同一角度的河水冲刷的河岸，其被毁坏的弧度与河岸的弧度一样复杂，且河岸更像一堵抗击河流冲击的墙。这里假设 ag，af，ad，ac，ab 为河岸上不同弧度处的岸壁，hg 为水流的弧度。

水流的冲刷使河岸的弧度发生了改变，这种改变与水流向下游流动时方向的改变相同。

在河岸上放置一个物体，水流在冲刷时，会根据这个物体的形状冲刷出各种曲线，这种影响与水流自身冲刷的影响一样。

将一个物体放置在河岸和水流之间，水流以河岸与物体间相同的距离，对物体进行冲刷，会在物体和河岸之间形成各种形状的水纹。

这个物体会比河岸先受到水流冲击，冲击效果和物体后方水位的变化也多种多样。

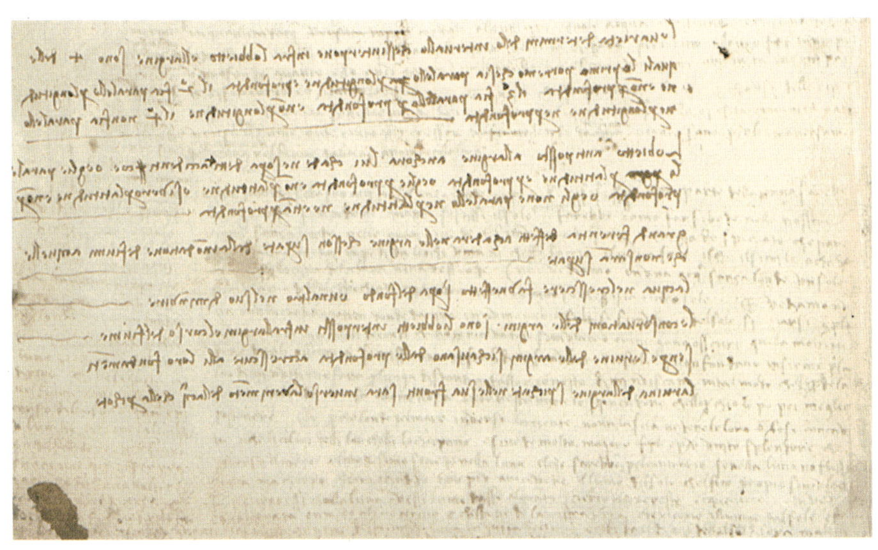

在物体和河岸间形成的水纹有四种形状：一、长度相同且并排的水纹，同时其深度也相同；二、长度相同且并排，但深度不同的水纹；三、深度相同，且在深度上并列，但在长度上不相同也不并排的水纹；四、在长度和深度上都不相同的水纹。

物体与河水之间也会出现四种水纹：一、宽度和深度相同；二、宽度不同，深度相同；三、宽度相同，深度不同；四、宽度和深度均不同。

被水冲击过的河岸，与未被水冲击过的河岸，差别很大。

河水的涨落也会影响河床，涨水与落水时的影响都不一样。

在河岸上放置的物体可保护河岸。

河床底部厚度的增加会损坏河岸。

若河岸被冲击到坍塌，那么，它会倒向水流来的方向。

译者简要说明

本篇描述了河水对河岸冲击的各种状况。首先讲述了不同倾斜度的水流对河岸的冲击状况，然后又讲解了冲击过后的水流的变化弧度。

并且，达·芬奇还讲述了在水流和河岸之间放置物体，用以减少水流对河岸的冲蚀而且被阻挡的水流会形成不同的水纹。

延伸阅读

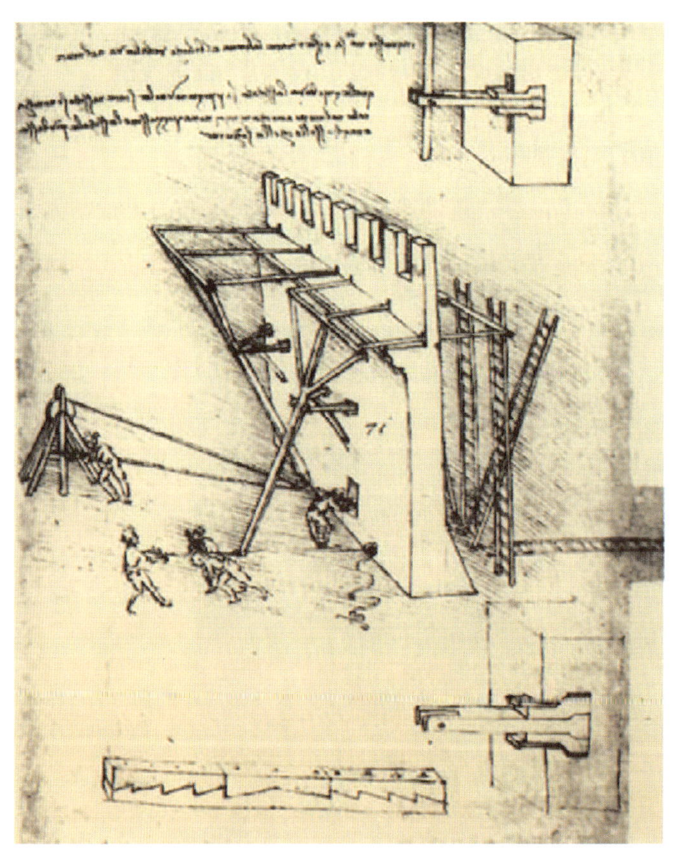

达·芬奇防御墙

这是达·芬奇设计的防御墙，当城墙受到攻击后，士兵只要拉动绳索，即可启动连带的机械装置推倒敌人的云梯。

手记 42

在河中安装基桩

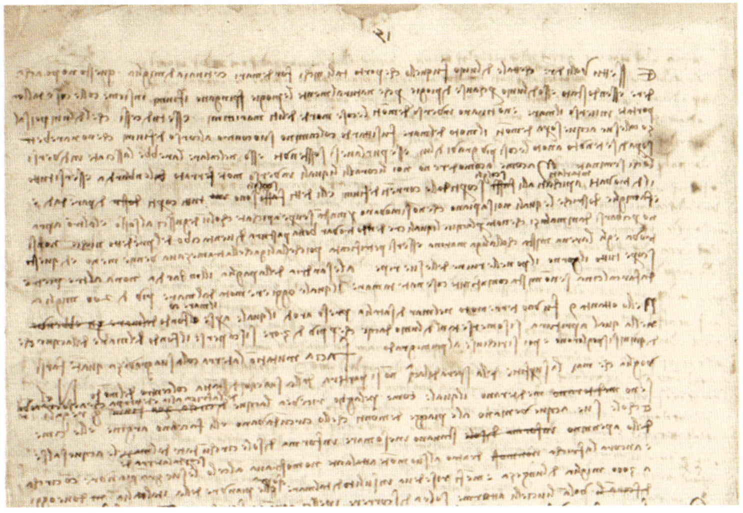

十五

有一种观点，认为是洪水将海里的贝类带到了高山之上。但这种观点不能成立，因为只有降雨才能形成洪水，洪水汇聚成河流，挟裹着被洪水搜刮来的各种东西汇入大海，而不可能逆流将海里的贝壳带到高山上。还有一种观点认为当时海水的水位应当高于高山，但是海水的流动方向与河流相反，速度也很慢，不可能带着过重的物体一起漂流，而且，就算海水能带着这些物体一起漂流，随着海水运动的停止，这些物体也只会散落在各处，而不是高山上。

但该怎么解释在伦巴第靠近孟菲拉多的地方发现的珊瑚呢？这些珊瑚被流水冲刷得七零八落，布满虫洞的珊瑚枝上紧贴着许多牡蛎。牡蛎这种生物，是不能自行移动的，它有两个瓣膜，一个用于攀附在珊瑚上，另一个则随流水飘动，伺机抓住流水中的微生物进行吞食。微生物在水中会向着食物充足的地方运动，但它们却是贝类的食物。你们有没有发现？在石化的沙粒中，散布着零零碎碎的海藻。河岸上散落的各种杂质中也可以看见海藻的身影。在伦巴第的亚历山大·德拉帕格里亚，能当做石灰来使用的石头，也只有海洋原生物质石化的石头，但这些石头距离大海有 200 多英里。

1489 年，罗德斯岛附近的萨塔利亚海发生了地震，海水经过 3 小时，灌入了海底撕裂的地缝中，将海底裸露了出来。但是，后来又有海水填充进了这一海域。所以说，无论发生什么变化，土地的重量可能被改变，但海水表面各处到宇宙中心的距离是不变的。

非洲、亚洲和欧洲的主要河流都会流进地中海。地中海周围大山环绕，倒流的河流经过这些大山的山脚流入地中海。海中有一些零零散散的小岛，这是亚平宁山脉的一部分。阿特拉斯山遮挡住了 3000 英里一望无际的非洲平原，这些非洲大陆上的平原真的是赤地千里。除此之外，孟菲斯城堡也屹立在地中海海边。意大利宽广的平原以前是一片鱼类畅游的海洋，经过岁月变迁，这里现在已是鸟儿徜徉的地方。

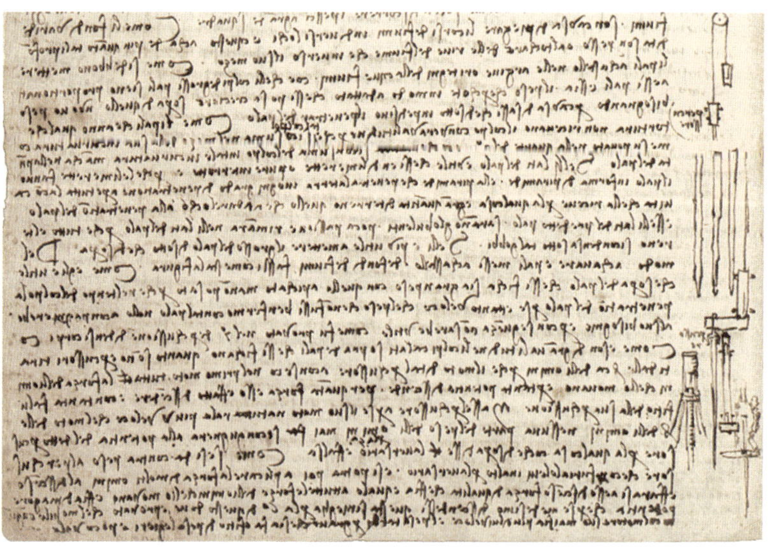

千态万状的河床使河流呈现出千姿百态。越是曲折的河流，其河岸处越是比河中处深。

那么，怎样才能通过起重器将基桩打入流水中，以筑起防护墙呢？利用起重器打基桩，对基桩产生的冲击力，若与建立桥墩时对桥墩产生的冲击力一致，那么，若在下端遇到石块的阻力，起重器产生的冲击力也会相应增大。但是，若基桩在打入的过程中歪斜或变弯，那么，基桩将再也不能完全接受起重器的冲击力，因为产生变化的部分会消耗掉一部分冲击力，这一点在第四个议题中就已被证明——基桩弯曲的部分将消耗掉一部分冲击力。

基桩的形状也对力的消耗有影响，无论其外形如何。为了使基桩更容易穿透地面，在往下深入的过程中更容易劈开接触的土壤，所以将基桩都制作为楔型。但是若基桩的桩身上存在凸起，那么这些凸起将成为基桩打入土壤时最大阻力的来源，因为地面的阻力将会集中在这几个凸起与地面的接触面上。也不能将基桩的下部做得比上部粗，在将基桩打入土壤和挖出土壤的过程中，都会造成阻力，这一点可以画一个图示来说明。

相对于在基桩顶部直接用力按，一下一下地击打基桩能更快地将基桩打入地下。起重器在下行的过程中，还产生了其他的力，并不只是靠自身的重力来击打基桩，在手记第七个议题中——高密度物质冲击力的讨论，可以证明这一点。

若让工人挥舞击打物，并从顶部击打基桩，那么，击打在基桩上的冲击力将从工人的手臂释放到击打物，再由击打物施加在基桩上，且从顶部直接击打，能更好地传授力。在这个过程中会形成一个合力，来自于工人的力量和击打物自身的力。在往下击打的过程中，若冲击物其自身的速度超过了工人挥舞的速度，那么，工人的力量是不能传递到冲击物上的。根据这个观点，反方根据第五个议题而得出的这个结论就是错误的。

但是，若将反方向的力施加到击打物上，反方又会认为，冲击的力量完全来自于工人的力量，即：在击打物往下击打的过程中，总冲力等于工人力量的总和，并且，冲击力会远远大于不挥舞击打物时的冲击力。但是这本手记的第六个议题已否定了这一论点，并证明了冲击力是合力。

运动物体的速度不可能快于使它运动的物体的速度，就如质量重但速度慢的物体产生的冲击力，与很轻的物体产生的冲击力一样微弱。

【右侧两个小字】

锤

锤

译者简要说明

达·芬奇否定了高山上的贝壳来自于大海的搬运。大洪水源于降雨，但其目标是奔向大海，不可能携带比水重的贝壳反而向着高山上运动。所以，高山上的贝壳不是来源于大海，它们本来就在那个地方。

在伦巴第附近还存在有珊瑚，以及被流水带至的石头，牡蛎尸体攀附其上，这里距离大海200多英里；阿特拉斯山背后的非洲大陆在许多年前也曾是一片任由鱼儿徜徉的浅滩。这些都说明，以前的海水淹没了高山，那时贝壳就在那里，而不是后来被海水或大洪水冲击至高山上。

而在这篇手记的后半部分，达·芬奇开始谈论起了基桩的设置。在河岸或河流中打入基桩可以建筑防水墙，而如何合理地设计基桩的形状，以及如何便利地将基桩打入河中，达·芬奇都做了解释。

延伸阅读

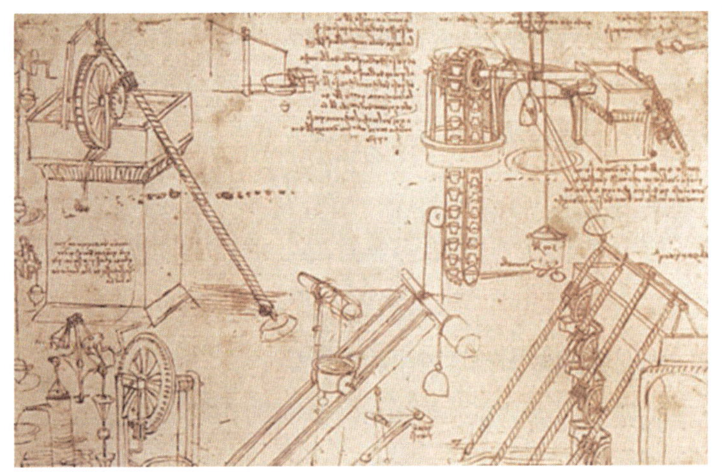

大西洋古抄本

大西洋古抄本（Codice Atlantico）是达·芬奇诸多手稿集册中最大的一部，共12卷，1119张，年代跨度很大，从1478年到1519年，类别非常广泛，包括飞行、武器、乐器、数学等等。

手记 43

更精确地测量水速和控制河流

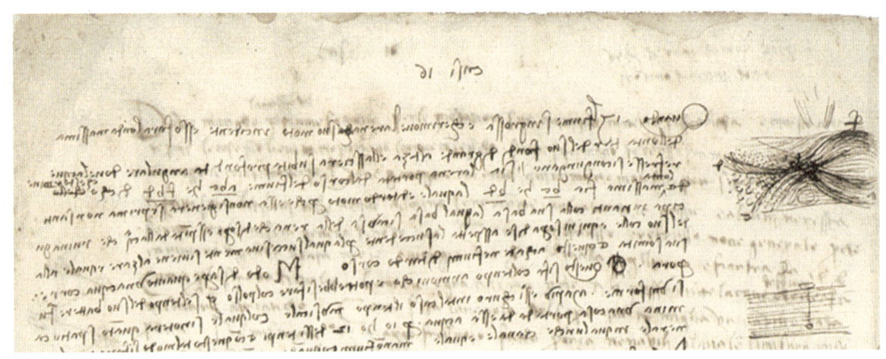

案例十六

河水可将冲击点的泥沙翻起，并呈现出巨大的浪花，在水流的交汇点会出现排列杂乱的水纹，并加深此处的河床。若河流在 abc 和 fbd 处均携带有泥沙，那么这两处浪花最大的会是 bc 和 bd 处。流水无法自我施力，因此总是流动得很缓慢。第一波到达河床的水流中的泥沙，形成了河床。顺着河床的斜坡流下的水流，来自底部的后续水流将会到达顶部，并越过之前的水流，这种现象一般会出现在运动缓慢的溪流中。

我们可以用一种方法来计算河水的流速，即通过谐振时间，测量水流均匀的脉冲幅度。水流可像音乐一样存在有序的起伏，通过测量脉冲，可较精确地测量在一定时间内，如 10 次或 12 次的脉冲，水流可将携带物运送多远。当然，这要求水流的水道得水平，只有在这种情况下，这些规则才是通用的。但通常有许多河流都不适合这种方法，因为河流的脉冲方向在水下。

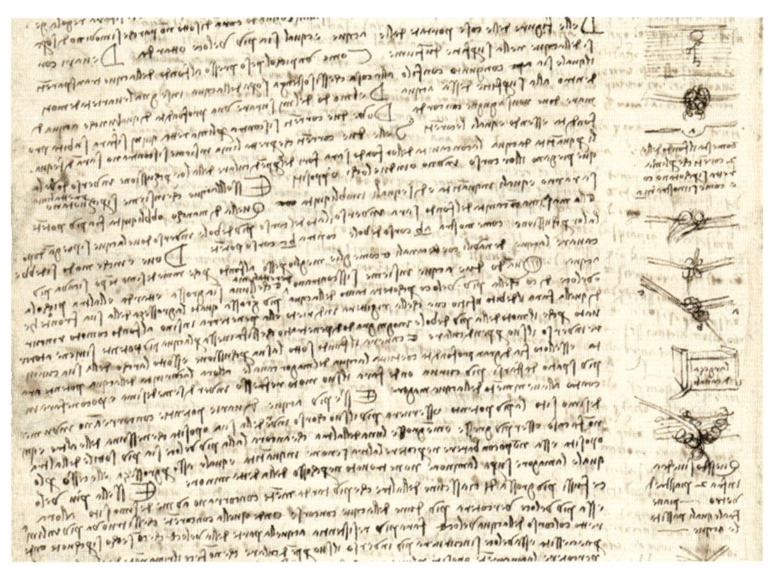

流水的运动变化多端，水流可携带的物体千奇百怪，物体的形状也千姿百态，哪种形状的物体更便于流水携带呢？在船上，将悬挂有重量小的物体的绳子逐渐放入清澈的河底，或许可以解释下层水流运动的变化。势均力敌的两股水流相遇，会在相遇的地方使水位升高；但若相遇的水流不相等，那么，产生的冲击坑将在水流改向的方向，在水流同向的位置出现一个冲击坑，或在对立位置再出现一个冲击坑。

直线相遇的两股等量流水，若坡度不同，那么，坡度大的会比较强，冲击坑会出现在水流弱的一边。如图所示为两股水流冲击后的弯曲点，其中，ab 为弱水流，bc 为强水流。

在哪个部位，以何种方式，可抽出运河中的水？最好的方法是将水管放入水底。流量大速度慢的水流与流量小速度快的水流相遇，流速大的水流会根据其相遇部分的大小，将流速小的水流往回推，甚至可以穿透回流速慢水流的底部，从而出现弯曲运动。

速度快的水流穿透慢的水流后，其方向会更加偏向垂直方向，并且会对冲击点和冲击弧线顶部下方的底部造成冲蚀，使这个底部变得更深。可以这样说，在河道最深的地方，强水流会越来越弯，并扩散得越开，使得水流自身的反弹偏向水流自身。

将汇聚到一起的多股水流冲击对面的水流，汇聚的水流中冲击力最大的那一股，会更多地将自身的水流压向对面的水流。流速快的水流一般比较窄，但无法直接与对面的水流相遇，也不会直接冲击对面的水流——汇聚的总水流量与对面的水流量相等的情况除外——所以我们很难分辨出水流具体强多少，或者哪股水流弱多少。在这种情况下，不可能出现较大水流战胜较小水流，或被较小水流冲击的情况。

汇聚在一起的水流中，流速快的水流的冲击力最大，若此时流速快的水流比其他水流深，那么，与速度快的水流水平且相对而来的水流对其的冲击力最大。在冲击的过程中，流速快的水流相对于其他水流更弯曲，并且方向靠向垂直线。河床受到力度不同的水流的冲击，会形成大小不同的各种坑洞，在河流携带的物体中，有些物体的形状是有益于填充这些坑洞的。

（右侧文字从上到下）

两股平行的水流迎面汇聚，在交汇点处的水流底部，其影响如图 a 所示。

水沟宽度

以下现象在水流穿过两块平行的玻璃的时候可观察到。

比较直的水流

有点弯曲的水流

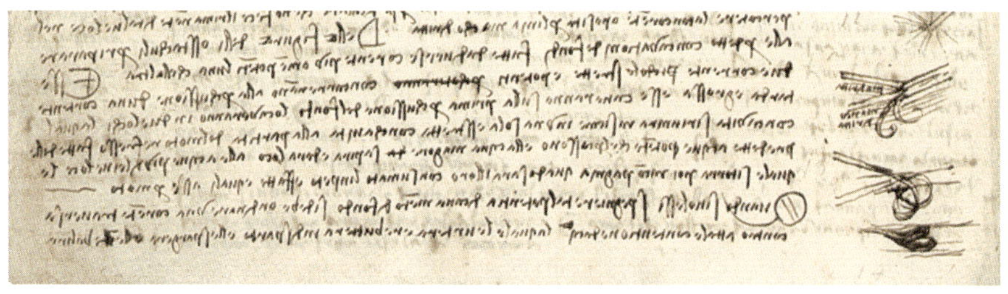

两股速度较快且比较细的水流汇聚在一起，从同一个方向冲击迎面而来

速度较慢，但水量较大的水流，若在第一次冲击时即穿过了水量大的水流，那么，将会出现一前一后两个冲击坑。且冲击力大的水流形成的反射运动，会使这两个冲击坑逐渐化为一个较窄的冲击坑。速度快的水流在水量大的水流上开辟了一条道路，伴随着冲击的结束，速度快的水流与速度慢的水流将旗鼓相当。

要想减弱水流对河床的冲击力，就得使用一股垂直于这两股交汇点的水流进行冲击，使交汇的两股水流分散，以达到削弱这两股水流的目的。

译者简要说明

达·芬奇对水的研究非常深入，本篇手记中他试图讨论如何更加精确地测量水速。在科技不发达的年代，达·芬奇试图通过谐振时间来对水流的速度进行测量，即单位时间的脉搏跳动次数内，水流带动物体运动多远距离。他同时也提出，这种方法的一些规则是通用的，但他也提出，对于一些看不到脉冲运动的河流来说，则不适用。

为了知道水底的水的运动，他还提出将悬挂了物体的绳子放入水中来测试的方法。他凭借过人的智慧和天赋，使得他的研究得到了许多工程师的认可。

在这篇手记中，他又提到了水流交汇的情况。水流的快慢、大小、运动的曲直等，都会使冲击的最终效果不同。

并且他还考虑到了水流冲击时对河床造成的冲蚀影响，从而想出制造一股横向水流导向水流交汇点，削弱水流冲击力的方法来避免河床受到侵蚀。

延伸阅读

达·芬奇素描

手记 44

流体力学

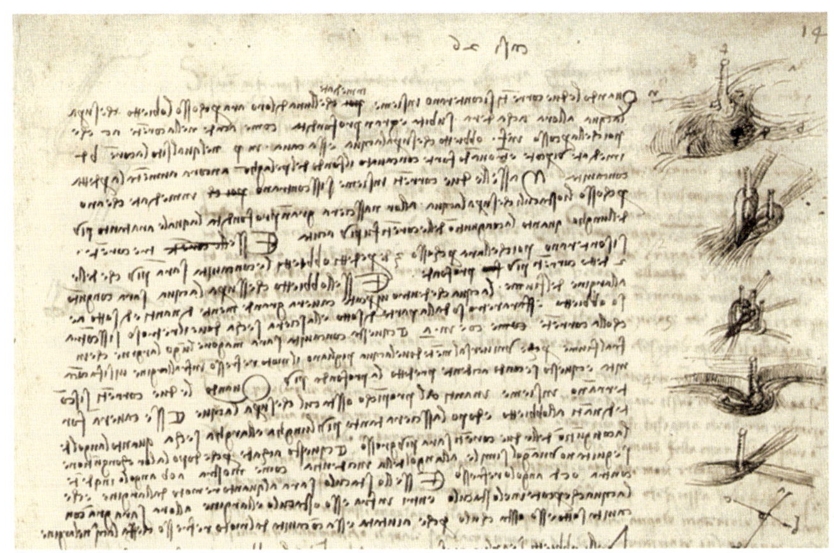

案例二十六

交汇的两股水流中，若有一股冲击到了水面的物体，就会形成冲击坑。如图中水流 ac 冲击物体 f，在 p 点形成了一个冲击坑，水流 bd 旋即汇入冲击坑。这时的冲击坑还是空的，水流流入的弧度将会变大。但是若交汇的两股水流同时冲击物体，则会在障碍物后方形成一个冲击坑，且水流交汇的角度越窄，冲击坑越细长。若是三股汇聚的水流冲击水面的物体，并交汇，那么，形成的冲击坑则比两股水流冲击时形成的冲击坑要深。

若在水中的障碍物凸出水面，并且靠近岸边，那么水流将会在障碍物的前方和下方挖掘泥沙，并使泥沙随着弹回的水流在降落处堆积。也就是说，在 a 点顺着河岸堆积起来的泥沙，将比河流中沉积的泥沙要多。根据这一点我们可以知道，被弹回的水流在岸上形成新的冲击坑中，第二个冲击坑会比之前的冲击坑更深。

若两股水流同时冲击障碍物，交汇形成的角度越大，交汇后形成的沙洲就越长且宽，并且会将障碍物的前部挖掘得更深。这是因为交汇的两股水流入射角度如 aob，和反射角 ocd 呈对角。若物体离河岸比较远，那么在物体与河岸间的流水将在物体下方冲击出很深的坑，这是由冲击河岸后反弹的水一起造成的。

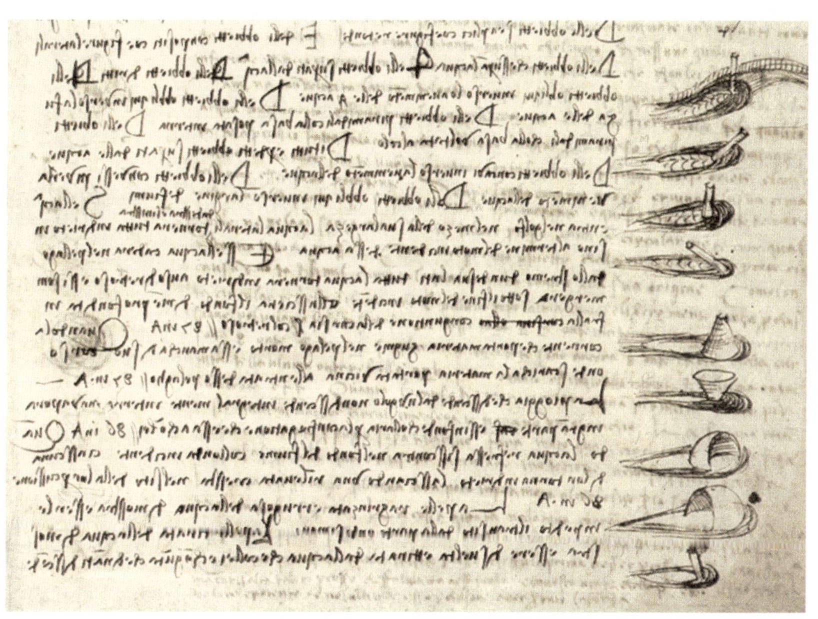

将简单的物体定义为圆形，复杂物体定义为多边形。水流中不同位置、不同摆放方向的物体的情况，能够想象到的有以下几种：水流表面、中部、和下方垂直摆放的物体；迎着水流或顺着水流倾斜的物体；河床底部的金字塔或倒金字塔状物体；凹面或凸面迎向水流的物体；斜面朝向河岸的物体等。

当河水流入一个弯道，直到停止流入水流，弯道两侧才会停止弹回水流；从水池的一侧沿着水池壁落入的水流，水流会流入池水底部，池中的水会被排开，且在水被排开的位置河床也会变深；若水流夹裹着物体平缓地汇入无波无澜的池水，物体会被留在水池的入口。

雨水在下落的过程中与空气摩擦被大量蒸发，所以雨水并不是倾泻而下。

流入的水和被反弹回来的水会在河底再次相遇，并再次受力弹开，在相遇的地方产生起伏的波峰。跌宕的水流说明在奔流的过程中受到了阻力，平静的水流说明受到了前一部分水流的拉扯，抵消了一部分阻力。

译者简要说明

达·芬奇高超的绘画技巧使他在绘制相关的说明图示时具有得天独厚的优势。他可以清晰地将脑海中所想，以及所观察到的水流状态精确地绘制下来，方便解释和说明。

本篇手记绘制了一系列障碍物对水流的影响，考虑到了不同形状、不同方向安置的障碍物对水流的影响。达·芬奇还考虑到了两股水交汇后对障碍物的冲击。并且，他还分析了流水在冲击障碍物后的运动状态，比如会挖取障碍物面前下方的泥沙，将其冲击到更前方，形成一个沙堆。

达·芬奇还通过雨水与空气的摩擦，来与相遇水流间的摩擦相比，从而考虑水的牵制作用。

延伸阅读

水面的运动，其形似卷发，卷发与头发的重量和头顶的漩涡有关，而水流的漩涡则是由于顺流的水与偶尔逆行的水相互运动形成。

手记45

让人着魔的水波环形反射

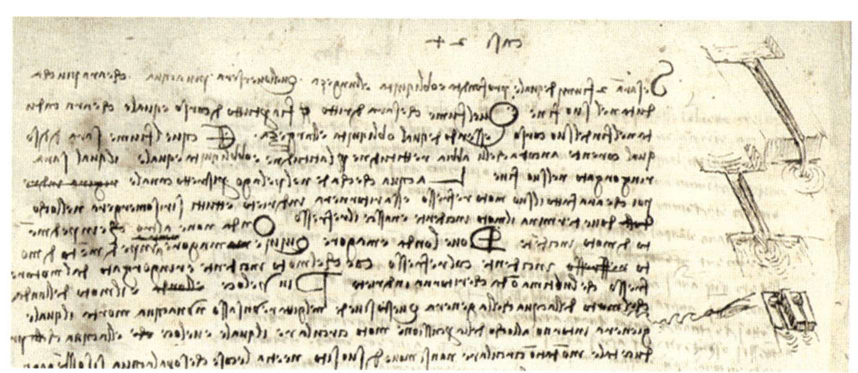

案例二十四

深度和坡度相同的两条河流，落差较大的流出的水较多。笔直的河流下端若有一个瀑布，那么，整条河流都将呈现均匀的状态；若下端不是瀑布，而是被拦截，那么河流都不会是均匀的状态。

通过狭窄水道入射的水流，其弹回的水会覆盖在入射停止的地方，然后再继续被弹回。在这里，弹回的水波没有产生任何作用。在浪大的地方，水流的入射将会变得更艰难，因为此时受到的阻力更大，因为入射的水流会受到前方反弹水流的拦截，但无论入射还是反弹的水流，最终都会往下游流去。

水的运动一定比其搅起的水波的运动慢，这一点可通过往平静的湖面扔石子观察到。在湖面，会以石子的落入点为中心产生环形的水波运动，但水却还是在原来的位置，水上漂浮的物体也不会移动。

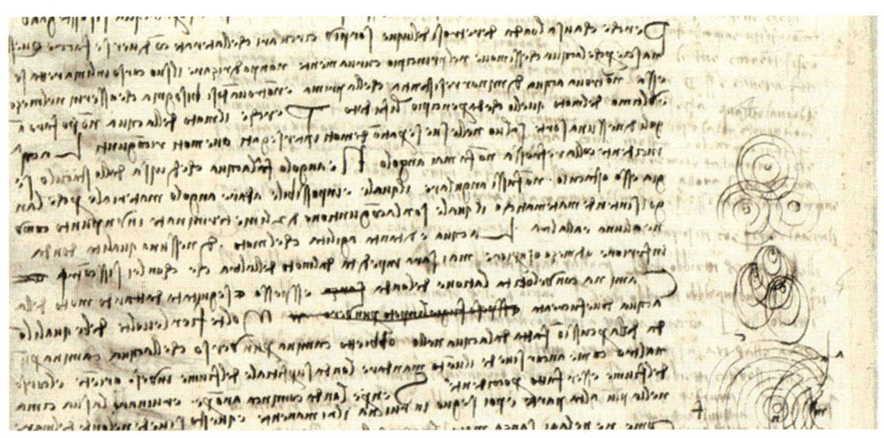

为什么水波呈环形而不是其他形状？因为环形的水波在遇到阻力前，会一直运动下去，而不会自己变成直线形的波纹。在没有阻力的作用下，所有波纹都将按照最初的脉冲幅度进行运动，直到结束。

除了交汇的水流，水的运动为什么不会呈现出角度呢？在入射和反弹回来的水之间也不会出现一定的角度。用物体将水分开，水也不会出现带有角度的波纹，是为什么呢？当然除了物体本身具有角度。但实际上这种情况出现的概率很低，所谓角，是数学上用于度量相交的两条直线间的度数。而水轻且柔，无论在水底、水中，还是水面，水的脉冲运动都不会受到另一股脉冲的阻碍。

波浪成形得很迅速，在波浪之后会跟随者一些松散的水波。水浪一般因水面受到冲击而产生，其方向与冲击物的方向相反。我们也可观察到，起风时，水面也会泛起浅浅的层层波浪，而波浪的运动方向与水面的运动方向相反。波浪到达最高点时会崩散，然后再重新汇入河流，大海中的波浪也可观察到同样的现象。

冲击平静的水面产生的波浪，会以冲击点为中心，形成一个又一个环形波浪，并一圈一圈荡漾开去，且每个环形之间的距离相等。当环形的波浪遇到物体时，就会形成波纹并在最后返回原点。

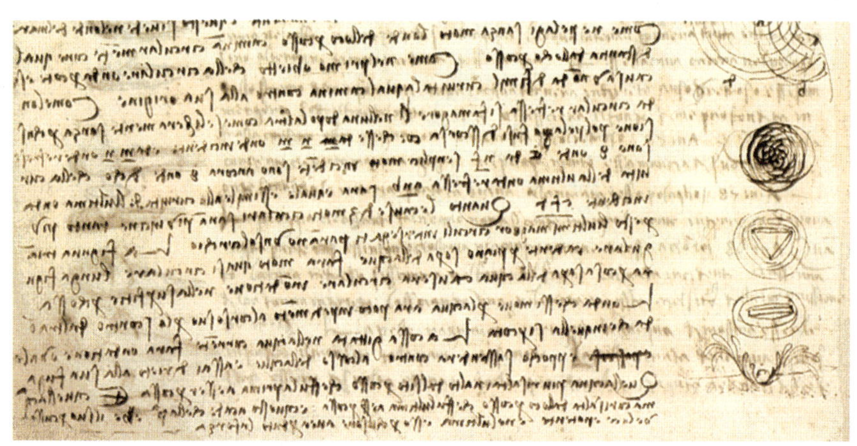

波纹的形成与大海的波浪一样，是一个接着一个的，就像是自己产生的。我们将 n 到 f 设为入射水流的方向，入射水流的波浪运动方向设为从 n 到 m，反弹方向为 m 到 n，波纹共 8 条。我推测的结果是，最后一次入射波曲线 cfd 与最后一次反弹的波浪的曲线 anb 会十分相似。

产生 3 种环形波纹的源头越接近，最后形成的大环形波纹将与其中一个源头形成的大环越相近。将三角形的物体正立地掉入水中，或使用椭圆物体接触水面，都会形成环形的水波。

一条波纹受到另一条波纹的冲击，其在交汇点是没有影响的。若将物体扔入流动的水中，那么产生的波纹将是椭圆形的，且波纹在逆向水流方向不能伸展开，在顺水的方向上却能传播得很远。

越先受到冲击的水跳得越高，之后受到冲击的水跳得比较低。因为首先跳起的水接收了冲击物的大部分冲击力，后跳起的水受到的冲击力则不那么大。

译者简要说明

本篇手记主要讨论了波纹的形成，以及波纹的形状等方面。达·芬奇通过绘制思考和绘制波纹图形发现，无论掉入平静的水中的物体是什么形状，其产生的波纹都是圆形的，并且由中心向四周扩散。

达·芬奇还通过在容器中做实验证明了这一点，并且他还观察到了一些有趣的现象，比如扩散后的波纹在与容器壁相碰之后还会再度返回中心，并且与继续扩向四周的波纹相互穿插，却不受影响。

而在有些水流，比如池塘中产生的波纹，则会由刚开始的圆形慢慢变为椭圆形，这是因为，虽然波纹向四周扩散，但还要受到流动的水的作用。

延伸阅读

达·芬奇设计的攻城车

这个攻城车顶部的平台加上了防护，可让士兵安全快速地冲上墙头。通过调节其底部，可调整车轮的间距，从而调节整个攻城车的高度。

手记 46

河里的沉淀物

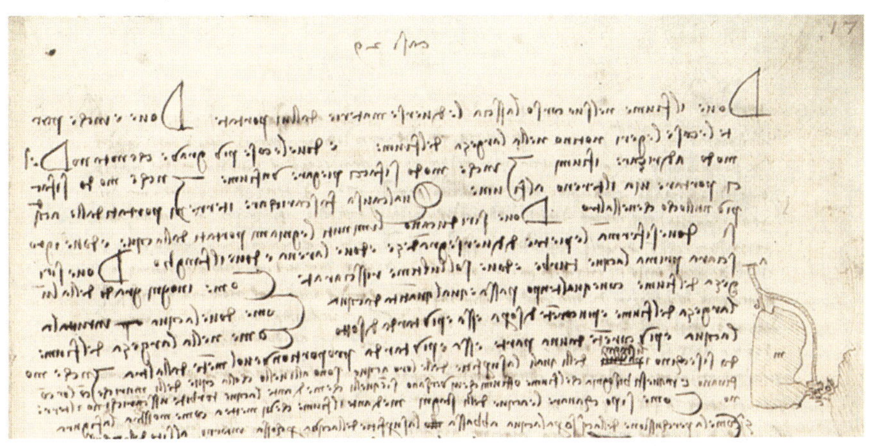

案例二十九

流水携带的杂质最终会沉淀在河床中。那么，怎样才能构成适合杂质漂浮的条件，比如在河流的某个地方、怎样的宽度条件下，质量轻的物体能漂浮？质量重的物体又在哪里能漂浮？什么方法可以使笔直的河道弯曲？怎样能让河流冲走河床中的泥沙？为什么泥沙沉淀在这里而不是那里？残缺的漂浮物最终会停留在哪里？小木料与大木料最终的停留位置有什么不一样？

除此之外，还有以下问题：大小不同的石头最终将会在哪里停下？沙子和泥土会沉积在哪里？潺潺的流水从哪里开始变清澈，什么地方会是流水变清澈的终点？相同的水在相同的时间内，是怎样流过形态各异的地方的？为什么在等宽的河道中，上游的水流比下游的水流湍急？在什么地方会湍急，什么地方会放缓？为什么有时在河道的同一个位置，一边的水流比另一边的水流急？若沼泽的水平面与大海一致，那么沼泽是如何排水的？流入沼泽中的水流又是如何将泥沙沉淀的？

根据图例还有两个问题——若疏导出一条与沼泽相通的河流，那么要如何通过这条河流排出沼泽中的水？水面受到冲击后，如何使冲击点周围的水面降低？

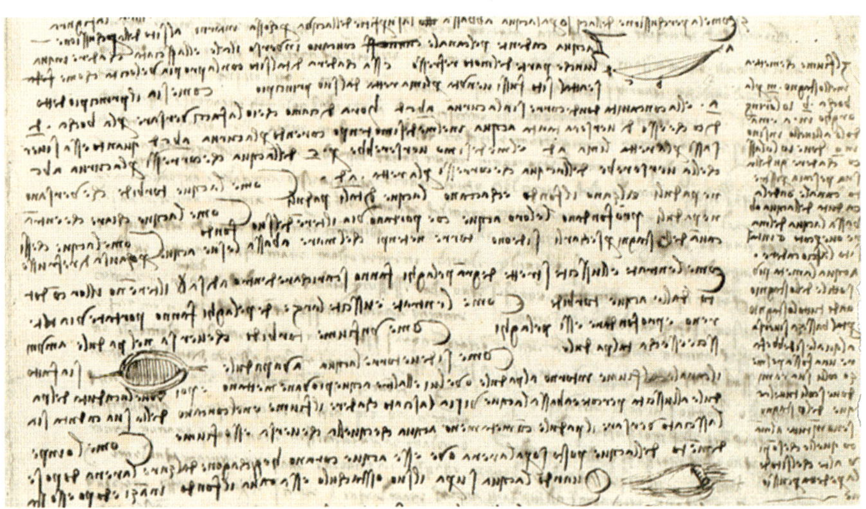

假如涵洞出口向上，从入口向下流入的水流通过反弹，在出口以各个角度弹出去，弹出的水流的流速和状态与水流运动的状态相同。也就是说，以a为起点，让水流沿着弧形abcd流下，并从d点流出，那么，在相同的时间内，从d点流出的水与通过abcd点的水的水量相等，正如直接从ad流过的水一样。同理，若水从c点流出，那么流出的水量与通过ab点的水量相等。

迅疾的水流如何能使沼泽的底部翻腾，并将水排出沼泽？怎样排水才能降低沼泽的水面？也就是说，如何通过灌入水流来清除沼泽中的沉积物，降低沼泽的水位。退潮时海面降低，此时是排出沼泽中积水的好时机。

在宽广的湖中，入水口和出水口都极窄，那么，湍急的河流是怎样将夹裹着的泥沙沉淀在湖泊中的呢？若入水口和出水口都宽阔时，为什么会导致泥土流失，使湖泊变深？撞入沼泽中的河水怎样才能将沼泽充满呢？又要使用怎样的方法，才能将沼泽干涸呢？怎样排出沼泽中的水？

在河流与沼泽间打通一条水道，将沼泽中的水引入河流，在沼泽水流出口处的冲击力量会使水位降低，流入河水中形成一个冲击坑。

（右侧小字）

从 bl 流入沼泽的水会堵塞在 a 点，而借助狭窄的水道从 o 点排水，可使 a 点和 o 点的水位保持持平。落入海水中的水流，会在海里形成很深的落差。淡水从这里流入海洋，排出了一半沼泽中的水。在沼泽中挖掘许多相互连接的沟渠，通过沟渠将水从最低点排出会提高很大的效率，比排出点水位高的水都可以排出。

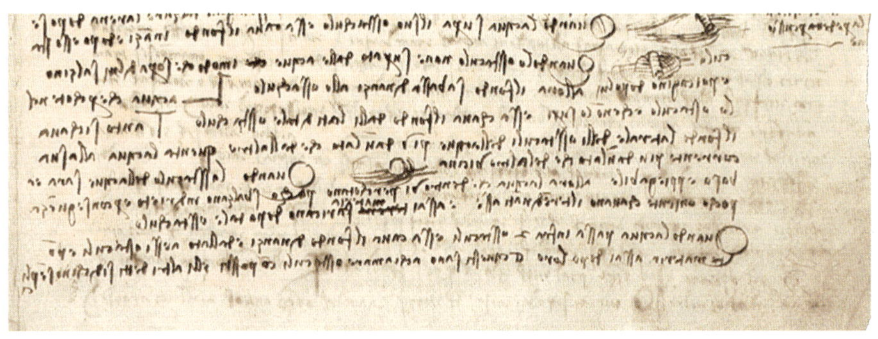

若在流水中堆积的沙子物体可以使低处的泥沙堆积，问题在于要如何安放这个物体。若水流冲过物体，物体前方和后方底部的泥沙将被崛起；若水流漫过物体，并从物体上落下，那么，物体前方的河床的底部会下降；冲击了物体但没有漫过的水流，会冲蚀物体的两侧。物体两侧底部形成的冲击坑，总有一边比另一边深，因为水流的一边更接近水流的主干。

若水中的物体遍布水草或充满弹性的物质，水流冲击到物体时，将不会产生太大的反弹。因此，在这样的物体前面的泥沙就会很少，甚至不会流失，但在这个物体之后却会沉淀很多杂质。若水流穿过两个物体之间，水流将会对物体的前方、两侧，以及物体的底部形成冲击，同样在物体后方将会堆积杂质。这两种物体为复合型的障碍物，而之前提到的则是单独的障碍物。

译者简要说明

本篇一开始达·芬奇就提出了许多关于水流携带物体运动的问题，并且由此引申到流入沼泽中的水流是如何将携带的泥沙沉淀到沼泽中，而沼泽又是如何排出其中的水流。

这篇手记有别于其他手记，因为它在文字中穿插了小图，用以说明文中提到的 abcd 点，从而让人快速理解达·芬奇所表达的要点。他讨论了如何开凿沟渠以降低沼泽中的水位，如何安置障碍物使低处的泥沙升高。这些都有助于排出沼泽中的水流。

延伸阅读

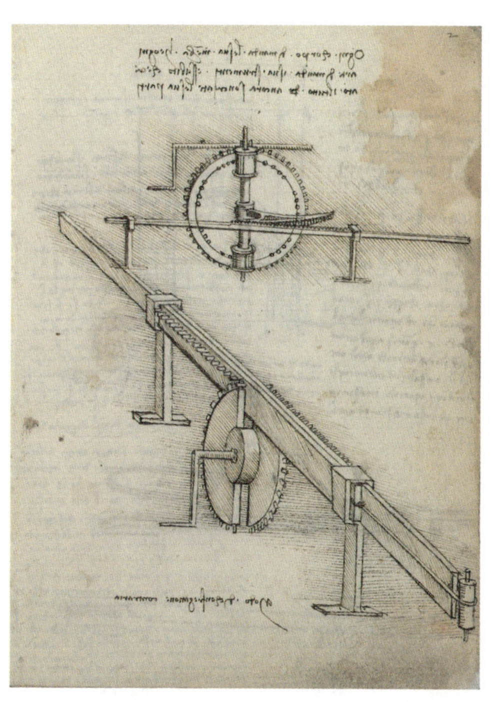

每个物体都有其零部件，当整体开始运动时，每个零部件都会活泛起来。此图中，当转动齿轮的把手时，两边的物体也会受力同时开始运动。

手记47

小河与大河的交汇

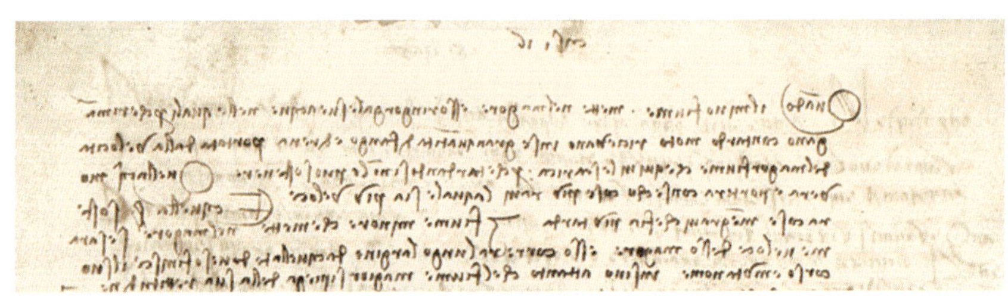

案例十六

汇入大河的小河被流水阻拦，在交汇处的水位会升高，速度会减慢，并且大河中的泥沙会混入小河；大河的速度同样会减慢，并且混入小河中的泥沙会沉淀下来。

速度迅疾的流水会将水中夹裹着的较重的物体推动；速度平缓的流水中，重量轻的物体会漂浮起来。若小河的流速慢于大河，水流将沿着大河奔流的方向汇入大河；若小河速度较快，那么小河将会对大河产生冲击，甚至能冲击到大河的对岸，使该处的河道产生弯曲。

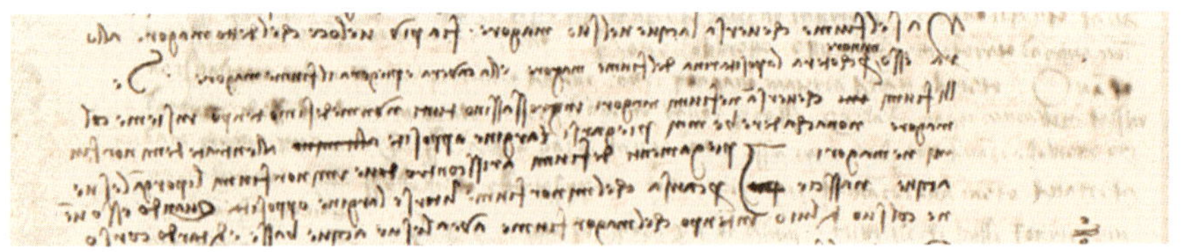

通过观察可知，在河流交汇处，小河的水位通常会升高与大河的水位相同，那是因为运动平缓的小河在汇入大河时，不会产生冲击的影响。而使大河在交汇处发生弯曲，是因为小河因山洪等自然因素，使得其速度加快，冲

击力加强，在汇入大河时，对对面的河岸冲击造成了弯曲的出现。

若大河因雨水而洪水泛滥、水位升高，小河中的水位却无变化时，大河中的杂质将会在小河汇入口堆满。水流会越过这些堆积的物体，并在这些杂质的底部冲击出水坑，将水坑中的泥沙冲击出来并穿越过一个个的障碍物。

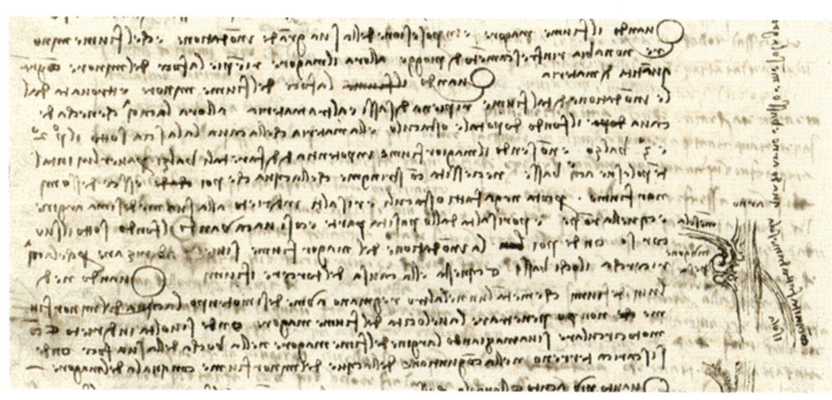

泥沙混入大河后，使大河的流速放缓。而小河中的洪水在不断冲击这些杂质，然后被反弹回小河的河岸，对小河的河岸，以及对面的河岸均会造成损坏。在日积月累的冲击下，河床会被河底的水流冲击出各种各样的冲击坑。河水朝向低处流动，大河也变得弯弯曲曲。

当泛滥的小河与泛滥的大河交汇，小河一般无法与大河的力量抗衡，在交汇处会有一个短暂的回流，并形成旋涡。在持续不断地冲击下，两河交汇的地方将会沉淀下许多泥沙。

（右侧文字，从上到下）

阿诺河水位降低时，蒙索拉河的水位会上涨

阿诺河

蒙索拉河

姆涅尼·派萨河

蒙索拉河形成的弯道

沙洲

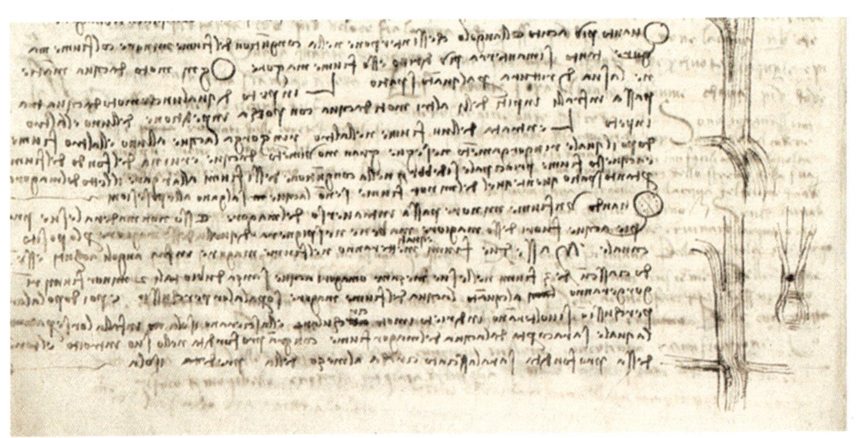

两河交汇的角度越小，小河在大河中独自存在并且流动的直线距离就越长。互相穿击而过的水流，不会对对方造成太大的影响，但是，在交汇处水位会升高，并对河岸造成冲击，对河床会造成破坏。

在两河交汇的地方，我们应当将河床拓宽，且应当将小河与大河的河床按比例都拓宽，这样涨水时才不会对两岸的田地造成影响。

若小河的力量足以穿越过大河，那么，小河就会改变大河的流向，使大河流入对面的河道内。呈锐角的两条小河流汇入大河时，在交汇处都会出现水位升高或降低的情况。但可以肯定的是，在两条小河交汇点以后的某个地方，会出现大河水位被抬升的情况，并且形成旋涡。然后，在两条小河分开的地方会冲蚀出沙洲，而大河将从沙洲上淹没而过，并在沙洲尾部挖掘出一个冲击坑，并将坑内的泥沙向后弹到沙洲上。

译者简要说明

如题，本篇手记主要描述小河与大河交汇时的情况。达·芬奇对小河与大河的交汇情况做了一些列的分析，小河与大河从不同角度交汇也会出现不同的效果。

在该页旁绘制了阿诺河与蒙索拉河交汇的情况，蒙索拉河与阿诺河明显是小河与大河的交汇，所以，这篇手记应该是他在观察这两条河流时的一些想法。

从两河相遇前，小河受到阻拦自行升高，到大河在小河口堆积障碍物，小河越过层层障碍物与大河交汇，到交汇后小河发生回流现象，达·芬奇都有记载。

延伸阅读

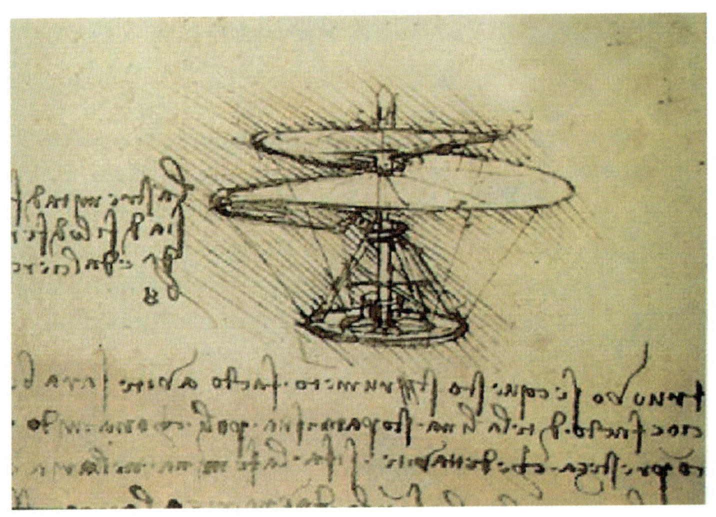

达·芬奇设计的直升机

达·芬奇设计了这个样子的直升机，并注释说：若使用亚麻等轻质材料制作机翼，再用沥青堵住漏气的位置，应该可使这个装置螺旋上升。

手记 48

完美的水坝设计

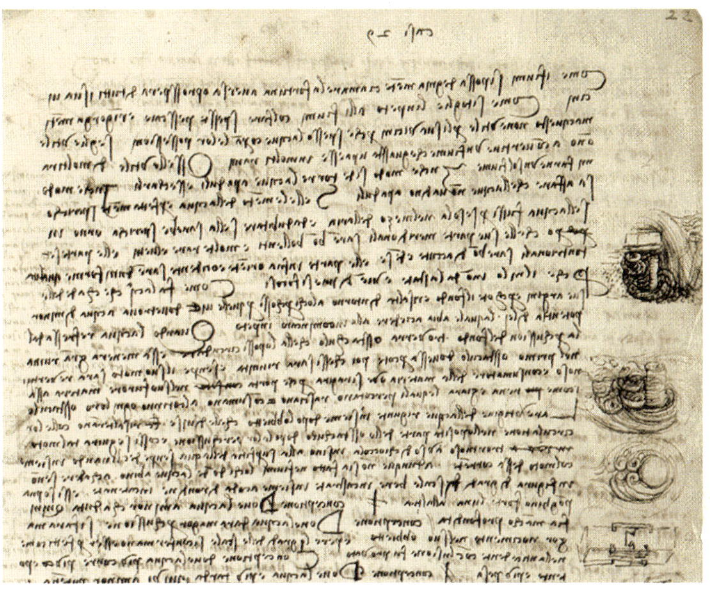

案例二十九

一些河岸周围的土壤非常肥沃，适合开垦农田，为了防止在山洪暴涨的季节，河水淹没农田，于是人们修建了堤坝。但是，堤坝也并不能百分百地阻止山洪倾泻到田地中，在暴雨时节，洪水还是会漫过堤坝淹没农田。那么，怎样疏通河流才能有效改善这种困境？怎样维护堤坝可以阻挡洪水冲击？是否可将河流疏通为几条小河？将几条小河汇聚为一条大河又是否管用？怎样排水才能是沼泽干涸？怎样才能阻挡河水流入沼泽？水元素是否是圆形的呢？

若水存在于空气中，那我们来设想一下水元素的形状：完美的球形，分东南西北，东西质量均匀，北部凝聚了许多空气，且温度像在冰窖里一样，南部空气稀薄，且热气蒸腾。

夏季洪水泛滥的尼罗河，其源头为何在干燥的国家？从堤坝上落下的水是如何运动的？这些都需要探讨。水流在冲击到障碍物后，会失去原有的冲击力转而与力度较小的水流汇聚在一起。冲击后反射的水流再次遇到障碍物时，会改变流向与其他水流汇聚，并且会对被冲击的物体造成很大损害。

河水中经常出现以漩涡运动的水流，漩涡会将其上的杂质吞没，且会夹裹更多的如泥沙、石砾之类的杂质。这些杂质随着漩涡的运动不断地进行摩擦，直至流水将其吞噬。遇到障碍物时，漩涡将消失，然后又在障碍物后重新出现，并旋转着朝向障碍物运动。但漩涡最终会随着河水奔流的方向旋转着向前运动。

除非河水落下的地方是紧密挨着的一级一级的台阶，否则，河水将不再停滞不前。因此，我得出了几个概念：一，冲击力越小的水流越浅；二，水流的冲击力越大，对被冲击的物体造成的破坏也越大，而阶梯状的障碍物能很好的消解冲击力，这一点在后面也会证明；三，速度越快的水流，冲击力越大；四，速度越慢的水流，冲击力越小。

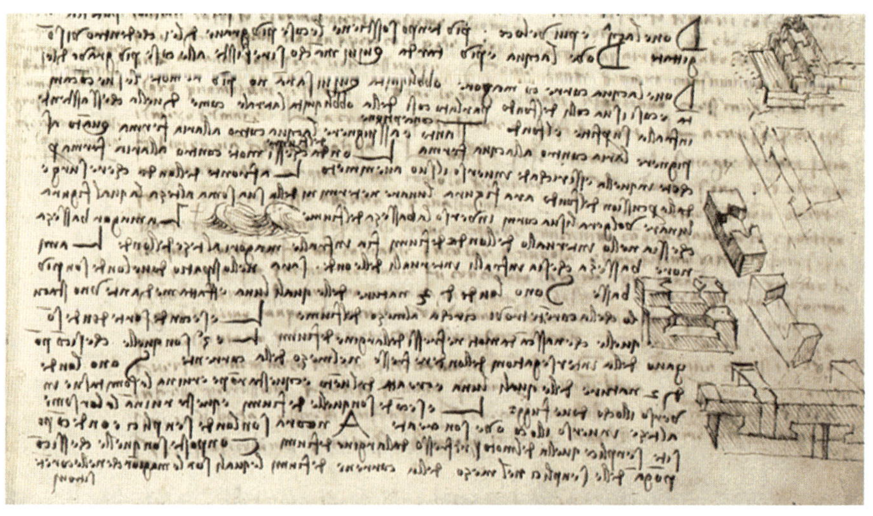

将一个重物扔进流速快的河流中时，其能漂浮更远的距离。将重物扔进河流中时，流速越慢，重物受到的阻力就越小。

河水流经的坡度越陡，在达到底部进行冲击后，所能反弹起来的距离也就越大，这与冲击坑在横向与纵向上发生的情况相符。因此可以得出一个结论：将水压向空气与将空气压向水的效果一致。也就是说，水流在冲向空中时，将冲击到空气，随后降落。水浪在冲击到河床后，会反弹回水面，并形成新月的形状。新月的两个角朝向河床，新月前后两条线为返回水浪的最高点中间的位置为间隔最深的地方，较浅的地方则为最低点到最高点中间的位置。

水浪因以下三种原因形成：一，水流在前进的过程中撞击到了河水中的障碍物；二，冲击河岸的水流反弹形成的水浪；三，反弹的水流与河流中的另一股水流相撞形成的水浪。

而水波形成的原因有以下两种：一，风吹起的水波，这种水波会从前进方向上，最靠前的水波顶部开始消散；二，是因物体而形成的水波，也会先从前进方向水波的顶部开始消散。

除此之外，浪花还分为单浪和混合浪：单浪，是河水反弹形成的；混合浪，由许多单浪组成，后浪推前浪，形成大浪。

译者简要说明

这篇手记提到了水流的来源，以及疏通水流的作用。达·芬奇首先解释了疏通水流对田舍、沼泽的益处，以及夏季暴涨的尼罗河水流的来源，然后讲解要如何设置堤坝，才能使得对水流的疏通作用能发挥到最大。

达·芬奇通过水流冲击障碍物得出了几个结论："一，冲击力越小的水流越浅；二，水流的冲击力越大，对被冲击的物体造成的破坏也越大，而阶梯状的障碍物能很好的消解冲击力，这一点在后面也会证明；三，速度越快的水流，冲击力越大；四，速度越慢的水流，冲击力越小"，这些都很好地帮助了他对完美水坝进行设计。

他观察水流的速度，水浪的起伏、形状，以及水波的形成原因，这些都为他积累了流体力学的知识。他孜孜不倦对水流的研究，使得他在水利工程上为实际应用做出了很大贡献。

延伸阅读

气　压

气压泛指气体对某一点施加的流体静力压强，来源是大气层中空气的引力，即为单位面积上的大气压力。

在现代科学中可以使用气压表来测量气压，国际单位为帕（Pa）。而在气象学中则用千帕斯卡（KPa）或百帕（hpa）为单位。在海平面的平均气压被称为标准大气压，这个平均气压约为101.325KPa。

各个地区的气压都有差异，而这些差异是引起气象变化的直接原因之一，因此气压也是天气预报的一个重要影响因素。高处的大气层比低处薄，因此那里的空气引力比低处要小，气压也相应较低。

在现代人们已经会使用压缩气体来传递能量，比如气压缸和气压马达等。

手记 49

波纹的相互冲击

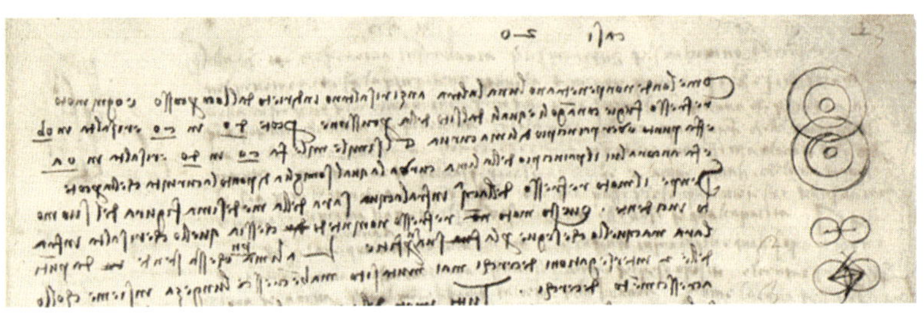

案例二十

两个相交的波浪并不会互相穿透，而会从冲击点往回运动，每一条做返回运动的线的角度均相等，如：do 冲击 co，反弹到 ob，在此标记出曲线的起点；co 冲击 do，反弹到 oa，也标记出曲线的起点，这样就可得到反弹运动的完成曲线。

水流内部其实也在运动，特别是其反弹时的运动，与冲击时的运动形态是相同的。当然，并不是反弹到空中，而是沿着河面反弹。两个相交的圆，两个交点间构成的直线 pn，其长度会随着圆环的扩大而延伸，但大小并不会改变。

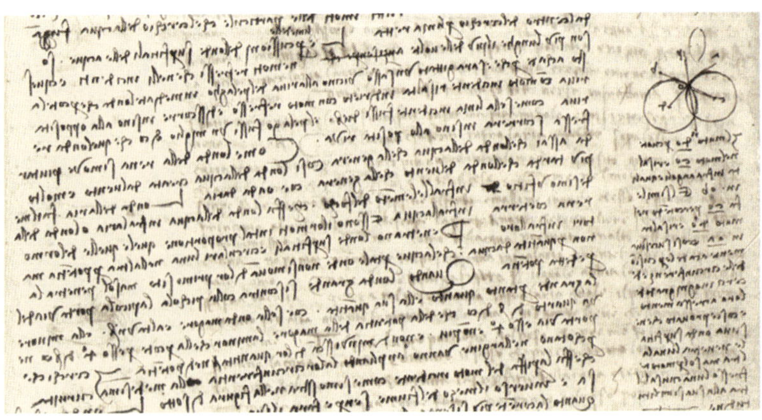

波浪圆环上的每个点，其运动首先会从圆心开始，并以直线向外扩散，运动到现在的圆环上。两个波浪冲击后产生的反弹曲线运动的路线，比冲击时运动的路线长。这里可以举例说明：在湖岸向湖中扔进一颗石子，激起的波浪到达湖岸后反弹，一直反弹向湖岸的对面。若形成波浪的中心离湖岸长1布拉乔奥，湖宽1英里，那么，我觉得反弹作用会持续到湖对岸。

泥沙会拖慢水流的速度，与冲击它的水流相比，速度要慢得多。同理可得，风激起的水浪比风本身的气浪要慢很多。气浪可对火与水（或含有泥沙的水）产生相同的作用。风力的大小与所能激起的水浪的大小也成正比。

水产生的波可以互相穿透，但水并没有运动，只是在原有的位置上下起伏，传递的只是水波的脉冲。所以，当脉冲剧烈的波遇到脉冲小的波时，小波只是减去了与自身脉冲动力相同的力，即，当大波高1布拉乔奥，小波高1/4布拉乔奥时，相互冲击的两个波中，大波的高度将减少1/4布拉乔奥或更多。但是，双方的数量或冲击力不会减少。

冲击海岸的环形波，其周长在达到海岸前会不断变大，但冲击的曲线不会改变，如图所示。反弹回去的波，其曲线状态也相同，不会在中途改变。这是因为，在反弹回去的过程中水波的速度渐渐增加，并以全力冲击回大海。因此，在反弹的过程中，反弹的波纹会逐渐弯曲，朝向大海扩散。

（右侧文字）

do冲击co，然后以同样的角度反弹回ob；co冲击do后，也会以同样的角度反弹回oa。在反弹过程中，形成的圆环的周长会逐渐变大。这证明，波浪并没有相互穿透，只是波纹反弹传递开了而已。

水流速度加快后，相交水浪之间的夹角会越小，而且，反弹回的角度与冲击的角度也不同，但反弹的角度比冲击的角度要小，均为锐角。如图，冲击角度为arb，反弹角度为bcs，很明显反弹的角度要小。

水浪的涌起方向一般会朝着水流，而且水浪是包容万象的，一个水浪可以包容下多个冲击方向不同，冲击方式也不同的其他水浪。

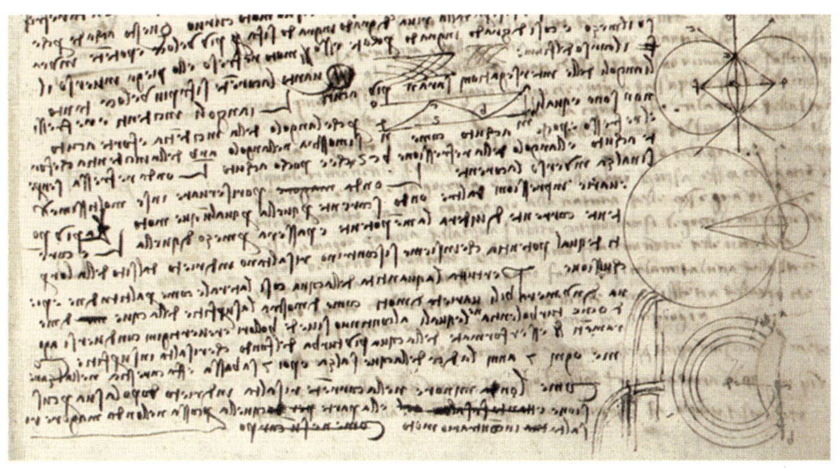

强而有力的水流会打散较小的水流，并从其上碾压而过。冲击力相同的水流互相撞击，在相遇点均会被弹回。在宽度、深度和高度达到一定量之后，水内部的运动方式会更加变幻莫测，从平缓的水面就可观察到这一点。淙淙的流水声和从河底升起的各种漩涡，都可证明。

阿迪杰河每七年都要暴涨一次，每到这个时候，都会造成大饥荒。

水流中的小浪在冲击作用过后会反弹回来，而大浪在被冲击过后，会有部分水浪向反方向跳起。

译者简要说明

本篇手记中，达·芬奇研究了水波的相互作用。由于“水产生的波可以互相穿透，但水并没有运动，只是在原有的位置上下起伏，传递的只是水波的脉冲。”所以，原位置上的水并没有随着波纹在水平线上移动，只是在水纹的脉冲传递到此处时上下波动，形成波纹。

最典型的是入射波和反射波，波形都是从一点开始向外扩散，这一点在前面已经讲过。在遇到障碍物时，波纹会发生反射运动，而反射回去的波纹会和后续的入射波纹相遇。

达·芬奇发现了水的驻波现象，并对这一现象进行了讨论。他还试图用几何的知识来解释相交汇的两个波，其交汇点在波纹扩大的过程中会在一条直线上。

后面达·芬奇又回到了对水的讨论上，水流相互冲击的角度较小的锐角时，反射角度会是更小的锐角。

延伸阅读

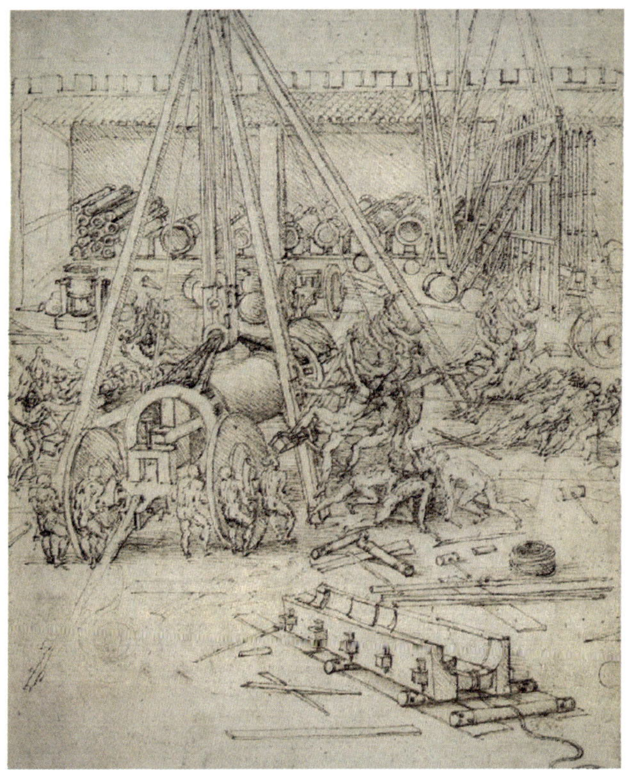

达·芬奇设计的武器

手记 50

河流会破坏河岸

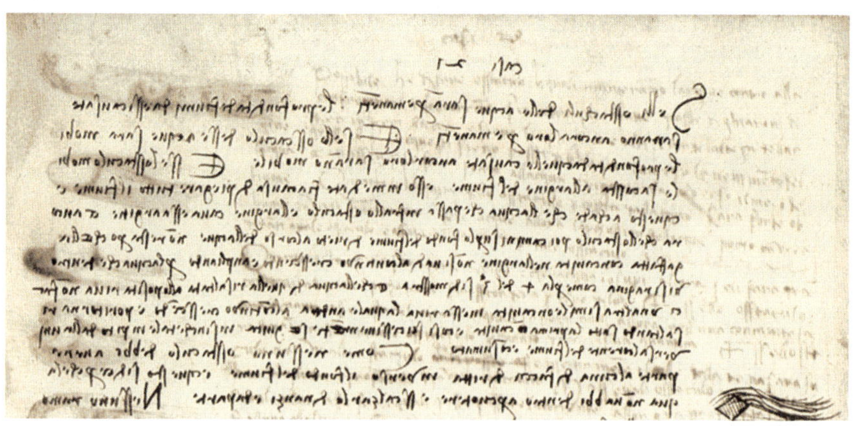

案例二十一

若河水中的障碍物长久地存在，那么，水流冲击障碍物形成的冲击坑也将长久地存在。若障碍物可移动，那么冲击坑的位置将随着障碍物的移动而改变。

若障碍物可移动，并且靠近河岸，那么，其还可成为改变河流流向的原因，因为河水穿过障碍物对河岸造成的冲击可掏空河岸。因为河水中的漩涡会在某个位置回旋一次就离开（见手记三第四个议题），所以，即使障碍物面向河床并位于水流后方，也可使水流停止对原位置的冲击，并且，冲击坑的大小和深度此后也不会改变。

后续的水流会从冲击坑中跳跃到对岸，并且在这边的河岸不会形成相似的另外的冲击坑；水流对障碍物的冲击会加强，并跳回上次冲击坑的下方；冲击持续变大，然后变小，最后消失不见，河水的流淌恢复到以往。

绝对不要将障碍物垂直的一面面向河床，因为河水会将障碍物从前方和两侧抬起。

支流中没有河水……

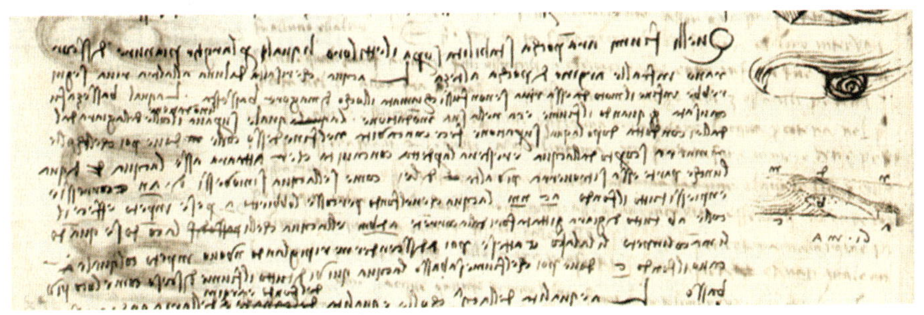

那些在平原地带流淌的河流，其河岸一般非常低，河床也并不固定。必须对这些地方的河流进行疏导，因为从一侧河岸反弹的水流可能摧毁对岸的河岸。洪水期间会形成最深的河流，并且，水流在冲击以前沉淀的砂石堆时，在越过这些砂石堆后，会在其后很远的地方形成冲击坑。

洪水肆虐过后，在河中堆积的砂石将裸露出来，并且高水位的水将会流向被冲击出的水坑中。设 an 为水流的流出口，流入以 acnm 为底部的坑中，底部的水流遇到障碍物失去冲力，水 adbm 中携带的砂石将筑成 ab 的凸状物。在到达之前水流就已逐渐卸掉了冲击力，水流中的杂质也只能被留在沙堆上。之后水流将再次开始积蓄冲击力，开始准备冲击底部 C，并将其挖空。

冲击坑将在河水退去后成为河流中的最低点，因此，河水退去后，河流都会往冲击坑涌来。

若河水平缓，河床和河岸的形状都不会对河流造成阻碍，气温适宜，那么河流将永远不会改变其流向。若河水的某一段出现了不平常的现象，则可能影响河流的变化，如水流加速开始冲击河岸，从而使改变河床和河岸原本平整的模样，变得参差不齐。

河水的冲击力开始产生变化，使河水的流动不再稳定，不稳定的水流其河床也肯定不平整。风也是影响河流稳定的一个因素，风会冲击河面的水流。

而无论水流的速度如何，都会在河岸留下大小不一的冲击坑。假使河床坡度不变，那么，河床的宽窄就会从成为影响河流速度快慢的因素。若河床坡度有变化，那么，河流对河岸的破坏将会与河床坡度的变化规则相似，阻力的变化也相似。

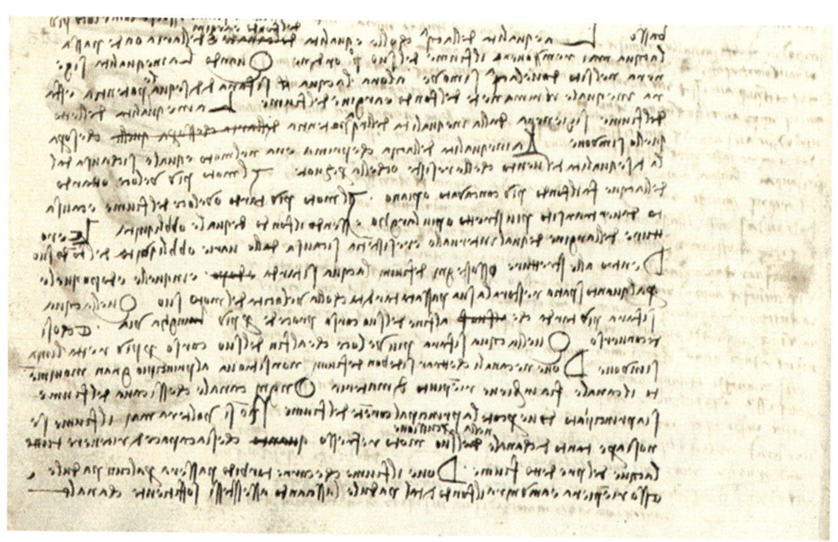

河道变窄时，水流将开始放缓；在修筑了堤坝的地方，河流也会开始放缓。水流无论在哪一段变缓，都会被速度快的水覆盖。若经过了起起伏伏的路程，在快要达到终点时，疲惫的水流将开始放慢；但是，若水流的征途从起点开始就是直线，那么，在要到达终点时，反而会越来越快。

运河的源头一般源自于某一条河流，如果该河流没有太过剧烈的变化，运河中的水流也不会有太大变化，长此以往，运河中将堆满大量沉积物。运河的水道开始的地方，就是从河流中开始引水的地方。若没有开拓运河，原本的河流就不会弯曲。水流在引水口的反弹作用，使得水流有序地流入运河。

急速从沼泽中流过的河水，所到之处将堆满杂质，日积月累将只留下供水流过的通道。

译者简要说明

本篇手记开始对水流与障碍物，以及水流冲击障碍物形成的冲击坑进行了说明。若障碍物不变，则冲击坑不变，若障碍物可移动，则冲击坑的位置也会改变。并且，达·芬奇对水流冲击障碍物的一系列运动做了描写。

这一切都在为河流对河岸的冲刷做铺垫。洪水会对河岸产生影响，若河岸比较薄弱，则更易被影响，洪水在改变河岸的同时，也会使自身的流经位置发生改变，从而渐渐改变河床的位置。

延伸阅读

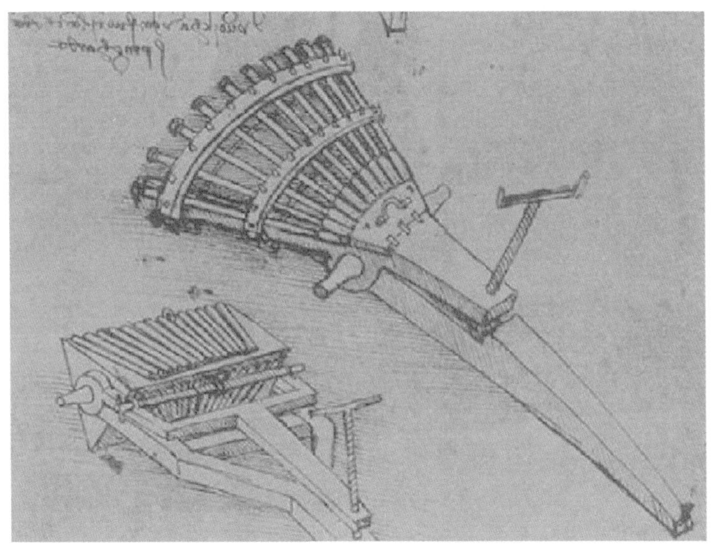

达·芬奇设计的多管火炮

手记 51

河流改道

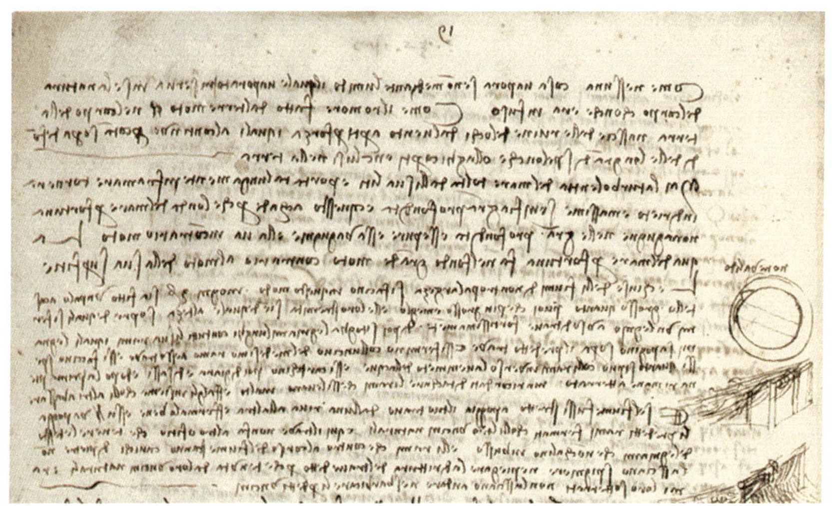

十九

含水的物体经过烘干，在自然状态下，只会蒸发出水，不会蒸发出其他物质。地球内部发生地震，使大地颤抖，产生的飓风撕裂地壳，并冲击地球内部的洞穴和湖泊的湖床。

海浪咆哮着涌到海岸，触碰陆地之后又义无反顾地返回大海，不做任何停留。在海浪生成的过程中，巨浪无法直接进入大海深处。若海浪曾到达过大海深处，那么，它会影响海面下海水的运动，特别是在暴风天气，海水在海面下的运动是非常剧烈的，并且，海面上海浪的运动与海面下海水的运动大相径庭。

若要建立堤坝的位置不是特别宽阔，那可以这样建造堤坝：每 3 布拉乔奥打一个桩，桩应粗而大，高度应统一。在桩的顶部放置横梁，横梁应像原木一样稳固耐用。然后再在横梁上一层一层地叠放带着分叉树枝的树干，并使枝条的方向朝向水流来时的方向，当然，堆叠的层数越多越好。最后，用沙石压住这些堆叠的树枝树干。第一波洪水过去后，这些地方将变得非常平整，但是，若有枝条裸露出来，则应对裸露出来的枝条进行整理，将其重新压在其他枝条之下。

若河道很窄，则可以这样建造堤坝：将横木横放在河流上，将其他原木的树杈斜卡在横木上，这样可以固定原木，使原木不至于滑落。在迎向水流的木身上堆上石头，同时还不能使石头推动横木或改变横木方向，因为横木的作用是固定原木，使原木依靠枝条的力量不移动。

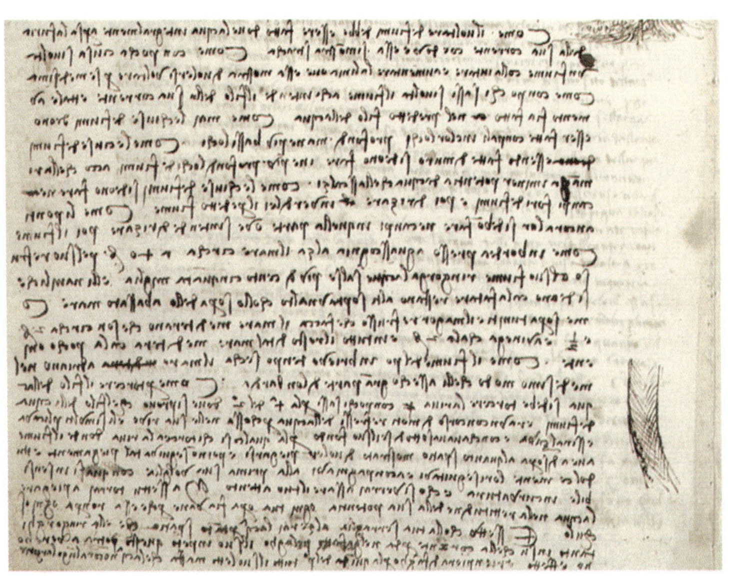

当河水的奔流不再汹涌就可以开始疏通河道了。我们可以在河流要开始转向的地方建造小型的堤坝，这样的堤坝方便疏通河道。

了解河水流经线路的人可将少许石头放在河流的某个位置，从而将河流改道。若以打桩的方式建造堤坝，则不宜将堤坝建筑在水深的位置，因为水浅的地方才方便打桩。若是以石材建造堤坝，则应当建设在水深的地方，因为这样建造的堤坝，其底部受到的水流冲击力较小。若要为多条河流建设一个堤坝，则需要把堤坝的位置设在原来水流的地方，待堤坝建设完毕后，再将这几条河流的河水引向堤坝。另外，在引导河水的地方还需要架设桥梁。

波尔多位于加斯科尼附近，这里的大海在落潮之前会升高约 40 布拉乔奥，海水将倒灌入河流近 150 英里。无数的船舶将被这最后的涨潮带至高山之上，隐藏在高海拔的地方。而在突尼斯北部，这样的落潮为 2.5 布拉乔奥，威尼斯为 2 布拉乔奥，在地中海的其他地方，落潮的高度更小，甚至有的地方几乎看不到明显的落潮。波河在很短的时间内即可将亚得里亚海抽干，在伦巴第大部分地区都发生过类似的现象。

用少许石头沿着河岸进行堆积，也可改变河道。这个议题证明了河流行经的路线与河水冲击河岸相关，河水冲击河岸后反弹的水流与河中的水流交汇形成了河流行经的路线。在这些地方，河水不断运动，逐渐把河床掏空。

若想使河流改道，则可以在河流有改道迹象的地方堆积少许石头来达到目的。若不想河流改道，则可以顺着流水的意向，用石头对河岸进行小小的修改来达到目的。但是，在呈直线行进的河水岸边堆放石头，妄图更改这样的河流的河道将会是一场无用功，因为强劲的河水会冲刷掉一切障碍物。

若修建的水坝被关闭无法排出河水，水位被升高，或直接淹没过水坝，水坝内的水流是没有冲力的，这样会产生一个较好的结果——河床会被泥沙堆满。但是，河水不会再按照原有的河岸流动。

译者简要说明

本页仍然是对水的研究，达·芬奇在开始的两端提及水蒸发的过程，以及海水撤回大海中的原因。接着开始本页的主要内容——河流的改道问题。

他首先对河流的堤坝建设进行了说明，他提出了堤坝不是特别宽阔和河道比较窄的情况下建堤坝的方法。并且提示应在河水平缓的时期对河道进行疏通。而且他说，在了解河流的行进路线后，还可利用少许的石头对河流进行改道。而建立堤坝和疏通河道，都对河流改道有许多助力。

延伸阅读

手记 52

最好的打桩方法

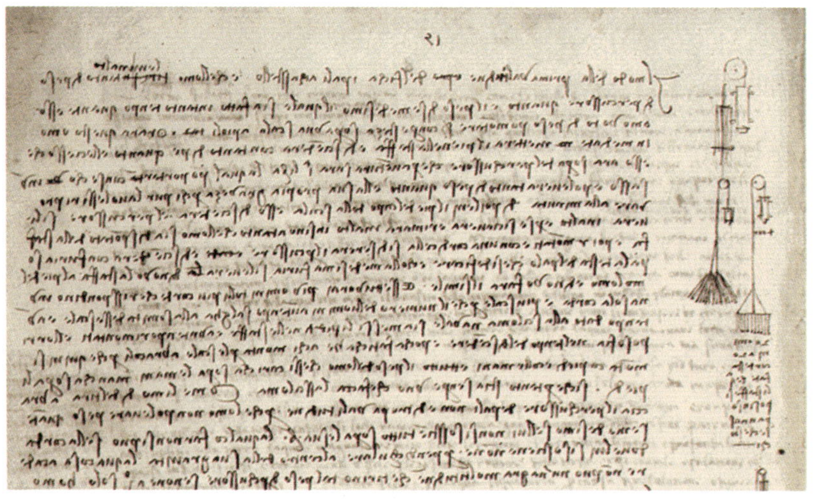

十五

通过滑轮可以提高打桩的效率，这也是打桩行之有效的方法。一个人也可以轻松地攀上脚手架，并通过脚手架上安装的滑轮升起与自身重量相同的撞锤。当他踏上脚蹬子后便会降落，其自身的重力足以拉起撞锤。若是靠人携带撞锤攀上脚手架，那么可能只能携带 1 磅重的。显然，利用滑轮升起与自身重力相等的撞锤，要划算得多。在踏上脚蹬后，人便随之降落，而在滑轮另一端的撞锤则会上升，直至顶部后被固定。然后下降到底部的人再次爬到脚手架上，解开固定撞锤的绳子，撞锤便可迅速往下掉落，砸向下面基桩的桩顶。如此循环往复，即可高效率地将基桩打入地下。

若要使用更重的撞锤，则需要更粗的绳索和更多的人，若没有更粗的绳索，则可将几股绳子拧为一股，并同时使用多个脚手架来支撑。多个人同时通过脚手架上的梯子攀爬到上面的踏板上，然后一起降落，同时拉起更重的撞锤，然后再松开绳索任撞锤掉落砸向基桩。如此重复……

这种方法可以为工人们在撞锤掉落期间争取一定的休息时间，攀爬脚手架也并不累，工人们并不需要用自己的力气去提起撞锤，而且，工人即使使出全身的力，也无法往高处一直提起与自身相同重量的撞锤，这样的打桩效率也不高，费时费力。同时，还需要一个人来指挥。很重要的一点是，在滑轮两侧的人和撞锤，如果他们的重心不垂直，工人也无法拉起与他等重的撞锤；而且，即使拉撞锤的人数众多，最终使出的有效的力也可能只是一个人的。

（右侧文字，从上到下）

4000

20 个人 20 副踏板，将踏板放置在移动板上。

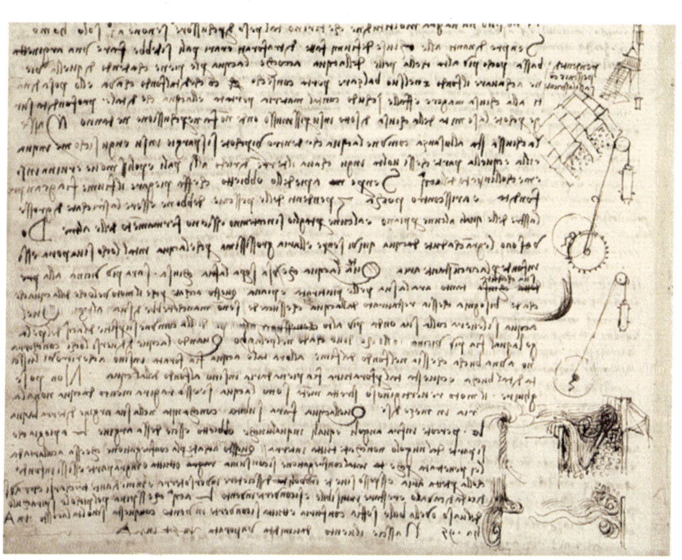

（右侧文字）

堤坝斜坡由石板拼接而成。

若堤坝前方的基桩陈列得东倒西歪，且这些基桩中部是空的，那么还应在高于水面一点点的地方建造一个较矮的堤坝。根据这个构造，洪水暴发时会先经过矮堤坝，从该处落下冲击其底部，反弹的河水带起堤坝下沉淀的杂物，然后运动到较高堤坝的前方，杂物再次沉淀，反而成为了一道保护较高堤坝的屏障。水流再从较高堤坝的前方漫到顶部，不会再直接冲击堤坝，从而不会对堤坝造成损坏。

如果不是用上述的方法建造堤坝，那么，洪水将直接冲击堤坝，在冲到堤坝底部后向上部和两边蔓延，一部分水流则被反弹冲击基桩，冲刷掉基桩后的泥沙，使基桩松动，顺着流水倾倒。但如果按照上述方法建造堤坝，被冲击到较高堤坝前方的杂物就可以阻挡水流，引起水流方向的变化，在杂物的前方会形成冲击坑，但是当河水掠过后，冲击坑又会被后面的杂物或泥沙重新填上。

堤坝的斜坡应以厚石板铸造，将这些石板紧密连接，一些平放一些竖直，并且连接一定要牢固。洪水沿着堤坝落下，其落下的地方空气密度很大，这是因为水在这里蒸发，增大了周围空气中水分的含量。

从堤坝上滚落的水流在快要接近降落点时，降落点的水面反而会越加平缓，这是因为后续的水流必然会补充过来，不然水面会降低。同理，水流在汇入湖泊时，在汇入点前翻起的波浪也会比湖泊的水面高。

若有多股水流在河道底部的洞穴中汇合，在此处汇合的水流会互相影响，在洞穴中东突西奔，直至找到洞穴的出口。而且，水流的这种运动会使河道底部形成许多冲击坑，并且冲击坑中会充满空气。另外，因为水流中充满空气，所以也无法形成旋涡。

若水流以相同的角度冲击河岸上的物体，河岸上也会形成相似的冲击坑。

雨水并不会全部降落在地面，因为大部分雨水在降落的过程中与空气摩擦，直接消散在了空气中。云层有时候会改变成类似于马尾的形状滑向地面，这是因为云层变成了风，但依然保持着可见的形态。

容器中的水已沸腾，从狭小的容器出口喷薄而出的水蒸气，急切地飘散在空气中，并且蒸发的湿气会形成风。跟烤肉类似。

译者简要说明

本篇手记记载了两部分内容，前半部分记载了打桩的办法，达·芬奇经过观察和实验，得出通过安装带有滑轮的脚手架能有效地对基桩施力，并且这种打桩方法可以节省工人的许多力气。

在后半部分中，达·芬奇由堤坝前的基桩开始，介绍如何根据水流的大小、沉淀物的堆积，河道的宽窄来建设堤坝。而合理设计堤坝的坡度，也可减少水流对堤坝的冲击。

在本页的最后，再次提到了云层中的水与空气摩擦，消散在空气中。从而说明，是蒸发这一动作使得风形成。

延伸阅读

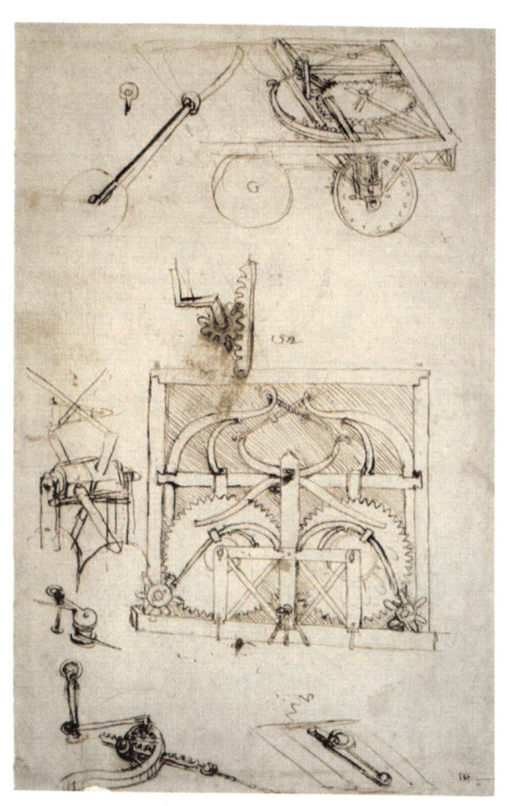

机械科学是一众科学中最实用、最繁琐复杂的一门。所有生物体的所有动作都会通过机械的运动来完成。

机械运动都从其重心出发，不同形状的物体其重心不同，而机械装置的能力也会受到限制，并且作用也不同。

手记 53

物体的冲击运动

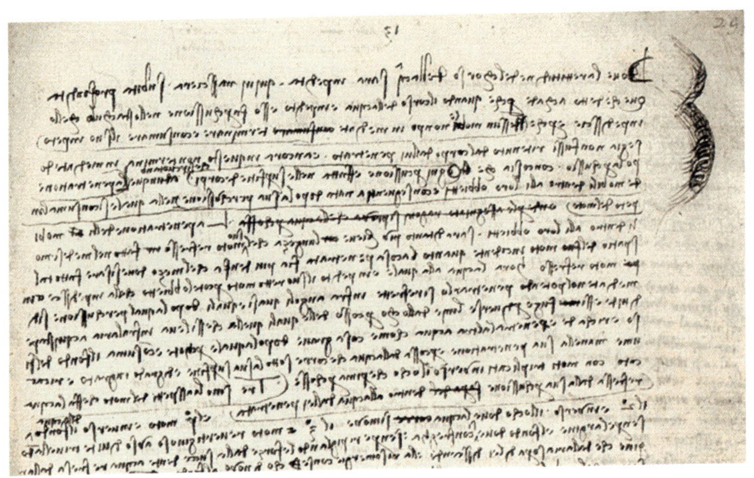

十三

直线运动的水流受到阻挡时会形成冲击坑，因为水流受到了阻拦，并且“在运动中的物体冲击到其他物体时并不会马上停下来，并不会将其冲击力全部卸去”，所以，水流冲击物体时，将冲击力传递到了被冲击的障碍物上。而且，冲击了物体之后，发生冲击动作的对象也不会马上停下来，我们还可以看到“冲击发生的点都在被冲击物的表面”。所以，可以得出这样一个结论：运动物体冲击障碍物后，障碍物发生运动是冲击后的结果，并且在冲击过程中运动物体的冲击力被消耗掉了。

在运动物体与被撞物体之间，运动是相互传递的，与做垂直落体运动的物体的反射运动相比，传递运动的距离缩短了很多，因为被撞物体比较大。直线运动的水流冲击阻碍物体时，大部分水流会以相等的角度被反弹回来，其余的四散开来，从不同的角度弹出去。有一部分水流被反射到空气后重新降落回水中，有时会对河床造成冲蚀，有时则会被后来的水流冲击，重新回归河水中，再次冲击障碍物。

河水中的水流相互冲击，从冲击点开始可形成形态各异的水流，其运动方式包括以下三种：一、向水底运动；二、向河水流动的方向运动；三、漩涡运动，在河岸与河水相摩擦的位置形成螺旋状的漩涡，并且从后来的水流中不断获得力量。从河岸反弹的水流，从空中跃回河水中，重新落入水底。

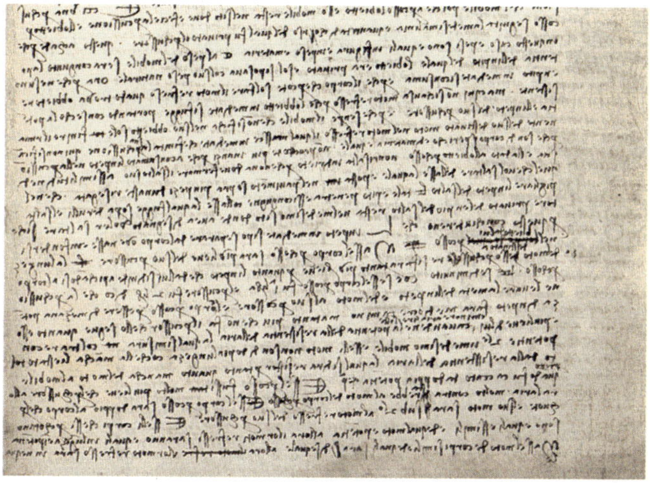

有一种运动，运动物体在撞击后停止运动，而被撞击的物体将按照运动物体原有的运动方向开始运动。这是因为，这两个物体在重量、大小和结构上面都相同，而且被撞击的物体，其自身的重量也参与到了冲击力中，并作用于冲击力，并且运动物体还要受到自身重力的作用，所以，最终运动物体停了下来。

一般情况下，冲击力并不会马上被全部消耗掉，因为运动物体在遇到冲击的物体后，由于受到阻力，还会往后弹回。但是这里的运动中，运动物体没有反弹，而是停了下来，并使被撞击的物体开始了运动，被撞击的物体继承了运动物体的冲击力和运动方向。若运动物体反射时，反射会在冲击运动完成后立即开始，并且反射运动与撞击前的运动相同。在这里的运动中，这两个物体并不会在撞击后一起运动，因为它们都是圆形且直径相同的物体。而运动物体冲击过后不再运动，则是运动冲击消耗了它的冲击力，冲击力传递到了被撞击的物体上。运动物体也没有被反弹回来，是因为力全部传递到了被撞击的物体中，没有可供运动物体继续运动的力形成。

我们可以做一个实验：将横梁锯成几段，并横放在地上，然后在其上放置一块横板，人站在横板上，做跳跃运动。当人要跳起时，力量传到了横板，又经横板传到锯断的横梁上，这样，横躺的横梁会滚动，这个人会发现自己无法跳起，仍然在原地。这个实验告诉我们，物体在形成动力时，动力也可从物体上分离出来传递到受冲击的物体上。若受冲击的物体比发生冲击动作的物体轻，且冲击物的运动长度比被冲击物的运动长度短很多的话，那么，冲击力传递到被冲击的物体之上后，被冲击物开始运动，并且随着运动距离的加长，冲击力也开始减弱。

也就是说，如果被冲击物重 1 磅，冲击物重 2 磅，我们可以看做冲击使得冲击物减少了一半的冲击力，并减少了一半的冲击距离，而被冲击的物体则只接收到了一半的冲击力，而后只能按照折中的方法运动，但是被冲击物体的运动距离却可以远远超过其后的冲击物的运动距离。因为被冲击物的重量比冲击物轻，所受的空气的阻力也小。

若只考虑空气的阻力，可以用相同的力来拉这两个物体进行证明。在这个证明中，如果两次运动的距离不同，则说明受到的空气阻力不同。这两个物体受到相同的力，然后迎着风力运动，并按照比例施加阻力在运动的物体上，若被冲击物体比冲击物轻，那么，被冲击物受到的空气阻力会更大。

若被冲击物比冲击物大一倍，那么，使其运动的力为使冲击物反射的力的平方根系数。若这两个物体大小相等，运动和力度也一致，在撞击后形成的反射运动上，其长度和力度也相等。但是如果这两个相同的物体运动速度不同，它们的反射运动的速度也不会相同。

译者简要说明

本篇由水流的冲击运动开始，说明“在运动中的物体冲击到其他物体时并不会马上停下来，并不会将其冲击力全部卸去”，再转移到物体间的冲击碰撞。

而水流由于其特殊的性质，会出现三种运动状态：“一、向水底运动；二、向河水流动的方向运动；三、漩涡运动，在河岸与河水相摩擦的位置形成螺旋状的漩涡，并且从后来的水流中不断获得力量。”

达·芬奇从直线上来分析两物体相撞的运动，他参考了光线的直线运动，并利用了相关的几何原理。因为光线射入到水中后会显示出一些模糊的路径，所以他通过观察光线在水中的运动路径，从而了解光的传播变化。

他讨论两物体在冲击时力的相互作用，这在之前的手记中也有提及。两物体相撞涉及多个参数，物体的大小、形状、质地等，都会对撞击效果产生不同影响，而在撞击之后，被撞击物体也会因自身的大小、形状和质地，以及力的传递，而产生不同的运动效果。

延伸阅读

达·芬奇的植物手绘

手记 54

地下河流的源头

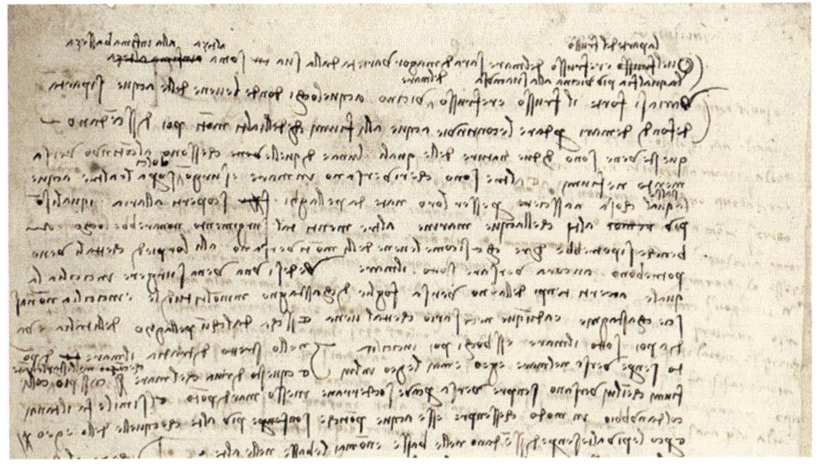

大海波浪起伏，大海中的海浪，其最高点和最低点距离相差很大，特别是在海浪生成的地方，这种落差更大。

高山上流下的水有一部分来自大海，这样才能持续不断地供给河水。因此在大海深处水流会流失，在水流流失的地方会形成很大的浪潮，并且这些地方潮涨潮落的区别也很大。这些从高山上流下的水脉有两种：一、持续不断地流入河流；二、直接流入大海，或从其他海水中直接涌出淡水。这些淡水的源头实际上是位置高于海面的湖泊，这些湖泊的水面直接和空气接触，所以能在海水中形成喷涌的淡水。

但是，有一种想法，认为高山上的水可通过水脉流到山下，那么也可能通过地下水脉从海底流出。就比如西西里岛，这个岛上有一股泉水，每年都会有几次喷出栗树的叶子，但是西西里岛上并没有生长栗树，所以我们推断这股泉水的源头必定来自于某个湖泊，经过地下水脉穿越到这里，最后喷涌成泉。

在博斯普鲁斯，黑海的海水也会流入爱情海，但是爱情海中的海水却不会流入黑海。因为在距该处 500 英里的东部，里海和附近的河水，以及顿河和多瑙河，都会通过地下的水脉流入黑海，这使得黑海的海平面总是高于爱情海。而根据“水往低处流”的定律，所以总是黑海的海水流入爱情海。

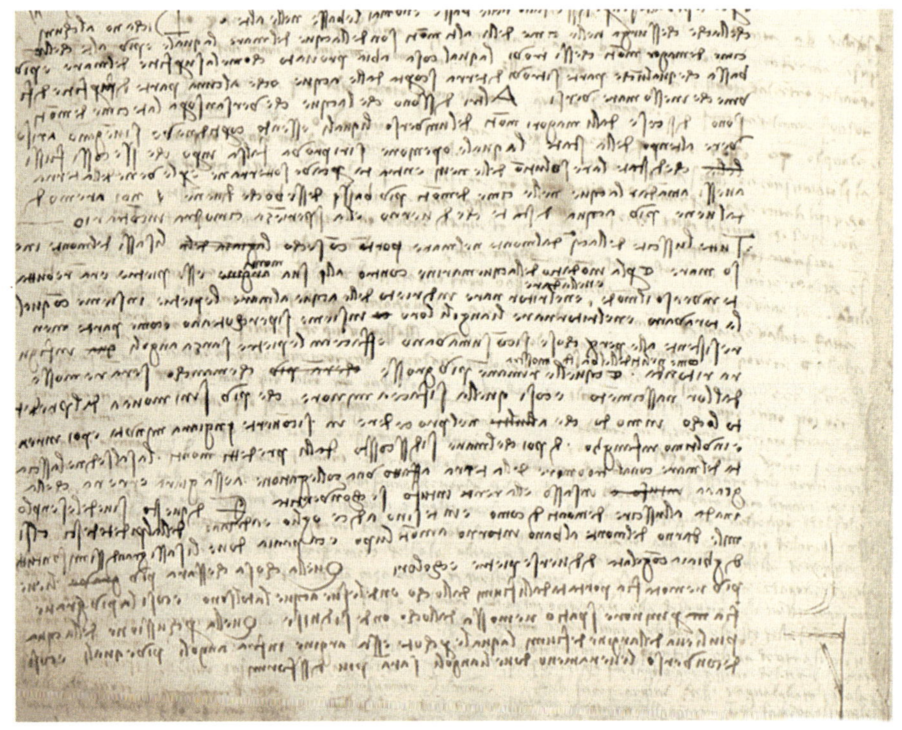

有一种观点，认为来自高山的水其实源自大海，因为大海本来就比最高的高山还要高，但是这一点我们证明过，大海的海面是低于陆地的，比任何汇入大海的河水都低。

还有一种观点，认为群山上流动的水是更高的山峰上的积雪融化后流下来的。这种观点毫无疑问是错误的。如果这种观点正确，那么夏天高山上融化的积雪进入地下涵洞，经地下水脉将水输送到位置较低的山顶，这些山顶上的泉水的流量夏天就应该增大，但事实却并非如此。

河水从高山出发，历经波折，到达大海的汇入口。无数汇入大海的河流，会将沿途携带的石头也一并带入大海。但是大海会冲击群山，将这些石头再次扔回山上，然后这些石头将再次被河水夹裹流入大海。经过这样循环往复的运动，这些石头的棱角被渐渐消磨，一个个变得珠圆玉润，就如厄尔巴岛沙滩上看到的石头一样。

对于较大的石头，流水只能将其搬运较小的距离，但是对于较小的石头，流水却可以将他们带到很远的地方。在搬移的过程中，石头不断与其他物质一起摩擦，被各种力量分解成了小石砾，然后变成沙，最后化为泥。而在海水冲击的地方，当海水撤去时，会留下海盐的沉淀物和一切其他地面流出的含水化合物，在时间的作用下，这些东西慢慢变成了各种混合物，如泥沙变成石灰石，而砾石变为石头。

在阿达河、提契诺河、阿迪杰河、奥格里欧河、奥地利阿尔卑斯山流出的阿德里阿诺河都可以看到这样的混合物，而阿达河中的混合物源自科莫山区。阿尔巴诺山环绕蒙特路波的阿诺河，以及卡普拉亚一带都有这种混合物，在这些地方的巨石，都是由千奇百怪颜色各异的砾石固化成的。这些石块中，较轻的可以被流水带至远方，较重的则被推动一段距离后就停下来。

水流若以同一角度不断冲击河岸，那么水流可从河岸带走的东西就越多；反之，能带走的东西就越少。

译者简要说明

达·芬奇在观察河流和大海时，始终会关注到地球的本身。他对地球内部的水循环提出了一些设想，并对自己的想法进行了总结，比如地球中的水脉是相连的。

在他的手记中，经常看到他写出一些别人的观点，然后自己再进行辩论，从而得出结论。而且他始终反对大海高于山脉和高山上的水源源于融化的积雪两个理论。

他手记中记录的许多实验和结论，并不是凭空想象，而是在前人的积累和自己设身处地的观察，以及动手实验中得来的。

河流对于石头还有搬运作用，在日积月累的作用下，大石头会被打磨光滑变成小石头，逐渐在被冲击移动的过程中消散成泥沙，最终被运到大海。

延伸阅读

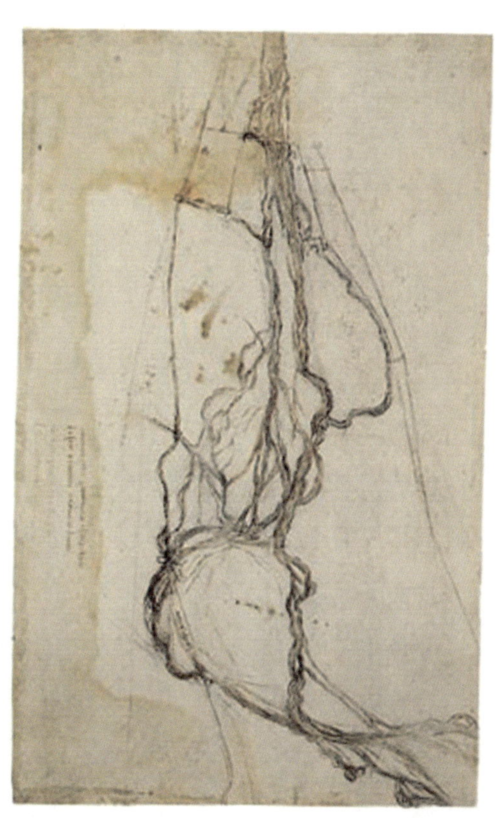

达·芬奇对流动的水流非常着迷，他甚至写了几个方案研究阿诺河的变更。此图是其中的一个方案，此方案中，达·芬奇想要挖掘三条水渠来切断河流的弯曲部分，以改善水流。1503年，基于达·芬奇方案的工程开始动工，尽管最后还是失败了，但像他最初设想的那样的现代的水流改善系统已初具模型。

手记 55

加固河岸边的房子

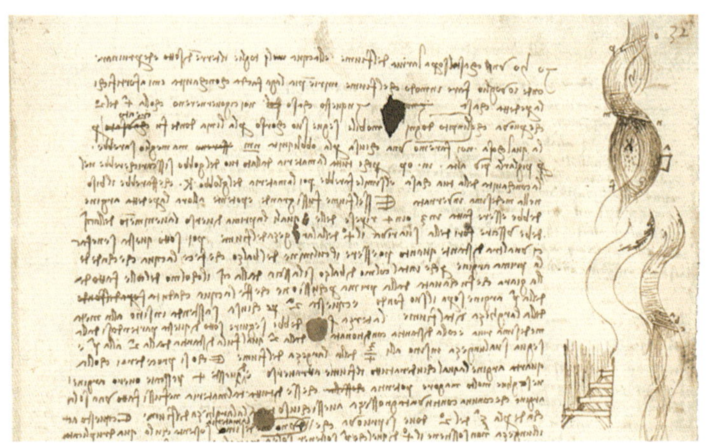

河岸上的房子，其地基下的泥土在河水的冲蚀下会被逐渐冲走，从而使房屋有倒塌的风险。我就考虑利用流水来填这个被冲出来的坑，并利用流水来加固房子，这个方法我也在手记二的第四个议题中提到过，而且证明了：运动物体上携带的力会随着运动物体的运动路线而运动。所以，假设在斜坡 nm 上建设一个障碍，最好也在 op 建设一个较高的障碍，这样可使水流带来的物质都沉淀到房子周围的坑中，土堆 K 也可产生相同的助力，从另一个方向填满水坑。

如果要对抗冲击力强的河水的冲击，则可以将障碍设置到三或四个，如堤坝：第一道迎向水流来的方向，在河岸外部宽度 1/4 处设置；第二道设置在第一道的下方，距离为第一道障碍水面与底部的距离，因为在第二道防线中需要能堆积起第一次冲击来的砂砾，而在第一道障碍前，河水会冲击其底部并淘起泥沙。

第二道堤坝的宽度应超过一半的河流宽度，紧接着是第三道堤坝，与第二道堤坝建设在同一边的河岸上，与第二道堤坝的距离，与第一道堤坝和第二道堤坝的距离相等，长度为河流宽度的 3/4。

接着是第四道堤坝。这道堤坝需封闭整个河流，比前面所建的堤坝抵抗力更强，这在手记二的第五项议题中讨论过，在该议题中证明了：以同样的材料建单一的水坝，且这条水坝的长度是四道水坝的总和，那么这条水坝的承受力是无法跟四道水坝相提并论的，抗冲击力可能还会更小。

如果……

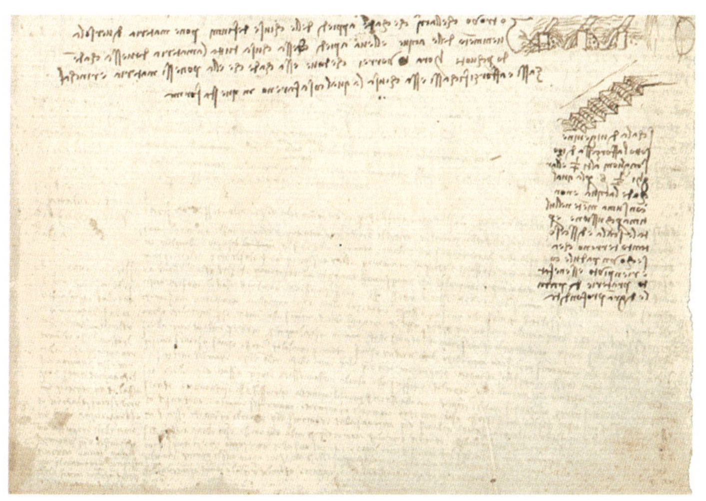

通过观察发现，水流沿着堤坝降落在底部后会将携带的物质沉淀在水流过来的方向，并将堤坝底部的物质冲走。如果水流在堤坝底部降落后可将携带的物质直接沉淀在其底部，这样还可以巩固堤坝，从而实现我上述所描述的工作。

扎斯卡南部的维杰瓦诺有 130 级台阶，每级台阶有 1 布拉乔奥高，0.5 布拉乔奥宽。从这样的台阶上落下的水不会冲击任何物体，并且会沉淀泥沙，也就是说，该台阶使得该处的沼泽中的水滤走，泥沙沉淀下来，原本水深的沼泽变成了草原。

译者简要说明

本篇手记主要讨论如何修建堤坝使得河岸边的房子，其下的地基不会被河水掏空的问题。达·芬奇还是想通过对河流本身的力量加以利用，使得房屋不但不会被冲垮，反而能被加固。

他设计了许多道堤坝，以沉淀水中的泥沙和引导水流的流向，并且他在右侧绘制了具有减小河流冲击力，使河流中杂质沉淀的阶梯，说明如何沉淀泥沙。而文中提到的维杰瓦诺，他在那里为米兰公爵的豪华别墅建造了这种阶梯式的水道。不仅改变了水流的破坏作用，还起到了美化作用。这是天才的达·芬奇独具匠心的表现。

延伸阅读

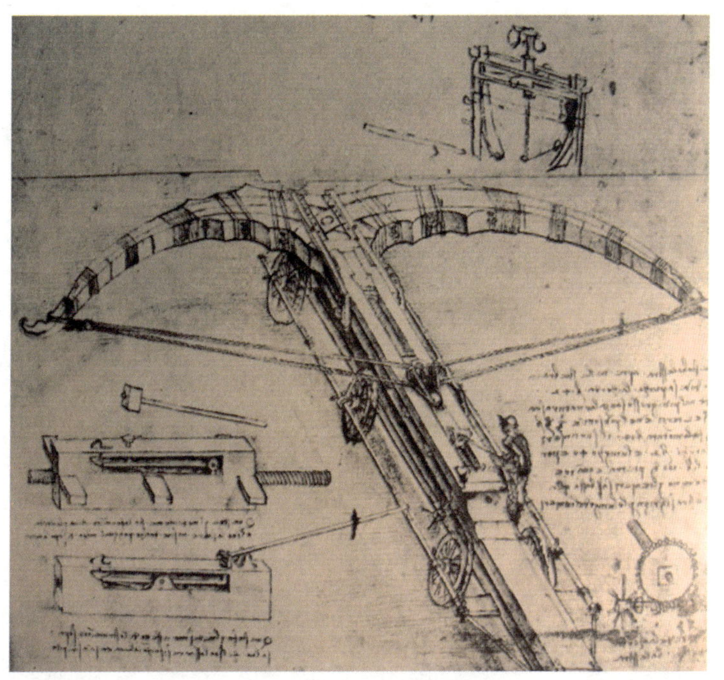

弩的原始设计

这是达·芬奇设计的一种弩，出现在他的《大西洋手稿》中，目的是为了增长一般弓箭的射程。但它从来没有被达·芬奇真的造出来过。

《三博士来朝》

《圣母子与圣安妮、施洗者圣约翰》

《美丽的费隆妮叶夫人》（是否由达·芬奇所绘仍存有争议）

/ 卷六

di leonardo de vinci

手记 56

沼泽排水

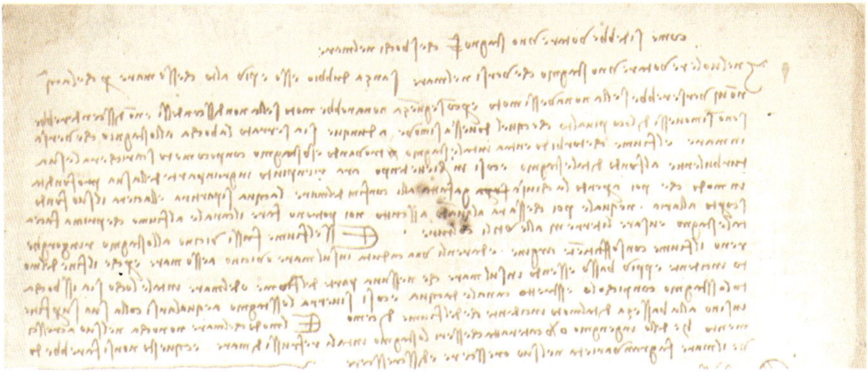

怎样将流向海洋的沼泽中的水排放干净

若沼泽中的水排向大海，若要将沼泽中的水完全排放干净，前提是沼泽的海拔比大海高，这样水流才会向下流入大海。水往低处流，如果不是从高处向低处，水流是不会流动的。如果将沼泽流入大海的那个出口封闭，在河流的流水流入沼泽后，沼泽中的水无法泄出，其中的水无法运动，那么水流所带的杂质就会在沼泽中沉淀，慢慢填满沼泽。当打开泄洪口时，沼泽中的水流一下子奔流向大海，露出沼泽底部。待沼泽干燥到一定程度后，原本流入沼泽中的河流的方向将改向河道，这时沼泽即可成为良田。若河流太靠近沼泽，则应当修建很长的河堤，以斜坡的方式将河流引向大海。因为蓄水的地方比任何河流都低，若蓄的是小溪流的水，那么水流从沼泽地上缓缓流过到达蓄水处，水面不断地升高，逐渐到达泄洪的要求。而且升高的水位对堤坝也会有一定的损坏，所以需要通过泄洪口来缓解压力。

在海潮翻涌的时候，泄洪口阻挡了水流从蓄水处流出，待到大海潮来临时，泄洪口则会难以抵挡。

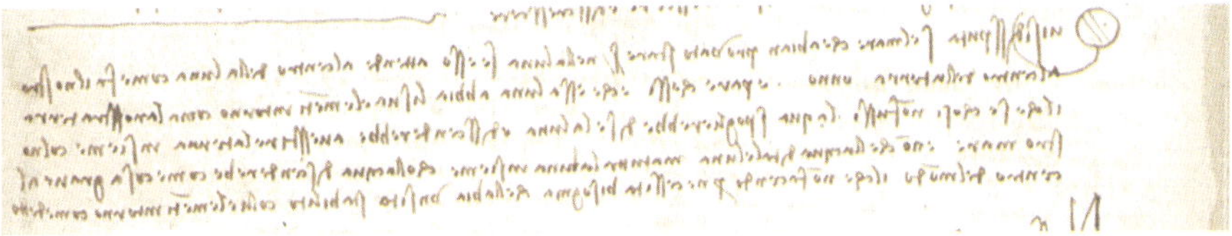

之前证明过月球上有大海，有人会有疑问：地球上大海的重力朝向地球的中心，那么月球上大海的重力是否也朝向月球的中心呢？我的推测是的确如此，月球同地球一样也被自身的元素包围。如果不是这种情况，月球上的水会脱离月球转而掉到地球上，与地球上的大海相接。不仅如此，月球本身也会砸向地球——这个宇宙的中心。但是这种情况没有发生，所以正如前面说的那样，月球有自己的空间，被包围在自身的元素之中。

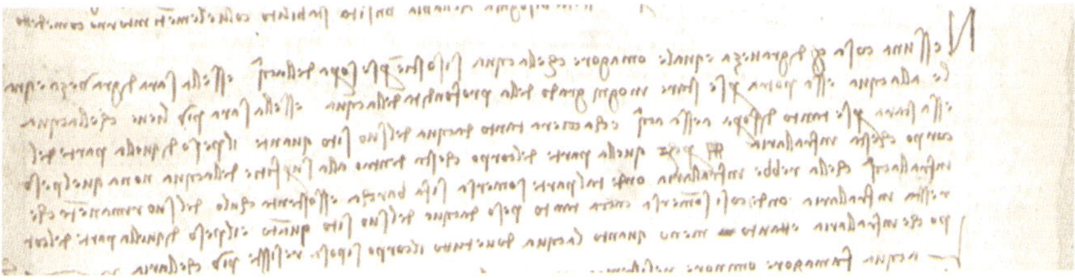

比水重或与水的重量相同的物质，不可能漂浮在水面上。如果物体的重量与水的重量相等，那么这个物体有可能漂浮在任意水深的地方；若小于水重，则会漂浮于水面，并且会排出与自身等重的水，这是因为其沉入水中的部分会与水的重量互相抵消，就这样， 沉入水中的部分成为了一种载体，支撑着水面上的那一部分。所以，这一个物质，露出水面的部分的重量等于排出的水的重量。也因为如此，若将物体整个放入水中，物体受到的水的浮力比在空气中的大，因此相对而言变轻了。

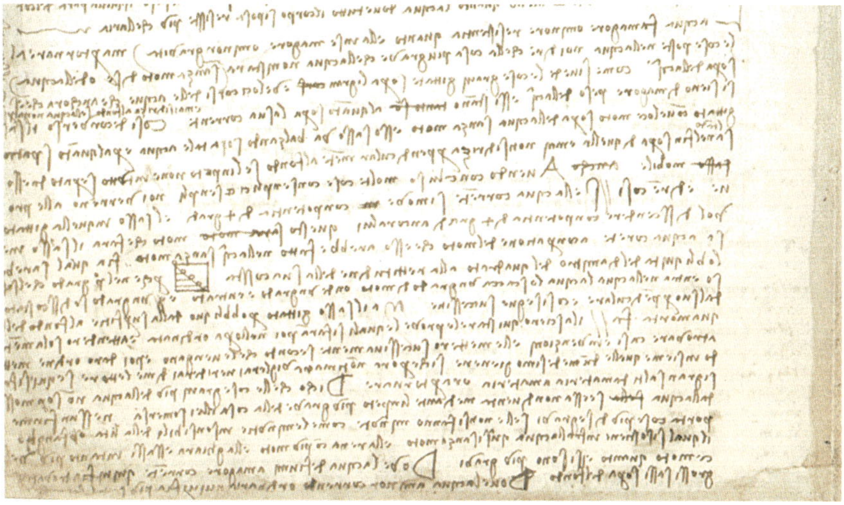

物体受到的浮力大小取决于其自身的重量。但是，若物体自身没有运动，或水没有运动，比水重的物体时不会保持漂浮水面的状态的。这一点我们可通过将重物扔进湍急的河流来证明，物体比水重，但物体仍然能在水面漂浮一段时间，除非水流速度变慢，否则不会直接沉入水底。而且，将石子斜射入平静的湖面，石子会在湖面跳跃前进，而不是直接沉入湖底。这时的石子会以一种运动方式跃过落水点，在冲力完全消失前不会停下来。

我们还可以通过一些实验来得出这些结论。假设水流的冲击力为 4 级，扔入水流的石子的冲击力也有 4 级，可将石子在水中的运动以平面坐标表示，在平面坐标中可将这个运动分解为倾斜的斜线运动和水平的直线运动。在石子扔入水中运动的第一个阶段，假设石子受到的水面的冲击力为 1 级，那么石子的对水面的冲击力也会有 1 级，且石子会以 1 级的力度偏离垂直线，然后石子继续向前运动。但是，若将石子以一定的角度扔进平静地湖中……

这里我们排除图示的干扰，按照一个确定的顺序来考虑这个问题。而且，我现在更关心怎样以更多不同的方式，更多不同的例子来解读这个问题，并分门别类地收集整理这些问题。所以，如果我的话题转得太快，让你们摸不着头脑，请无需惊讶。

现在回到刚才的话题，流水即使有自身的冲击力，但也未必会比沉入水中的物体重，前面我也说明了，水无法使比自身重的物体运动。若这些物体不是小砂砾或小石子，流水是无法推动它们的。漂浮在水中的泥土自身是没有运动的，在水中的沙子的运动却比较猛烈。越急的水流，其流经之处发现的石块就越大；越慢的水流，其流经之处发现的石块就越小。

译者简要说明

对于沼泽排水的问题，我们在达·芬奇前面的手记中已看到很多，这也是他一直致力于解决的问题。

他的思考范围很广，常常让人觉得是两个不同的问题，但它们确实又存在内在的联系。比如他在第 2 段就在讨论月球被其本身的元素围绕。而在第 3 段，他开始讨论物体的重量与其在水中的位置的问题。

“物体受到的浮力大小取决于其自身的重量。”这是他的结论。

而最终他又回到了沉淀泥沙的问题，并且他自己也觉得话题跳动幅度太大，而让读者无需惊讶。

延伸阅读

沼　泽

沼泽是一种特殊的自然体系，属于湿地的一种，具有三个独特但相互制约的特征：一、地表经常积有积水或湿润；二、土层有泥炭的形成或积累；三、地表上要生长湿生植物或沼泽植物。

沼泽是水体向陆地进化的中间阶段，处于植物生态演替过程的中间位置。温度适宜时，植物会大量生长，沼泽中的植物遗骸不断积累，形成泥炭，再慢慢变为草原。

手记 57

溶洞中的水

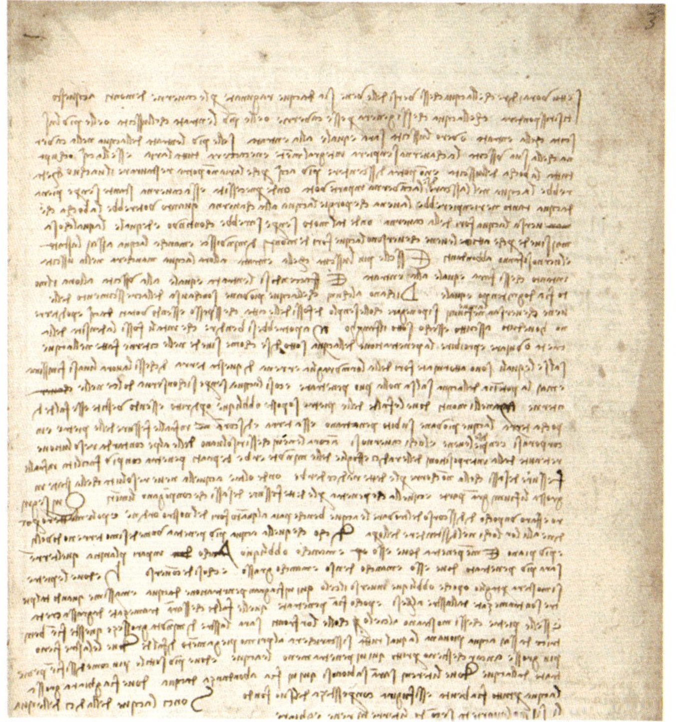

我们不能因为水从狭窄的缝隙中流出，就断定它来自溶洞中聚集的水。如果要这样认为，就必须解释几个问题：流入溶洞中的水是否多余流出的水？或者是少于流出的水？抑或流入与流出的水量相等？

若流入比流出的水多，那么溶洞会被填满，挤出溶洞中的空气。这些挤出的空气堆积在溶洞口，将导致溶洞中的水无法再流出。而且在空气被挤出的时候，无法再次充入溶洞中，溶洞中的水也在不断增加。进入溶洞的水与流出缝隙的水量若相等，那么这些水将均匀的流出。但事实并非如此，因为从缝隙中流出的水在冬季多，夏季少。若出水量大于入水量，那么缝隙中流出的水会慢慢减少，流入的水也会慢慢减少。若出水量与入水量相同，那么水的运动就会非常平稳。

有人认为日积月累的降雨可使得这种缝隙变大，这是错误的。比如护城河，在清除掉护城河周围的沉淀物后，看到的是坚硬的地面，而非被冲蚀开裂的地面。也有人认为是因为护城河下的土质的原因，使得水流无法渗透。类似在淡水库周围建立盐水区，水库的外墙上除了沙子，还背覆盖着细腻的黏土，这些黏土可用于制陶，盐水也无法穿透这些黏土，因此水库内的淡水不会被盐水影响。

但是在山里，是没有这种人为的陶土的，有的只是东倒西歪的乱石以及乱石下的泥土，雨水可以毫不费力地浸入泥土中，穿过层层岩层到达溶洞。

阿尔卑斯山脉上融化的雪水，被岩层和草叶吸收的部分，与通过岩层渗透出来的一样多，而且，渗透岩层比渗透草地要容易很多。所以，夏天消融的积雪，除了一部分流入河水中以外，大部分都渗透了泥土岩层，流入了地下。

那么我们要如何才能找到水呢？这个问题貌似与我们正在讨论的问题没有关联，但之后我会进行一个汇总，对每一件事进行合理的梳理。

平坦的地面比起倾斜的地面能渗入更多的水。若地面平坦状况相同，土质松软，干燥的，越是能深入更多的水。若放置得东倒西歪的石头排列有序，且石林间是石灰石，那么水流便可以轻易地浸入；若石林间是厚实肥沃的泥土，水流的浸入则会变得缓慢。

若岩层相互交错、杂乱无章，其便可吸收更多的雨水，且在岩层的第一个弯道处雨水可被完全吸收。但是若岩层较厚，即使岩层排列有序，其也只可以渗透少量雨水，反之则可渗透较多雨水。若渗透的是砂层，当砂层较厚时雨水可被吸收殆尽，并快速从沙床消失。就像阿迪杰河的河床，其构成变化万千，包括砂石、田地等。

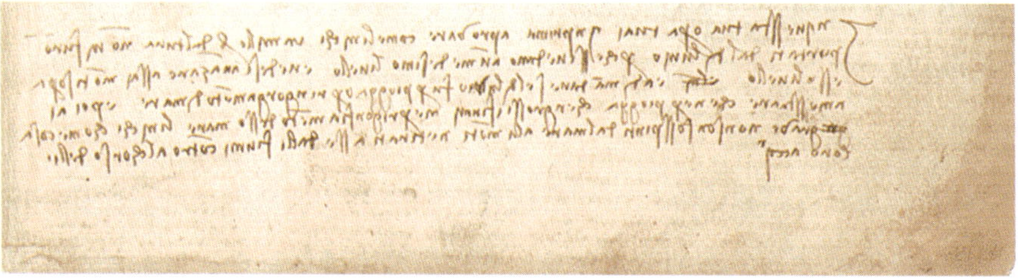

这个研究首先需要证明为什么大洪水未将贝壳冲到1000布拉乔奥高的地方？这是因为，这些贝壳只出现在相同海拔高度的地方，但有些大山的高度明显高于那个海拔高度。第二需证明大洪水的成因，是降雨还是大海泛滥？但是我们却发现两者都不是。贝壳比水重，如果是被大海抛到高山上，或者说是被河流带到高山上，这显然不合理，因为水流的方向与这相反。

译者简要说明

传统理念中认为溶洞中的水源于其收集的水，但达·芬奇对此质疑，他说“如果要这样认为，就必须解释几个问题：流入溶洞中的水是否多余流出的水？或者是少于流出的水？抑或流入与流出的水量相等？”

为了解释这些问题，他对水的流入和流出量进行了假设，并研究土壤的密度和水渗透不同土质的土壤的能力，从而深层次地讨论溶洞中水的来源，以解释溶洞中水的流入和流出问题。

达·芬奇对前人的理论不断研习，并大胆质疑，通过实验证明自己的观点，然后将实验过程和结果都记录下来，使得自己的思想更加系统连贯，也使得他在不断上升进步。

延伸阅读

溶 洞

溶洞指的是由雨水或地下水溶解侵蚀石灰岩层所形成的空洞，又称钟乳洞或石灰岩洞。这些主要成为为碳酸钙的石灰岩与水和空气作用，经过百十万年的沉积钙化，形成了地下空洞。这些含钙的水慢慢形成了钟乳石和石笋等景观。

有人曾对桂林龙隐岩的钟乳石作过测定，发现这些钟乳石每年平均仅长两毫米。世界上最大的溶洞是北美阿帕拉契山脉的马默斯洞穴国家公园。

手记 58

大洪水和海贝化石

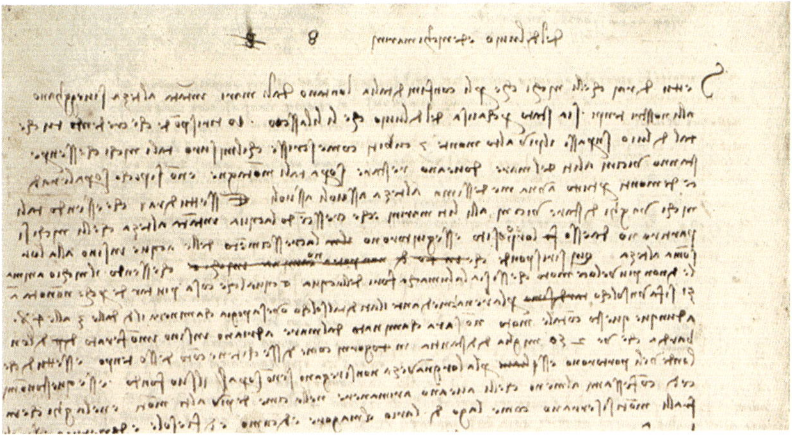

八　大洪水和海贝化石

有些人认为，意大利边境远离大海的高山上发现的贝壳，是大洪水时期遗留下来的产物。如果真如《圣经》中书写的那样，曾有人测量出大洪水时期，水面比最高的山峰还要高七层楼，那么，生长在海边，堆积在巨大礁石间的海贝，其在山脉上的距离就应该不远。而且，即使是距离最远的海贝，离整个海贝群也应该比较近，而且所有的海贝应该在山脉的统一高度，层层叠压。

还有些人认为，海贝天然生长在海边，并且随着海水的涨高而迁徙到更高的位置。我认为，海贝是一种移动速度与蜗牛相差无几，抑或在某一程度上更慢的生物，它不会游泳，但是可借助沙子，通过在沙子中开辟沟壕，借助沟壕的两边支撑身体，在一天之内最多可移动 3~4 布拉乔奥。但是这种速度，是不可能支撑海贝在 40 天内从亚得里亚海迁移到 250 英里之外的伦巴第的孟非拉多的。所以，大洪水时代的海贝保持了迁徙的记录。

另外一些人认为海贝借助了海浪的力量，从而被冲到高山上，但是，海贝不可能无知无觉地就被冲走，因为它们一般会吸附在石头上。

所以，与我意见不同的人也必须承认，这些海贝原本就生长在高山之上的湖泊中，如拉里奥湖、科莫湖、马焦雷湖、费埃索湖以及佩鲁贾湖等。

各片大海相互连通，形成了一个水圈，是宇宙中心的表面。注意，这个中心是宇宙中心而非重力中心，并且这些大海有的地方深有的地方浅，所以深度不同的地方，海的重量也不同。根据“物体越高，离宇宙中心越远”和“水往低处流，填满低洼处”这两个论点，没有运动的水面，不可能在某个地方高于另外的水面。

若如《圣经》记载，大洪水淹没了我们居住的半球，甚至淹没了最高的山脉，那么毋庸置疑的是，我们现在居住的地方的重力重于四极的重力。这使得我们这边的半球越来越靠近宇宙中心，而对面那一半却在远离宇宙中心。根据这一点，若我们居住的这半球没有这样的重力，被大洪水淹没的地方将会比《圣经》中记载得要宽广得多。

海浪携带到高山上的并不是死掉的贝壳，因为这些贝壳距离活贝壳很近，而且在大山中也可以看到活过的贝壳，这些贝壳并列成行，并没有要死亡的症状。所以已经死掉的海贝将与其久经冲刷的贝壳分离，并将贝壳留在较高处。河流入海口的河道比较深。从冈佛历纳流到鲁波山附近的阿诺河，在鲁波山附近堆积了许多石砾，在这里可以看到许多夹缠在一起的贝壳。这些贝壳来自不同的地方，与颜色、大小、硬度各异的石头黏在一起，组成了巨大的石头。

在远一些的地方，河流将转向一个城堡——佛罗伦萨。在这里，凝结在一起的沙子形成了石灰石，其下方是贝类生活过的淤泥。阿诺河水经年的冲击使得这一带的河床被抬高，使得这里的海贝也形成了层层累积的状态，而这些，都是在位于克莱・岗佐理的断层中观察到的。阿诺河将这个断层冲击开，我们可以从这个断层中清楚地看到层层叠叠的贝壳嵌在淡蓝色的淤泥中，并且，这里面除了贝壳，还有其他的海洋生物。

由直布罗陀海峡流出的水使得我们居住的这半球变得越来越轻，地面也升高了。这是因为这边半球的水移到了对面那半球上，增加了对面半球的重量，使这边半球升得越高。若是大洪水夹裹着贝壳到达了高山上，那么我们看到的应该是嵌入淤泥的分散的独立的贝壳，而不是像现在这样层层叠叠的贝壳。

译者简要说明

前面的手记中有提到高山上的海生贝类的化石，并由此对大海的运动做了讨论，认为这些化石并不是由于大洪水被运至高山之上。

本篇手记做了大量对海生贝类化石的讨论，并由此发起了对《圣经》中大洪水的质疑。大洪水不可能将海贝搬迁到高山之上，因为海贝会攀附在珊瑚石丛里，避免被冲走。在这里他又举了伦巴第的孟菲拉多的例子，那里离大海有 250 英里远，但却有许多海生贝类的化石。而且海贝移动速度很慢，一天最多只能移动 3~4 布拉乔奥，所以也不可能是海贝自己随着水流迁徙到了那么远的地方。

他不断列举出被许多人提及或者赞同的高山之上海贝存在的原因，再一一列举出自己的观点，并列出文字进行说明。

他也反驳了海浪将已死掉的海贝空壳冲击到高山上的说法，因为这些发现的海贝是一群群聚集在一起的，符合海贝的生存习性，说明当时在高山上的海贝是活着的。

在最后一段，达·芬奇对地球的重量变化进行了讨论，进一步反驳大洪水携带贝类的说法，因为若是大洪水携带贝类，那么这些贝类应混杂在泥土中，而不是有序地层叠排列在泥土中。

延伸阅读

化 石

留存在岩层中的古生物遗体、生活痕迹活遗物，常见的是骸骨和贝类。这些遗迹被埋藏在地底与周围的岩石融为一体，可帮助我们了解生物演化，确定地层年代。

在漫长的岁月里，地球上曾经生活过无数的生物，猿人、恐龙、海中巨兽等，这些生物死亡后的遗体，或它们的生活痕迹被泥沙掩埋，经过亿万年，这些生物的血肉已被分解，但坚硬的外壳、骨骼和枝叶却与周围的沉淀物包裹在一起，经过岁月石化变成石头。

但这些遗体或遗迹却仍然保持着原来的形态与结构，从而帮助人类了解古生物的样子，推断古代动植物的生活习惯，以及当时的气候条件和生活环境，从而看到许多生物从古到今如何演化。

手记 59

大洪水的迁移力

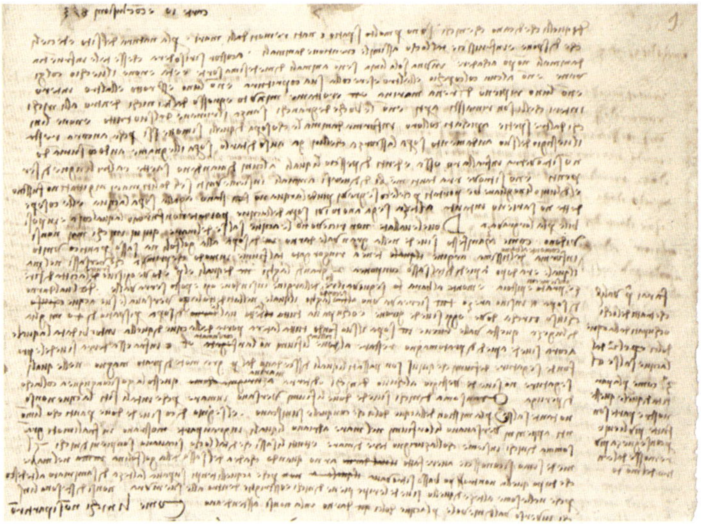

七

（左上文字）

十页 / 百八五十三项结论

（右侧文字）

可以先写一本关于淡水盘踞的书；再写一本有关海水的；第三本的内容则是，淡水和海水的消失使得我们的宇宙变轻，其结果是我们会离宇宙中心越来越远。

有人将海贝在各处的分布归功于大自然的迁移力——将大海中的声明迁移到另一个地方，并对这些地方产生影响。我承认迁移对动物本身的影响，但并不绝对，我只能说迁移对某一个物种或某一年代的物种产生的影响，不管这个物种的大小，不管这个物种是不是含有外壳，不管这些外壳有没有破损。

被迁移的贝壳中，有些积满了海沙；有些贝壳中居然还含有另外完整或残缺的贝壳，呆愣愣地张着口；有些含有蟹腿；有些与粘黏着的其他动物残骸一起组成了类似活的动物，一个紧紧吸附着另一个；有的像蛀虫在木头中的模样；有的像觅食的踪迹；有的还含有其他动物的骨头或鱼齿，像利剑，也像蛇信；还有的像许多不同的动物缠绕在一起。

若不是大海的力量将他们冲击到那里，那会是什么呢？

这些贝壳不可能一次性地就被大洪水移动到高山上，因为这些东西都比水重，而比水重的物体是无法随着水流漂浮的，因此也无法迁移。海水淹没过的峡谷基本上不会出现海贝，但是冈佛历纳的阿诺河除外。这里的岩层历经沧桑，与阿尔巴诺山相连，在海边形成了独特的峭壁，拦截着河水，避免河水倾入大海。因为峭壁的拦截，所以河水在岩石脚下形成了两个湖泊。第一个湖泊在佛罗伦萨，有一部分紧连着阿尔巴诺山，蜿蜒着伸展到塞拉瓦莱。而佛罗伦萨就像皮斯托亚一样富饶。另一个湖泊位于阿诺河上游的阿雷佐，其中的水最后都会汇入第一个湖泊。在吉伦特的位置封住了这个湖泊，整个湖泊安静地躺在阿诺河峡谷的怀抱中，长达 40 英里。

虽然阿诺河底部沉淀了许多泥沙，但是在普拉多·马尼奥山脚的峡谷处，它仍然能以高昂的热情迎接来自各处的水流。通过这里的图层我们可以看到河流的横截面，在被白云环绕的普拉多·马尼奥山，河水湍急而下，而且在这些横截面中也并未见到贝壳或海泥。

第二个湖泊与佩鲁贾湖相连，而在佩鲁贾湖里就可看见各种海贝。河流的水经由这里流入大海，被大量的淡水冲蚀，这个湖泊里的湖水也并不咸。在亚平宁山脉可看到同样的景象，山中随处可见海贝的海泥，河流也争相涌入亚得里亚海，就连石缝中也有许多海贝。

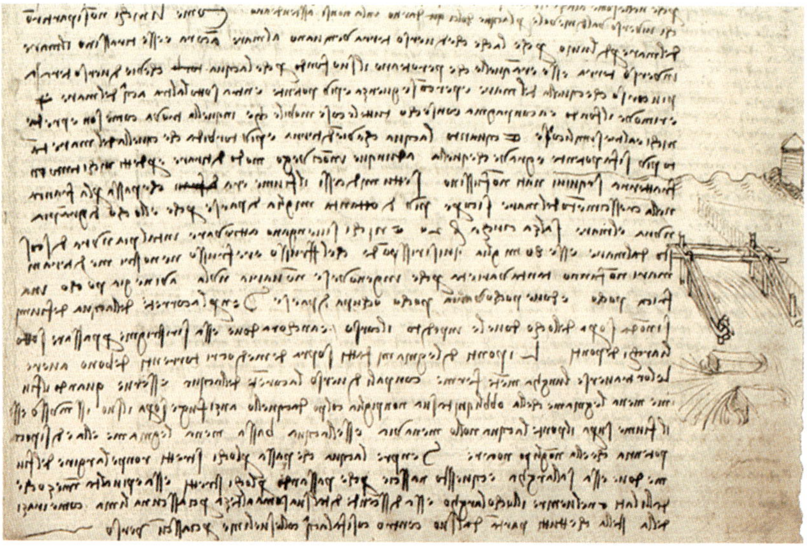

在阿诺河下游——冈佛历纳峭壁的更下方，也有同样的遗迹，在冈佛历纳山顶的河岸上同样也遍布着各类海贝和牡蛎的尸体，因为在以前的某个年代，冈佛历纳山要比圣·米妮亚托·奥尔特德索山高。但是在瓦尔迪尼沃却没有这些海贝，因为阿诺河并没有延伸到这么远的地方。

大洪水为什么没带走海中的海贝呢？因为尽管水脉连接了山川大地和大海，但这些河水毕竟是流向大海的，其冲击力非常大，冲入了大海底部，将其闹得翻天覆地，而且河水中的许多物体也被夹裹着沉淀到了大海中，比如前面提及的贝类。另外，陆地上的河水因为携带了许多砂石变得非常浑浊，重量也比海水大，冲击力也更大，所以，很难想象这些海贝是如何到达遥远的内陆的，当然，除非它们一开始就生长在那里。

你可能说这是因为卢瓦尔河，因为卢瓦尔河直接从法国穿越了80多英里到达大海，使得海面升高了约20布拉乔奥，同时也在法国境内冲出了广袤的平原。在距大海80英里远的平原上充斥着海贝的身影。但是，地中海的浪潮并没有那么大的威力能将海贝运送到如此遥远的地方，因为热那亚海湾的海水十分平静；而且威尼斯和非洲的受到的海浪也很小，海浪只能产生微弱的影响，且只能影响很小的一部分。

当河流中出现障碍物时，河流的水面会升高；河水穿过狭窄的桥洞时，水面也会升高。所以，若要在水流比较急的中型河流中建造木桥，则需要安装一排排迎向水流的尖头桥墩来固定桥梁的横梁。这些桥墩的作用是阻挡水中的浮木，避免桥梁受到正面冲击，同时导离这些浮木。不仅如此，还可转移激流的冲击，减小低位河水中浮木对桥梁的冲击。河水在穿过狭窄的地方时，水流会变大并对河岸造成损坏，因为这时河水中部的水位会被抬高，当河水流淌过这段时，中部的水流会向四周泻去，从中心洒向四方。

译者简要说明

在该篇手记中，达·芬奇进一步对海贝的分散进行探讨。他对观察到的海贝所在的位置和地理环境进行了描述，并列举了亚得里亚海的亚平宁山脉河流中的贝类，以及从途径冈佛历纳的阿诺河中的贝类，得出这些贝类会顺着混有海水的河流移向大海。

达·芬奇能够有如此开阔的视野并非全靠自己的臆想，他阅读了众多的古籍，在前人的基础上研究水利，并去伪存精，然后将得出的结论积极运用到实际应用上。

在该页手记的最后，他又谈到了正确安装桥梁以免受河流冲击的问题。这也说明他在思考问题时，通常会夹杂着其他许多的问题。

延伸阅读

大洪水

古斯塔夫·多雷绘

世界各地均有大洪水的传说，而在《圣经》中，大洪水源于上帝对地球的失望。圣经中，地球上的生物都已堕落，上帝决定施以惩戒，于是来了大洪水。在大洪水来临之前，上帝给了诺亚一座方舟，让它将每个种类的走兽都要带走几只，以便洪水退去后地球上的生物重新开始繁衍生息。

手记 60

贝类如何迁移

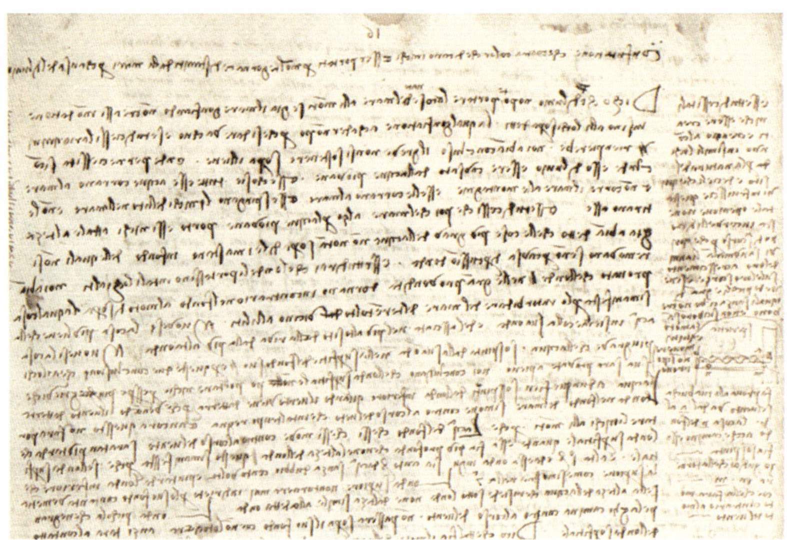

十六

“大洪水是贝壳迁移的原因”这种说法是不准确的。

除非发生人海啸，形成滔天巨浪，海浪的高度超过生物生活的高度，否则，大洪水是不可能将高山内陆中生活的生物带入大海的。但很显然这不可能，因为这种大海啸会形成很大的真空。若说这些空气也被冲到了那里，这也不可能，因为这个已总结过，较轻的物体是无法支撑较重的物体的。所以可以肯定，大雨才是大洪水的成因。因为雨水可以汇入大海，而大海却无法倒流向山脉。

还有一种说法，认为雨水抬升了海面，从而使海贝随之漂浮到了那个高度，但我证明过比水重的物体只能沉在水底，无法漂浮在水面。若不受外力，如水流的冲击，这些物体会永远沉在水底。也有一种说法，认为水流将这些贝壳带到高山，但我也通过大海的湍流证明过，水流表面的水浪与水面的水的运动方向是不一致的。

比水轻的物质会随波逐流，有时还会被大浪冲上最高点；而沉在海底比水重的物质，只有在海床上有海浪运动时，才能移动。所以这里有两个结论，并且这两个结论可在物体沉没的地点被验证：一、在水中的海贝无法随着海浪移动；二、从陆地吹来的风，其方向与海底水流的运动方向相反，这股风搅乱了海底的水，使得海贝随之移动。但是这一点点的动力还是无法将海贝带到高山，因为水深大于浪高，所以海底水流的流速远远低于海面大风的速度。假设海面上浪高 1 布拉乔奥，水深 100 布拉乔奥，毫无疑问，海底的水流速度要比海面的水流速度慢 100 倍以上，类似于第七个议题。

若水深与浪高相同，则无论水浪的冲击力有多大，也不会发生回流的现象。

而在深海处，逆风的小浪力量太小，根本影响不到海底，只会影响与其相接触的海面。我认为，水的“从海面传递到海底的运动”与河流两岸之间水体表面的运动类似。比如在河流 1/3 的宽度处，河水向西移动，而在另外的 1/3 处河流将向东移动，剩下的河水将向西移动。偏离主水流太远，并且做横向运动的水流会根据一定的级次渐渐变慢；但不管水流摩擦之后是否会分开，水流间的摩擦会使其速度加快，也就是说，不管水流的运动状态是消耗，还是快速的部分夹带着慢的部分运动，摩擦都会使水流速度加快。但我也认为这样的情况不太可能发生，因为如果速度快的水流带走慢的水流，那么水流在奔袭的过程中会不断增大，这样岂不是会带走整条河流？

（右侧文字从上到下）

若有人认为这些地方的海贝因其自身的重力和自然的力量，而在这里不断地生长繁衍，那么我不得不说，稍微能用严谨的思维方式来推理的人都不会这么认为。因为贝壳承载着海贝的年轮，无论贝类大小如何，贝壳上都会显示相应的年轮。而且，这些贝类不需要喂养，不需要运动来捕食，甚至没有任何运动。

实验

在“水坑”中测试，当风从 a 吹向 b，那么“水坑”底部的 n 物体受到的水流冲击时怎样的？我认为 n 会移动到 m，即逆风运动。

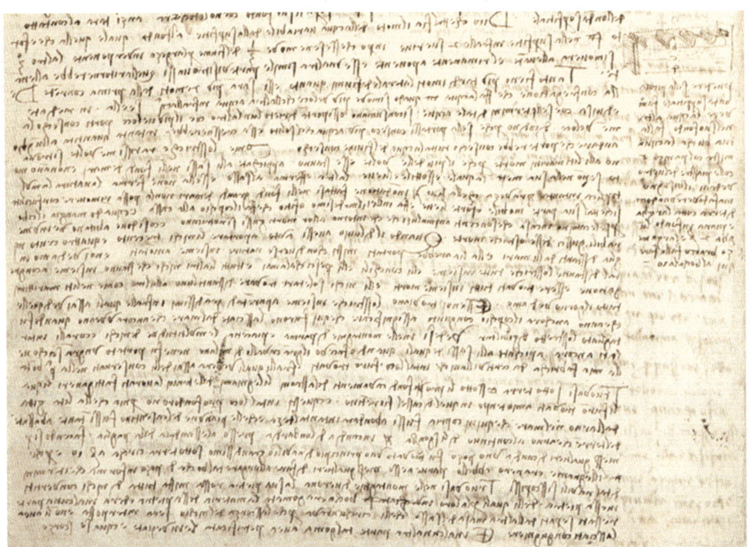

沙滩上为什么很少发现死掉的牡蛎？这些牡蛎生长在海底，瓣膜紧紧吸附在石头上，除非另一半瓣膜受到刺激，否则不会轻易移动。牢牢吸附在石头上的瓣膜日夜不停地生长，以至于大海中的微弱波动根本无法撼动牡蛎。而真实情况是，能移动的那一块瓣膜其实很轻，能吸附的那一块瓣膜则像壶盖一样，紧紧吸附在物体上。牡蛎的食物会随着牡蛎瓣膜的摆动进入其“房间”，而且牡蛎还会吃掉周围死掉的牡蛎，所以在牡蛎生长的地方也会发现许多死掉的牡蛎的贝壳。

若是大洪水将这些贝壳迁徙到三四百英里以外的地方，那么这些贝壳的种类应该丰富多样，并且应该相互混杂着堆积在一起。因为在其他地方，相同的物种基本上都是成堆聚在一起的，比如甲鱼、墨鱼，当然还有牡蛎，都是各自成群，死生在一起。而那些零零散散的贝壳之间的距离就如我们在海滩上看到的贝壳的距离一样。而我们发现的是，牡蛎是成群结队生活在一起的生物，它们有的壳也紧紧地粘在一起，这证明了它们原本就生活在直布罗陀海峡，是大海将它们带到了远方。

而在帕尔马和皮亚琴察群山的虫洞中发现了大量紧贴在石头上的的海贝和珊瑚。我在米兰盖房的时候，一些农民送了一大袋这样的贝壳到我的办公室来，其中的许多还保持着原始的状态。

在一些采石场的地下，当挖掘到很深时可以发现已经变得很黑的木料。在佛罗伦萨城堡挖掘时就发现过这样的木料，在阿诺河流入大海之前，这些木料便已被沉积的泥沙埋在那里，河流的经过又使得那里的地面升高到了与现在相同的高度。阿诺河的冲刷带走了卡森提诺平原上的泥沙，使得这里降低。而在平原降低之前，我们在 10 布拉乔奥的地下发现了一艘大船的船头，黑色的船身，保持得非常好。

梅塞尔·古奥尔提利觉得应该继续挖掘将船身完全显露出来。

维罗纳山红色的石头中有许多混杂的，与石头混为一体的贝类，贝类及其开口处也石化了，像被水泥密封了一样。周围有一些零散的贝类，由于贝壳的原因没有黏结在一起。而有的贝类则石化在了一起。

（右侧文字）

验证表面的小水流能否使底部的水流流向高处，在水中放入小米并搅混，通过玻璃观察水流运动。为了更精确地实验，可制作长 2 布拉乔奥，宽 0.5 布拉乔奥，下部宽而平的陶罐。

译者简要说明

达·芬奇不赞成大洪水迁移海贝的说法。他说，若真是大洪水将海贝迁徙到很远的地方，那么在此处应该是各类海贝都散落在一起，而不是仍然像大海中那样，牡蛎一堆，甲鱼一堆，各自群聚。

达·芬奇并不只是单纯的通过观察水流的随机运动来证明他的观点。每当他有一个观点，他都会去做相应的实验。本篇手记中风对水底物体的影响，以及通过制作玻璃容器观察水的运动，都是达·芬奇亲手制作的实验，并且通过这两个实验，使得达·芬奇更加理解水的运动，并证明了无论大风还是大浪都无法将贝类冲到大山上的观点。

延伸阅读

达·芬奇有许多笔记，有些笔记塞满了关于动植物的研究内容，比如这幅图中所示的，用红色粉笔绘制的带有许多橡子的橡树分支。

他被大自然深深吸引，对动物非常温柔，他甚至愿意买下成箱的小鸟，就为了将他们放生。

手记61

驳斥反面观点

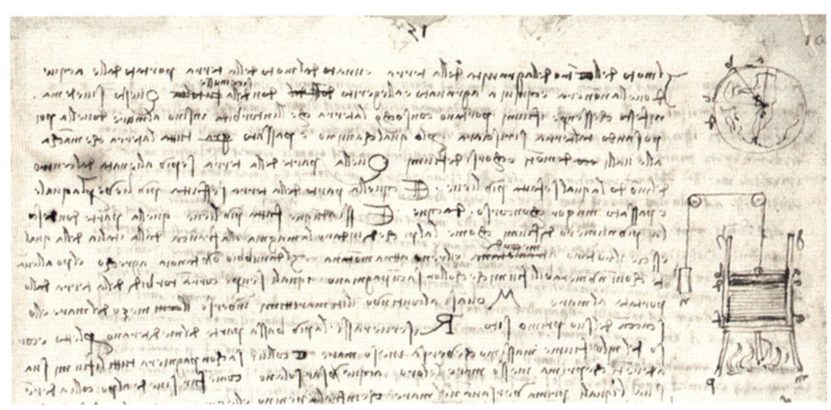

十五

流水长年累月的冲蚀可更改地貌，地球的重心也随之变化。一个地方变重，另一个地方就会变轻。

有个道理很简单，比如河水，在向前奔流时夹裹着泥沙，水变得浑浊，但是当静止下来，泥沙沉淀后，水又会变得清澈。泥沙被河水卷走，山中的泥土被挖空，河流流过之后，正剩下独立的群山。而泥土的流失使得这个地方变得更轻，离宇宙中心更远。河水流过后，水土都流失了，这里的土地也变得越来越轻。所以河水流得越多，土地就会越轻。

阿尔卑斯山在意大利境内隔开了德国和法国，罗纳河起源于这里，并向南流去，莱茵河则奔流向北。多瑙河蜿蜒向东南方，波河则流向了东方。无数河流在这里聚散，夹裹着泥沙奔向大海。

海滩也在千万年间不停地向大海中部迁移，泥沙也从原来的地方迁移到了另一个地方。而地中海的低凹之处则是这些泥沙的目的地，尼罗河——流入地中海的最大的河流——匆忙地流入了地中海。而波河及其支流却是第一个流入地中海的河流。这些河流流经亚平宁山和德国境内的阿尔卑斯山，最终汇聚到亚德里亚海，使得高卢境内的阿尔卑斯山昂首屹立在欧洲。但阿尔卑斯山北部山麓的山脚却没有石化。

河流切断了山脉，一路向北，越过高山上的岩石土层，在平原汇集，而平原上的土层在经年累月下将变为陶土。在拉莫纳峡谷可看到从亚平宁山脉缓缓流出的拉莫纳河，这条河对河岸也能造成相同的影响。这些河流犹如利刃，将阿尔卑斯山脉切割得四分五裂。不同的岩层也将这些山脉横向分割。在河流流经之处，可看到半突出的岩层，连贯着一半在这边，一半在河流的另一边。从不同的岩层中可看出河流如何堆砌一层层泥土，如何创造出厚度不同的岩层。也就是说，大小快慢不同的河流不仅带走了高山的泥土，还将这些泥土堆砌了起来。

虫子的踪迹仍可以在不同的图层之间被找到，在泥土还未干燥下来时，这些虫子还在到处爬行。而海泥和海贝一起变成了岩层的一部分。一部分蒙昧的人们曾认为是大洪水将这些生物冲到了陆地高山；另一部分则认为是上帝抑或自然的力量在这些地方创造了这些生物。尽管可通过查看贝类或蜗牛壳上的纹理来查看这些生物的年龄，就像查看公牛或山羊角的纹路，或查看植物的年轮一样，但是这些地方仍然没有生长时间很长的生物。这些纹路已说明了它们生长了多少岁月。不得不承认运动是动物必备的生存能力，但在这些生物被封存的岩层中，并没有发现这些可供这些动物挖掘泥土和岩石的工具。

若这些贝类不是被海浪冲回去，而是像其他物体一样，死后被大海抛回岸上，那如何解释在成片海螺残骸中发现的不同种类的贝壳呢？海贝若不是在海岸上被泥土和大海层层覆盖，又如何解释在不同岩层之间发现的完整或残缺的海贝？若是大洪水将海贝带到了高山，那么就只能在某一层岩层中发现海贝，而不是在许多岩层中都发现了海贝。也有可能是大海在经年累月下冲乱了沙子和泥土，从而将海贝暴露在沙滩上。

也许有人认为是多次大洪水的作用才使得多层岩层中都有海贝，那么就必须证明年年都会发生那样的大洪水。假设这些地方原来是海滩，但是这里却只有破碎的海贝，没有双双对对的海贝。要知道活着的海贝会通过瓣膜紧紧吸附在一起，而在这些沉积层中，这些海贝却残缺不全。在岩层周围也看不到两个瓣膜黏在一起的海贝，它们就像被浪花抛在了沙滩上，随着时间的推移被晒干，最后石化。

（右侧小字从上到下）

实验证明：水蒸发到空气中时，水的体积会膨胀。

ghef为有一个开口的正方形容器，容器中有一个类似膀胱的，囊壁很薄的小牛胎囊，容器四周密封，只留上方开口。在顶部ab处，有一个和容器大小相同的直板，并在袋中装半袋水，以占据容器一半的容量，容器中剩下的部分没有水，也没有空气。水蒸发时，另一半袋子中将充满水蒸气，盖子可支撑起上方的物体n，蒸汽不会推起物体。

译者简要说明

若说达·芬奇之前的手记还在温和地讨论正反观点，那么这篇手记中达·芬奇则态度坚决地在反驳那些相反的观点。

达·芬奇在该页手记中主要探讨山脉的形成，所以他分外在意山脉剖面中的那些沉淀物质，特别高山上岩层中的海贝化石。他思考这些贝类会达到这里的原因，以及泥土搬移的方式。

正是达·芬奇这种孜孜不倦追求真理的态度，使得他对人类历史做出了许多贡献。

延伸阅读

达·芬奇手绘稿

手记 62

地底暗涌

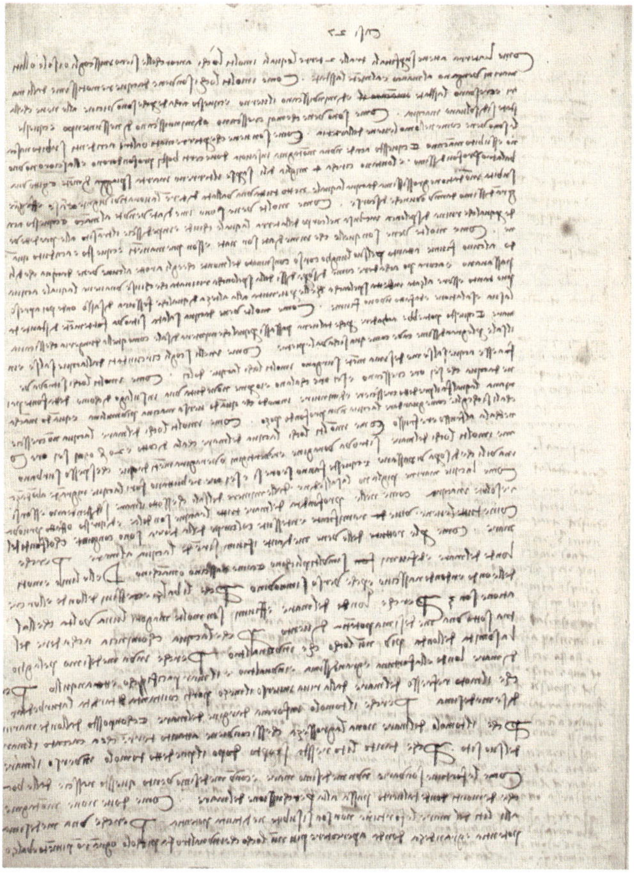

案例二十七

在夏季，排除群山大海岛屿石缝中的细流，其他许多地方两层土壤间的地表暗涌会减少很多，甚至消失。而很多距大海遥远的暗涌，在夏季水流量增大，到了冬季水流量却会变小，这是因为这些暗涌与雪山相同，夏季雪山消融时，水流量就会增大。但是，还是有一些暗涌的水，其流量不会发生变化，始终像动脉一样稳。

也有一些特殊情况，如遇到地震或其他不可预估的原因，也能使地下暗涌的水流量突然发生改变。如萨瓦的一座山中就出现过类似的情况——地面突然开裂，树木沉降，并且 4 英里之外的山坡崩裂，从裂口处涌出的洪水淹没了整个峡谷。洪水所到之处，哀鸿遍野，房屋田园俱被淹没。而地下的许多暗涌却都突然消失了。这一切都是因为这些暗流的水道被截断，而且在这之后，地球内部将出现一个下陷的巨大洞穴。

同样，在一些地方暗涌会突然出现，这是因为这些流经一些盐矿（如匈牙利的盐矿，许多盐被开采出来，就像采石场一样）。我们也发现，在充满盐矿的地方也会发现淡水的暗流。这些暗流很不稳定，有的还会不时出现，流出 6 小时后又消失 6 小时。如科莫湖，我在那里亲眼看见普林尼泉的暗流使得泉水忽隐忽现，在这些暗流流过的地方滋养着一些磨坊。而且这个地方的暗流落差非常大，其下落的地方深不可测。

在茫茫的海上，许多地方的海水并不会随着潮汐的起落而改变；有很多地方每 6 个小时海水就会降低 18~20 布拉乔奥；还有一些地方存在着漩涡或涡流，这些快速旋转的水流经常会突然出现吞没海面的船只；在海面每 6 小时都在降低的地方，后面 6 小时又会出现喷涌的水流。

我确信，大海的深部确实存在淡水，这些淡水被海底中分布散乱的盐矿提取出来，再融入海水中。在海洋底部也交织着散乱的暗涌水脉。从暗涌中流出的最终也会流入大海。

这里有几个问题：大海和河流中的水流为什么会出现层叠？这些水流是怎么出现的，又是怎么消失的？使水流流动的动力和方向来自什么？这股动力要去向哪里？水浪为什么会有这么多的运动方式，并且还会生成其他水浪？

海水与河水即使受到相同的风力，其水浪的大小也会不同，从浪头落下的水也一浪大过一浪。在大海上，常常这一片海域有这狂风暴雨，而另一片海域却无波无澜。从海岸返回深海的海浪，其运动虽然慢，但力量却很大水流却很湍急。并且，海浪还冲蚀出了岸边的沙滩。那么，为什么沙滩不如大海堆砌的土堆厚呢？沙滩又为什么是光秃秃，面朝大海的呢？

在同一片海域，同样冲击力的海风吹蚀下，为什么会有各式各样的暴风雨？因为这些风来自峡谷，在穿越峡谷后风力增大了，而没有穿越过峡谷的风，风力不大，也造不成猛烈的暴风雨。

为什么风力和海浪相同的情况下，还会形成大小不同、高度不同的的浪呢？为什么这些浪在一个地方比另一个地方更强烈迅猛？

译者简要说明

本篇手记中，达·芬奇以萨瓦山中树木下沉，和其4英里外突然冒出洪水的例子，来证明地底的暗流会出现变化。

在达·芬奇的地球水脉理论中，水脉相互连接，所以一个地方的水脉出现变化，在其他的地方必然也会出现相应的变化。他在文中以观察到的实际现象做论证，比如在匈牙利境内的盐矿中，这些地方出现的暗流有时会消失6小时，然后又出现6小时。并且他还推测这些在地底的暗流是如何交汇。

在后几段里，他提出了很多问题，这都是根据他对水脉的观察衍生出来的一系列问题。他讨论不同层面的水流相互影响的问题，以及风对海浪的影响。

延伸阅读

达·芬奇手绘稿

手记 63

波纹的形状

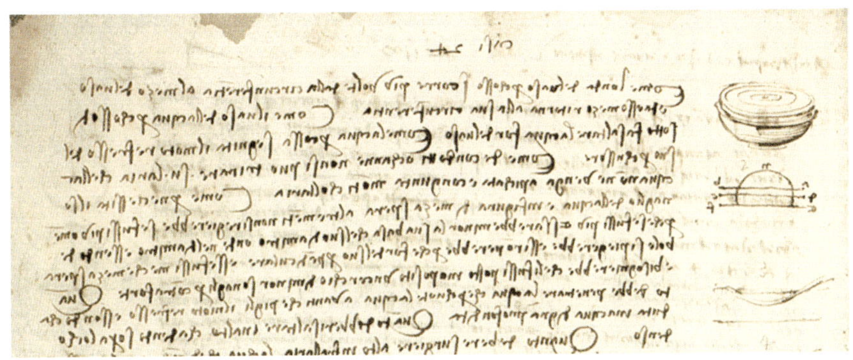

案例二十四

容器中的水波在产生后会反复做着从四周到中心，再从中心又扩散回四周的运动。当拍打容器底部时，可将容器中的水从上方开口处排出。而且，受到冲击力的水的运动方向，与冲击力反弹的方向相同。

而在水管中若存在空气，那么这根水管中的水就无法被抽出，因为空气会随着水一起被抽上升。

水泡肯定为半圆形，不然水泡在太大或太小时就会发生破裂。若水泡太大，其底部会比最大的直径小，水泡在直径上会弯曲变薄，从而在垂线外部破裂；若水泡太小，则在其底部必须有一个类似底座的支撑点。

水流受的冲击力越大，反弹后就能更深地射入水中，一般而言，受到冲击的水的深度都很大。砸到密度越高的物体上，水流也会溅得越高。从水管中落下的水，其高度越高，在空气中反弹回的高度也就越高。

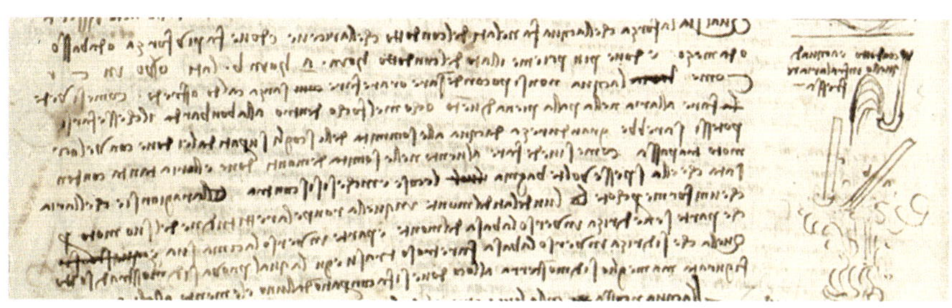

水管和从中弹回到空气中的水

这里有几个问题，在水管入水口，管子的四壁受到的压力有多大？在水管中的哪个位置压力最大？是中部或是底部？水对管壁哪面的压力最大，a 面、b 面，还是 c 面？

通过酒精灯上的蒸汽或火枪中燃烧的火药可看到，没有冷热的变化，水不会自行收缩或膨胀。由此可知，寒风肆虐的高山上，水的密度也比较大。同时，高山上空气的密度也会变大，这些空气使得遇到它的物体都变得湿润。这是因为分布均匀的空气在冲击山麓的一面时，其运动方向会在垂直方向上发生变化，一部分转移到山顶，一部分涌向山脚。涌向山脚的空气像滚落自山上，证明如下。但是，证明的实验最好在两个元素对比明显的地方进行。

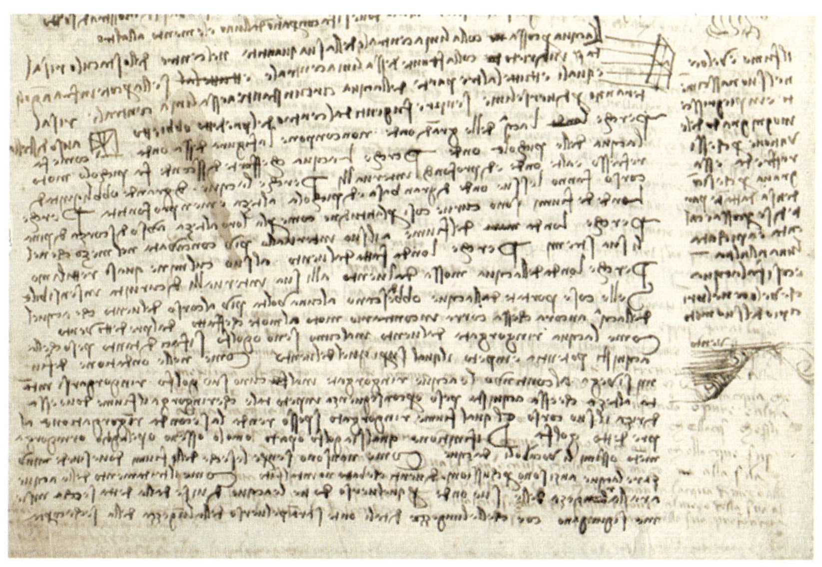

流水在其直线中心上冲击障碍物的中点，若冲击角度为等角，水流会从中心线弹回，剩余部分流水则围绕中心线，呈不同角度弹回，并且以障碍物为中心四散开来。大浪与小浪的水纹也完全不同，向下冲刷的水流，其反弹力很小，大浪的波浪间隔却很宽。并且宽阔水道中，水流流动的坡度越小，在到达底部时形成的水浪高度和深度都会越小。河流中的水浪，其宽度和高度上的形状像松球的鳞片，一圈一圈地叠在一起。大河中的水浪，中间间隔部分要长于两端间隔的部分。

风吹出的水浪，其浪顶几乎为直线，并且水浪间还会被吹皱出一些杂乱的曲线。水中的漂浮物一般会跟着风的方向而不是水流的方向走，不管水流方向与风的方向是否一致。

在一些海湾中，风会卷起大浪，使得这些大浪的冲击力比风更大。在河水泛滥时，水流会集中流向一个河湾，这里的水面不断上升，重力不断增加，使得这一带沿着河流方向被阻滞。这个河湾在受到第二次类似的情况后会泄入海湾。

海湾、海港、码头、水坝、远海、河湾这些词，都与水有关。

波纹荡漾的水面不仅是因为这些水身处浅滩，也因为习习微风吹皱了水面。水的波纹一直都朝向水流聚集的方向，从浅滩离开的水流，其波纹宽度与水浪宽度相同，也就是说，这类波纹的长度与水浪所在浅滩的长度相同。

烟在初始时运动速度很快，随着上升高度增加，速度渐渐慢下来，因为烟的温度降低开始变沉。这是因为烟雾各部分会彼此作用，逐渐黏结凝聚在一起。同理，水在开始运动时速度也很快。

译者简要说明

大洪水

达·芬奇对地球的观察是相辅相成的。他在研究水时，还会牵扯到空气和土地，而这两个物质与水一起都属于四大元素。

他对水的研究深入透彻，并且对与水相关的蒸汽、水泡和云雨等，也颇具心得。他观察水泡的形状和水对水管的压力，冷热变化对水的作用，以及水运动时波纹的不同。同时也观察水在蒸发时与空气的作用，水对土地的渗入作用等。这些包罗万象的物质在他心里形成一个整体，并在手记中被他娓娓道来。

在做实验时，他要求创造条件只对研究单一的影响因素，在应用到实际时，他又天马行空地畅想，并考虑各种实际因素的影响。

在本篇手记的小字中，他开始对空气中烟雾的运动进行观察，这些悬浮在空气中的微粒，在此前几乎没有被记录过。

延伸阅读

空　气

空气指地球大气层中气体的混合，空气并不是单一的物质，它包括 78% 的氮气、21% 的氧气，以及 1% 的稀有气体和其他杂质。

空气的成分并不固定，它随着高度和气压而改变，其组成比例也可改变。我们现在的大气层大约形成于 3.5 亿年前。自然状态下的空气是无臭无味的，且空气中的氧气对于生物来说是必须的物质，所有动物都需要氧气。对于植物来说，空气中的二氧化碳很重要，因为植物能利用二氧化碳进行光合作用，从而获得其所需的碳。

《印加魅地天使》

《基督受洗》

《圣叶理诺在野外》

/ 卷七

手记 64

水蒸气、风的运动，和电火的形成

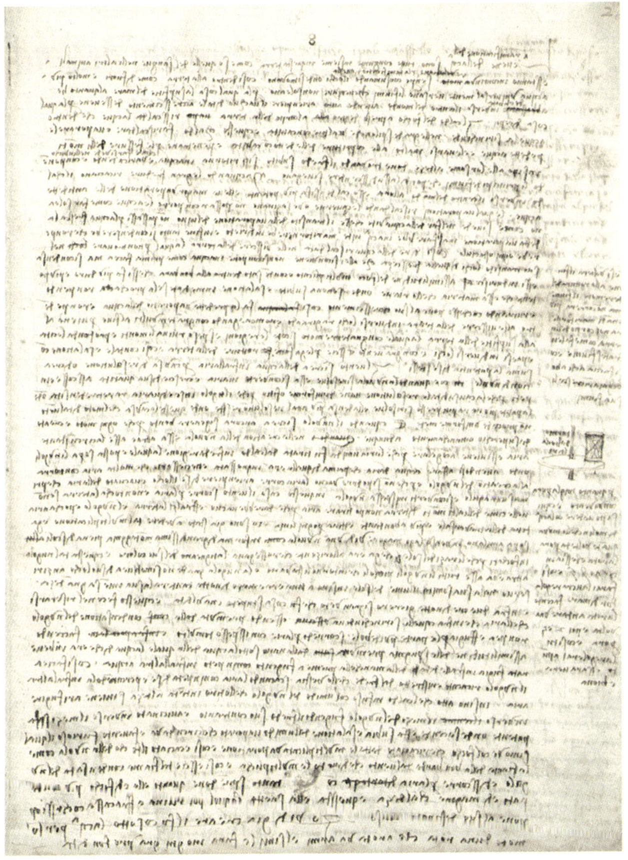

八

地下的水脉如人体的血脉一样，互相交错贯通，不仅如此，也与人体的血脉一样荣损共具。这些水脉与地球表面的水面一样，也在不停地对所经之处进行冲蚀。一般来说，地表的水比地下的水要充沛得多，也因此使得海面的水在某一程度上靠近地球中心，因为海水肯定会去填充水流出后的空间。所以海面的水在地表最低。

地球内部有类似火的热量，加热了溶洞及其他地下洞穴中的水，并使得这些水沸腾成蒸汽，穿过溶洞顶部到达它们能到达的最大高度，在这里遇冷再凝结为水。在一些旅游胜地也可看到类似的现象。水蒸气化为水后会再次降落，从而形成了河流的源头，并从源头开始向下流。但是在冷冽的寒风下，地球中的热量会缩回地球中心，相聚的热量力量更大，使得这里形成更多的水。

水蒸气若在溶洞中乱窜，使得溶洞四壁的温度上升，长此以往水蒸气将不会在溶洞中重新化为水。例如在酒精瓶中，当加热酒精瓶时酒精会变为蒸汽，若不穿过淡水，这些酒精蒸汽是不会重新化为酒精的，并且还有可能产生逆流的现象，使蒸汽的密度变大，过大的蒸汽密度足以摧毁任何物体。

想象一下地球内部有大量水蒸气，这些水蒸气若无法找到可以冷却的地方，便无法重新化为水，水蒸气的密度不断增加，力量也越积越多，最终比外部包裹的物质还要强大，如若不找到一个释放口，那么便会不顾一切横冲直撞，毁灭一切阻挡它们的物体。这些遍布地球各个缝隙的水蒸气到处游荡，最终使得大地开始震颤，并以摧枯拉朽之势毁灭城市和村庄，风云变色。但最终这些水蒸气会伴随着从裂开的地口处呼啸而出的飓风，消失在天地间，散尽自身的能量。

空气中的水分解后会形成云彩和风，云彩的消散只是改变成了另一种形态融入了空气中。而云彩的消散也是无规则的，根据自身需求膨胀。云层本身的厚度和密度也千差万别，最薄的地方消散得最快，而厚的地方还会阻滞消散，使得无法形成均匀的风。每一种运动的背后都有力的作用，在云形成时也会产生风。云在形成时会吸收周围的空气，使自身的密度加大。而且云层不断从热的地方将潮湿的空气吸到更高寒冷的地方，导致云层会将之前吸收的湿空气化为水，使得大量空气凝结，云层也在加厚。

云层中没有真空，之前的空气会很快凝结转变成更厚的云层，后续空气迅速补充到原来空气所在的位置，从而形成了风。风迅速从高山顶部吹过，没有落在地面，否则风会带走地面的空气。地面与云层之间也的确存在稀薄的空气。云层充分吸收了四面八方的空气，我也很幸运地看到过整个过程：我曾经去米兰高山，在马焦雷湖附件看到像巨型的山一样的云，在夕阳的余晖下，仿佛由闪闪发光的石头堆砌而成，任由落日为其铺上一层橘红的薄妆。这块云层吸收着周围的小云块来壮大自己，在日落前云顶被照射了一个半小时，在大约两小时之后的夜幕中，这块体积庞大的云形成了十分壮丽的风暴。

云块越聚越多，云层的密度不断增大，云层中的空气不断被挤压。空气开始在云层中躁动不安，试图从云层防守最薄弱的部位逃离。云在空气中快速掠过时会对周围的空气产生影响，就像在水下挤海绵，海绵中的水被挤出后马上融入到周围的水中。云层被周围的冷空气驱赶回来，并不停压缩，这些冷空气还驱赶了周围的空气去冲击另一股空气，直到这些空气与云中的热水汽混合，在这之后，空气会被拉到云层的高处，与运动相反的冷空气脱离，再向云层中心运动。这股空气会变得越来越热并开始燃烧，使周围的水汽沸腾起来，形成剧烈的风，而水汽将会被风推着的火花压出云层。就像发射炮弹一样，火也被风推出来。

终于，被云层压制的空气以火焰的形式喷发。在火焰形成的过程中，云层也越来越紧密，热量也越来越大，形成的雷雨也就越大。雷雨所到之处，万物俱损。我曾看到过擦枪器下射轮的运动，也就是靠水力使抛光机转动，这也在水下产生了火光。而且无论水深如何都会发生类似的情况，只是程度不同而已。

（右侧文字从上到下）

地震会改变河流流向，使得原本向前的河流转向了大地，例如幼发拉底河。如果博洛尼亚人知道他们的河是这样消失的，就不会为此伤心了。

制陶转盘

风的速度每小时为多少？通过观察我们知道，靠水力驱动的磨坊水车每小时大约行进5布拉乔奥。我们可通过观察大海将水车推动1圈、2圈、3圈……来精确验证这一运动规律。

译者简要说明

在本篇手记中我们可以看到达·芬奇对四大元素的研究更加深入，他开始综合考虑四大元素间的相互影响。特别是水的运动，遍布地球内部的水脉系统，与其他三种元素间的关系。而看似毫不起眼的火元素，则是以热的形式对水和其他元素进行影响，从而使四大元素相互间具有内在的循环和联系。

达·芬奇描述水脉受热蒸发，形成云雨或飓风。而云层中也存在着水和蒸汽的相互作用，以及蒸汽与空气的相互作用。他还观察雷雨云的形成，并提出使用水车来测试水速。

延伸阅读

闪　电

闪电是大气中的强放电现象，这种放点作用通常会产生电光。而在夏季，雷雨特别常见，因为云层中的微粒互相碰撞摩擦积累电荷，当到达一定程度后就会引起放电。

闪电所携带的电流很强，但持续时间较短，即便如此，若被闪电击中也是非常致命的事，并且闪电对建筑物和其他电器设备的破坏力非常强大，因此在今天人类居住的地方一般都会在建筑物顶端安装避雷针，以便在一定程度上保护建筑物和设备的安全。

闪电在古代被认为是神祇降罪惩罚恶人，但随着科学的发展，人们逐渐意识到闪电是一种自然现象。在 18 世纪的美国，一位名叫本杰明・富兰克林的科学家，通过装有金属杆的风筝将雷电引入可存储静电来顿瓶中，然后通过各种电学实验，富兰克林证明了天上的雷电与人工摩擦产生的电具有完全相同的性质。

手记 65

雨的形成

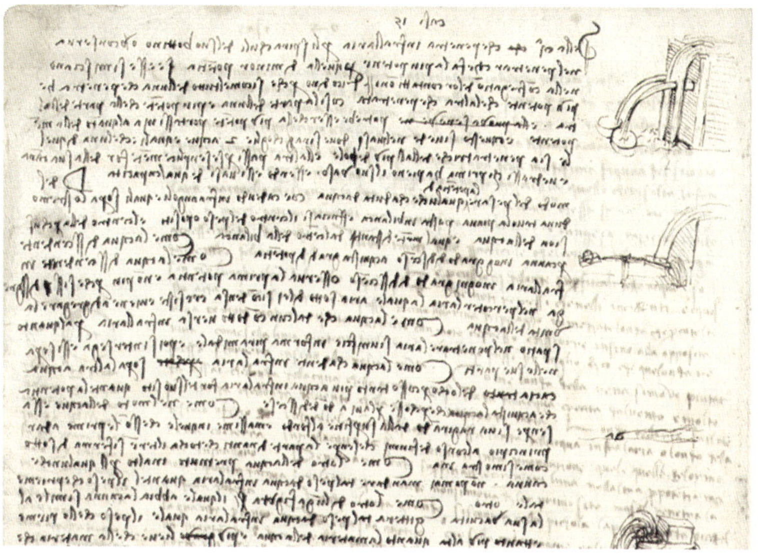

案例十五

从容器或蓄水池排水孔落下的水中，冲击力大的会穿透冲击力小的水，那么，这两者能否融合？我想答案是否定的。因为若水流整体冲击力比被冲击部分大，那么冲击部分的力量肯定也大于被冲击的部分，那么被冲击部分很可能被冲走。我们可通过装有等量水的容器来说明：冲击力大的水穿透被冲击的水，被冲击的水只是从水管中排出并不会产生很大冲击力。容量相同的两个容器，冲击力小的会先注满。

水平放置一块直板，使得从瀑布上落下的水以相同的角度落到直板一端，可测得瀑布的冲击力。若水的反射中心与冲击中心和直板中心的距离相等，从水管落下的水无论怎样降落都可获得同样的冲击力。水从不同高度以相同的形式穿过空气落下，并且保持这种形式不变。因为下方空气密度增大，阻力增大，影响水的凝聚力，所以水的冲力在与空气摩擦时被消耗。从水管流出的水在接触到空气时会在一定程度上进行伸展，水流穿过空气会凝聚成金字塔的形状，之后相互交织着分离。

从空气中落入其他水中的水流，替换了从管道中降落的冲击水流得到的水。在降落时，水流会在水面以圆形到达水底，尤其是那些从河流源头流下的水在接触到土壤时，便会立即停止，如图 a。

用力按压装满水的水袋，使其中的水通过一根水管流出，喷出的水压肯定与按压的力不相等。安装相同尺寸的水管到椭圆水袋上，水管真空部分对空气的压力等于按压水袋的水压。水袋中的水越轻，水升起得将越高。被按压出的水产生的压力与按压的力成一定的比例，如水与袋子的接触面和水管横截面的比例。若将容器倒置使容器底部与地面持平，一些水就会穿过容器底部。

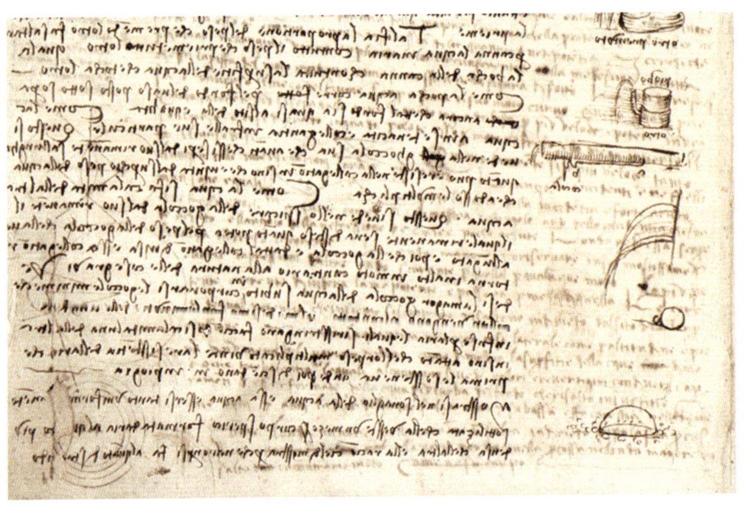

水微粒间具有黏粘性，因为水滴在脱离水体前会拉扯着其他水尽力向下伸展，直至连接处的水不足以承受水滴的重量，水滴才会分离掉落。水之间相互具有吸引力，比如水滴从水体中挣脱的过程中，水滴的重量会不停增加，

在脱离后，连接处后面的水滴会反弹，违背重力的自然性质。我们也可以观察到，大水滴会吞掉附近的小水滴，空气中微小的湿气也具有相同的性质，互相结合，在形成一定大小后，受重力掉下来，这就形成了雨。

通过水泡我们知道水形成均匀的薄膜，类似球形并包裹住比水轻的空气。之所以这样说是因为水泡破裂时，会产生一些声音。

（右侧文字从上到下）

向下压水袋

铅

水袋

水滴

译者简要说明

本篇主要研究水的物理特性，通过旁边一系列的实验器材，对水的冲击力，水受到的压力，和水之间的黏结力进行探讨。

特别是水之间的力，他说“水之间相互具有吸引力，比如水滴从水体中挣脱的过程中，水滴的重量会不停增加，在脱离后，连接处后面的水滴会反弹，违背重力的自然性质。”而且，大的水滴会将附近能接触到的小水滴也一并吸收进去，凝为一体。

延伸阅读

雨

雨是一种自然降水现象。

大气层中的水蒸气遇冷凝结成小水珠，当这样的小水珠大量地聚集在一起则形成了云，而云中的小水珠积累到一定的重量时则会降落，形成降雨。

雨是地球水循环不可缺少的一部分，是远离河流大海的内陆动植物获得淡水补给的唯一方法，特别是在浩瀚的沙漠中，一年一度的雨季让那片土地上历经长久干旱的所有生灵再度恢复生机。

但并不是所有降雨最终都会落到地面上，有的降雨还在降落的过程中就被完全蒸发，有的被森林的林木截流。

从古至今，人们已经总结了一套观云识雨的方法，不同的云产生的天象也不同，有的是细细小雨，有的是瓢泼大雨。

人类一直在寻求人工降雨的方法，现在常用的方法是在云层中散播化学物质，使雨滴凝聚形成降雨，并且不同类型的云层所需要的化学物质也不同。

手记 66

水的密度

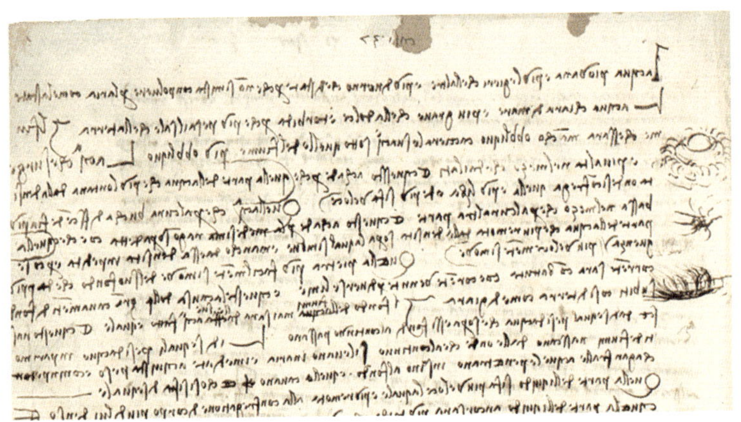

案例三十七

比起其他类型的水，雨水要轻，并且冬天比夏天轻，因为冬天少了许多尘土。

因为盐终于土，所以再清澈的海水也会终于淡水；大坡度上的水流会迅速插进小坡度水流的下方；喷射的水，其中间比四周高，因为“中间部分未受摩擦力影响，密度不变，从而变得较快”。

从孔洞中流出的水，中部降落得最低，原理同上，即“中部的水流离洞壁较远，未受摩擦力，因此阻力小，流动较快”。

若石头底部遭到很多股水流的冲击，那么这块石头很快就会改变位置，因为水的冲击使得石头被拱起，进而受到更多来自水和水中石砾的冲击。河床不停地经受水流的冲击，在河床同一位置流经的河水的重量也在变化，所以河床永远不可能变得平坦。因为水流会保持其流速，水的重量也在变化的水浪下产生变化，跳出水面的水浪再次降落到水中时具有了冲击力，冲击河床使得其变得坑坑洼洼。

与高密度物体的摩擦点距离越远，液体的速度会越快，反之则越慢。并且，与厚度越小的物体距离越近，液体的流速也越快。这一点可在笔直流淌的河流中观察到：河水表面水流要比底部的流速快。

急速流淌的河流，其下方水流比上方的冲击力要大，但流速低于上方。因为水流中夹裹的重物更靠近河水下方的河床，在漂浮过程中，大部分重物都无法浮到水面。在流淌的过程中，水流的流速方向也在不断改变，底部水流会到水面，两岸之间的水也可能从一边到另一边。而且还会出现水流下方的水在运动，而水流上方的水没有运动的情况，甚至水面的水还会倒流。

水流的流动大概有以下几种：表面流动下方不动；中间流动，上下不动；上下流动，中间不动；这一侧的水流是顺流，而另一个是逆流；水从两边堤岸向中间运动，在到达中间后返回；中部的水流是顺流，而两侧却是逆流。

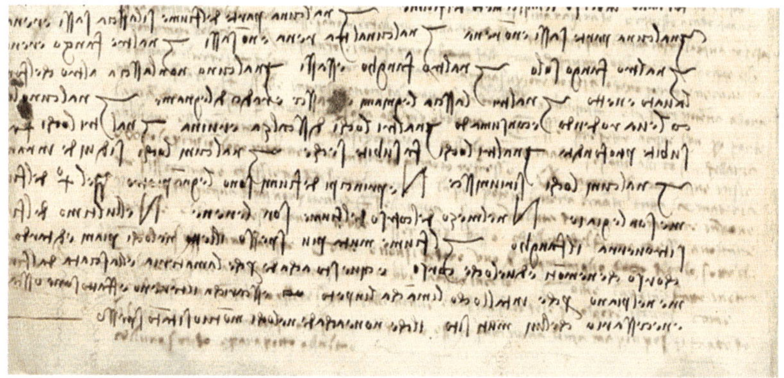

河床的情况也复杂多变：有的河段堆有砂石；有的河段只有石头；有的河段只有沙子；有的河段有泥沙；有的河段只有泥；有的河段同时含有泥沙和石头；有的河段的河床没有任何沉淀物；有的河段，其河床只有树木枝条；有的河床被河水拱起、侵蚀，最终消磨；有的河床在河水的作用下破裂；有的河床还形成了深坑；有的却突然形成了沙洲。

在有的地方，河流突然分开，奔向不同的地方；而在有的地方，水流却会汇合在一起，欢快地流淌。从河流源头出发的水流往往会携带来自源头的碎石，这些石头在跟随水流的脚步行走到 1/4 路程时，便会全部化为细小的砾石。在到达一半路程时化为砂砾，在路程的终点全部化为泥土。在河流平缓的地方，其河道经常改变，这时的水流与山中的水流相比，速度虽然平稳，但更快了。因为水流中的物质和泥沙沉积在了平原，给河流自身增加了障碍，并且冲击力下降，久而久之河流就将改道。但这种情况却不会出现在山上。

译者简要说明

达·芬奇注意到了水的流速同水中携带的物体之间的关系，即水的密度问题。他在一开始就说明雨水与其他水相比最轻（这里没有涉及蒸馏水），而且冬天的雨水比夏天的雨水轻，因为其中含有的杂质最少。

通过讨论水的轻重，说明水中所含杂质和沉淀物对水的影响，而携带物质的不同，也会对水速产生影响。

延伸阅读

密 度

密度是指单位体积的物体具有的质量，以符号ρ表示，公式为

$$\rho = \frac{dm}{\mathrm{dV}}$$

这个概念在许多科学领域经常使用，如化学、材料科学和气象学等。此外，密度还可指一个量与一个范围的比值，如人口密度等。

因为密度受到质量和体积的影响，所以可通过外力，如压强和温度来影响密度，即同一种物质在不同情况下也可具有不同的密度。比如气体密度，在高山之上温度降低，这里的空气稀薄，空气密度下降。而液体的密度则受其组成成分的影响比较大，比如纯净水和海水。固体的密度也会受到压强和温度的影响，但一般不明显。

另外，电磁场等因素也可能影响物质的密度。

手记 67

空气无法推动物体

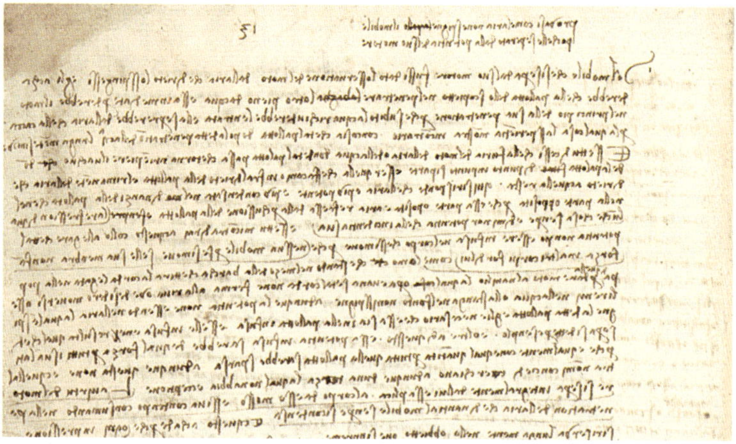

十三

怎样证明不再受力的作用后，空气也无法推动物体？

“脱离原动力的运动物体仍能感觉到后方空气的推动作用，那么就有这种可能：出膛的子弹射入装满水的水囊，在这个过程中，子弹从接触水囊到完全钻入时就可能已停止运动，因为水封闭了射入口，将子弹和空气隔绝。”但事实证明，子弹在穿透水囊后还可以运动很长的距离。

若子弹从水或空气中穿行时，水或空气会填补子弹身后的空缺，那么这空缺的位置将一直紧跟在子弹后方运动，并呈楔形。因此就会有种这样一个结论：子弹运行前方的空气比后方的更强劲，因其受到的压力更大，而受到这个压力后反射的空气则到了子弹的后方。

“反射力总小于入射力”，因为“运动物体无法自行开始运动，除非运动物体对其他物体施加了力”，所以前一观点并不被所有人认同，他们认为这样的力无法传递到作用物体上。举个例子，一个人在船中央用力拉起系在船尾的绳子，这样的力是无法使船移动的，除非这根绳子系在将要运动到的河岸上，或这个人在船上划桨撑船。所以，若不是空气的作用使得子弹运动，那么就肯定是力已转移到子弹本身。若果真如此，那么上面的情况就是真实的。力也许是从子弹四周进入的，这样力才能均匀地分布在子弹中。但是，实际可能与此相违，同时不存在其他假设。

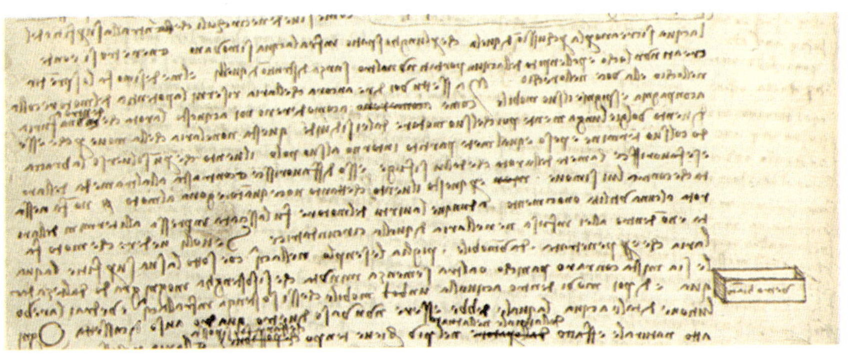

我们必须找寻第三种情况，一种不能否认的情况，即“原动力完全转移到推移的物体上，在运动穿过空气时不断消耗能量，并且，运动物体前部的空气总是受到挤压”。这是因为“每个力都会在被推移的物体上留存一段时间”，比如受到冲击的水面产生的波环会在水中运动很长一段距离。在一点形成波环后，水波荡漾着无间断地将冲击力从一个地方传递到另一个地方。射线也是同样的道理，声音也是。

若说是“原动力转移到了空气中，使得物体运动”，那么如何解释“车轮在强风中自动前进”呢？这里的原动力早已不在车轮上。其实这并不是风使得车轮运动，而是风吹动车轴一侧，将力传递到了车轴四周。轮子在受到风力时，若只有一半受力往前，而另一半产生了摩擦，那么，轮子此时向前的力和向后的摩擦阻力相同，则不会产生任何运动。所以，原动力只能传递到轮子的四周，而不是在车轮或者周围的空气中。

物体在空气中运动的实验可参照物体在水中的运动。放置一个正方形的玻璃容器，并装满水。然后再倒入在水中可均匀分布的小米或种子。最后将运动物体放置在水中，由此即可观察到水的运动。

透明玻璃

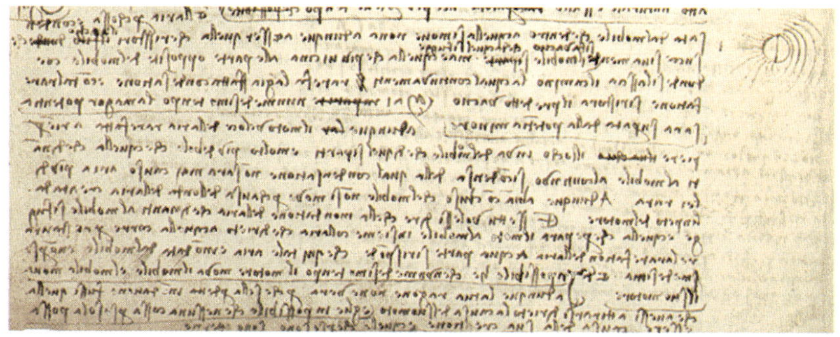

“每个运动物体的特征是：原动力会在最短时间内转移到物体中。”运动物体会挤压空气，受到挤压的空气不一定会填补缺失的部分，因为在运动过程中运动物体会不断制造出这种空缺，而在另一头的空气却变得稀薄。这样使得空缺得到补充。

“同一时间内，较小的力不可能胜过较大的力。”运动物体离开当前位置留下的真空会被快速运动的稀薄空气填补，而这些运动物体后方的稀薄空气显然比前方的空气的力要小,所以空气的挤压绝对不会成为物体运动的力的来源。

到这里可以下一个结论：空气波动造成的动力不是使物体运动的力。也许有些人觉得运动物体前方不断避开的空气是在物体的运动做准备，并且这些逃跑的空气在为物体的运动让开一条道路，并且带动之后的空气，使空气密度恢复。然而反方观点认为，空气的运动是因为运动物体，而非空气自身——“原动力在同一时间同一个物体上，不可能既推动了物体，物体还反作用于原动力，使得它也向前运动。”所以，第一个观点不成立，若空气增加是因为物体的运动，使得它们凝聚，因为“任何事物不可能生成自身，不然它将成为永恒的存在”。

译者简要说明

达·芬奇在该页手记的开始就举出了“推动子弹运动的是空气”这一说法。并且再次用实例否定了这一说法，因为子弹并不是一进入装满水的皮囊就停止了运动，而是“子弹在穿透水囊后还可以运动很长的距离。”

他讨论了子弹在空气中运动使，子弹前后的受力状态，子弹前方的空气受挤压，而紧跟着子弹的后方则会出现一定的真空，并且被挤压的空气还会在前进过程中，不断移动到后方填补真空部分。在子弹运动的过程中空气不断地做着这个运动。

他通过装满水的透明水箱方便地观察物体的运动，模拟物体通过空气产生的运动。从而证明一些关于力的结论。比如“每个运动物体的特征是：原动力会在最短时间内转移到物体中。”和“同一时间内，较小的力不可能胜过较大的力。”

并且他在最后还总结出，“任何事物不可能生成自身，不然它将成为永恒的存在。”早早地窥见了能量守恒的一角。

延伸阅读

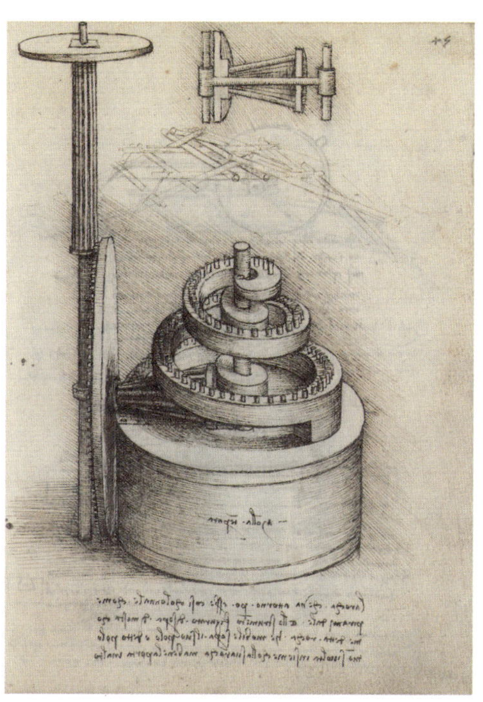

小齿轮为圆柱或圆锥形，这里的装置显示出了齿轮如何绕轴心转动，以及轴心在不旋转的情况下，齿轮会抬起。

手记 68

测量水速和风速的方法

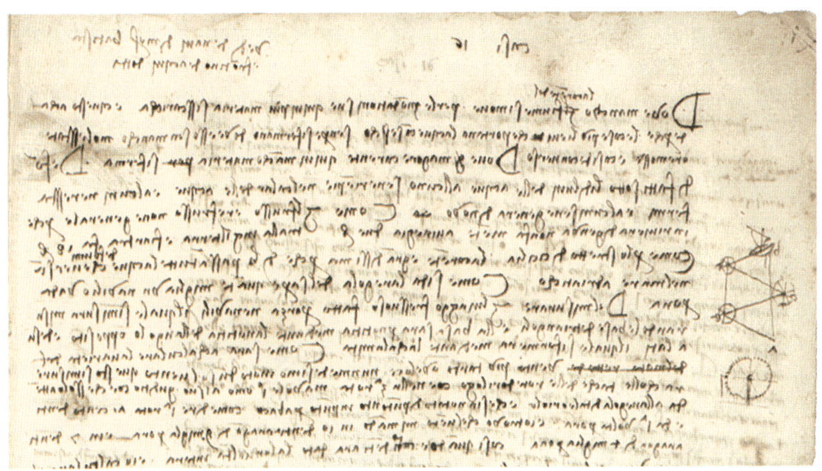

案例十六

参考利昂·巴蒂斯塔·阿尔伯蒂的《在轮船上》和佛朗帝奴斯的《水道疏通》。

洪水期间，若河水流速较慢，沉积的东西就会较多。因为水流中携带的较轻的物质一旦受到阻挠或干扰，便会停下来。但是情况恰好相反，在主流经过的地方只有很少的沉淀物。洪水泛滥时，有的河床因缓慢的河流而被堆满沉积物，有的河床却还是老样子，有的却形成了新河岸。潮水的起落也不一样，比如热那亚的海滩就没有潮涨潮落；威尼斯潮水的起落差在 2 布拉乔奥左右；而英格兰和佛兰德斯之间海峡的潮汐落差超过了 18 布拉乔奥。

因为有很多水流流经西西里海峡，将水倾泻入亚德里亚海，所以这里的水流量一直特别大。用什么方法可以计算船只每小时的行进路程？我们可通过测量船只弯弯绕绕的行进路线，即可测量出船只的行驶速度。船只在航行时，其底部会与海面呈一定角度，用罗盘可测量对角的大小和两条边，然后进行计算。

无论风速如何，测量一股风的速度均可获知风速的变化。我们可通过轮盘刻槽的方法来测量风速：由一个人操控轮盘，按照点与点之间的变化来记载速度。如有 100 个齿的轮盘，转 1 圈花费 1 小时，若风速为 9 英里 / 小时，轮盘能走 10 个齿；在 4 英里 / 小时的时候，走到了第 7 个齿。当转动 1 圈后，可通过计算 1 小时内齿数转动的间隔时间来计算速度的变化。

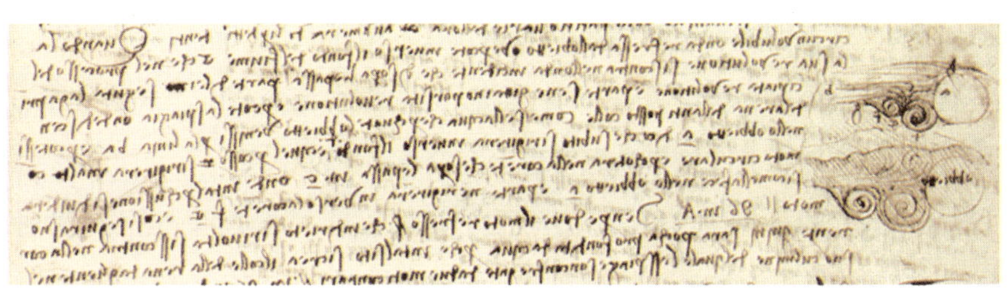

水下涡流冲击物体时，涡流会改变方向冲向河床。涡流在旋转时，会改变上面阵流的方向，使阵流的一部分跟着涡流一起旋转，另一部分则被甩到相反的方向，甚至撞到河床。涡流行进前方的沙子被涡流卷至河底。就像水流拍打物体一样，从 a 点顺着 ba 旋转降落到底部的 d 点，再向上旋转穿过 c 点的阵流。撞击后物体离开，并冲击向 a，一部分涡流沿着 fe 水流旋转，使得这样的运动连续不断。

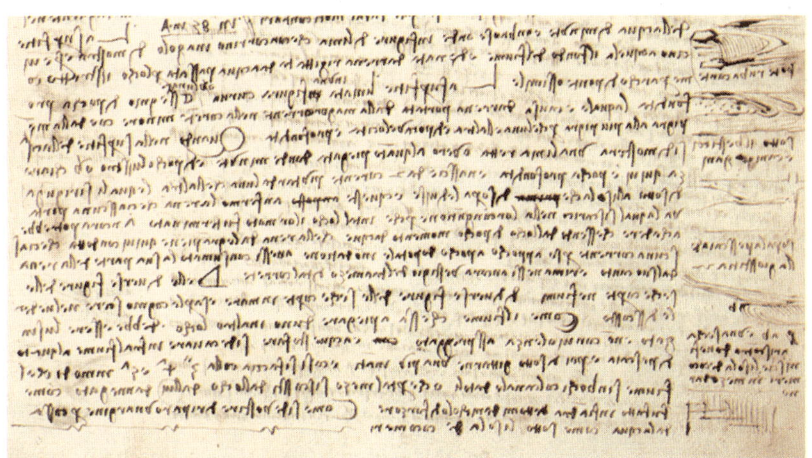

从水流中向前弹出的水再次回到原来的水流时，水会变浅。因为在交汇处的水流将形成一个尖锥，而尖锥两侧受到相反的力的摩擦。若在水流表面形成了以相同角度延伸出的许多直细暗流，则说明河床较浅，一般在桥洞或狭窄的地段形成，因为水流将泥沙都堆积在了这些地段。

浅水的标志是水流表面的流水线弯曲或为月牙状，这是携带泥沙的大水流汇入小水流造成的，使得水流变得缓慢。这两股水流交汇后会出现两个结果——水流越来越慢，或水流越来越浅。水流表面没有光泽，呈直线或微微弯曲的曲线，这说明水流比较浅。两股水流交汇时，若一股较快一股较慢，它们就会在沙洲上端分离，并在下端重聚。因为在水流交汇点，水流单独的运动会停止，所以水流中携带的泥沙也会在交汇点沉淀下来。

洪峰中的泥沙也会使水流的运动变慢，洪峰过后，水流将一点点地冲蚀旁边的泥沙，而水流中部的沉淀物则可能在原地不动。水下的沙丘千状万态，大海中的暗礁也千奇百怪，怎样从远处分辨暗礁和沙丘呢？

梳理河流只能一点点地进行，不能强制一下子改变水道，这样才能将水流从一处疏通到另一处。所以，必须按照一定的排列建筑一些伸入水流中的水坝，并在下游建造一个水坝，并依次在下游建立第三、四、五等诸多水坝。水流会按照规划好的路线流入疏通水道，或者按照路线从收到冲击的地方被疏导开。如在佛兰德斯，尼克洛蒂·佛佐理指导我实施的那样。拦洪网可修补受过洪水冲击的水坝，如下图所示的可可梅里岛一样。

（右侧从上到下）

鲁巴康特桥

在比斯提奇与卡内基安尼家族房屋的下游

在朱斯蒂奇亚水坝上游

Ab 为阿诺河中部可可梅里岛尾部对岸的沙岸

译者简要说明

在这篇手记的左上角达·芬奇提到了他参考的两本书——利昂·巴蒂斯塔·阿尔伯蒂的《在轮船上》和佛朗帝努斯的《水道疏通》。他喜欢先写出这些人的结论，然后再用自己的方法去证明或反证这些结论。

达·芬奇建议通过轮盘刻槽来测量风速，按照点到点之间的变化，通过罗盘记录速度。同理可通过计算轮盘 1 小时内齿数转动的间隔时间，从而计算船舶的速度变化。这些对于海上航行大有益处。

而他对水下物体的冲击和运动的观察，也对水利工程特别有益。无论是建造桥梁，还是建造堤坝，抑或水上航行，修建栈道等，都离不开对水的研究分析。

延伸阅读

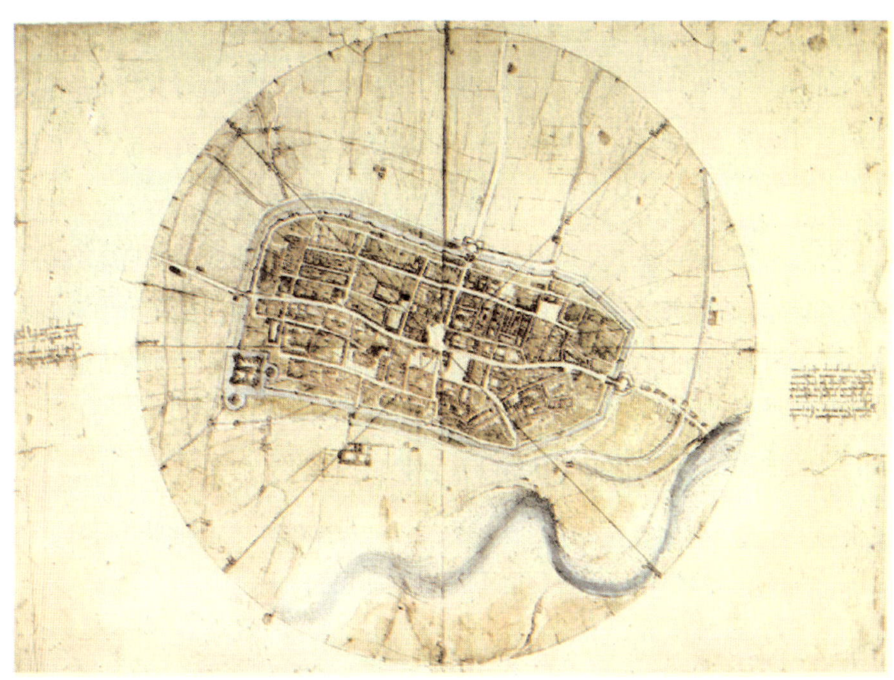

达·芬奇的米兰城市规划图

《救世主》

《圣母像》

《安吉亚里战役》[①]

①是由达·芬奇在1505年绘制的一副画作，现已逸失。该图为彼得·保罗·鲁本斯的仿作。

/ 卷八

手记 69

欧洲及中东地区的地理和性质

大面积沟壑林立的峡谷被微波荡漾的湖泊覆盖。由于峡谷中的土壤形成了河流的堤坝，海中的沙子也被冲刷上岸，峡谷中的泥土在河流运动下逐一沉淀，以致山中形成湖泊，将山谷拦腰截断。河流在曲折的河道中急流，将群山环绕的台地冲垮。大山的岩层足以证明流水对山体产生的侵蚀作用，河流滚滚，掘开大山和台地，岩层在河流运动下暴露出来，山与水在冲刷中互相照应。

在色雷斯与达尔达尼亚的哈伊莫司山脉，西连撒多尼斯山脉，因山脉往西连亘，名称改为了撒多斯山、瑞比山以及阿尔巴奴斯山。山脉延续往西跨过伊利里亚——现为斯洛文尼亚的地方，名称从瑞比山改为阿尔巴奴斯山；再延续往西，更改成奥克拉山脉。在伊斯特利亚北面南北两侧，被称卡鲁娜卡斯山；往西在意大利北面同阿杜拉山脉相连。这儿是多瑙河的源头，河水向东流 1500 英里，好比一条直线绵延 1000 英里。而且此处，又或者在其附近区域，阿杜拉山的斜坡名字更名成卡鲁娜卡斯山。在北部矗立着咯尔巴阡山脉，扼住多瑙河峡谷的咽喉，综上所述，咯尔巴阡山脉往东连亘约 1000 英里，山脉有的地方宽度为 200 英里或 300 英里。多瑙河作为欧洲流量第一大河，从咯尔巴阡山脉中部流过，横穿奥地利与阿尔巴尼亚南侧，流经巴伐利亚北侧、波兰、匈牙利、瓦拉几亚及波斯尼亚。

多瑙河一路急流，与黑海接应。黑海曾险些渗入奥地利的境内，并掩盖如今多瑙河流域的所有平原。以上所述山脉高坡的很多区域，依然能看见各种各样的海螺、海贝以及牡蛎残壳和鱼类的骨头。阿杜拉山脉的山麓一直连亘，直达黑海，并继续往东绵延，与托罗斯山脉往西绵延的山脉相连一起，好不壮观。

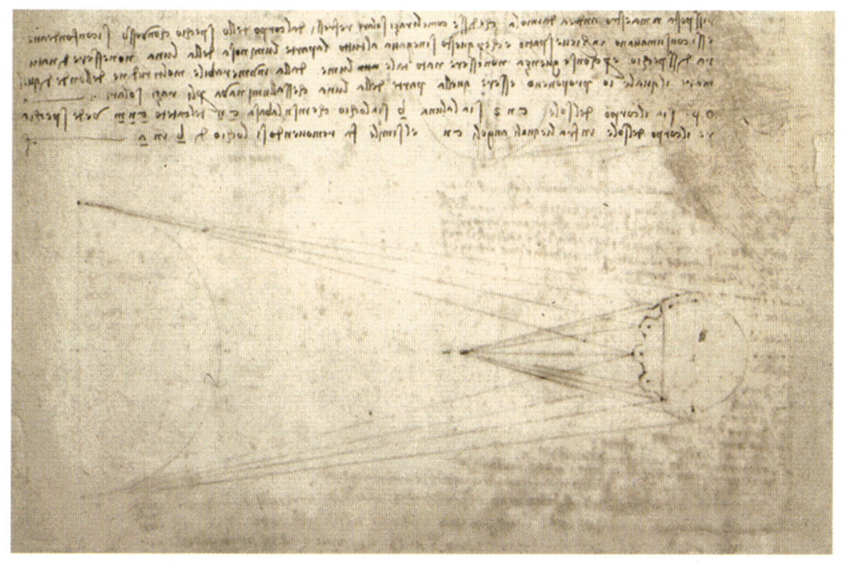

并且在比提尼亚的周遭，黑海的水流进普罗庞提斯[①]，再泄入爱情海——

①土耳其马尔马拉海的旧称。

地中海。在此，当阿杜拉山脉的支脉蔓延得很长，并且在托鲁斯山脉断开。下沉的黑海使得光秃秃的多瑙河峡谷被显露了出来，这些地区的城镇通常以这些山脉海洋命名。越过托鲁斯，在其北方就是小亚细亚，从高加索到黑海向西延伸的唐平原，一直到达乌拉尔山脉的山脚。只有当黑海下沉了至少1000布拉乔奥时，才可能形成这么广阔的平原。

根据迈斯特鲁·安德里·达伊莫拉的观点，从凸透镜表面反射的光会相互交叉，然后在短距离内消失不见。根据这一点即可否定“月球表面类似镜子”的观点，也就是说，月球的光不是从月球表面无尽的大海中反射出来的。我认为是太阳的光线使月球的某些部分发光。设 op 两点间为太阳，cns 间为月亮，b 在 cnm 的中直线基准线 cn 的上方，b 为观察点。从 b 点观察太阳发射光线，在 cn 将出现相同的角。若将观察点从 b 改为 a，那么将在 cn 上出现相同的角。

译者简要说明

达·芬奇在本篇开始描写了互相牵连、连绵起伏的各个山脉，其隐含意义还是指向地球内部的水脉，以及水脉间的水循环问题。

达·芬奇有几个疑问，一是往低处走的水是如何到达高山上的？这个问题，他使用了亚里士多德的运动理论来说明。二是高山上的海贝等水生生物的化石是否是大洪水迁徙过去的？这个问题，则是对《圣经》中记载的大洪水故事的质疑。

他看到千姿百态的山川，思考河流是如何对这些山脉的地貌产生影响，并根据记载的历史河流的走向，描述了欧洲的地理和地质。

而在下半部分，他又提及了月球，他假设月球上有水，因此月球能反射光，从而让人看见；他假设月球并不是整个汪洋，而是含有凹凸不平的沟壑，所以月球上才会出现阴影。

该页的绘画也颇精彩，达·芬奇绘制了地日月的关系，以及月球反射太阳光到地球上使人看见的情形。

延伸阅读

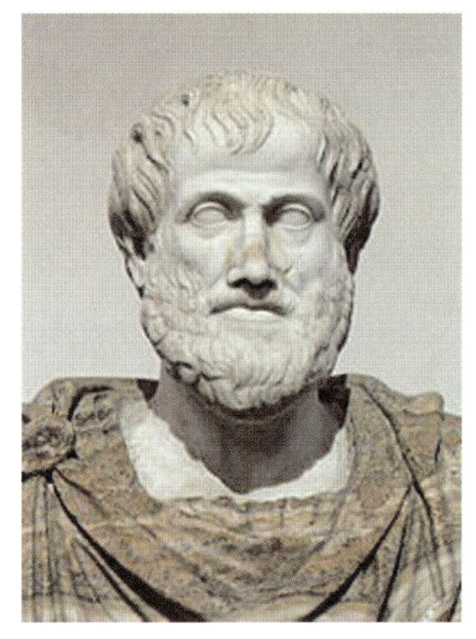

亚里士多德雕像

亚里士多德（公元前 384 年－公元前 322 年），古希腊哲学家，柏拉图的学生、亚历山大大帝的老师。

他的著作包含许多学科，包括了物理学、形而上学、诗歌戏剧、音乐、生物学、动物学以及伦理学等。和柏拉图、苏格拉底（柏拉图的老师）一起被誉为西方哲学的奠基者。

亚里士多德的著作是西方哲学的第一个广泛系统。其关于物理学的思想深刻地塑造了中世纪的学术思想，其影响力延伸到了文艺复兴时期，直至被牛顿物理学取代。今天亚里士多德的哲学仍然活跃在学术研究的各个方面。虽然他写了许多论文和著作，但是被保存下来的原创作品却比较少。

手记 70

和热那亚人聊大海

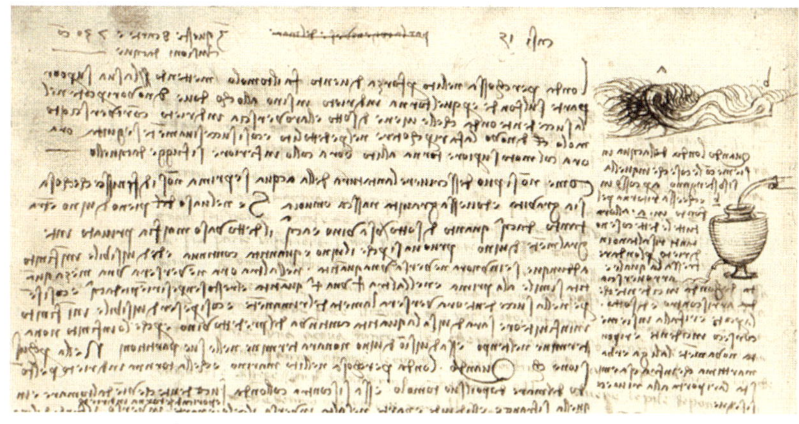

案例十五

这 8 页中有 730 项有关水的结论

和热内亚人聊大海

风力使海水生成冲击海滩的大浪，卷起的浪头被打到水底再向大海反弹；后继的海浪再次冲击向海滩；反弹的浪潜入后继浪花的下方，将新浪倒卷过来，再次冲击海滩……在这样循环的冲击下，浪打着浪有时冲击上沙滩，有时潜入浪花下方反弹回来。

若不给重力下一个定义，不弄清楚重力是如何形成和消失的，便不能准确地描写水的运动。

若在装满葡萄酒的酒桶中注入等量的水，水会溢出，酒却不会。这是因为酒是连续的数量，可拆分为无数个单位。假设在一定时间内会溢出一半的酒；再经过一段时间溢出 1/4 的酒，剩出来的空间由水来补上……由此，在每个时间段，都有一半的酒溢出。所以，酒可被划分为无数个单位，连续数量的酒被分割为无限个，然后在无限个时间内流出，意味着没有终点，而酒也被分为无限个量。

水的冲击也相同。

海浪冲击海岸，然后又翻滚着从海滩撤离，在后继的海浪的作用下被撞成碎片，一部分跃向天空后落下，一部分则直接冲向海底随着海水回到大海，并带着较低位置对它造成冲击的水流一起回去。若不如此，暴风雨就不可能将这边海岸的海藻和沉没的船只杂物带到对岸。

飘浮在水面的物体被冲击到 b 点，并沿着水底返回 a 点，这个反射波会将一切飘浮的物体重新送回。冲击的波浪拍翻了这些物体，并漂浮物前部和下方将其冲击起来，形成另一个冲击的波浪，再次夹裹着漂浮物和海浪中的海藻冲上沙滩，如此循环往复。

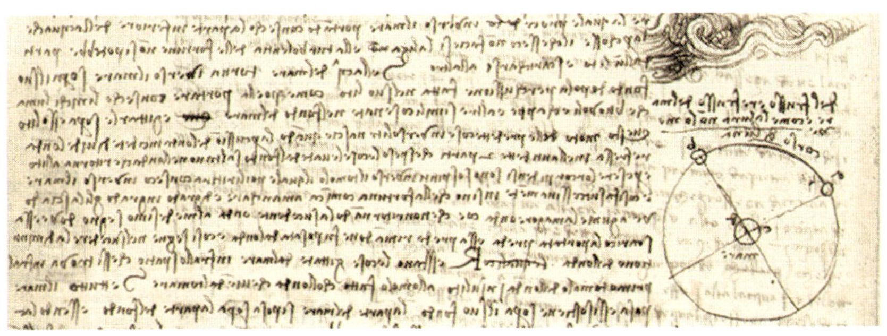

若海水冲击海岸后沿着海底又退回了大海，那么，贝壳、软体动物、海螺、海贝和其他海中的生物是如何到达海岸上的呢？当退回的海浪被后继海浪冲击成碎片，一部分冲向天空，一部分冲回大海时，海浪中的这些生物便在向着海岸运动。海底的物质会被冲起，并随着海水冲击海岸，固体被卷回大海。这样反复不断知道风暴减弱，这些物质到达海浪能到达的最远处，然后停留在沙滩上。当海浪也减弱之后，这些物质就被留在了那里。

在海浪第一次到达的地方，与来自深海的浪涛翻卷的地方之间，这些物质就停留在了那里。整个海洋覆盖在海床上，各部分安守其职。水在离开海洋时重量并不会发生变化，那么海洋中的水应该将自身的重力施加在海床上的物体上，对它们造成压力，但事实相反，我们观察到在海底深处，像海带这样的海草并没有被压弯或匍匐在海底，海带反而穿越了海水，就像陆地上长出的植物一样，妖娆地伸展在水中。

（右侧从上到下）

大海的潮汐变化多端，但这不是月球引起的。

月球的运动路径

大海

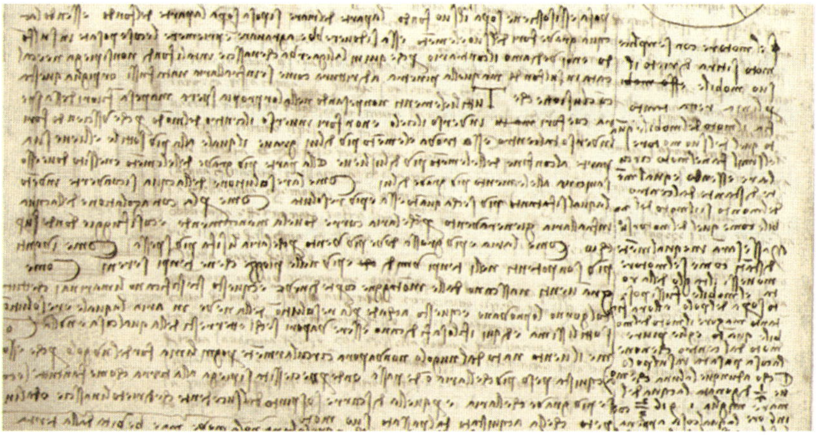

所以我们可以得出一个结论：所有元素在群聚的空间内是没有重量的，但一旦离开自己的群聚空间便有了重力。也就是说，是离开本来位置朝向天空，而不是离开原本的位置向着地心。因为，如假设元素离开本来的位置向着地心，就会遇到比自身更重的元素，这些较重的元素会以自身轻薄的部分来接触较轻的元素，然后以自身沉重的部分接触更重的元素。

水化为风时，越是完全转换，风就越干燥。水汽在空中凝聚成的风，会向空气稀薄的地方运动，并逃离空气密度大的地方。并且，风越大的位置空气体积越大，空气密度也越大。风在湿润的季节最强，并且雨天比晴天猛烈。大雪封山的时节，山中的风特别猛，水手们可证明，因为他们每天都经受着这样的风。这种猛烈的风之所以形成，是因为雪消融成特别细小的颗粒融在空气中。所以一些哲学家认为在干旱的地方仍然存在蒸汽。云层中产生的风并不是云层蒸发蒸汽的循环，因为云在空中飘浮时，其重量会增大，最重落到地面。所有重于空气的物体，在空中都会受到风吹，或受到已经获得的力的推动。

（右侧文字）

若发动机通过一些简单的动作拉动机车在直线路径上运动，机车的运动速度与发动机的速度将相同。机车和发动机距宇宙中心的距离相等。若距离不等，那么，如果发动机沿着边轴运动，机车超过车轴位置运动，发动机的运动比机车的运动幅度要大，因为机车离中心更远。

若这里是月球，那么月球在一天的 1/4 时间内，即 6 个小时，即可将海水移动 3054 英里，远超过雷电的速度，而且，几乎看不到海水在运动。由此可证月球没有引发潮汐，是地球的引力引发的潮汐。

译者简要说明

这篇手记中，达·芬奇确立的重力的概念。他说，若不确立重力的作用，就无法说明水为何会产生运动，且无法描述这些运动的消失。

这里他用酒来描述亚里士多德的连续数量概念，定期溢出容器中的酒，然后又往容器中添加水，使得容器中的液体保持在一定的量，这样的分割使得容器中将一直存在酒，而且意味着在时间上没有终点，而酒也能被分割成无穷数量。

延伸阅读

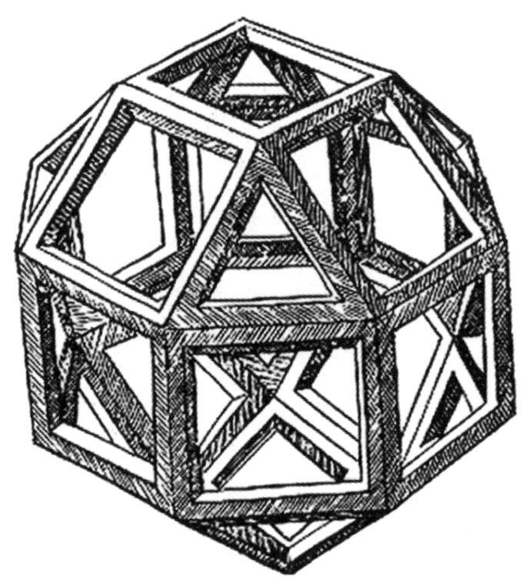

达·芬奇所绘的菱方八面体

手记 71

大气层的色彩

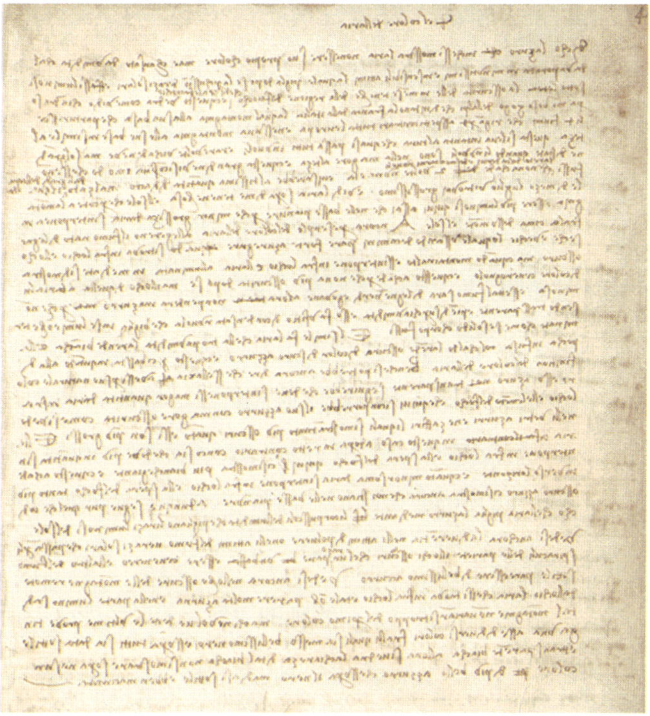

大气层的色彩

我觉得我们看到的天空的蓝色并不是大气层的颜色，而是水蒸发的微粒吸收了太阳光线，对比其身后覆盖的黑暗的云层产生的颜色。因为我亲眼见到过，所以这种现象是可以观察到的。

任一攀登过法国和意大利边境的阿尔卑斯山脉顶峰——蒙博索，并从上面下来的人，都会看到这一景象——山下流淌的四条河各自延伸向不同的方向，几乎遍布整个欧洲，而且没有任何山脉的的底部处于如此高的海拔上。这座山峰峦雄伟，突破云霄。山顶几乎不下雪，但却有冰雹。夏日云层聚集在最高处徘徊荡漾，这时候冰雹很难聚集。当没有云的时候，那里已是冰山一片，冰雹已堆积了很深。但冰山还是很难形成的。我在七月中旬看到过这样厚的冰层。

头上的天空漆黑一片，因为山上的空气比山下稀薄，所以山上的阳光比山下要强烈许多。再举个例子来说明大气的颜色：从烟囱里冒出燃烧枯木的烟尘，在黑暗的天空里仔细用肉眼观察，会显得特别蓝；但随着烟雾越升越高，在隐隐发光的大气中烟雾会呈现出灰白的颜色；远处不再是黑色天空的地方，烟雾像是很快散去，但实际上，在那些隐隐发光的大气中仍然能观察到烟雾。但是若燃烧的是绿色的新木，燃烧出的烟雾则不会出现蓝色，因为此时的烟雾中含有很多水分，烟雾不再透明，而是类似很厚的云层，并且会像固体一样，接纳光线，形成阴影。

同理，大气层中含有过多水分时就会成白色，而温度继续升高产生的水分，则会使大气层显出黑色或蓝黑色。这些都足以说明大气层的颜色。有人会说，若大气层其实是透明的蓝色，大气层越厚，在用肉眼观察燃烧的烟雾时，就会观察到很深的蓝色阴影。就好比通过蓝色的玻璃进行观察，玻璃越厚看到的颜色就越深。

然而在同等条件下，观察到的大气层的颜色变化相反——在用肉眼观察燃烧出的烟雾时，空气密度越大，大气越白——尤其在地平线处；若空气密度越小，大气就越蓝。即使在低凹的平原，大气中的微小颗粒吸收太阳光线后，也会呈现出蓝色。在黑暗的房间里，灰尘和烟雾的颗粒在透过墙缝射入进来的光线下，也会呈现出不同的形态。一种发灰，而另一种则会呈现特别漂亮的蓝色。

远望连绵山脉的山阴处，在肉眼和山之间的大气会特别蓝。而在向阳处，大气颜色不会呈现出其他颜色。为了证明这一现象，应设置一块用作对比的板子，在其上涂抹各种颜色，包括漂亮的黑色和薄透的白色，并且这层薄透的白色应在各种颜色之上涂抹，这样不但不会看到白色，并且会在黑色上呈现出别致的蓝色。注意，这层白色应涂抹得特别薄且透。

译者简要说明

这是达·芬奇这部手记中唯一的一页对完全对大气颜色的讨论。在前面的一篇手记中，他使用小字记录了升腾的烟雾受冷慢下来的过程。而在这篇中，他着力于对大气颜色的讨论。

这得益于他过人的观察力，要成为一个绘画天才，除了需要天赋和努力，还需要惊人的观察力，这对达·芬奇的科学活动和艺术活动都非常重要。

他观察山顶的云层，从烟囱里冒出的烟，以及白天和黑夜不同时间下的大气，发现空气在不同状态下会呈现出不同的颜色。他认为，大气层的蓝色不是空气的本来原色，而是空气中微粒反射阳光产生的光芒。

延伸阅读

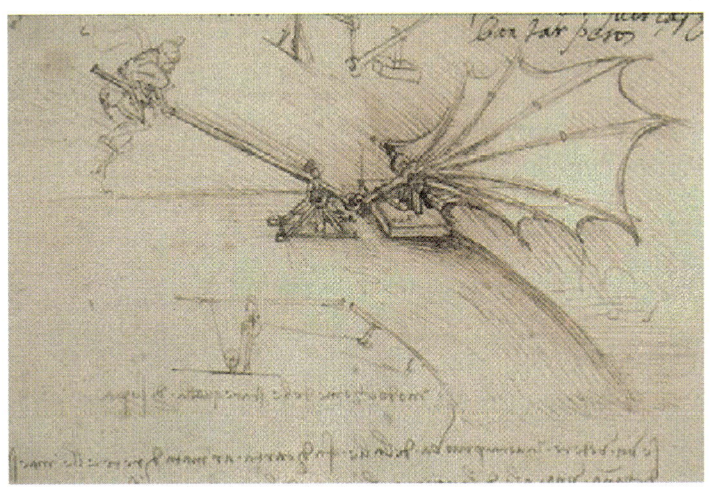

鸟类飞行手稿

鸟类飞行手稿是达·芬奇于1505年左右完成的一份短手稿，现藏于图灵皇家图书馆，论述鸟类如何飞行并有飞行器的制造工序。达·芬奇还做出了许多个飞行器，但试飞时未成功。

在手稿中达·芬奇说明了鸟类飞行时的重心与其中心压力不符。

手记 72

完美气泡的球形

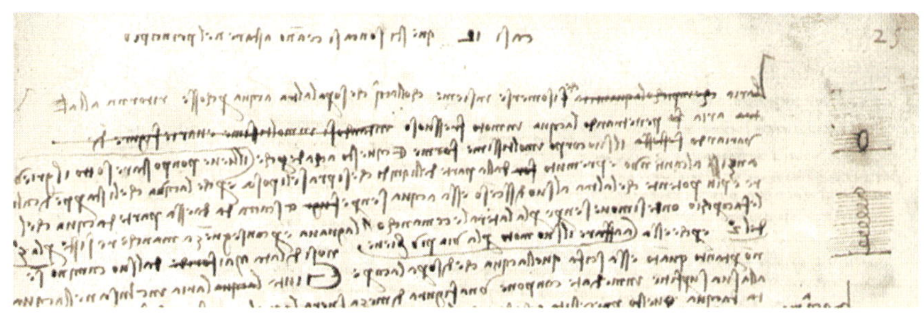

案例十二

这些案例该放在文章开头

水流在对其他水流造成冲击时，还会卷入空气。空气在水中左冲右突，有时也会突破水的包围重新回到大气中。在这个过程中，空气的形态也会发生许多变化，而产生这一系列现象的原因是：轻质的物体不可能存在于重的物质中。

而在水下的气泡则会受到来自上方部分水的垂直压力，这种压力比气泡在水中下沉时受到的压力更大。这些气泡被形成气泡膜的水推挤着往重力小的地方移动，这过程中形成的阻力也较小。并且，根据“物体总运动在最短的路径上”，为了尽量避开上方压迫的水，气泡不会轻易改变路线。当水中的气泡浮到水面后会形成一个半球，这个半球由一层薄且柔韧的水膜包裹。

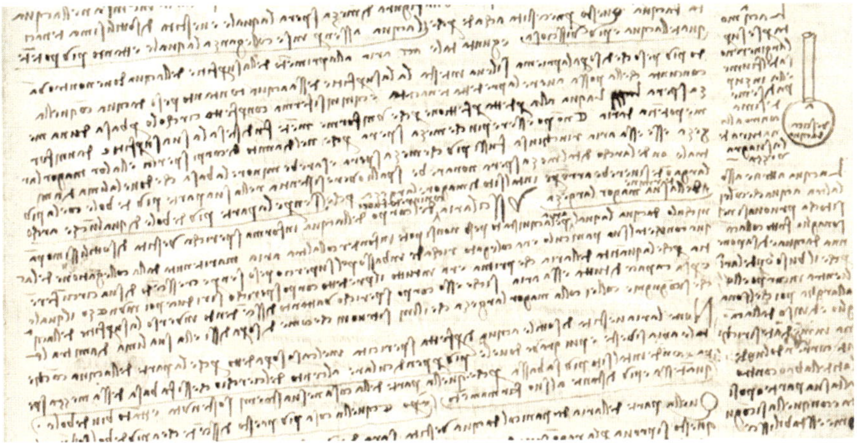

形成半球也是必然的，因为“水自身具有凝聚力和黏性，黏性越大凝聚力越强”。并且，突破重重阻碍得以“重见天日”的气泡，上方虽然不再受到压力，但它依然被包裹在由水的凝聚力形成的水膜里。气泡停留在水面以底部为支撑，形成了完美的半球形状。而之所以气泡是半球形，是因为空气的压力很均匀，使得水膜也铺开得很均匀。

但是，水面上的气泡只能以半球形态出现，无法越过水流形成一个完整的球形，因为球体直径即为球体宽度，若气泡继续上行，那么下方将冒出水面的气泡，其横截面直径必定小于气泡直径，使得气泡下方失去支撑，从而破裂。换言之：“任何圆拱最脆弱的部分都在最宽处”。冒出水面的半球气泡的球面会受力；因水膜受到重力，其中的空气也无法突破水膜进入外面的空气，只能被困在水膜中；而且水泡中的空气本身也会受到重力影响，使得水泡再次下沉。

在这个过程中，气泡周长在增大，球体中的空气减少至一半，球体可轻松地装下这些空气。于是乎，球体下沉，其基底越来越宽，直至与水面融为一体。在这个情况下，气泡周围的水膜不再呈现出完美的半球形，水膜上的水越是垂直于半球基底截面的中心线，就会越重，气泡就会在这些重的位置越往下沉。也就是说，距基础越远，依赖基础支撑的物体的末尾就越脆弱，物体落下的速度也越快。

（右侧从上到下）

水自身可在河岸的沙子上上升，因为沙子可吸收水，这一点刚好与重力相反。

水泡

通过芦秆吹出的气泡可证明水接触后会相互吸引，因为通过芦秆的空气进入水膜后，气泡会不断膨胀，最终从芦秆脱离。整个过程中，芦秆的一端压向另一端，在另一端形成气泡，然后形成气泡的一端会像人的嘴唇一样闭合连接在一起。

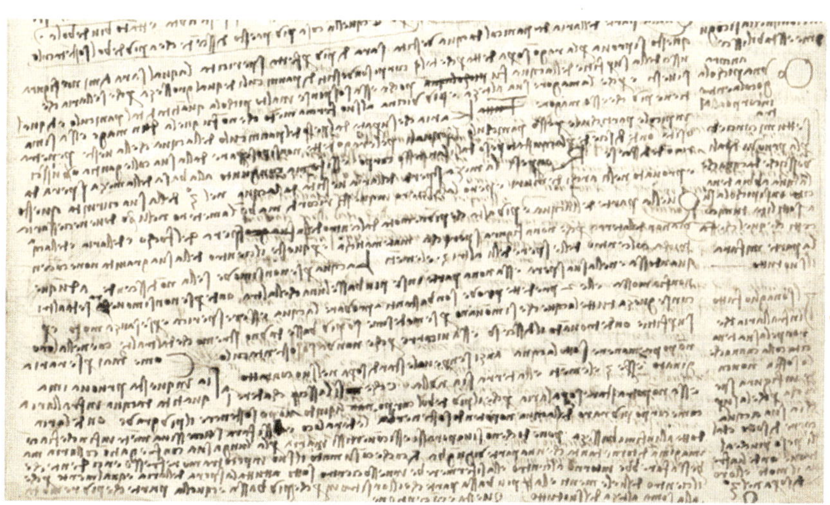

气泡完全下沉后，在水中会呈现为完美的球形，并且此时它的体积也最小（上文已证明）。因为被包裹在薄厚均匀的水膜之中，所以现在也是完美的球体状态，并且因为之前逃走了一些空气，所以现在所需的水膜也变小了，另外这些水膜里的空气离水面越远，就说明它们离水面半球基底的距离也越远，反之亦然。离水面近的，存在的时间也较为长久。

水膜中的空气虽然被裹在其中，但是却可以渗透出来，形成更小的气泡。这些气泡不会离开原来的气泡周围。所以，原来的气泡沉向哪里，这些小气泡也会跟着沉向哪里，并在这个过程中不断与原来的气泡相互接触。一般情况下，这个空气半球会在三分之一的曲线处破裂，同墙体上的拱形门道理相同，如有必要我会在书中讨论这一点，此处不再赘述。

距离火层、空气层和水层中的中心越远的水，其高度越高，这并非指距离地层的距离，因为地层有无数的圈层，无法被计算，所以，地层重力中心和火层、空气层和水层的中心不是同一点。

除非路线是下降，否则水无法自行行动。在水层中的水不存在高低的区别，没有外力的驱动是无法自行流动的。上面的两个证据也证明了，水滴为球形，并且不具备自行运动的能力。所以流动的水，其流向的那一端肯定要低一些，水面存在相对的落差。并且哪一端缺少支撑，就会向着哪一端流动。

空气不会乖乖地待在水底不动，它总会试图跑到水面。我们可证明这一点，假设只有三种元素，排除土元素；让一定量的水从空中降落，因为空气无法比水稀薄，无法支撑水，即“轻的物体无法支撑比自身重的物体”，所以空气为水让开了一条道路。这种情况持续到水与空气经历长时间的摩擦最终到达底部。

由于各元素中心是其最低的地方，所以我认为水在向宇宙中心降落和发生反射时，其冲击力可能会在与整个空气圈层等距的中心完全消耗。也就是说“最低点距整个物体的最高点最远”。

（右侧从上到下）

小水滴可以融入另一滴水。

若认同水的气泡实验，同意水具有凝聚力，不管气泡如何小，我们都可知道，小部分的水尚能融合，更何况整体的水。

利用芦秆吹出气泡，在空中下降直至破裂时是不会出现完美球形的。由于气泡上多余的水分会向移向下方，使得下方的重量不断增加，所以，水在下降时，会使得气泡在其自身 1/3 的某处破裂。

译者简要说明

本篇手记中达·芬奇讨论了气泡的形成、气泡的形状，以及气泡的消散。达·芬奇对水流的研究可谓包罗万象，他细微的洞察力使他关注到了水中的气泡，而这些气泡中夹裹的都是空气。

水在流动和冲击过程中会将空气卷入水下，而这些空气无法溶解与水中的空气则会形成气泡。达·芬奇对气泡的形状也做了细微的分析，他发现浮到水面的气泡是一个特别完美的半球形，而在这半球形上是一圈特别薄的水膜。

实际上，达·芬奇通过气泡，又回到了对空气和水的观察，而空气是无法保持在水面下的，它始终要往水面上走。

延伸阅读

泡 沫

气泡一般不会单独存在，而是群聚在一起，以泡沫的形式存在，在一堆泡沫中气泡有大有小。

这种现象的产生是因为气体分散在了液体中，成为一种分散体系。如啤酒开瓶时的泡沫和肥皂泡沫，由于液体的不同，泡沫的形态也有很大差别。除了液体中能形成泡沫，在固体中也能形成，如泡沫塑料和泡沫玻璃中的气泡。

对于这些气泡来说，每个气泡都被一个液体薄膜所包围，因此又相互隔开相互独立。这些液体薄膜的表面张力都有一个范围，不同的液体，其形成的薄膜有不同的张力，因此形成的气泡大小也在一定范围内，超过这个范围气泡就会破掉。

达·芬奇的仆人兼助手——沙莱。画者佚名（1495）

法王弗朗索瓦一世探望临终的达·芬奇[1]

①让·奥古斯特·多米尼克·安格尔绘于1818年。

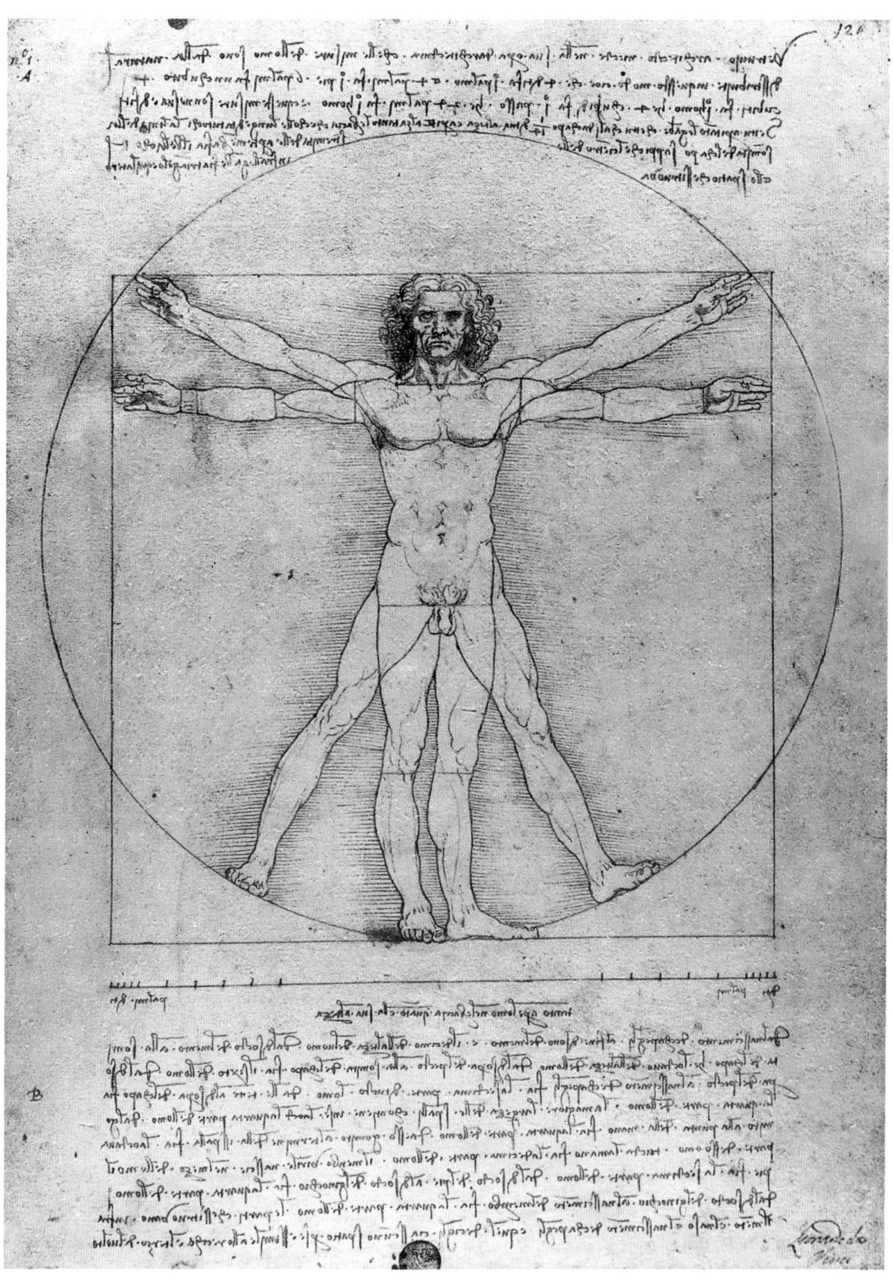

《维特鲁威人》

/ 后记

翻译达·芬奇的手记是一项艰巨的任务，他的一些观点已被现代科学否定，但也有一些观点和设想，与现代科学证明的结论相同，并且在文艺复兴时期做出了不朽的贡献。

科学就是这样，在一个又一个假设中自我成立，然后被否定，直至无限地接近真理。只有前人大胆地假设，并勇敢地去证实，我们获知的正确的知识才会越来越多。

达·芬奇的手记记录得比较杂乱，在一页里可能涉及很多个不同领域，比如关于水力的文章旁边会有关于地球重力或一种实验的示意图。本手记中也有大量关于水力、天文、建筑等的图示。其中记录最多的是水的研究，为水利工程提供许多有用的素材。

达·芬奇是天才，这一点毋庸置疑，他的贡献不仅在于他闻名世界的绘画，更在于他手记中的思想财富。

然而，世界上天才很多，达·芬奇却只有一个。

/ 附录

1. 达 · 芬奇大事年表

1452 年的 4 月 15 日，达 · 芬奇出生于芬奇的托斯卡纳小山镇，阿诺河流过的山谷附近——“在夜幕降临三个小时后”。

1457 年以后他和他的父亲、祖父母、叔叔 Francesco 居住在芬奇小镇。

约在 1482 年至 1498 年间，米兰公爵（Duke of Milan）卢多维科 · 斯福尔扎聘雇达 · 芬奇并允许他和学徒开设工作室。

1498 年，达 · 芬奇在米兰待了一段时间，随后去了威尼斯，被聘为军事工程师。

1500 年 4 月终回到佛罗伦斯，，达 · 芬奇进入教宗亚历山大六世之子凯萨 · 波吉耳的部门，担任军事建筑暨工程师，并随凯萨 · 波吉耳游遍意大利。

1506 年，达 · 芬奇回到米兰。

1513 年至 1516 年间，达 · 芬奇住在罗马，当时著名的画家像拉斐尔及米开朗基罗在罗马很活跃，不过达 · 芬奇并没与这些艺术家经常接触。他是将米开朗基罗的杰作“大卫像”重新安置在佛罗伦萨的关键人物。

达 · 芬奇人生最后的三年，受弗朗索瓦一世的邀请，移居到法国的昂布瓦斯，弗朗索瓦一世赠予达 · 芬奇克劳斯 · 吕斯城堡作为居所，达 · 芬奇则为香波尔城堡设计了螺旋双梯。

1519 年达 · 芬奇病逝，葬于昂布瓦斯城堡的圣 · 于贝尔小教堂。

2. 达·芬奇趣闻

根据达·芬奇的经历我们可得知他是一个正直的人，因为尊重生命，所以他成为了一个素食者，并且是一个“全素”的素食主义者——向乳牛挤奶也被他视为偷窃。乔尔乔·瓦萨里记录了达·芬奇的一件逸事：当达·芬奇还是青年时，经常在佛罗伦斯购买笼中鸟进行放生。他在青年时期就接受素食主义，并一生践行。

他也是一位受人尊敬的，在美学方面有特殊天赋的鉴赏家，特别是露天舞台的创作。

长大后达·芬奇还记录了两次小时候的事：一次，一只鸟在他的摇篮上空盘旋，尾巴上的羽毛扫到了他的脸；另一次，他在山里探索时发现了一个洞穴，尽管很害怕自己脑海中想象出来的怪兽，但好奇心战胜了恐惧，他最后还是进去探索了这个未知的洞穴。

达·芬奇没有正式地学过拉丁语、几何和数学，关于他的童年也是扑朔迷离。文艺复兴时期，有一个叫做乔尔乔·瓦萨里的传记作家，记述了达·芬奇小时候的一件佚事：一个当地的农民做了一个盾牌，请达·芬奇的父亲在盾牌上作画。达·芬奇却在上面画了一个栩栩如生的吐着火舌的怪兽，让看到的人心生寒颤。达·芬奇的父亲——皮耶罗，把它卖给了佛罗伦萨的艺术中介，艺术中介又把这幅画卖给了米兰公爵。之后，皮耶罗将盾牌所卖得的钱重新买了一个新盾牌，在上面重新绘制了一个被一箭穿过红心的图案。

达·芬奇从小就展露了过人的天赋，加上其后天孜孜不倦的努力，获得巨大的成就是必定，也是必然。

3. 达·芬奇其他著名作品剖析

《最后的晚餐》

《最后的晚餐》是圣经中记载的最重要的事件之一，描绘耶稣在被罗马兵逮捕前夕与十二门徒共进最后一餐时说了一句语言："你们其中一人会出卖我。"门徒骚动纷纷，不解、困惑、悲伤、骚动，这些情绪纷纷表现在了各个门徒的脸上。门徒们问耶稣："主啊，是我吗？"唯独耶稣右侧，即壁画左边第三位的犹大，受到惊吓一般将身体后倾，一只手抓着一个钱袋——这是出卖耶稣获得的三十块银币。

达·芬奇的《最后的晚餐》一般被认作文艺复兴的起点，于1494至1498年完成。几乎所有宗教画家都绘制过，但最广为人知的还是文艺复兴时期，由列昂纳多·达·芬奇在米兰的恩宠圣母的食堂墙壁上绘成的这幅壁画。

据说达·芬奇在绘作此图时，除了犹大，其他所有人的表情均已构思完成。

当教堂神父来催达・芬奇，听闻达・芬奇欲用主教的脸当作犹大的脸孔，立马同意，因为他恰好对其主教颇有微词。

这幅壁画 1980 年被列为世界遗产，整幅图由门徒和房间场景组成。

达・芬奇利用透视，使画面房间整个出现了延伸的效果，展现出了空间立体结构，并且门徒的排列使得耶稣周围形成了一种类似波浪的层次感。画面以耶稣为中心向两旁展开，类似等边三角形，辅以高低起伏的人物动作，三人一组形成四个小三角形，使画面显得协调平衡并富有动态感。景物中的天花板、墙角、地砖、等假设延长线，均相交于画面中心深处消失的一点，营造出了景观深入的感觉。耶稣头上后方的窗户，也正是整个壁画的中心点和视觉的焦点。这种构图也是文艺复兴极盛时期高度理想化的构图原则与表现手法。

达・芬奇将这戏剧性的一幕安置在了一个大型食堂中，以便更好地呈现出每个门徒的形象，在长条桌一方的耶稣及其门徒都面朝画面外。仔细观察壁画上的各个人物的神态动作，耶稣坐在正中间摊开双手，眼睛注视画面外，仿佛洞悉尘世。越靠近耶稣的门徒越显得激动。镇定自若的耶稣和周围神情不一的门徒形成鲜明的对比。而画面背后透出的窗外，是一片祥和的景色，明亮的天空在耶稣头上，似一道光环。窗户的光线极其自然的落在耶稣的头上，形成光环的效果，完美的表达了耶稣的神性，可说是透视法极其成功的运用。

这是有趣的一点，《最后的晚餐》画面的窗外，是白天。

《蒙娜丽莎》

《蒙娜丽莎》是达・芬奇所绘的肖像画中最具代表性的一副画作，也是闻名世界的著名油画作品。1502 年达・芬奇开始创作《蒙娜丽莎》，根据瓦萨里的记载，这幅画耗时 4 年完成。该画现今被保存在巴黎的卢浮宫公开

展出，供公众临摹学习，许多学者也不断地对画中人物的身份，画中人的微笑进行研究——很少有画作被如此频繁地研究过。

这幅画直接被绘制在白杨木上，画面中是一个表情内敛、面带微笑的女士。我们经常听到的“蒙娜丽莎的微笑”，就是因为她的笑容被称为“神秘的笑容”。她的微笑被许多人解读成不同的意义，有些人认为她的微笑是天真的，有些人认为是诱惑的，还有些认为这样的微笑出自悲伤，而弗洛伊德则将这个笑容理解为对母亲的怀念。但其实，达·芬奇的大部分画像都带着这样的微笑。

蒙娜丽莎的眼睛也很出彩，无论从画面外的哪个方向欣赏画作，她的眼睛都像是直视着你，活灵活现，仿佛能随着观众的视角游走。

关于蒙娜丽莎和的身份，也是众说纷纭。画中人是谁至今无法确切考证，艺术史学家曾讨论过多种可能性。比如，由于达·芬奇晚年的一句话：“巨人朱利亚诺·梅迪契委任的一位佛罗伦萨贵妇。”使得许多人相信画中人是佛罗伦萨一位富有的丝绸商和政府要员的妻子。达·芬奇的第一位传记作者说，确实有蒙娜丽莎这个人，她是弗朗西斯科·戴尔·吉奥亢多的夫人。而吉奥亢多是历史上的确存在过的人物，他是佛罗伦萨的一位富商，也在当地政界有一定的影响力。还有人提出蒙娜丽莎实际上是一位米兰的大公夫人，达·芬奇为这位夫人做了 11 年的宫廷画家。

画面中，蒙娜丽莎坐着，双手交叠放在座椅的扶手上，呈现出自腰部以上的半身像，与当时大部分只画胸部以上的半身像截然不同，也在日后成了一种新的肖像图构图方式。蒙娜丽莎交叠在一起的手，以及裸露出来的柔软颈部和面部，构成了一个金字塔结构。这幅肖像画的绘制手法简单，但人与背景的和谐也使得这幅画广为人知。画面中，蒙娜丽莎的头发、衣服，以及轮廓曲线与背景中的山谷河流相互呼应。在人物背后，背景延伸到远处，直至冰山，画面明暗对比强烈，背景上的道路和桥梁都显示着其他人的存在。

有趣的是，蒙娜丽莎是第一幅将人画在想象的背景前的肖像画，后面的风景也并不对称——人物左面的风景比右面的低。蒙娜丽莎也被多次修复，X 光探测证明在现存版本的基础上，还存在三个过去的版本。

《岩间圣母》

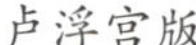

卢浮宫版

伦敦版

《岩间圣母》是达·芬奇的两幅画板油画，这两幅画构图基本相同，一幅画约作于 1483 年至 1486 年，现藏于卢浮宫，另一幅画约作于 1491 年至 1508 年，现藏英国国家美术馆。

这幅画的特点很多，其构图是带有安定感的三角形，以圣母为三角形的顶点。画面中的人物以手势互相交流，动作代表了人物的所思所想。两幅《岩间圣母》构图未发生很大的变化，但色调却截然不同。卢浮宫版本的画作为暖色调，伦敦版本的画作为冷色调。并且达·芬奇还使用了薄雾法，使得整个画面呈现出晕染的效果。

卢浮宫的版本，约在1483年至1486年之间或之前完成。许多对此权威的学者认为这幅画大部分为达·芬奇所画，比藏于伦敦的版本完成较早，而且这幅比伦敦版的长约8厘米。关于此画的最早记录在1625年，当时法国的皇室收藏了此画，其细腻的画工和明暗对比明显的绘画手法，被视为达·芬奇典型的绘画特征。

在伦敦国家画廊藏有达·芬奇另一幅《岩间圣母》，大概在1508年之前完成。其中一些部分是助手帮助画的，并且这幅画原来是为圣母无原罪兄弟会的礼拜堂——米兰圣芳济大教堂而作，大概在1781-1785年，画作被教堂卖给盖文汉米顿，随后被他带到英国，之后经过多次的辗转买卖收藏，1880年，伦敦国家美术画廊买下它。2005年6月，使用红外线分析时发现，在伦敦版的画作下还有别的画作被覆盖在下面，图案是一个跪着的女子一手抱着婴儿，另一手展开。

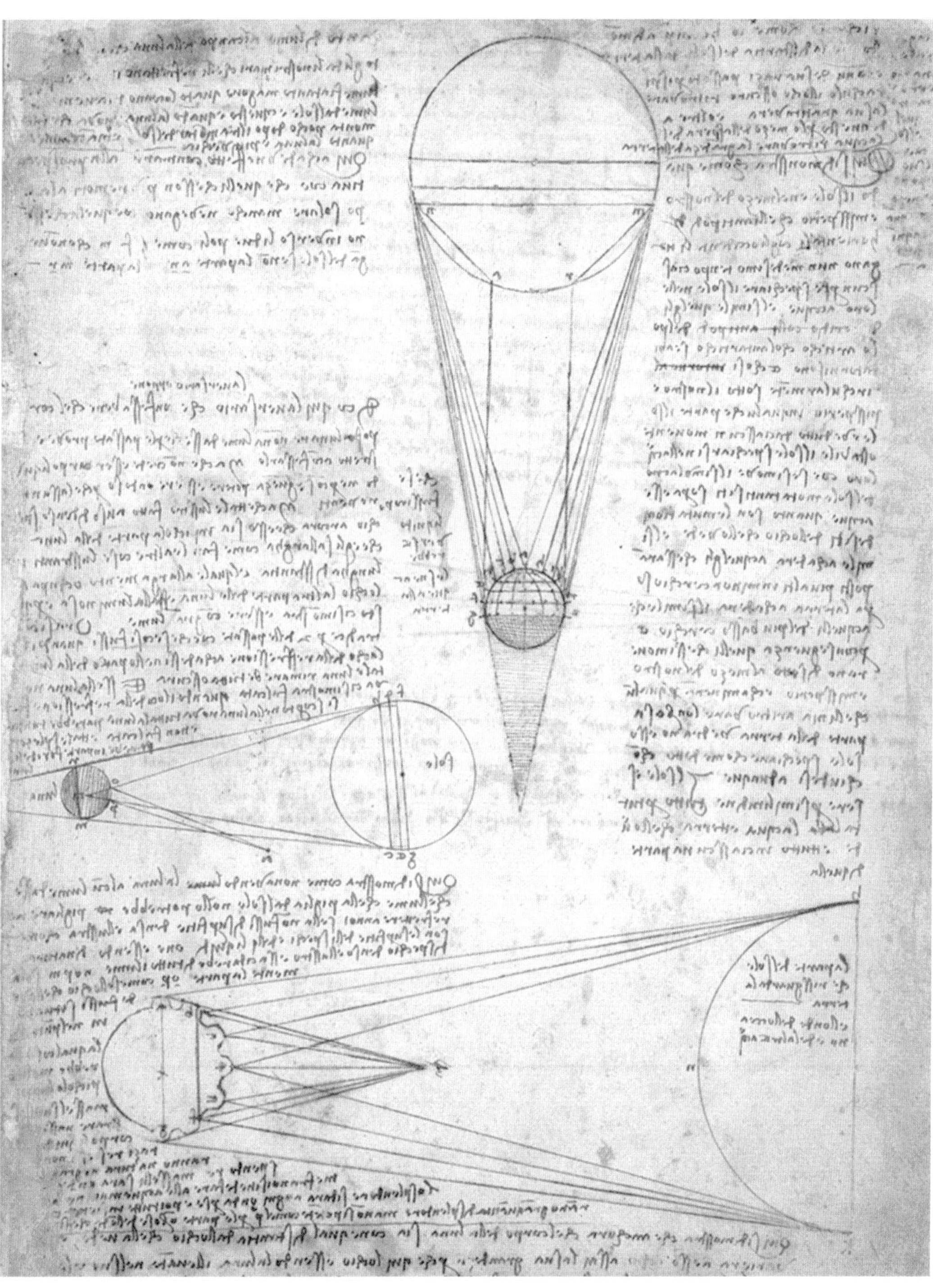

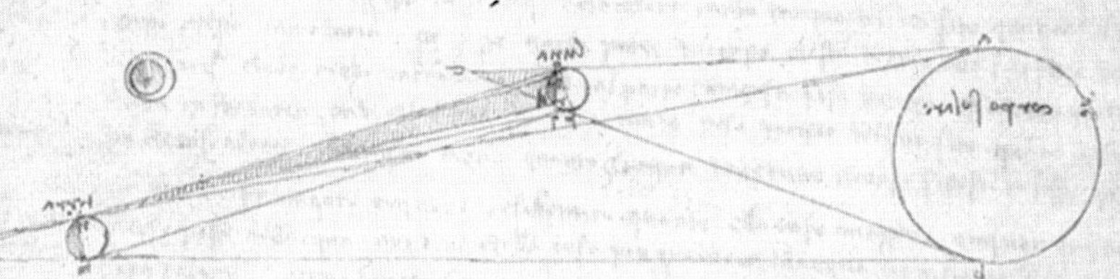

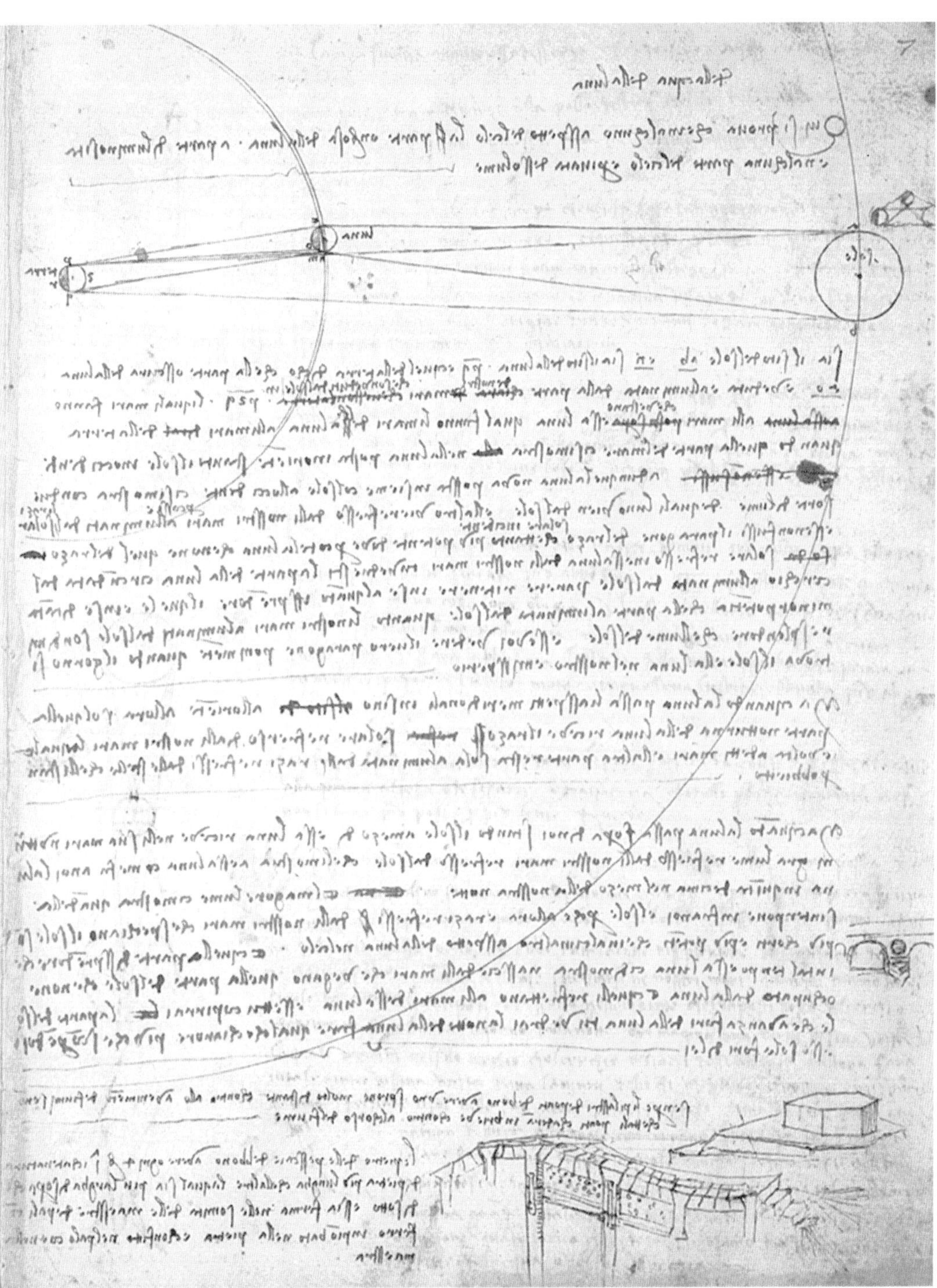

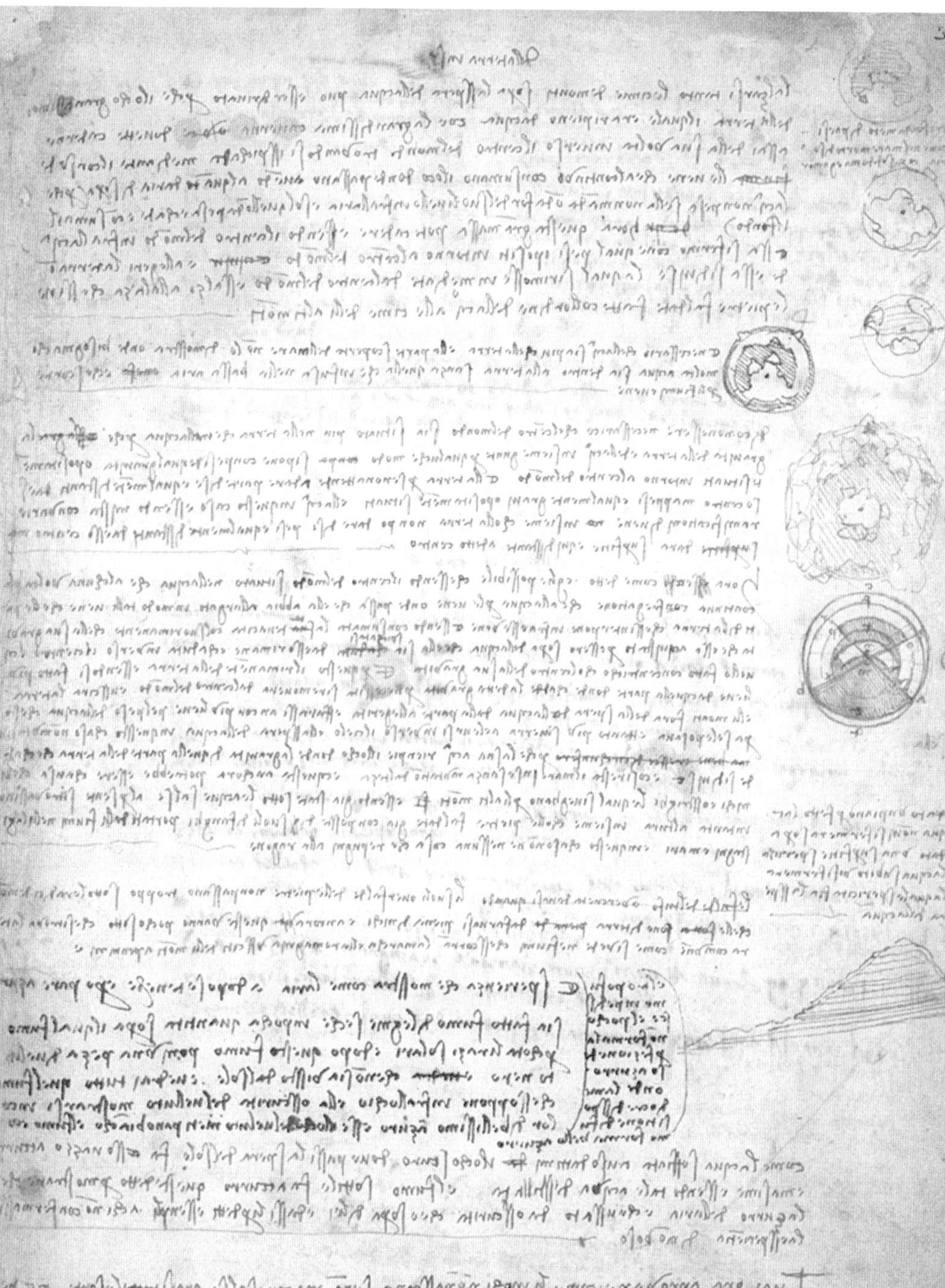

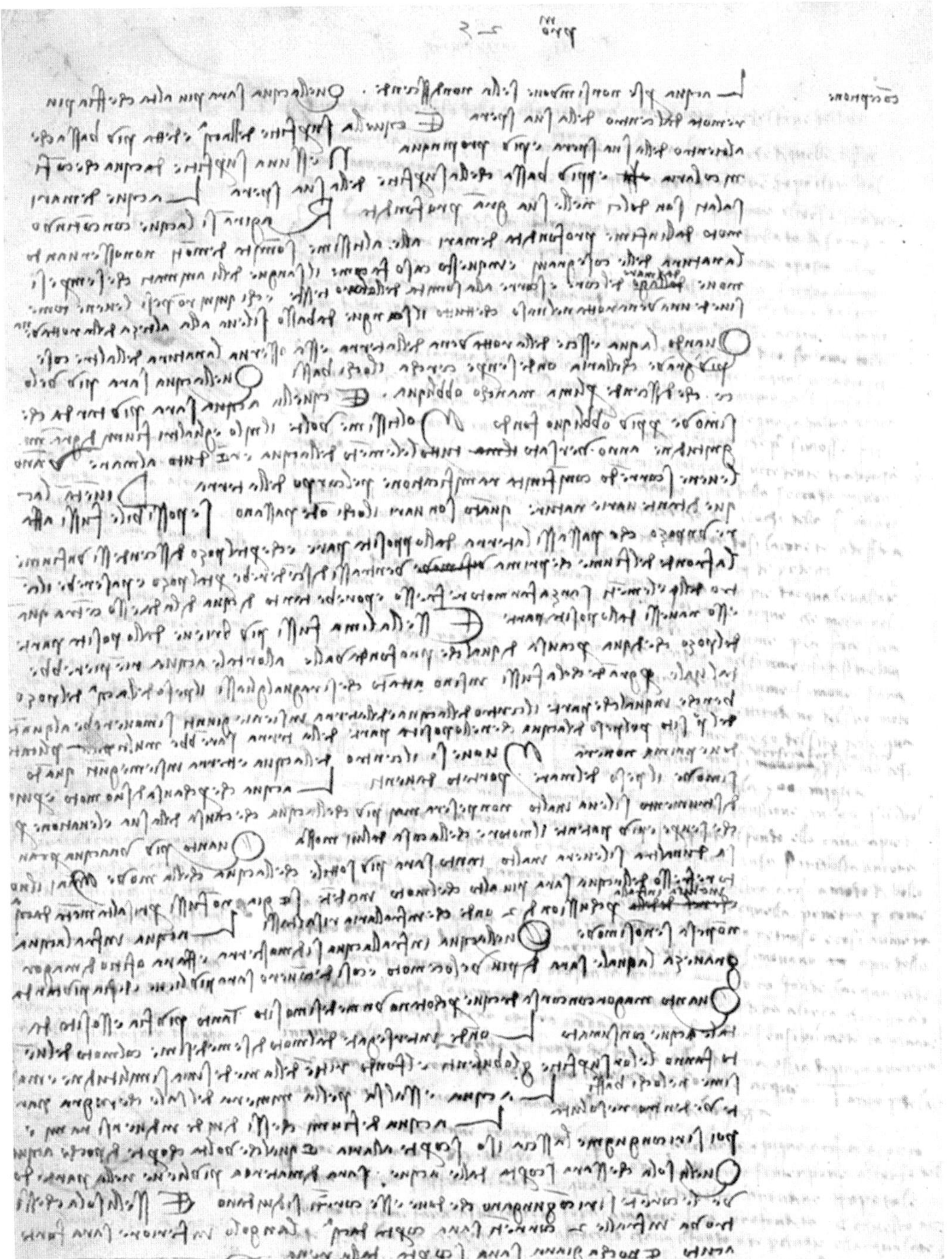

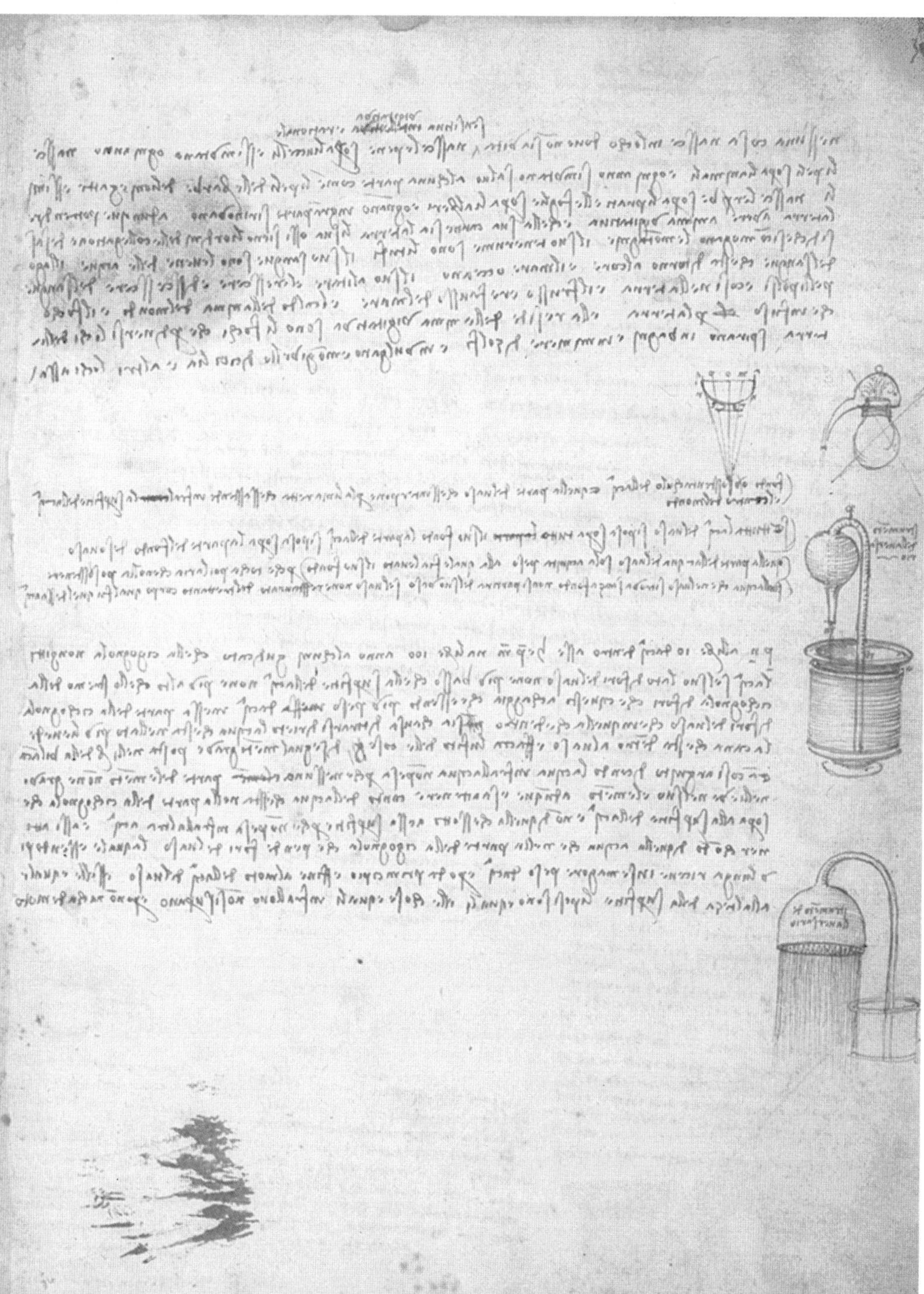

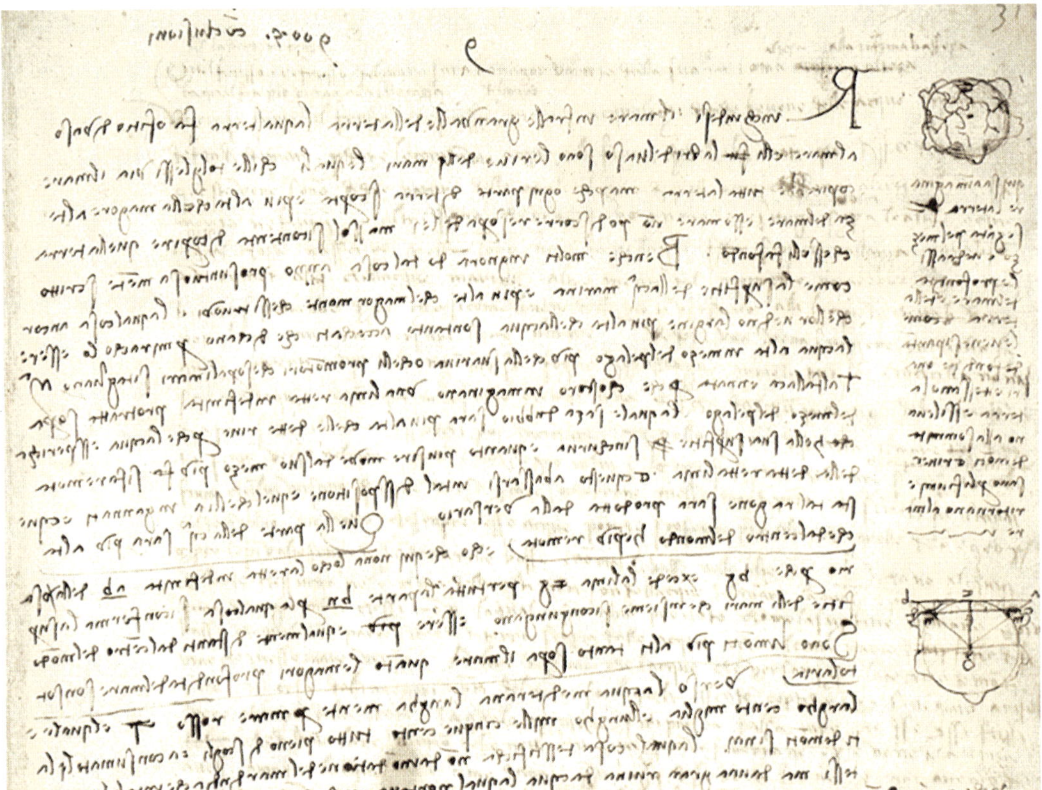

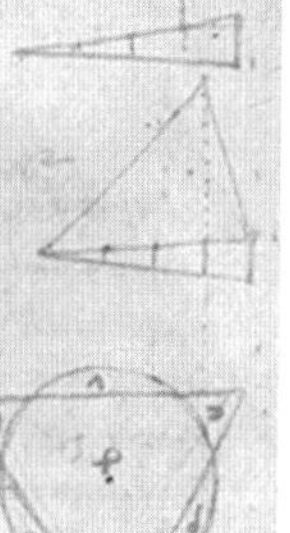

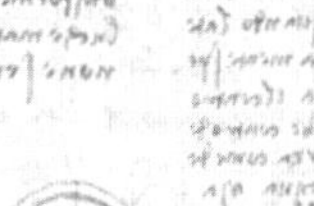

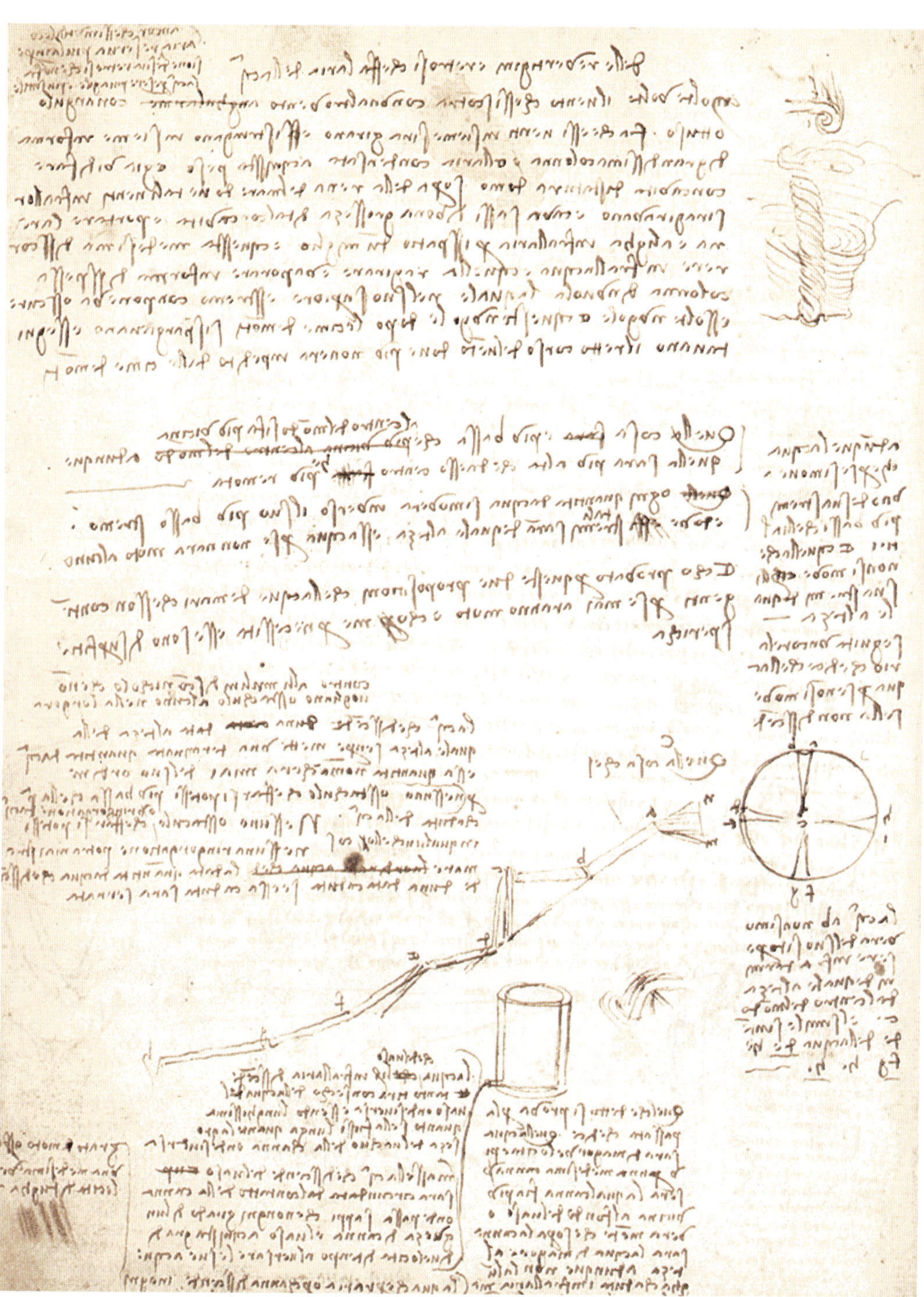

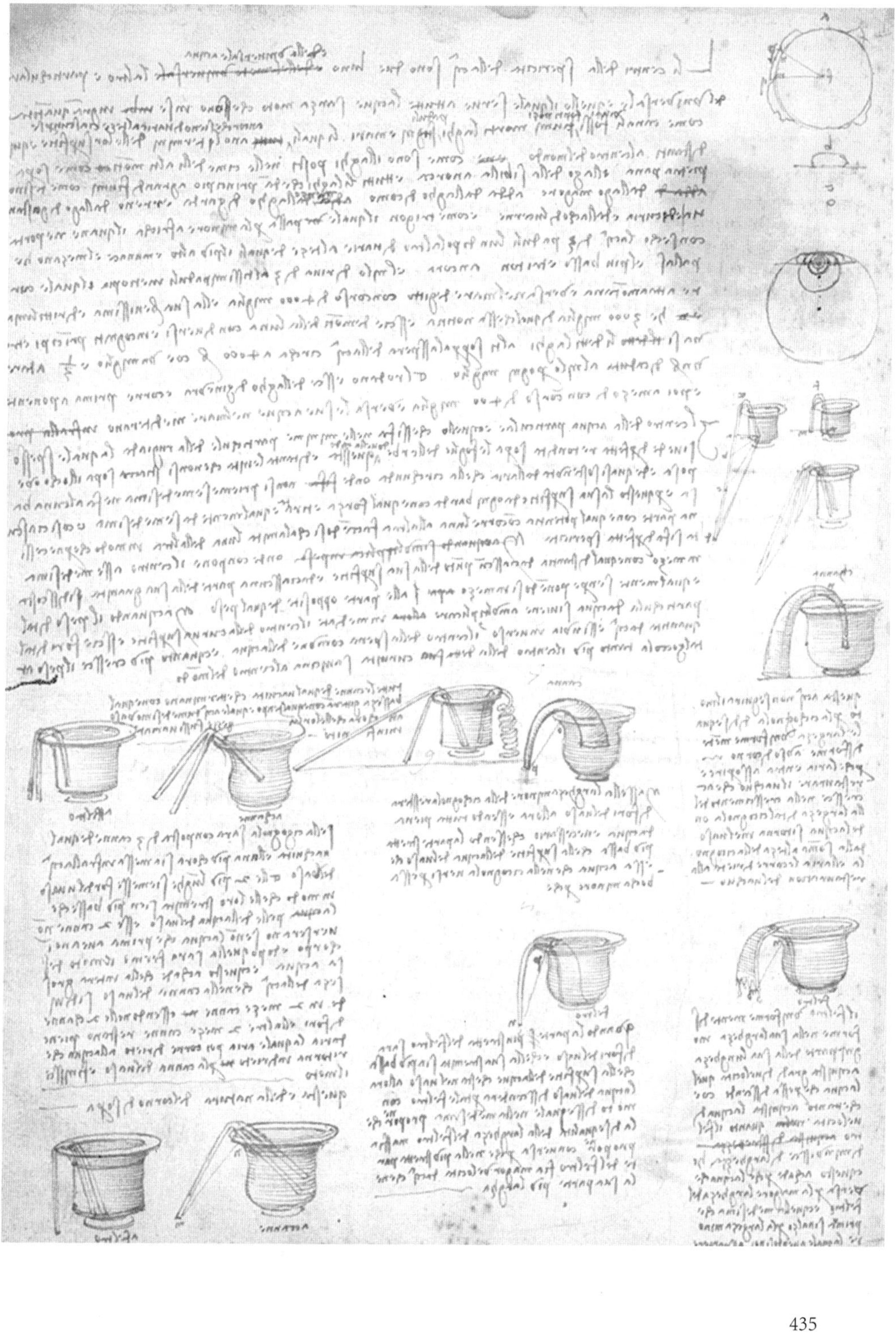

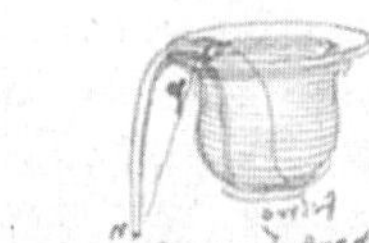

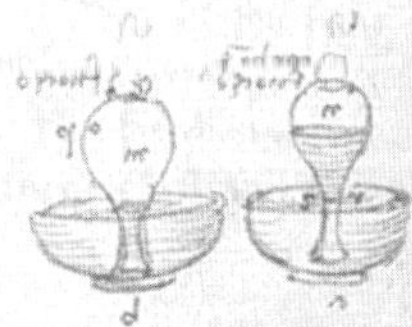

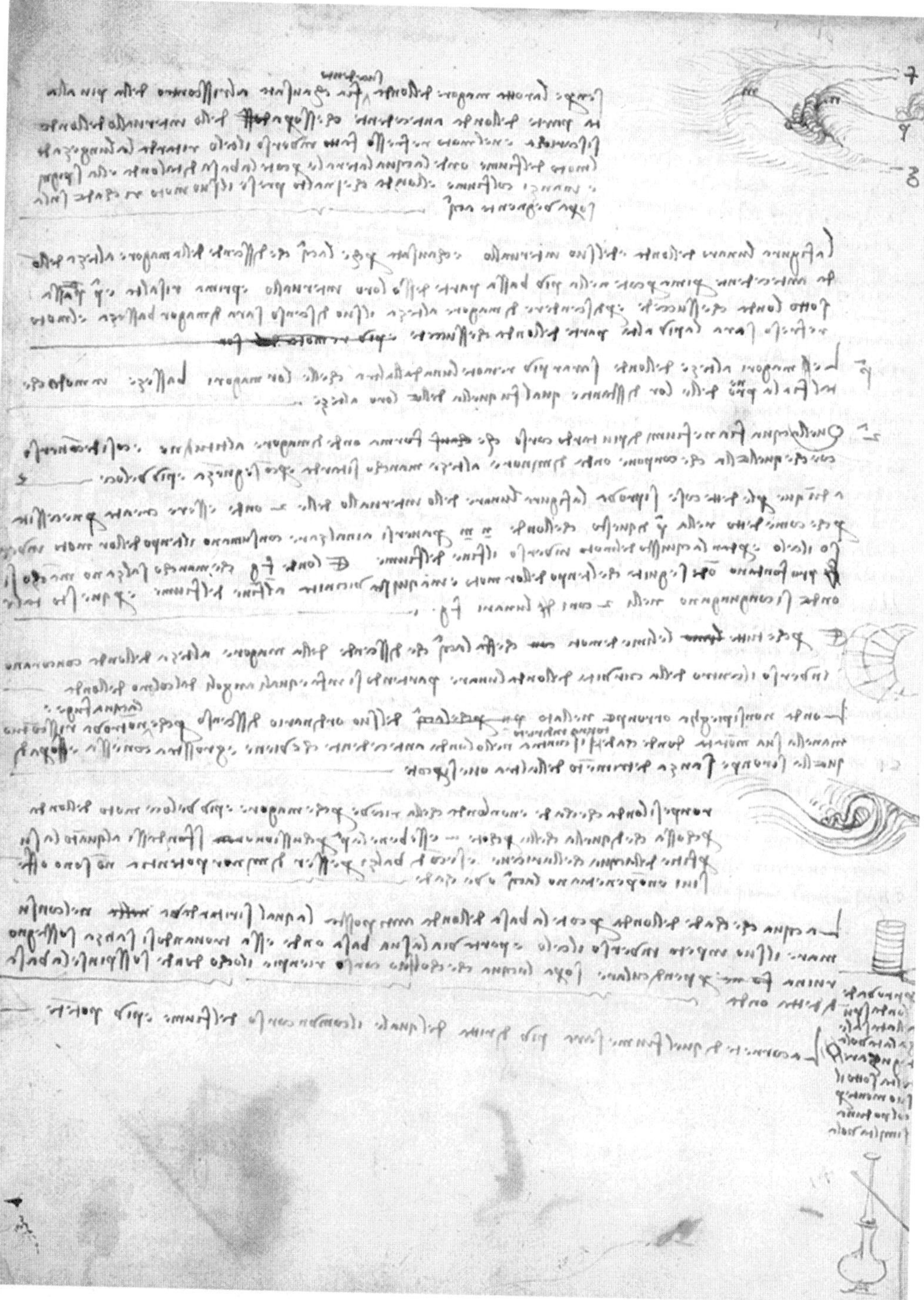

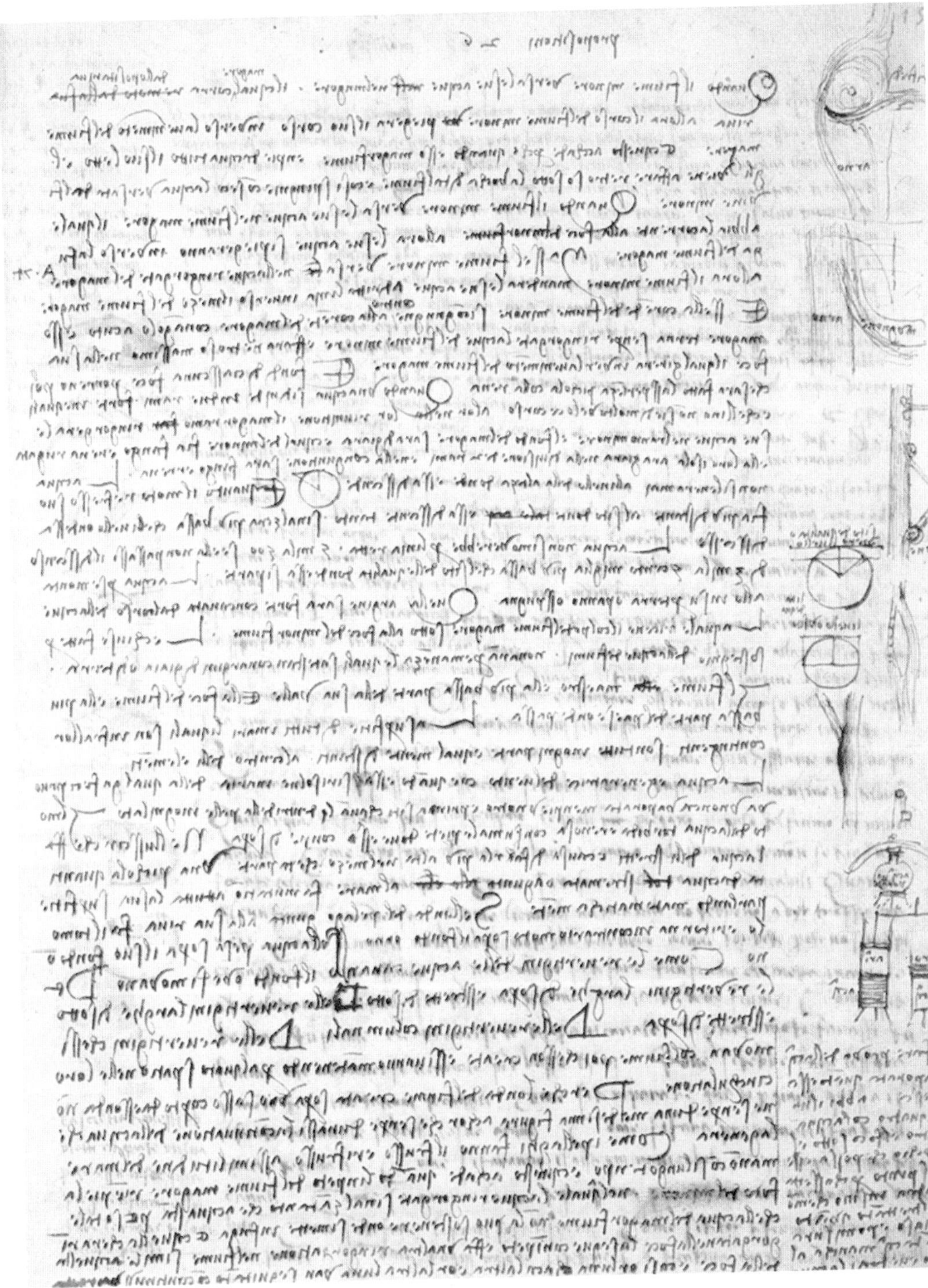

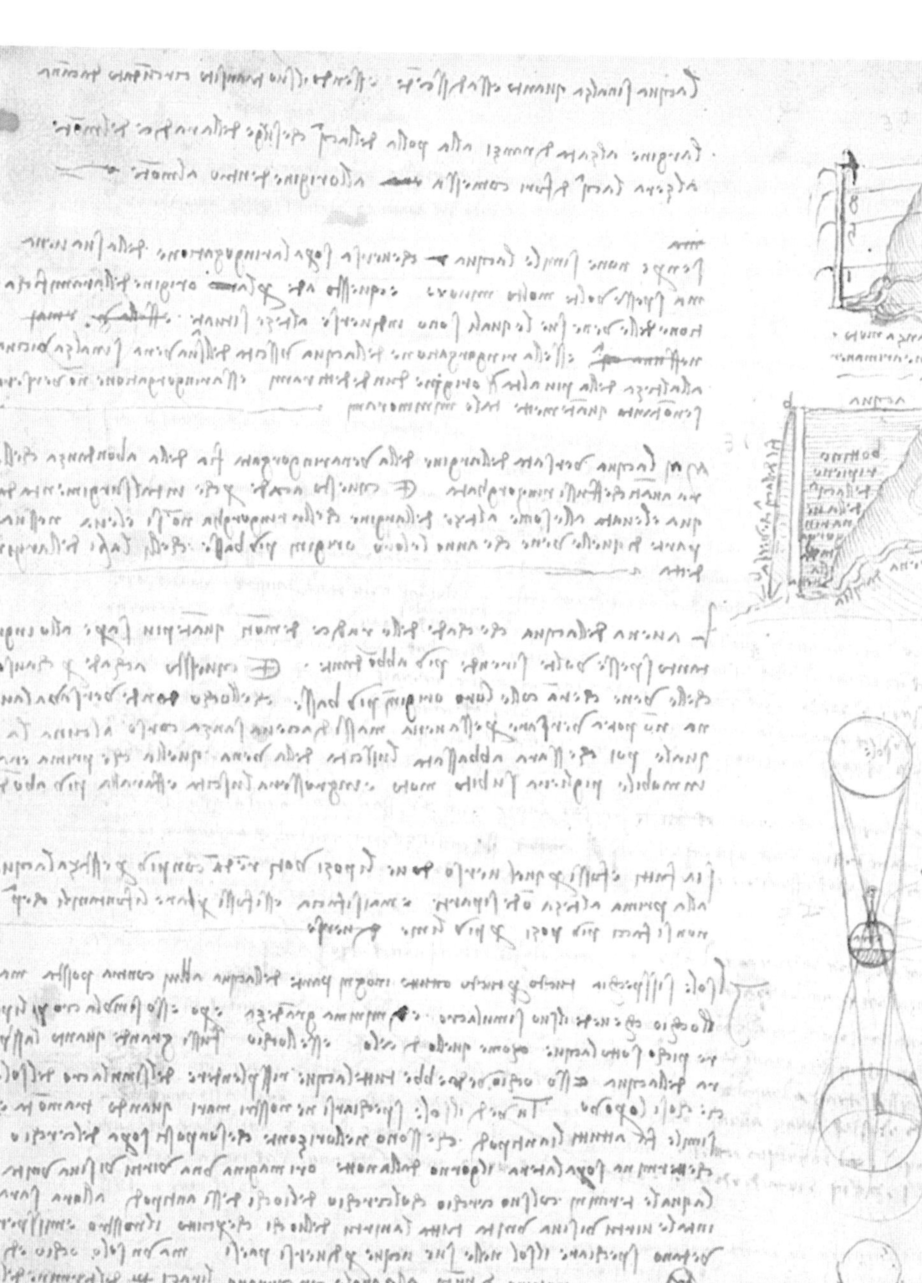

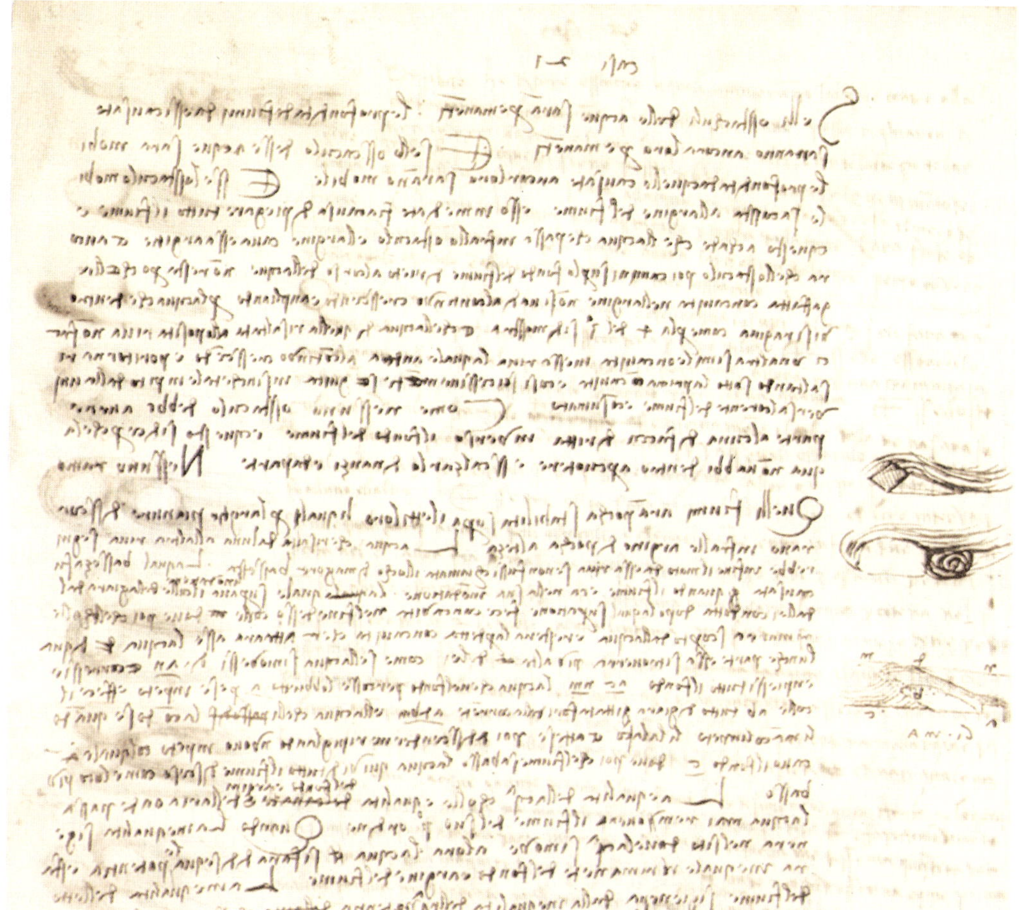

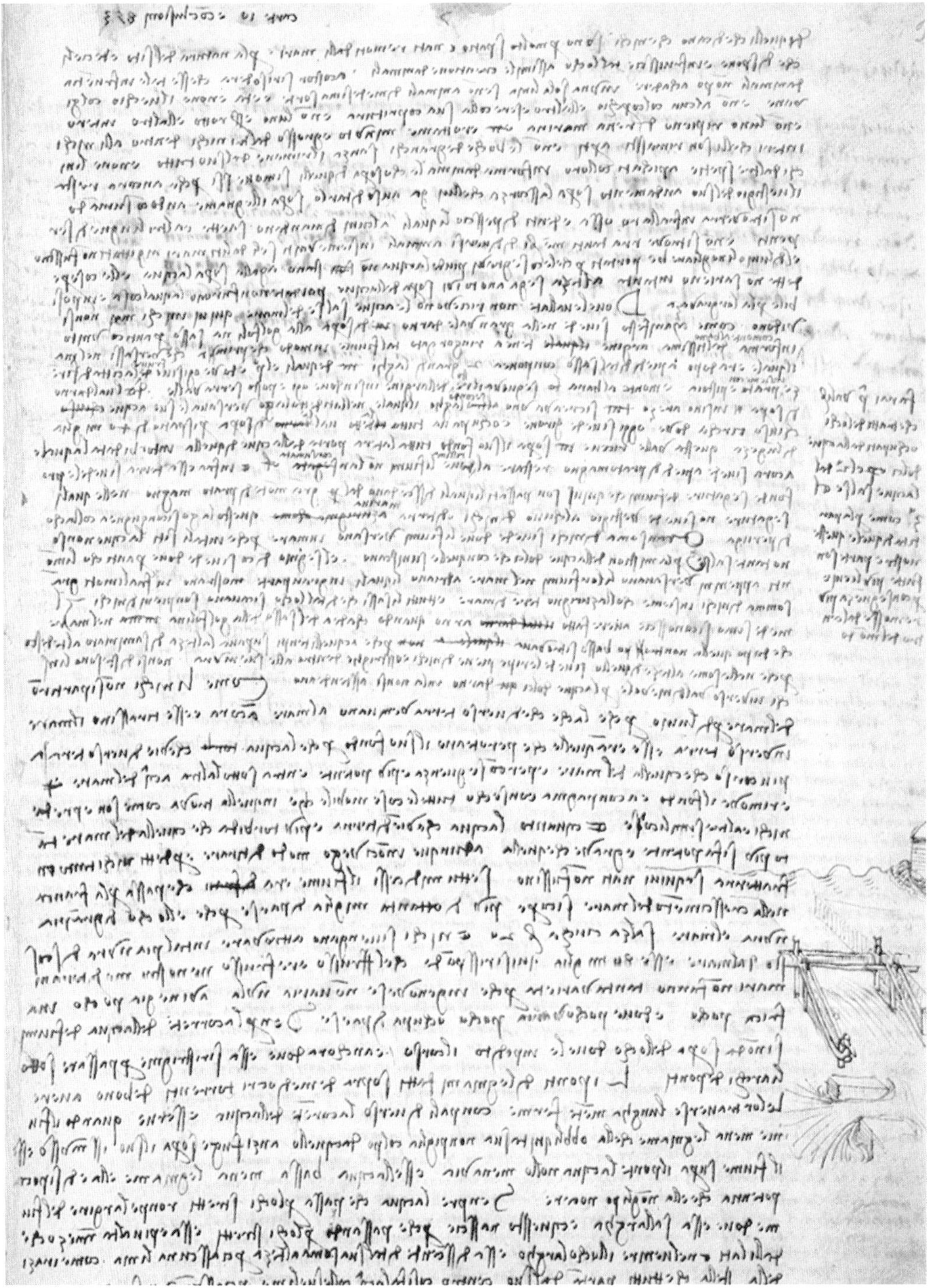

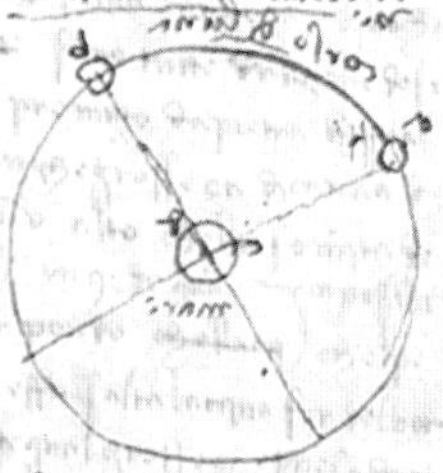